Christine Sterly-Paulsen
Freak Sisters

FSC
www.fsc.org
MIX
Papier aus verantwortungsvollen Quellen
Paper from responsible sources
FSC® C105338

Originalausgabe
Mai 2024

Kulturmaschinen Verlag
Ein Imprint der Kulturmaschinen Verlag UG (haftungsbeschränkt)
Ochsenfurt
www.kulturmaschinen.com

Die Kulturmaschinen Verlag UG (haftungsbeschränkt) gehört
allein dem Kulturmaschinen Autoren-Verlag e. V.
Der Kulturmaschinen Autoren-Verlag e. V. gehört den AutorInnen.
Und dieses Buch gehört der Phantasie, dem Wissen
und der Literatur.

Umschlaggestaltung: Imke Cohrs,
unter Verwendung eines Fotos von Jure Gasparic
Eingestellt bei BoD

978-3-96763-307-8 (kart.)
978-3-96763-308-5 (geb.)
978-3-96763-309-2 (.epub)

Christine Sterly-Paulsen

Freak Sisters

Roman

Kulturmaschinen

Ab ovo

Wann immer Rebecca und Judith andere Menschen kennenlernten – was zu Beginn ihres Lebens selten geschah, später häufiger – hatten sie zwei Missverständnisse aus dem Weg zu räumen. Das erste: Sie waren keine Zwillinge. Das zweite: Die dickere von beiden hieß Judith, die streng aussehende, knochige Rebecca.

Die verkehrte Namensgebung hatte unmittelbar mit den Umständen ihrer Geburt zu tun; Umstände, von denen ihre Eltern nur andeutungsweise sprachen, so dass ein Schatten von drastischen Geschehnissen, von Unsagbarkeiten sich über den Raum legte. Umstände, die mitklangen, als ihre Mutter Yvonne sie im Alter von knapp vierzehn Jahren beiseitenahm, mit einem Gesicht, als habe sie eine lange Rede vorbereitet, und dann nur einen Satz zu Stande brachte – einen Satz, auf den sie eine Antwort nicht haben wollte.

»Ich hoffe, ihr wisst, wie man verhütet.«

Der Rest blieb den zwei Schwestern zu ahnen übrig. Auch wenn sie es miterlebt hatten, gewissermaßen.

In den letzten Wochen ihrer Schwangerschaft bewegte sich Yvonne wie ein Schlachtschiff auf Selbstmordkommando durch die Straßen der Stadt. Ihre Beine waren zu unförmigen Säulen angeschwollen, deren Gleichgewicht Schritt für Schritt durch den weit vorstehenden Bauch bedroht wurde. Yvonne, die gewöhnlich keine anarchistischen Neigungen besaß, wankte über Kreuzungen mit roten Ampeln, drängte sich durch jede Kassenschlange, lief vor fahrende Autos, als hoffte sie insgeheim, der Sache ein schnelleres Ende zu machen als die Natur es vorsah.

Dieses eine Kind, murmelte sie vor sich hin wie ein Gebet mit einhundertacht Wiederholungen, dieses eine und nie wieder. Ein Gedanke, den sie ihrem Mann auf keinen Fall mitteilen konnte, den sie einsam kultivierte, wenn sie auf einer Parkbank nach Luft japste, den sie als Fluch gebrauchte, wenn sie sich beim Aufstehen um ihren eingeklemmten Ischiasnerv krümmte. Dabei war sie gerade erst 31 Jahre alt, sie rauchte nicht, hatte nie unter Übergewicht zu leiden gehabt: kein Gedanke an eine Risikoschwangerschaft.

Erleichterung fand sie nur abends im Bett, für Augenblicke. Ewald war Anhänger einer Freikirche, klein und behaart wie ein Satyr, mit einem ausgeprägten sexuellen Appetit. Jeden Morgen, wenn sie sich im Spiegel betrachtete, stellte sie fest, dass sie weniger wie eine Frau und mehr wie ein Monster aussah. Ihren Mann störte es nicht. Eher im Gegenteil, wie ihr schien, und jedes Mal, wenn er kräftig zustieß, hoffte sie, etwas würde geschehen in den Weiten zwischen ihrem Kopf und den roten, geschwollenen Füßen, sie könnte innerlich zerreißen, wenigstens die Fruchtblase könnte platzen, *dein Bauch, das unbekannte Wesen*. Nach einigen Minuten vergaß sie alles. Schlief ein, als wäre nichts, nur um gleich wieder geweckt zu werden, von schmerzenden Knien, von Babytritten, vom Drang, die Toilette aufzusuchen.

Sie machte das Licht auf dem Nachttisch an und las Beratungsbücher. Sie las historische Romane, bevorzugt über den Niedergang der antiken Welt. Sie las in der Bibel. Sie zählte die Tage bis zum Geburtstermin. Als sie bei *siebzehnundderrestvonheute* angekommen war, hatte der Himmel ein Einsehen und schickte ihr ein paar kräftige Wehen.

Yvonne ertrug den Schmerz gelassen, ignorierte das Krankenhauspersonal, biss die Zähne zusammen, dass es knirschte. Bis Zentimeter 7. Dann bettelte sie um Betäubungsmittel, die man ihr nicht gab – gewiss aus Rache für ihre Arroganz von vorher. Ewald verließ den Raum. Yvonne fluchte Gott, und Ewald, und vielen anderen, die sie kannte.

Was sie zwei Stunden später in halber Bewusstlosigkeit auf die Welt brachte, war rothäutig und kahlköpfig. Kleiner, als sie erwartet hatte.

»Aaron, wenn es ein Junge ist. Rebecca für ein Mädchen.«

Yvonne war müde. Und immer noch sehr dick. Sie versuchte nicht einmal, Ewald ein glückliches Mutterlächeln zu schenken. Ewald, der wie ein Fremder neben dem Plexiglaskasten mit einem fremden Baby saß.

Die Augen fielen ihr zu. Sie träumte, sie ginge eine Straße entlang, eine einsame Straße, graue Häuser, kahle Bäume, und dabei war es Sommer. Sie ging, sonst nichts, sie hatte kein Kind bei sich, keinen Mann, niemanden. Und sie aß Kot. Sie aß Hundekot von der Straße, Haufen für Haufen, bis das leise Quäken des Neugeborenen sie weckte.

Steinkind

Nach drei Tagen entließ man Yvonne nach Hause. Die Rebecca-Tragetasche in der Hand stand sie vor dem Spiegel am Schlafzimmerschrank, ebenso unförmig, wie sie gegangen war, und fühlte ein solches Grauen ihrer eigenen Gestalt gegenüber, dass die Tränen liefen, unkontrollierbar, wie die Milch aus ihren Brüsten.

Ewald streckte nicht einmal die Hand nach ihr aus, murmelte nur: »Wochenbettdepression«.

»Es geht schon wieder«, sagte Yvonne, gekränkt, weil er sie nicht ernst nahm.

Yvonne war weder hübsch noch eitel. Was sie quälte, war ein archaischer Ekel vor der Substanz Fett, die von ihrem Körper Besitz ergriffen hatte. Seit jeher hauchten fette Menschen ihr Schrecken ein, wie die Oger aus grausamen Märchen. In ihrer Schulzeit hatte sie sich bewusst mit den dicken Mädchen angefreundet, um sich für diese Schwäche zu bestrafen – so gewissenhaft war sie. Aber das war ein oberflächliches Handeln gewesen, das an ihrem tiefen Abscheu nichts änderte.

Sie wandte sich vom Spiegel ab, nahm das Baby aus der Tasche, stillte es, auf der Bettkante sitzend, legte sich nach getaner Arbeit hin, die Hände auf dem Bauch, der sich offenbar entschlossen hatte, ein Eigenleben zu führen, und gewaltig zuckte und schmerzte. Die Hebamme hatte von Rückbildung gesprochen. Rückbildung, das ist gut, dachte Yvonne, sah benommen die schweren Vorhänge am Fenster, den bösen Blick des Kruzifix über dem Schreibtisch, an dem Ewald seine Seminararbeiten schrieb, und Ewald selbst, der sie von der Tür aus betrachtete, als traue er sich nicht herein. Sie konnte die Augen kaum offenhalten, aber schlafen wollte sie nicht.

Pressen! Pressen! Die Stimme war hart, sie klang wie ein Feldwebel auf dem Exerzierplatz, nur weiblich. Merkte sie nicht, dass Yvonne keine Luft bekam? *Pressen! Eins zwei drei, Luft holen, zwei drei!* Sie schien von überall zugleich zu kommen, unpersönlich und dämonisch. Yvonne würde ihr nicht gehorchen. *Vade retro*, wollte sie schreien, doch es kam kein Ton. Da brach es glitschig zwischen ihren Beinen hervor, ein Wesen, schuppig wie eine Echse. Schweißnass wachte sie auf.

Der Schmerz aus ihrem Traum war noch da, die Atemnot auch. Ich muss das Fenster aufmachen, dachte sie, diese Vorhänge abreißen. Sie stand auf, krümmte sich, mein Gott, wie habe ich geschwitzt, ich muss krank sein. Keuchend ertastete sie den Weg zum Fenster, als kämpfe sie gegen einen Orkan, zog am Vorhang, ging zu Boden. Hatte sie es mit einem dieser tückischen Träume zu tun, die einem nur vorgaukeln, man sei erwacht, und dann kehrt das Grauen wieder? Der Schmerz überlief sie in Wellen, ein nicht enden wollender Orgasmus des Schmerzes, und sie gab sich ihm hin, pflichtbewusst, wie bei den allnächtlichen ehelichen Umarmungen.

Wie viele Male hatte sie davon geträumt, Katzen zu gebären, Schlangen, verkümmerte Monster.

DA. Es kam wieder. Yvonne schrie. Und sie hörte Ewald schreien. Was hatte Ewald in ihrem Traum verloren?

»Hilf mir!« schrie Yvonne.

»Ich rufe einen Krankenwagen«, keuchte Ewald und verpasste so auch die Geburt seines zweiten Kindes. Die kleine Kreatur lag dünn und bläulich auf dem Fußboden, als er zurückkam, einen halben Meter pulsierende Nabelschnur von ihrer Mutter getrennt.

»So kam es«, sagte Judith, »dass sie mich Judith genannt haben. Eine Judith ist lang und dünn. Ich hatte an der linken Hand einen sechsten Finger. Willst du sehen?«

Sie zog ein Lederetui aus ihrem gebügelten Blusenausschnitt und zeigte ein mumifiziertes, schwärzliches Stöckchen vor.

Judith verbrachte die ersten zwei Wochen ihres Lebens auf der Intensivstation – wenn man, in diese Worte fasste es Yvonne, von Leben überhaupt sprechen konnte. Sie litt unter Sauerstoffmangel und Gelbsucht, musste künstlich ernährt werden und wuchs Yvonne in ihrer Hilflosigkeit bald mehr ans Herz als die rosige kleine Rebecca. Yvonne päppelte das zarte Kind wie ein Vögelchen. Sie war dankbar, dass die Alpträume vorbei waren. Sie war dankbar, als Ewald sein theologisches Examen bestand. Und wenn er sich vor dem Ehebett entkleidete, schon mit aufgerichtetem Penis, wie auf einer dieser antiken Vasen, vor denen sie im Museum den Blick abwandte, schwor sie sich bei den zwei kahlen roten Köpfen an ihrer Seite: Nie wieder.

Das stumme Haus

Eine stumpfsinnige, fast unbesuchte Dorfkirche. Außerhalb des Dorfes, als hätte dieses noch wachsen sollen, das Pfarrhaus. Ein Anwesen für protestantische Großfamilien mit fünf Kindern, Katze oder Hund. Im Garten alte Obstbäume, die kahl waren, als sie im Frühling einzogen. Die Fenster der leeren Zimmer im Erdgeschoss des Hauses verhängt mit dunklen Stoffen, die Yvonne an die Vorhänge ihrer vergangenen Wohnung gemahnten. Die Räume sollten als Gemeindehaus dienen, aber welcher Gemeinde? Den sechs Dörfern, in denen Ewald seine Hausbesuche machte, bei 80. Geburtstagen, einsamen Herzen und sterbenden Alkoholikern? Alte Frauen, verlassene Männer und keine Kinder, fast gar keine. Das war es, was man Ewald angeboten hatte; ihm, der letzten Wahl; ihm, der kein brillanter Kopf war; ihm, der kein einnehmendes Wesen besaß und bis zu seinem Examen nicht einmal der Landeskirche angehört hatte.

Letztlich war er zufrieden, weit in den Osten geschickt zu werden, wie ein Missionar, predigen zu können, statt sich umschulen zu lassen auf eine Stelle beim Ortsamt oder einer anderen Behörde, wie der Berufsberater beim Arbeitsamt ihm nahegelegt hatte. Er hatte gezweifelt, ob Yvonne bereit sein würde ihm zu folgen, war sicher, dass er eine überzeugende Rede nicht würde halten können; doch der bedurfte es nicht.

Yvonne begrüßte den Umzug. Die Straßen der Stadt waren ihr unerträglich geworden, kaum konnte sie sich überwinden, den Kinderwagen mit den beiden Mädchen zu einem täglichen Rundgang hindurchzuschieben. Sie fütterte sie mit Vitamin-D-Tabletten und mied die Außenwelt. Je abgelegener ihr neuer Wohnort, desto lieber war es ihr. Sie beschloss, ihr weiteres Leben drei Aufgaben zu widmen: der Aufzucht ihrer Kinder, der moralischen Unterstützung Ewalds und der Vermeidung einer neuen Schwangerschaft. Von der Lehrerstelle für Latein und Chemie, mit der sie ihr gemeinsames Leben vor dem Mutterschutz finanziert hatte, ließ sie sich beurlauben, ohne das Verlangen, jemals in diesen Beruf zurückzukehren. Sie hüllte sich in heilsame Stille. Redete mit niemandem. Den Babys sang sie Kinderlieder vor, Schlaflieder und Choräle.

Ihre Unterhaltung mit Ewald beschränkte sich meistens auf »Guten Morgen«, »Guten Abend« und »Guten Appetit«, ohne dass einer von ihnen das Gefühl gehabt hätte, es fehle ihm etwas. Das Tischgebet sprachen sie gleichzeitig, aber nicht gemeinsam. Er dachte an Sex, sie ans Sterben.

Die Mädchen wuchsen, so selbstverständlich wie die Blätter an den Bäumen. Judith nahm zu, was Yvonne erleichterte. Rebecca wurde dünner, das bemerkte sie nicht. Im Pfarrgarten blühten altmodische Rosen, missachtet von Yvonne und Ewald, die für die Schönheiten der Natur beide kein Auge hatten. Nach einiger Überlegung hielten sie ein Gespräch ab, in dem sie entschieden, alle zwei Monate einen Gärtner zu bestellen. Die restliche Zeit überließen sie die Vegetation sich selbst. Nach einem Tag ohne Zwischenfälle und dem immergleichen Abendessen – Wurstbrot für den Pastor, Milchbrei für die Kinder – gingen alle schlafen. Die Mädchen in getrennten Zimmern, die Eltern in einem gemeinsamen Ehebett. Ihre Seelen blieben zuverlässig voneinander getrennt. Um sechs Uhr morgens folgten Morgengebet und Frühstück, das vom Abendbrot nicht abwich – eine Harmonie wie aus dem Bilderbuch, nur besser.

Wäre nicht das sogenannte Gemeindeleben gewesen. War Ewald nicht im Haus, musste Yvonne auf jedes Klingeln die Tür öffnen, verstaubte und verschimmelte Landfrauen empfangen, ihre Klagen anhören zur Weitergabe an den Seelsorger, ihnen Kaffee anbieten. Mit den Mädchen hatte sie es leichter. Ob sie ruhig in ihren Betten lagen oder weinten, davon musste sie nichts mitbekommen – das Haus war groß genug. Yvonne machte sich vertraut mit der Geschichte des vierzigjährigen Sohnes einer Besucherin aus dem Nachbardorf, der Türen eintrat, in den Kleiderschrank urinierte und keine Frau finden wollte; mit der Angst vor der senilen Mutter einer anderen Gemeindefrau, die im Gartenschuppen eine Satanskapelle errichtete und keinen hineinließ, aber Schatten sah man und Lichter, und sterben konnte die Alte nicht; mit dem Gram um die Tochter, die fortgezogen war in die Stadt, nie zu Besuch kam und nie die Enkel schickte, nicht einmal in den großen Ferien. Yvonne hörte zu und zählte in Gedanken die Tage bis zu den Tagen, rezitierte ein lateinisches Gedicht, oder beschäftigte sich mit jenem seltsamen Phänomen, dass sie sich das Gesicht ihres Mannes in seiner Abwesenheit nicht vor Augen führen konnte – stattdessen umso deutlicher sein drohend erregtes Glied, vor dem sie sich abwandte, dessen Anblick sie aber auch mit geschlossenen Augen nicht entkam.

»Hören Sie, Frau Pfarrer, sie sagt, es gibt keine Arbeit hier, in wieviel Kilometern Umkreis keine Schule für die Kinder, und Kinder gibt es auch nicht. Sie sagt, niemand bleibt hier, der ein bisschen Verstand hat, aber immerhin ist das unser Land, immer schon unser Land, selbst wenn sie weggehen muss, Frau Pfarrer, gut und schön, kann sie nicht wenigstens in den Ferien? Kann sie nicht wenigstens die Kinder in den Ferien?«

Yvonne lächelte und nickte, *noch drei Tage*, goss Kaffee ein, öffnete eine Packung mit Keksen. Aus den Zimmern der Mädchen hörte man nichts. Sie genoss diese Ruhe, die Tristesse um sie her, die so gar keine Risiken barg, keine Überraschungen, keine Verlockungen. So verlässlich wie sonst nur ihre altsprachliche Lektüre. So verlässlich wie ihr monatlicher Zyklus, seit es DAS GETRÄNK gab: *½ Gin, ½ Rum (weiß), ½ Wodka, ½ Tequila, ½ Blue Curaçao, ½ Sprite.*

Yvonne wusste, normalerweise gehen nicht so viele Hälften auf ein Ganzes. Bei ihrem Getränk schon. Sie hatte dieses Wundermittel gegen Schwangerschaft gefunden, wie man einen Geldschein auf der Straße findet, aber man findet keine Geldscheine auf der Straße, schon gar nicht in diesem Dorf. Wie ein Vogelei dann eben – nein, sehr unpassend. Eigentlich, dachte Yvonne, kommt es selten vor, dass ein Mensch etwas findet und es gebrauchen kann. Sie hatte darum gebetet. Suchet, so werdet ihr finden. Um ein probates Mittel, das keine Sünde war und kein Verrat ihrem Mann gegenüber.

Dybbuk

Rebecca lag im Gitterbett und schaute aus dem Fenster in den Mond. Der schaute zurück auf Rebecca. Ihr Babygesicht war hell und rund wie er, unter Umständen hätten sie gute Freunde werden können. Es sollte aber nicht dazu kommen. Ihre erste Begegnung mit dem Mond, mit seinem stillen Licht, war furchteinflößend. Kein Geräusch zu hören, nur ein Schmatzen aus dem Nebenzimmer – ein leises Lebenszeichen von ihrer Schwester, dem Nicht-Zwilling.

Rebecca lag auf dem Rücken, in einem ärmellosen Schlafsack, so weit wie möglich von dem kratzigen Schlaftier auf ihrem Kissen abgerückt, lautlos. Lautlos aus Instinkt, ein verlassenes Junges (welcher Tierart auch immer) vor dem großen gelbweißen Räuber dort draußen. Ein lauerndes Auge, das ihr erwachendes Denken, das noch keine eigenen Worte hatte, mit den Gebeten und Liedern ihrer Eltern verband.

Hätte jemand in ihr Gesicht gesehen, was hätte der bemerkt? Allein, es sah keiner hin, selbst die Schlafgeräusche der Schwester waren unerreichbar weit. Nur ein kleiner kalter Geist schlich an ihre Seite – ein Dybbuk, der sich undeutlich spiegelte im Mond und dessen Lichtschein, einen krummen grauen Schatten warf. Ihr versprach, sie nicht mehr zu verlassen und ihr den eigenen Namen ins Ohr flüsterte wie einen Fluch: *Rebecca la mal-aimée.*

Yvonne fand sie am nächsten Morgen steif, mit eisigen Fingern. Sie öffnete die Augen erst auf einen Schrei hin, der eine Mischung war aus Verärgerung und Besorgnis. Als hätte sie es, in unkindlichem Vorbedacht, darauf angelegt, ihre Mutter zu erschrecken.

Von dieser Nacht an war Rebecca der Mond unerträglich. In Vollmondnächten fürchtete sie sich vor dem Schlaf. Sie fürchtete sich vor allen Liedern, in denen er vorkam, vor den elterlichen Gebeten, vor dem Wort Himmel. Die Angst machte sich breit in ihrem Leben, als hätte sie mit den ersten Tropfen Milch die Alpträume ihrer Mutter geschluckt.

Später, als sie aus dem Bett klettern und die Tür öffnen konnte, fand sie den Weg ins Zimmer von Judith. Es kam vor, dass ihr Dybbuk sie antrieb, die Schwester zu kneifen und zu beißen. Judith kniff selten zurück. Wenn sie schrie, hielt Rebecca ihr den Mund zu oder streichelte sie hilflos dort, wo sich rot ihre Zähne abzeichneten. Oft blieb Judith still, und sie sahen gemeinsam aus dem Fenster.

Die Schweigsamkeit der Kinder fiel Yvonne spät auf. Anlässlich eines der seltenen Telefonate mit der eigenen Mutter, die ihre Enkeltöchter zu sprechen wünschte, beiden aus der Ferne versicherte, sie werde sie gewiss in den kommenden Monaten besuchen, und sich dann über das Ausbleiben einer Antwort beschwerte. Argwöhnte, man hetze die Kinder gegen sie auf. Oder diese seien allgemein verstockt. Da erst wurde Yvonne bewusst: dass die beiden Mädchen nicht sprachen, war in deren Alter keine Selbstverständlichkeit.

Das bedeutete Arztbesuche in der Stadt. Arztbesuche, die sie eine Menge Deospray kosteten, und bei der Rückkehr die Versuchung, nach einer der Flaschen zu greifen, die streng für ihr monatliches Getränk reserviert waren.

Der Arzt untersuchte die Schwestern getrennt. Stellte fest, dass sie Gegenstände auf Bildern benennen konnten, wenn man sie dazu aufforderte. Aber: »Die beiden zeigen kein Mitteilungsbedürfnis, keinen Wunsch nach Kommunikation.«

»Muss man das haben«, fragte Yvonne. Auf der Suche nach einer Antwort kam der Arzt ins Grübeln und überwies sie an einen Spezialisten.

»Typisch für Zwillinge«, erklärte der Kinderpsychologe in der nächstgrößeren Stadt, »bringen Sie sie so viel wie möglich mit Gleichaltrigen zusammen. Manchmal« – ein Blick auf Yvonnes Bauch – »hilft auch ein Geschwisterchen. Und natürlich der Kindergarten.«

Judith, die dreijährige pummelige Judith, die noch Windeln trug, sagte: »Wir sind keine Zwillinge.«

Spontanes Mitteilungsbedürfnis.

Notiz auf der Karteikarte.

Fragender Blick an die Mutter, die gleich Tränen in den Augen hatte. Der Spezialist schenkte ihr ein mitfühlendes Lächeln und bestand nicht auf dem Thema, wo seine beruflichen Gewohnheiten ihn eher zum Nachhaken getrieben hätten. Aber für die spezielle Verletzlichkeit schwangerer Frauen hatte er eine unprofessionelle Schwäche.

Garten mit und ohne Blumen

Also der Kindergarten. Ein riesiger Bau, der in großen Teilen leer stand, insofern an ihr eigenes Haus erinnerte, ein Bau aus grauen Betonzeiten, in denen dennoch mehr Kinder zur Welt gekommen waren, mehr Eltern in dem jetzt verlassenen Landstrich gelebt hatten. Eine Erzieherin, die aus jenen Zeiten überdauert hatte, Herrscherin über fünfzehn traurige Existenzen unter Schulalter und ungezählte freie Plätze.

Christlich war der Kindergarten nicht.

»Auch sonst nicht weltanschaulich geprägt«, versicherte die Erzieherin, deren Stimme während des Vorstellungsgesprächs zwischen Gleichgültigkeit und Werbeeifer schwankte, mitten im Satz umspringen konnte wie bei einem Jungen im Stimmbruch. Die Gleichgültigkeit war unüberhörbar stärker, sie hatte die Gewohnheit auf ihrer Seite, sie wurde gestützt von den vielen unbezogenen Betten im Schlafraum, von den rostigen Rohren der Klettergeräte im Außengelände, den Plastiktöpfchen im Bad, so oft desinfiziert, dass sie ihre ursprüngliche Farbe verloren hatten.

Das Gespräch fand außerhalb der Öffnungszeiten statt. Alles war so sauber und aufgeräumt, als hätte man geplant, diese Räume für immer zu verlassen.

Man? Die Frau mit den nach innen gesunkenen Augen und der instabilen Stimme?

»Um sieben öffnen wir. Bringen bis halb neun, Frühstück um neun«, sagte mechanisch die Stimme und schob Yvonne aus der Tür.

Sie war pünktlich am nächsten Morgen; zehn vor acht. Die Mädchen, gebadet, mit gewaschenen Haaren, erwarteten schweigend das Unbekannte. Im Auto erinnerte sich Yvonne an die kleine rote Kindergartentasche, die sie selbst in diesem Alter gehabt hatte, wie ein Briefträger hatte sie damit ausgesehen, und jetzt hatte sie vergessen, ihren eigenen Kindern ein Frühstücksbrot einzupacken – in der geheimen Hoffnung, der Kindergarten würde verschwunden sein, wenn sie dort ankam.

Ein Tag genügte, damit Judith ihre Meinung fasste und sie nicht wieder aufgab. Rebecca brauchte zwei Tage länger.

Yvonne fragte ihre Töchter nicht, wie ihnen der Kindergarten gefiel, aber sie wurde jeden Nachmittag zum Gespräch gebeten.

Warum war Judith noch nicht trocken? Hier setzte man Kinder vom ersten Geburtstag an auf den Topf, es funktionierte immer.

Rebecca hatte ein anderes Mädchen gekniffen und sich danach unter dem Tisch versteckt.

Beide Schwestern spielten nicht mit den Kindern aus der Gruppe.

Sie sangen bei den gemeinsamen Liedern nicht mit.

Rebecca verweigerte die Mahlzeiten.

Andere Eltern machten sich Gedanken wegen der jüdisch klingenden Vornamen der Mädchen – dabei sei der Vater doch evangelischer Pfarrer?

Nach einer Woche gab Yvonne auf. Sie teilte der Erzieherin ihren Entschluss mit, zu einer kirchlich geleiteten Einrichtung zu wechseln, fuhr die 25 Kilometer dorthin, hielt vor dem Eingang und drehte wieder um. Unmöglich, jeden Tag diese Strecke zurückzulegen, nur damit Rebecca und Judith sprechen lernten.

Ewald hatte ohnehin Bedenken gehabt, was den Kindergarten anging. Er stimmte ihr zu, dass man die Kinder ebenso gut zu Hause erziehen könne.

»Du bist doch Lehrerin«, sagte er, »gib ihnen Sprachunterricht.«

Yvonne nickte, Gespräch beendet, Ewald zog sich aus, stand vor ihr, das Gesicht missmutig, der Oberkörper behaart, der Penis erigiert. Er nahm sie, bekleidet wie sie war und mit einer gewissen Brutalität, von hinten.

½ Gin, ½ Rum (weiß), ½ Wodka, ½ Tequila, ½ Blue Curaçao, ½ Sprite, sagte sich Yvonne, sagte es Tag für Tag, Mal für Mal, um es nie zu vergessen.

Damit Yvonne ihre Pflichten als gute Ehefrau nicht vergaß, wiederholte der Pastor denselben Akt einmal wöchentlich. Zweieinhalb Jahre später wiederholte sich auch das eheliche Gespräch über die Erziehung der Töchter.

Rebecca und Judith waren fast sechs Jahre alt. Unbehelligt vom Kindergartenbesuch oder der Ankunft kleiner Geschwister (ihr Vater gab sich Mühe, von Yvonnes Rezept ahnte er nichts), verbrachten sie ihre Tage unter den zart abblätternden Tapeten des alten Hauses, oder zwischen den Bäumen und Büschen des Gartens, die Hände voller Splitter, die sie sich gegenseitig zogen, ohne ein Geräusch, schwarze Knie, die ihnen die Mutter mit der Nagelbürste schrubbte, wenn sie abends in der Badewanne saßen, ebenfalls schweigend. Seit zweieinhalb Jahren wurde das Schweigen in den Vormittagsstunden gebrochen, von 8 bis 11 Uhr. Stunden, in denen die Schwestern erfuhren, was sie für ein glückliches Leben brauchten, es sei denn, sie hatten Halsweh, Fieber oder sonst einen kindlichen Infekt. Was nicht häufig vorkam, da es niemanden gab, bei dem sie sich hätten anstecken können. Lieder singen, Zeichnen, Schneiden, Kleben und eine halbe Stunde Vorlesen. Ab dem fünften Geburtstag kam ein Vorschulprogramm dazu, dem Rebecca und Judith mit Respekt begegneten, da es eine Zukunft versprach, von der man nicht wissen konnte, ob sie freundlich war oder bedrohlich.

Unerwartete Sorgen bereiteten Yvonne die Bastelstunden, obwohl die Kinder bereitwillig, sogar eifrig an ihre Aufgaben gingen. Judith arbeitete mit einer gewissen Sturheit, steigerte sich in endlose Wiederholungen, füllte ganze Seiten mit Kreuzchen und Kreisen, ohne vom vorgegebenen Muster abzuweichen, schnitt zwanzig Papiersterne, wenn sie einen schneiden sollte. Rebecca dagegen versetzte der Anblick dessen, was sie geschaffen hatte, in Raserei, in eine leise, verbissene Wut, so dass sie das Papier auf dem Tisch zerknüllte und weinend auf ihr Zimmer geschickt wurde.

Sprechen konnten sie jetzt beide, sogar kleine Gedichte aufsagen. Als Yvonne zu Ewald sagte: »Die Mädchen haben einen Einberufungsbefehl«, und ihm die Ladung zum Vorstellungsgespräch in der Schule reichte, lachte Ewald, was er nicht häufig tat. Dank Yvonnes Unterricht waren Rebecca und Judith so gut gerüstet, dass die Schulleiterin zum Ende des Gesprächs halb missgünstig, halb anerkennend bemerkte, ein solches Niveau liefere eben nur ein Privatkindergarten.

»Ein kirchlicher Kindergarten«, korrigierte Yvonne und fragte sich, ob Schuldirektorin und Kindergartenleitung miteinander verwandt seien, so ähnelten sie sich in Körperbau, Gesichtsausdruck und Frisur.

»Heißt das, Sie möchten die beiden auf eine kirchliche Schule schicken?«

Die Idee war Yvonne noch nicht gekommen. Ehe sie antworten konnte, tat die Schulleiterin das für sie: »Das hatte ich vermutet. Sie werden jeden Tag 50 Kilometer fahren müssen, macht Ihnen das nichts aus?«

»Ich weiß nicht«, sagte Yvonne. Rebecca und Judith sagten nichts. Sie sahen wohlerzogen aus, wie sie da saßen mit geflochtenen Zöpfchen und blauen Trägerkleidchen, das eine zu weit, das andere zu eng, denn Yvonne hatte beide in der gleichen Größe gekauft.

»Schade«, sagte die Schulleiterin, »Sie sind nicht von hier, das verstehe ich, trotzdem ist das hier eine ordentliche Schule, auch wenn wir die Mittel nicht haben, auch wenn Ihre Kinder mit ganz gewöhnlichen anderen Kindern in eine Klasse gehen, würde ihnen das keineswegs schaden, doch letztlich ist das Ihre Entscheidung, für eine konfessionelle Schule, ich persönlich …«

Sie unterbrach sich. Reichte Yvonne ein Formular, das diese unterschrieb, stand auf, um die Mädchen mit Händedruck zu verabschieden, als suche sie Verbündete: »Möchtet ihr beiden nicht gern auf unsere schöne Schule gehen?«

Rebecca und Judith sahen einander an, dann die Direktorin, die vergeblich um ein Lächeln heischte. Judith sagte höflich auf Wiedersehen. Rebecca trat im Hinausgehen gegen die senfgelbe Tür.

»Und was jetzt«, fragte Ewald zu Hause, entkleidete sich und begrub Yvonnes Antwort unter seinem unvermeidlich hungrigen Körper.

Geschichten vom Flieder

Es kamen keine Briefe von der Behörde, es kamen nicht einmal Fragen von den Nachbarn. Es war, als hätte das Dorf die Kinder des Pfarrers vergessen. Obwohl man sie gelegentlich im Garten sah, oder schweigend am Kaffeetisch sitzen, Kekse essend und Geschichten der alten Frauen lauschend. Andere Kinder gab es nicht im Ort, fast. Da waren zwei kleine Jungen, deren Eltern sich im Kindergarten über die jüdischen Vornamen beschwert hatten und die den Schwestern nicht zu nahe kamen – jüdisch ist ansteckend, sagten die Eltern. Außerdem gab es ein aufgedunsenes Mädchen, das beim Atmen schnaufte und von Yvonne zweimal zum Spielen eingeladen, von Rebecca und Judith aber nicht beachtet wurde. Dafür waren sie von einem Jungen fasziniert, den seine Mutter bei den Großeltern zurückgelassen hatte. Ewald sagte, dass sie *trank*. Am Ton seiner Stimme erkannten die Mädchen, dass es etwas Schlechtes war – warum, verstanden sie nicht.

Der Junge trug den Namen Frieder, war groß und sprach nicht. Er ging auch nicht nach draußen; auf jeden Fall nicht allein. Als er einmal an der Hand seiner Großmutter im Pfarrhaus erschien, sahen die Mädchen oben vom Treppenabsatz zu. Er ging, wie sie sich einen Seemann vorstellten.

Dieser Junge besuchte ebenfalls keine Schule.

Was soll ich machen, klagte die Großmutter, es gibt niemanden, der ihn fahren könnte, würde ohnehin nicht viel nutzen. Er muss nicht, seine Störung.

Ja, sagte Yvonne, viele Male ja, wie eine Aufziehpuppe, und die lauschenden Töchter erkannten in dem großen blassen Jungen ihren einzigen möglichen Freund.

Es sei denn, sie gingen WEIT WEG.

Die Geschichten, die sie einander erzählten, handelten oft von WEIT WEG. Und sie handelten von dem geheimnisvollen Jungen. Sie erzählten fast ohne Worte und mit Gesten, die so sparsam waren, dass kein anderer hätte folgen, dass kein anderer hätte ahnen können, wohin sie sich gedanklich aufmachten.

Beide Schwestern lernten schnell lesen und hielten sich nicht lange bei den Bilderbüchern auf, mit deren Hilfe Yvonne ihnen die Buchstaben und Silben vorgestellt hatte. Ehe ihr erstes Schuljahr vorbei war, bestanden die Deutschstunden zur Hälfte aus Lektüre, zur Hälfte aus Aufsatz und Diktat. Rebecca und Judith schrieben fehlerfrei, lasen gierig, spürten Fernweh nach jedem Ort, der zwischen die Seiten der Bücher gebannt war, wie sie selbst in das stille Haus und seinen verwilderten Garten. Sie richteten sich Geheimorte ein. Rebecca zeichnete eine Karte davon, Landkarte und Schatzkarte zugleich:

Unter Judiths Bett. In dieses Versteck nahmen sie eine Wolldecke und zwei Paar Gummistiefel mit, denn sie glaubten fest an einen geheimen Gang, der sich eines Tages auftun würde. Ein Geheimgang, der sie zu einer Welt voller Freude bringen würde. Woraus die Freude bestand, wussten sie nicht.

Eine Höhle in den Fliederhecken, im Winter nicht brauchbar, machte sie im Sommer unsichtbar. Sie gruben eine Vorratskammer in den Boden und legten eine Blechbüchse mit Süßigkeiten hinein.

Ein Winkel im Keller hinter Regalen voller leerer Einmachgläser und verrostetem Werkzeug, der berauschend nach alten Steinen roch.

Eine Astgabel im Walnussbaum; das Schuppendach, das man von dort erreichte. Eine Zuflucht nur für Rebecca, wo sie sich grausame Rache ausmalte, wenn Judith sie geärgert hatte, oder sich selbst zerfleischte, wenn es ihr Dybbuk gewesen war, der sie anstiftete, die Schwester zu quälen. Ihre schönsten Bilder aus der Zeichenstunde zu zerreißen, ihr kleine Dinge zu stehlen, Süßigkeiten, Stifte, sie zu treten, wenn die Mutter sie lobte.

Yvonne lobte sparsam, aus Prinzip, und weil sie eine dunkle Unzufriedenheit mit dem verspürte, was in jenen alptraumhaften Monaten in ihr gewachsen war.

Rebecca sammelte Tiere, vor denen Judith sich fürchtete: Schnecken, Ohrenkneifer, Raupen. Dafür war es Judith, die sich auf den Weg zu Frieders Haus machte, allein, ihren sechsten Finger um den Hals wie einen Talisman. Sie trug einen Schottenrock, der über dem Bauch spannte und ihr das Aussehen einer kleinen alten Frau gab, rote Wollstrumpfhosen und die Gummistiefel aus ihrem Versteck unter dem Bett.

»Ich möchte Flieder besuchen«, sagte sie zu der echten alten Frau auf der anderen Seite der Tür.

Beide Schwestern waren überzeugt, dass dies sein richtiger Name war, dass man den Jungen nach den lila Blüten benannt hatte, hinter denen verborgen sie von ihm erzählten. Gerade in diesem Jahr blühte der Flieder besonders lange, der April war warm gewesen, der Mai war kalt, so lange blühte er, dass Judith sich an eine Zeit ohne Fliederblüten schon nicht mehr erinnern konnte.

Die Großmutter fragte, etwas scharf: »Hat die Mutti dich geschickt?«, was Judith verneinte. Flieder saß am Küchentisch und klopfte mit einem Hühnerknochen auf das Holz, eintönig und ausdauernd. Er hörte nicht auf, als Judith sich ihm gegenübersetzte.

»Sag schon brav Hallo«, sagte die Großmutter.

Der Junge sagte: »Hallo«, ohne sein Klopfen zu unterbrechen. Ganz wie hallo klang es nicht, eher wie ein Geheimwort. Vielleicht hatte er seine eigene Sprache, so wie Rebecca und sie.

Judith versuchte, das Geräusch nachzuahmen, das er gemacht hatte. Die Großmutter bedachte sie mit einem bösen Blick (so eine war nun die Tochter des Pfarrers).

»Wo ist deine Zwillingsschwester?«

»Sie ist nicht meine Zwillingsschwester.«

Judith wandte die Augen nicht von Flieders klopfender Hand. Morsezeichen, darüber hatte sie in einem ihrer Bücher gelesen. Seine andere Hand hing zur Faust geballt an einem dennoch schlaff wirkenden Arm.

»Wollen wir rausgehen?«

Flieder antwortete nicht. Er arbeitete so konzentriert an seiner Klopfbotschaft, dass er nicht merkte, wie die Spucke ihm aus dem Mund auf den Tisch lief. Erst als der Knochen zwischen seinen Fingern zerbrach, sah er auf.

»Gehen wir raus?«, wiederholte Judith.

»Nein«, sagte die Großmutter, »allein rausgehen darf der Frieder nicht.«

»Hast du Kekse?«

»Kekse«, ahmte der Junge sie nach. Aber sie bekamen keine.

Judith und Flieder saßen einander gegenüber und schwiegen. Judith schwieg besser, weil sie mehr Übung darin hatte. Sie saßen so lange, bis die Großmutter Judith aufforderte zu gehen.

Zum Abschied nahm sie Flieders Hand. Die Hand war kalt.

Kalt wie der Regen über dem blassen, lila und altrosa blühenden Busch, unter den die Schwestern sich kauerten, beide in ihren Gummistiefeln, beide in schlecht sitzenden Schottenröcken. Umhüllt vom toxischen Duft der Blüten, spannen sie neue Geschichten um Flieders Gefangenschaft und ihre eigene bevorstehende Abreise, fremde Orte und fremde Menschen. Rebecca setzte Judith heimlich einen Ohrenkneifer aufs Knie, aus Wut darüber, dass die sich getraut hatte, den Jungen zu besuchen, und sie selbst sich nicht.

Flieders Großmutter klingelte bei Yvonne, blieb in der Tür stehen und verlor bittere Worte. Sie drohte mit dem Kirchenaustritt, beklagte sich über Leute, die sich selbst für etwas Besseres hielten und ihre Kinder für zu fein, um sie unter das Volk zu mischen. Yvonne beschwichtigte. Judith habe es nur gut gemeint. Sie glaubte sich in der Tochter wiederzuerkennen, wie sie damals die Freundschaft der abstoßenden dicken Mädchen gesucht hatte, und rief Judith nach unten, als die Großmutter gegangen war.

»Es ist sehr lieb von dir, dass du den armen Jungen besuchst, aber du musst das nicht tun.«

Judith hörte richtig »du darfst nicht«, obwohl die Mutter ihr über den Kopf streichelte und ihr eine halbe Tafel Schokolade schenkte. Um den Flieder war ein Geheimnis.

»Vielleicht«, sagte Rebecca, »ist er ein entführter Graf. Oder seine Eltern haben ihn hier versteckt, um ihn vor der Rache zu schützen.«

»Welcher Rache?«

»Von den Feinden. Darum dürfen wir nichts von ihm wissen.«

Der Mairegen ließ sich auf dem Dach hören, es war Nacht, und die Mädchen flüsterten in Judiths Bett. Beide konnten nicht schlafen. Es war eine dieser quälend hellen Nächte, in denen sie um sieben ins Bett gesteckt wurden und sich stundenlang mit ihrer Müdigkeit und dem Verbot sich zu regen herumschlugen.

Schließlich standen sie auf, schlichen die Treppen hinunter und verkrochen sich im Keller, wo, wie sie wussten, das beste Mittel gegen Schlaflosigkeit versteckt war. Es trug Etiketten mit merkwürdigen Aufschriften: GIN – RUM – VODKA; eine ganze Sammlung von Flaschen im unteren Fach einer Werkzeugkiste.

Rebecca hatte sie entdeckt, als sie nach Werkzeug suchte, um einen Sitz zu bauen unter den Fliederbüschen oder ein Baumhaus im Walnussbaum, aber das Geheimnis unter dem Hammer mit dem abgebrochenen Stiel und der stumpfen Säge ließ sie ihr Vorhaben gleich vergessen.

Die Schwestern waren nicht sicher, wer die märchenhaften Flaschen dort verborgen hielt, aber sie fanden schnell heraus, welche Wirkung ihr scharfer Inhalt hatte. Medizin. Wie in den Indianerbüchern. Es schmeckte scheußlich, wirkte aber Wunder. Sie entdeckten das Lachen, laut und grundlos, und wenn das Lachen aufhörte, die Bewusstlosigkeit. So lagen sie nebeneinander auf dem Kellerboden und waren zugleich weit weg, bis die nächtliche Kälte sie zurückholte. Einmal war es eine Ratte, die sie weckte, als sie mit Trippelschritten, die sich nicht einmal unangenehm anfühlten, über Judiths Arm huschte. Die Schwestern versuchten sie einzufangen, um sie als Haustier mit auf ihr Zimmer zu nehmen, aber die Ratte war schneller und kam nicht zurück. So schlichen sie allein nach oben, wie immer zitternd vor der Gefahr der Entdeckung.

Yvonne merkte nicht, dass und wie ausgiebig ihre Töchter sich am Alkohol bedienten. Sie wunderte sich gelegentlich, wenn wieder eine Flasche leer war, aber wen hätte sie verdächtigen sollen außer sich selbst? Die Mädchen räumten die Flaschen in ihre genaue Position zurück, sobald sie abgefüllt hatten, was sie brauchten. Sie mischten ihre Medizin in einem leeren Einmachglas und erhielten so ein ganz ähnliches Getränk wie Yvonnes monatliches Verhütungsmittel. Es fehlten nur die Eiswürfel und der Anstandstropfen Sprite.

Martin-Sie

In der Nacht, ehe Rebecca zum ersten Mal ihre Tage bekam, stattete der Dybbuk ihr einen Besuch ab. Seine Stimme klang wie das ferne Schreien einer Katze, er versprach, sie nie zu verlassen, und der grünliche Mond lockte sie fortzugehen. Sie träumte den Rotkäppchentraum, den sie seit Jahren beim Einschlafen fürchtete. Sie lief über Bahngleise, lief und lief, bis der Wolf sie einholte und verschluckte, und der Traum mitnichten zu Ende war, der Wolf weiterlief, das Kind im Bauch, über die blutigen Gleise.

Als beim Erwachen tatsächlich Blut in ihrem Bett war, fühlte sie sich mehr erleichtert als erschrocken. Sie hatte auf die Sache gewartet, mit einem gewissen Ehrgeiz, denn Judith blutete schon seit einem Jahr. Rebecca beschloss, für den Rotkäppchentraum nun zu groß zu sein.

Chronische Müdigkeit. Diese Diagnose hatte sich Yvonne nach einigen Wochen Abwarten und Ratgeberlektüre selbst gestellt. Erst dachte sie, da Kopf und Körper sich täglich schwerer anfühlten und jede Tätigkeit (morgens aufstehen, Schule mit den Mädchen, Hausarbeit, Gespräche mit alten Frauen) ihr unerträglich mühsam wurde, an eine Schwangerschaft. Sie fürchtete; Ewald hoffte.

Aber ein Test fiel negativ aus, das Getränk erwies sich als zuverlässig. Yvonne erhöhte sicherheitshalber die monatliche

Dosis, und die Flaschen leerten sich noch schneller als zuvor. Zum ersten Mal lernten Rebecca und Judith etwas kennen, was es an öffentlichen Schulen auch gab: Unterrichtsausfall.

Da die Kundschaft ihm wegstarb und seine Frau sich nach dem Frühstück wieder hingelegt hatte, saß Ewald den Vormittag in seinem Arbeitszimmer allein ab. Interessant war es nicht, er wusste aber nichts Besseres.

Yvonne kam ihre Müdigkeit mehr und mehr wie das schwere Erwachen aus einer Betäubung vor, in die sie gleich nach der Geburt ihrer Kinder gefallen war, einer Betäubung von dreizehn Jahren, wie in einem bösen Märchen. Man müsste hier raus, dachte Yvonne, dreizehn Jahre kein Urlaub, keine Reise weiter als die zum Zahnarzt und zum Großeinkauf bei Aldi. Ein monatlicher Cocktail, das machte zwölf im Jahr, in dreizehn Jahren 156. Nicht einmal die Familien hatten sie besucht, weder ihre noch seine. Die zwei hässlichen Entlein, die ihr in absehbarer Zeit über den Kopf wachsen würden, kannten ihre Großeltern nur aus den Weihnachtspaketen.

Vielleicht war es gewöhnlicher Überdruss, an dem sie litt. Aber sie hatte keinen Vergleich, keinen zum Sprechen. Ewald litt offensichtlich nicht. »Freundschaft wird überschätzt«, sagte er, »wir haben doch uns.« Sie fand, er hatte recht. Und wo hätten die Freunde auch herkommen sollen?

Yvonne war froh, dass ihre Töchter dort, wo sie lebten, keine *Dummheiten* machen konnten. Dennoch ärgerte sie ihr reizloser Anblick. Judiths Plumpheit besonders, aber auch Rebeccas eckige Bewegungen und ihr renitent verschlossener Gesichtsausdruck. Eitelkeit wünschte sie sich von ihnen nicht, selbst wenn sie Grund dazu gehabt hätten, und hielt sie von Spiegeln fern wie von Blaubarts verschlossener Kammer.

Somit entdeckten die Mädchen ihr im Glas reflektiertes Bild als etwas gänzlich Neues, etwas Fremdes sogar, das sie mit sich selbst nicht zusammenbrachten, etwas, das ihnen nicht zu gehören schien. Wieder und wieder schlichen sie ins Elternschlafzimmer und sahen in den Spiegel, in den unbeobachteten

Stunden, in denen ihre Mutter sie mit einer Stillarbeit allein ließ, oder ohne eine Arbeit.

»Mein Bild wird hier drinbleiben, wenn ich längst nicht mehr da bin«, sagte Rebecca, zeichnete mit feuchten Fingern ihre Nase nach, die Wangenknochen, das Kinn.

»Wohin gehst du?«

»In die Berge. In ein anderes Land. Und ich hinterlasse überall mein Spiegelbild, das sieht dich an, wenn du kommst, um mich zu suchen.«

»Und wer ist hier schon drin? Der Flieder vielleicht, der sieht dich jetzt nackt.«

Rebecca drehte sich um: »Siehst du ihn denn?« Judith lachte.

Der große Spiegel war alt, wer weiß, wer alles darin wohnte, Pfarrfrauen und Dienstmädchen und Männer und Kinder, Haustiere, Vögel, Fledermäuse. Wer weiß, wessen Nacktheit da auf sie wartete. Marmorne Männerbrüste und riesige Genitalien, wie sie in Rebeccas Lateinbuch ein gelangweilter Schüler den Gladiatoren hatte wachsen lassen, den Götterstatuen und den mythischen Helden.

Hätte Ewald beim Kauf des gebrauchten Lateinbuchs etwas geahnt, wäre er nicht so geizig gewesen. Yvonne bemerkte die Kritzeleien erst während des Unterrichts, sie hatte Rebeccas Buch nicht durchgesehen, und fragte sich, ob ihr Mann es getan hatte (ihr Schamgefühl verbot ihr, ihn darauf anzusprechen). Sie sagte nichts zu den Mädchen, hoffte, die beiden würden die überdimensionierten Geschlechtsteile nicht als solche erkennen, oder wegsehen, wie sie selbst es bei solchen Darstellungen tat. Andererseits, falls nicht, so blieb ihren Töchtern jedenfalls erspart, was andere Mädchen ihres Alters in den Medien zu sehen und auf dem Schulhof zu hören bekamen. Also: weiterübersetzen.

Rebecca zeichnete jede Linie liebevoll nach, als könne sie den längst erwachsenen Jungen damit heraufbeschwören. *Und siehe da, es gelang.* Dabei behauptete Judith, dass sie die Hexe war, ihres sechsten Fingers wegen.

Als Rebeccas fleischgewordene Beschwörung ihr Erscheinen ankündigte, erst per Brief, dann telefonisch, öffnete Yvonne eins der bisher verschlossen gehaltenen Zimmer, machte gründlich sauber und stattete den Raum mit Regalen, Schreibtisch und einem schmalen Bett aus. All diese Möbel entnahm sie dem häuslichen Bestand, nur die Matratze wurde neu bestellt. Sie fühlte, wie schon die Aussicht auf den neuen Mitbewohner sie aus ihrer kränklichen Lethargie riss, sie beklagte sich über die zusätzliche Arbeit und freute sich dabei auf Gespräche mit einem Menschen, der

1. christlich
2. gebildet

war, auf eine Abwechslung von Ewalds schlichter Frömmigkeit, seiner Wortkargheit. Es war eine Vorfreude, die von keinerlei verbotenen Gelüsten getrübt wurde.

Die zu wecken, eignete sich der junge Mann kaum, dachte Yvonne, als sie ihm die Tür öffnete. Ewald hatte ihn vom nächsten Bahnhof abgeholt, aber er stand da, mit seinem Koffer in der Hand, als wäre er den Weg zu Fuß gekommen, ein aus der Zeit gefallener Vertreter in Stoffmustern oder illustrierten Bibeln.

»Ich hoffe, Sie werden sich bei uns zu Hause fühlen«, sagte Yvonne, »mein Mann zeigt Ihnen Ihr Zimmer.«

Dann hielt sie das gleiche Ritual für den Neuankömmling ab wie gewöhnlich für die alten Damen, schenkte ihm Kaffee ein, nur mit viel mehr Zucker. Die Mädchen saßen mit am Tisch, still und gerade, bis Judith ihren mumifizierten Finger aus dem Ledersäckchen holte und stolz dem Gast zeigte. »Judith, ich habe es dir tausendmal gesagt«, zischte Yvonne und schickte sie zur Strafe auf ihr Zimmer. Rebecca blieb, prägte sich jeden Satz ein, den sie hörte, um ihn später für die Schwester wiedergeben zu können. Musterte für sich fliehendes Kinn und hochgezogene Schultern, spürte der Berührung einer feuchten Hand nach.

»Martin«, fragte Yvonne, »wie kommt es, dass Sie ausgerechnet bei uns Vikar werden wollten?«

»Ich habe mich, ehrlich gesagt, auf mehrere Stellen beworben. Die freie Wohnung war wichtig für mich, ich komme aus bescheidenen Verhältnissen, und dies war schon mein zweites Studium.«

»Ehrlich? Erzählen Sie, wie interessant.«

Rebecca entging nicht, dass ihr Vater verärgert die Mundwinkel abwärts zog. Sie schloss daraus, dass er von Zweitstudien nicht viel hielt.

»Ursprünglich wollte ich Lehrer werden, Latein und Englisch.«

Mehr sagte Martin-Sie nicht. Seine Unterlippe zitterte, wie ein Vogel, der davonfliegen will.

»Ein Glück, dass Sie zum Anfang des Sommers kommen.«, sagte Ewald. Er wollte hinzufügen, dass man den Garten um diese Jahreszeit besonders genießen kann, doch Yvonne ließ ihn nicht ausreden.

»Ein Lehrer, wie schön. Ich bin auch Lehrerin, Latein und Chemie. Ich unterrichte meine Kinder zu Hause. An die neuen Sprachen habe ich mich bisher nicht herangewagt.«

Martin-Sie lächelte und nickte.

»Da trifft es sich gut, dass Sie Englisch studiert haben«, hakte Yvonne nach und reichte ein zweites Stück Apfeltorte, aufgetaut, aus dem *Frosta*-Mobil.

»Im Grunde gehört meine Leidenschaft den alten Sprachen«, antwortete der junge Mann, wobei seine sehr helle Haut einen leichten Rotton annahm.

»Sie werden hier viel freie Zeit haben. Vielleicht könnten Sie mich ab und zu in Latein vertreten.«

Sie versuchte, dem Vikar in die Augen zu sehen, der sah entschlossen beiseite.

»Die Mädchen haben so wenig Umgang mit Menschen.«

Nein, mit Menschen rede ich nicht, nur mit dem Mond, meinem Dybbuk und mit Judith der Hexe.

Rebecca bewegte den Mund, auf und zu, wie ein obszönes Kauen sah das aus in ihrem knochigen Gesicht, etwas Spinnenhaftes.

»Rebecca, geh sofort nach oben zu deiner Schwester.«

Ars amatoria

Jedes andere Schulfach hätte Yvonne lieber abgegeben als Latein. Am liebsten wäre ihr gewesen, könnten die Mädchen anfangen, Englisch zu lernen. Doch sie hoffte, den jungen Mann möge beim Unterrichten der Ehrgeiz packen, oder er würde Rebecca und Judith in sein Herz schließen und mehr Stunden mit ihnen verbringen wollen. Das hielt sie allerdings für unwahrscheinlich. Abgesehen davon war sie stolz darauf, wie weit sie im Lateinunterricht mit ihren Töchtern gekommen war. Sie übersetzten Texte, die weit über den Lehrplan der achten Klasse hinausgingen, Stoff, der in der Oberstufe behandelt wurde und in Abiturklausuren.

Als Yvonne davon berichtete, dass die Mädchen lateinische Schriften im Original lasen, und dies bereits seit einem Jahr, entging ihr nicht, wie Martin-Sie ihr anerkennend in die Augen sah. Sie versuchte, ein Gespräch anzuschließen, und fragte nach seinem bevorzugten lateinischen Dichter.

»Ovid«, sagte er, wieder schüchtern, nur das eine Wort.

Um ihn zu ermuntern, schlug sie ihm vor, den Mädchen einen Text dieses Dichters zum Übersetzen zu geben.

»Ovid ist nicht einfach«, antwortete Martin-Sie mit einem gewissen Widerstreben. Yvonne erklärte, es sei gut, wenn ihre Töchter ein wenig gefordert würden. Sie hätten ohnehin ein zu bequemes Leben.

Beim Gedanken an einen neuen Lehrer waren die Schwestern begeistert. Um ihn zu beeindrucken, gestalteten sie einen Ratesport – nur auf Latein – die Mädchen gegen Yvonne und Martin-Sie. Sie zogen Zettel aus dem kleinen weißen Hut, den Yvonne bei ihrer Hochzeit getragen hatte und danach nie wieder. Auf den Zetteln standen Fragen wie: Qui erat imperator imperii Romani in tempo nativitatis Christi? »Tiberius«, sagte Yvonne eifrig. »Incorrectus est«, riefen Rebecca und Judith gleichzeitig, »erat Augustus.« Oder: Quid est mons altius in orbis terrae? Die Antwort, Everest, war auf Deutsch und Latein gleich. Ewald nahm nicht Teil an dem Quiz. Dafür hatte er keine Zeit. Yvonne war es recht so und den Schwestern auch.

Zu Beginn der ersten Unterrichtsstunde stellte Yvonne Rebecca und Judith den neuen Lehrer förmlich vor, als hätten sie ihn nicht längst gesehen. Sie setzte sich mit Stift und Papier zu ihnen an den Tisch, machte aber keine Notizen, sondern hörte zu, wie ihre Töchter konjugierten, deklinierten und die aktuelle Lektion im Buch vorstellten. Wie im Halbschlaf starrte sie auf das blasse Profil des jungen Mannes, die Schuppen in seinen rötlich braunen Haaren und auf seine knochigen Hände. Als er den Beginn der Lektüre für die nächste Stunde ankündigte, bedauerte sie es. Noch einmal daneben zu sitzen, das spürte sie, wäre nicht angemessen.

Eine Stunde Vormittagsschläfchen.

Eine Stunde Rosenbüsche schneiden im Garten.

Später, als Ewald sich vor dem Bett stehend entkleidete, ihr den Rücken zudrehte wie jeden Abend, da stand sie auf, umfasste ihn von hinten, küsste seinen Nacken, den Haaransatz, bis er »aber Yvonne« sagte. Er war es gewohnt, dass sie auf ihn wartete, passiv, ergeben. »Wirklich, Yvonne«, wiederholte Ewald, und sie dachte, wenn man gezählt hätte, wie viele Male haben wir das schon gemacht, es ist langweilig wie mein ganzes Leben. Doch sie störte sich nicht an der Langeweile. Langeweile bedeutete Sicherheit. Ewald war ein funktionales

Möbelstück, ein zuverlässiges Küchengerät, etwas, nach dessen Innenleben man nicht fragt, von dem man nicht wissen will, auf welche Weise es zusammenhält.

Judith und Rebecca stiegen Hand in Hand die Treppe hinunter wie zwei überaus brave Mädchen. Martin-Sie wartete im Schulzimmer und vergaß guten Morgen zu sagen. Auch sie grüßten nicht, setzten sich schweigend, die Rücken gerade, die Hände genau bis zum Handgelenk neben Lateinbuch und Heft auf den Tisch gelegt, die Knie unter ihren Feiertagsschottenröcken aneinandergepresst. Draußen verlor der Flieder feucht riechend seine Blüten. Martin-Sie redete sich warm.

Seine Unsicherheit den beiden befremdlichen Schülerinnen gegenüber nahm ab, da er sich ganz auf seine liebste Materie konzentrierte und die Mädchen, wie Fleisch gewordene Gestalten aus dem frommen Traum eines Lehrers, nur dann den Mund öffneten, wenn er eine Frage stellte. Seine Lippen flatterten nicht mehr, sie standen fest in seinem Gesicht und erinnerten Rebecca an die Lippen der Ritter in den Sagenbüchern. Judith starrte auf die Haut seines Armes unter dem hochgeschobenen Hemd, die den gleichen milchweißen Grundton hatte wie ihre eigene. Als Martin-Sie ihnen zwei graustichige Kopien mit dem Übersetzungstext über den Tisch reichte, ein Werk des uralten Kopierers aus dem Pfarrbüro, berührte sie seinen Arm mit den Fingerspitzen. Der zuckte leise und zog sich zurück, wie eine Schnecke, wenn man ihr auf die Augen fasst.

Ansonsten bot die Stunde nichts Interessantes, und der Text war schwierig. Statt vernünftig zusammenzustehen, wucherten Adjektive und Nomen, Subjekte, Objekte und Verben in einem abstoßenden Durcheinander, das gespickt war mit Gerundien und Partizipien wie ein ungeheuer stachliges Gebüsch. Als Yvonne mit dem Mathematikbuch erschien, bat Martin-Sie um Verlängerung. Halb irritiert, halb erfreut kehrte Yvonne wieder um. Rebecca und Judith verbrachten den ganzen Vormittag mit der Übersetzung einer langatmigen Geschichte darüber, wie struppige Jünglinge begehrte Mädchen aus einem Theater entführten. Hätte Martin-Sie ihnen nicht Etliches vorgesagt, hätten sie es bis zum Mittag nicht geschafft.

Die Schwestern brauchten keine Worte, sie mussten sich nur ansehen, um sich darüber zu verständigen, dass dieser Unterricht schlechter war als der ihrer Mutter. Der junge Mann aber war eine Attraktion. Ob er in ihrer Welt den Platz des Ritters oder den des Bösewichts einnehmen würde, so viel Personal hatten sie nicht, dass sie ihn ziehen lassen konnten. Also *benahmen* sie sich, ganz wie Yvonne es ihnen eingeschärft hatte.

»Was verdirbst du dir die Äuglein mit zärtlichen Tränen?«, versuchte Rebecca zu übersetzen.

»Falsch!« Martin-Sie schrie es beinahe. »*Teneros* und *lacrimis* sind nicht kongruent. Auf was bitte bezieht sich *teneros*? Judith?«

Judith, den Blick unverwandt auf den nackten Schneckenarm gerichtet, erkannte ohne hinzusehen den richtigen Bezug und übersetzte korrekt den Rest des Satzes: »Was der Vater der Mutter ist, das, sagte er, werde ich dir sein.«

Judith die Hexe

Gott war eine Nicht-Tatsache, an der keinesfalls gezweifelt wurde. Ein Buchhalter am Himmel, distant, aber zu gelegentlichen Strafen aufgelegt, wenn er nicht gerade Sternlein zählte oder Kuchen aß. Soviel verriet ihnen Yvonne. Ewald kommunizierte über das Thema nur in den Formeln des Gebets und seiner Predigttexte, die ebenso unverständlich wie unheimlich waren.

Nicht, dass die Schwestern sie häufig zu hören bekamen.

Zum einen hatte er sechs Dorfkirchen zu versorgen und hielt entsprechend selten bei ihnen im Ort seinen Gottesdienst ab. Zum anderen ging Yvonne, seit dem kurzen und vergeblichen Kindergartenbesuch ihrer Töchter, nur ungern mit den beiden in die Kirche. Sie spürte, dass die Dorföffentlichkeit ihren Kindern feindlich gesonnen war. Die übelwollenden Blicke der anderen spiegelten unmissverständlich, was Yvonne schon wusste. Die Schwestern waren nicht, wie kleine Mädchen sein sollten: Die renitente Rebecca mit ihrem ewig mürrischen Ausdruck im Gesicht, und die zarte Judith in Wahrheit unförmig, oberflächlich brav, unterschwellig boshaft. So weit Yvonnes nüchternes Urteil über ihre Kinder, zuerst gefasst, als diese vier Jahre alt waren, seitdem täglich bestätigt.

Nur alle vier Wochen, wenn DAS GETRÄNK ihre monatliche Blutung zum Fließen brachte und ihr zugleich das Gefühl schenkte, dass alles möglich, alles offen war, erlaubte sich Yvonne einen anderen Blick auf die Dinge. Es waren die glücklichsten Momente ihres ansonsten öden Daseins. Ihr Rausch verlieh der Welt eine freundliche Aura. Wenn das zweite Glas leer war, kamen ihr sogar ihre Töchter liebenswert vor. Phantasien gingen ihr durch den Kopf. Sie versuchte sich Martin-Sie ohne Hemd vorzustellen; eine Urlaubsreise mit Mahlzeiten im Restaurant und lächelnden Kellnern; die feierliche Beerdigung von Ewald. Verbotene Gedanken, die sie nicht einmal in lateinische Worte zu fassen wagte. In den darauf folgenden Tagen flüchtete sie in das intensive Singen von Chorälen und Hausarbeit. Abends im Bett an Ewalds Seite beschäftigte sie ihr schlechtes Gewissen, ein schwammiges Angstgefühl, ebenso beunruhigend wie die schnell sinkenden Pegelstände in den Flaschen. Dann fühlte sie ihre Frömmigkeit verblassen, durchsichtig werden wie ein zu oft getragenes Kleidungsstück, bis sie als Mauer gegen die Schrecken der Welt, als feste Burg nicht mehr taugte.

Immerhin gab es die Mauern des Hauses, um sie abzuschirmen. Aber sie ahnte und fürchtete, dass es unmöglich sein würde, Rebecca und Judith dauerhaft vor dem zu bewahren, was in ihrem Wesen angelegt war, was sie nicht benennen konnte, was jeder, dem die Mädchen begegneten, als abstoßend empfand.

Wenn Yvonne einmal so weit war, brach sie ihre Gefühle herunter auf gewöhnliche mütterliche Angst um die Zukunft der Kinder und nahm Zuflucht zu einem neuen geistigen Lied. Sie sang laut, das Haus war groß genug, dass man sie nicht hörte, das Bügelbrett stand in einem sonst unbenutzten Zimmer, der Staubsauger übertönte ihre Stimme. Es zog höchstens ein düsteres Summen durch die Wände, das Rebecca hinaus in den Garten trieb, und das Judith unter die Haut sickerte wie eine giftige Anklage, ein Band der Melancholie um ihre Eingeweide, zu sprengen höchstens durch Nahrungsaufnahme.

Oder durch das Behexen von Martin-Sie.

Judith, das bläuliche, das dicke weiße Mädchen, der alptraumbringende sechsfingrige Geist, Judith der Beinahe-Zwilling brachte es fertig, folgsam zu übersetzen, wie junge Römer sich auf engen Theatersitzen an junge Römerinnen drängten. Dabei richtete sie ihren Willen ganz darauf aus, Macht über ihren linkischen Lehrer zu gewinnen, der die stumpfsinnig scheinende Sonne ebenso mied, der ebenso leicht schwitzte wie sie, und von dem sie nicht hätte sagen können, dass er ihr gefiel. Oder aber missfiel. Sie hatte niemanden zum Vergleich.

Wenn Rebecca in den Pausen nach draußen ging, blieb Judith im Schulzimmer. Martin-Sie ging in einen anderen Raum. Sie folgte ihm nicht. Sie wartete. Unbeirrt von Rebeccas Zorn wie von seinem Unwillen.

Einmal verließ Martin-Sie das Zimmer nicht. Er sah in seinen Text, kritzelte Unleserliches an den Rand, schwieg. Judith schwieg zurück, fixierte die Schweißperle an seiner Oberlippe. Machte unwillkürlich ein kleines schmatzendes Geräusch, da fuhr er zusammen wie bei ihrer Berührung in der Unterrichtsstunde. Judith war nicht sicher, was sie von ihm wollte. Aber in diesem Augenblick wusste sie, sie würde es bekommen.

Martin-Sie saß in den Pausen jetzt neben ihr. Er ging nicht mehr in sein Zimmer, kein einziges Mal. Manchmal verschwand er kurz, kam aber wieder. Zur Toilette, vermutete Judith.

Rebecca bestrafte ihre Schwester, indem sie ganze Nachmittage im Versteck auf dem Schuppendach verbrachte, das Judith mit ihrem Gewicht nicht erreichen konnte. So wenig, wie sie selbst es aushielt, die Schulpausen im Haus zu verbringen, erst recht nicht jetzt, wo der Kirschbaum trug. Der Baum war alt, er trug nicht in jedem Jahr, aber in diesem Sommer war er übervoll, seine Krone mehr rot als grün. Die Kirschen hatten große Kerne, wenig Fruchtfleisch und einen leicht bitteren Geschmack. Rebecca aß davon, bis sie Bauchschmerzen bekam, während Judith geduldig an der Seite des Lehrers ausharrte.

Seit Martin-Sie in ihrem Haus erschienen war, beschränkte sich das Familienleben mehr und mehr auf die gemeinsamen Mahlzeiten. Yvonne gab ihre Unterrichtsstunden an ihn ab, lag im Bett auf dem Rücken oder wandelte durch den Garten, warf kaum einen Schatten, machte kaum ein Geräusch, es sei denn, sie sang. Ewald sprach seine wenigen Worte nun vornehmlich mit dem Vikar. Der wurde täglich zum Essen an den Familientisch gebeten, schlug die Einladungen aber meistens aus. Wenn er dabei war, bemühte sich Yvonne, ein Tischgespräch zu führen, wählte als Thema die antiken Dichter oder die Fortschritte ihrer Töchter. Wenn er nicht dabei war, machte sie Bemerkungen über Rebeccas Appetitlosigkeit oder beobachtete Judiths Großmutterbauch, ihre speckigen Hände, die breit angelegte Brust, ohne einen Kommentar zu wagen. Ewald überwand sich, stellte eine oder zwei Fragen über den Tagesablauf der Mädchen und hörte deren Antworten ohne Interesse. So sehr er wünschte, weitere Kinder in die Welt zu setzen, so wenig sagte ihm die Gesellschaft der beiden zu, die er besaß. Sie waren ihm nur ein Versuch, ein unvollkommener Anfang, sie waren ermüdend und Yvonnes Aufgabe.

An einem Abend im Juli, Rebecca krümmte sich auf ihrem Stuhl, hatte den Nachmittag über Klatschmohnblüten gegessen, oben auf ihrem Dach, hatte die Glockenblumen unten an der Schuppenwand nach der Besessenheit ihrer Schwester befragt und keine Antwort bekommen, sogar ihren Dybbuk gerufen, der auf Rufen nicht kam, da trat Judith mit ihrem Fuß unter dem Tisch sehr bestimmt auf den Fuß von Martin-Sie. Berechnend war das, sie wusste, er konnte nichts tun oder sagen, da er doch mit ihren Eltern am Abendbrottisch saß. Sie ließ den Fuß dort, einen nackten verschwitzten Fuß, nicht zärtlich oder sanft, eher eine Drohung. Niemand sah es außer Rebecca.

Yvonne, in ihrer prämenstruellen geistigen Schwerelosigkeit, zitierte Verse von Vergil, und Martin-Sie murmelte benommen die Übersetzung, wie zwei Mönche in einem Sprechgesang klangen sie.

Ich lebe nicht wirklich, dachte Yvonne.

Was hatte es schon auf sich mit so einem Leben, ob man es im Irrenhaus verbrachte oder in einem Pfarrhaus, in den Armen eines Satyrs oder allein – letztlich ging es ums Durchhalten, ums Tagezählen, das Warten auf Ereignisse und Nicht-Ereignisse.

Was Martin-Sie betraf, wartete sie auf Ereignisse, die nicht kommen würden und nicht kommen durften. Und sie war nicht mehr die Einzige im Haus, die Tage zählte. Rebecca tat das ebenso, nicht bis zur 28 wie ihre Mutter, sondern weiter ins Ungewisse. Das Ziel, auf das sie hinzählte, lag an einem ihr noch unbekannten Tag, begonnen hatte sie die Zählung mit dem Entschluss, das Elternhaus zu verlassen. Sie rief sich die aktuelle Zahl ins Bewusstsein, über dem Tisch Vergil, unter dem Tisch der aufdringliche Fuß. Wenn der Tag kam und sie der Welt begegnen würde, wie jemand, der aus dem Gefängnis entlassen wird, wenn dieser Tag kam, würden Vergil und seinesgleichen ihr nichts nützen, sie würde nichts zum Mitnehmen haben – was wollte Judith nur mit dem blöden Vikar? Was krallten sich die kleinen weißen Würmer ihrer Zehen so beharrlich in dessen Birkenstockschuh? Wie ein Hund, dachte Rebecca, wie ein Hund ist das, und sie trat ihrerseits gegen Judiths Schienbein. Das bemerkte Judith nicht, weil sie so sehr mit dem Fuß des Lehrers beschäftigt war, aber Yvonne: »Rebecca, verlass sofort den Tisch!«

Von diesem Abend an war sie auf der Hut. Zum ersten Mal empfand sie echtes Misstrauen ihrem Beinahe-Zwilling gegenüber. Wenn sie nach den Pausen ins Klassenzimmer zurückkehrte, schien Judith ihr jedes Mal verändert; nie die Schwester, die sie zurückgelassen hatte. Sie war ein Bündnis gegen sie eingegangen, mit dem einzig möglichen Verbündeten, Martin-Sie.

In den Pausen ging Rebecca nicht mehr in den Garten. Rebecca stellte sich auf den Flur und lauschte. Viele Tage hörte sie nichts. Einen Stuhl rücken vielleicht, oder das Geräusch von Büchern, die aufgeschlagen, geglättet, wieder auf den Tisch gelegt wurden. Das Geräusch von Papier. An Tag 33 ihrer persönlichen Zeitrechnung hörte sie den Vikar »du kleine Hexe« sagen, so, als drücke er es zwischen seinen Zähnen hinaus, so, als wäre er böse auf Judith. Als die Pause vorbei war, suchte Rebecca in beider Gesichtern nach Zeichen von Streit oder Ärger; die aber verrieten nichts.

An Tag 37 öffnete sie leise die Tür.

Martin-Sie kehrte ihr den Rücken zu. Judith lag rücklings auf dem Tisch, ihre Augen geschlossen. Wie das füllige Opfer einer Operation lag sie da, bewusstlos, die Bewegungen des Mannes über ihr, ein pickender großer Vogel, dachte Rebecca, als verstünde sie nicht, was da geschah. Sie schloss die Tür wieder, niemand bemerkte sie, sie hasste Judith für das, was sie da tat.

Dennoch kehrte sie, schweigend, in den Unterricht zurück. *Ars amatoria.* Die Kunst zu lieben. Was daran, was von dem, was sie gesehen hatte, war eine Kunst?

Heiß wie keine Kohle

An Tag 40 der Zählung, von der er nichts wusste, zog Ewald im Badezimmer nach dem Zähneputzen einen nahezu ungetragenen karierten Schlafanzug an und legte sich so bekleidet neben Yvonne. Sie bewegte sich nicht, sagte nichts, und Ewald murmelte gute Nacht, mehr zu sich selbst. An Tag 43 fuhr er in die Stadt, kaufte Vorräte für die Küche ein und einen zweiten Schlafanzug, um wechseln zu können.

An Tag 44 saßen sie gemeinsam beim Abendessen, das Ehepaar, die Töchter und der junge Mann. Yvonne hatte herzlich beteuert: »Aber Martin, Sie gehören doch zur Familie.« Vor ihnen der von Ewald gekaufte Schinken, die von Ewald gekaufte Wurst, das Schwarzbrot, unter dem Tisch Rebeccas Fuß auf dem Fuß des Eingeladenen, nicht besitzergreifend wie der von Judith, sondern verletzend; tödlich. Tödlich auch Rebeccas geschlossene Lippen, mit denen sie das Essen verweigerte und der kalte Blick, über den ihre Mutter den Kopf schüttelte, der aber nicht reichte, sie auf ihr Zimmer zu verweisen.

»Stell dich nicht an und iss«, mahnte Ewald.

»Es schmeckt mir nicht.«

»Es schmeckt uns allen nicht. Trotzdem muss es gegessen werden.«

Rebecca öffnete die Lippen ein Stück, knabberte an ihrem Brot, die Aufmerksamkeit der Eltern trieb ab, hing zäh wie eine

Qualle unter der hohen, rissigen Zimmerdecke. Das angebissene Brot wanderte auf Judiths Teller. Als wären sie noch klein und unzertrennlich. Judith lächelte.

War es möglich, sich zu vertragen? Konnte sie Judith verzeihen, dass sie sich den Besucher so schäbig angeeignet hatte? In aller Heimlichkeit, ohne ihr etwas zu erzählen? Was wollte ihre Schwester mit diesem haarigen und pickligen Körper, der den Bildern im Lateinbuch nicht glich? Rebecca entschied, dass es so nicht weitergehen konnte und trat fester auf den Fuß von Martin-Sie.

Der sagte »ich entschuldige mich« und versuchte den Fuß unauffällig freizukriegen.

»Aber warum denn?« Yvonne errötete, als hätte sie selbst den jungen Mann vertrieben, etwas Falsches gesagt, zu viel geredet. Der Mann ist doch so zart. »Bleiben Sie noch ein wenig. Sie haben gar nichts gegessen.«

»Ich habe eine Predigt vorzubereiten«, murmelte Martin-Sie und klang dabei schuldbewusst.

Denkt er das Gleiche wie ich, fragte sich Yvonne. Was für eine feine Seele. Ahnt Ewald am Ende etwas? *Wer ein Weib ansieht, ihrer zu begehren, der hat schon mit ihr die Ehe gebrochen in seinem Herzen.* Sie blickte zu Ewald, der hatte ihre Gedanken zum Glück nicht gehört – dennoch, Gott konnte nichts verborgen bleiben.

»Sie müssen essen, sonst werden Sie am Ende krank. Darf ich Ihnen etwas auf Ihr Zimmer bringen?«

Martin-Sie versuchte aufzustehen, aber Rebecca hielt seinen Fuß mit ihren beiden Füßen fest. Er stand gebeugt über dem Tisch, einige Sekunden lang, bis er sich mit einer ruckartigen Bewegung befreite. Judith lächelte ihm zu, verschwörerisch und schadenfroh zugleich. Martin-Sie verabschiedete sich knapp und unpersönlich: »Gute Nacht bis morgen.«

Ahnungslos lag er im Bett, als seine Tür aufging, einen Spalt. Er las ein Buch, das er eilig versteckte, schwankend zwischen Hoffnung und Furcht, wer da kommen mochte. Rebecca, das dünne Kind. Er stand nicht auf, setzte sich nicht einmal, schaute blass nach oben, wo Rebecca es sichtlich genoss, auf ihn herabzublicken.

»Ich sags.«

Martin-Sie antwortete nicht.

»Ich sag alles.«

Sie beugte sich vor, ganz langsam. Sie spuckte auf die Bettdecke. Darunter sah das Buch hervor, geschrieben in einer Sprache, die sie nicht verstand. Sie nahm es auf, ließ es wieder fallen. Kehrte Martin-Sie den Rücken zu, ging aus dem Zimmer, wortlos, nicht wie ein kleines Mädchen. Wie ein Dybbuk.

Am nächsten Tag, nach der Pause, die sie nicht mehr im Flur verbrachte, warum auch, fand sie in ihrem Lateinbuch den ersten Geldschein.

Ihn und die, die ihm folgten, packte sie in eine rotweiße Dose mit der Aufschrift *Scho-Ka-Kola* und brachte sie in das Versteck unter dem Fliederbusch. Judith begriff die Geste als das, was sie war: ein Versöhnungsangebot. Schließlich hätte Rebecca die Dose an einem Ort verstecken können, wo sie nicht herankam. Sie gingen abends wieder miteinander in den Keller und bedienten sich am Verhütungsmittel ihrer Mutter, für das diese keine Verwendung mehr hatte, seit Ewald die karierten Schlafanzüge trug, das sie nur aus Gewohnheit zu sich nahm, das weiterwirkte in ihrer einen Tochter, der anderen immerhin die Phantasie beflügelte. Fakirfledermäuse im Keller. Fliegerschokolade unter dem Fliederbusch. Blaubart in seinem Schloss. Für jeden verschlossenen Raum im Haus gab es einen geheimen Wunsch in Rebecca.

Monate vergingen, deren Tage Rebecca zählte, während denen Ewald Yvonne nicht berührte, Judith ihre Schulpausen mit Martin-Sie verbrachte und die rotweiße Dose sich füllte. Den Wert des Geldes kannten die Schwestern nicht, sie waren nie allein etwas einkaufen gegangen. Die Bestimmung des Geldes aber stand fest.

»Wann gehen wir?«

»Im Mai, wann sonst.«

Es war Winter, sie hatten versucht, den Flieder zu besuchen, vergeblich. Niemand öffnete ihnen die Tür. Ihre Füße zeichneten eine Abschiedsbotschaft in den Schnee.

»Warum nicht jetzt?«

»Es ist viel zu kalt. Außerdem sieht man unsere Spuren.«

Und wenn wir hier nie wegkommen, dachte Rebecca. Wenn wir in unserem verwunschenen Schloss bleiben und niemand uns findet, niemand uns sucht?

»Wir werden hier wegkommen«, sagte Judith, »ich bleibe jedenfalls nicht.«

Mai vorbei

Der Mai ist ein unpassender Monat, um zu sterben. Deshalb wartete die Großmutter auf den Juni.

Ewald und Yvonne waren sich einig, dass die Schwestern zur Beerdigung fahren müssten, um das bisher versäumte Kennenlernen nachzuholen. Darüber, wer sie begleiten sollte, waren sie sich weniger einig.

»Ich kann unmöglich fahren«, sagte Yvonne.

»Es ist deine Mutter«, sagte Ewald.

»Genau darum.«

»Ich habe meine Verpflichtungen.«

»Du bist ein Geistlicher, du kommst mit der Situation zurecht.«

»Ich komme mit deiner Verwandtschaft nicht zurecht.«

So viel, wie bei dieser Gelegenheit, hatten Rebecca und Judith ihre Eltern noch nie miteinander reden hören. Am Ende saßen die Schwestern allein in einem Zug, mit der Anweisung, im nächsten größeren Ort umzusteigen, mit keinem Fremden zu sprechen, sich nicht aus dem Abteilfenster zu lehnen und die Verwandten höflich zu grüßen.

Yvonne sah dem fahrenden Zug hinterher und dachte: Man hätte den Schaffner bitten können, auf sie zu achten, ihnen Bescheid zu sagen. Aber sie war zu aufgelöst, als die beiden einstiegen, und Ewald, der im Auto wartete, wäre auf die Idee gar nicht gekommen. Tatsächlich fanden Rebecca und Judith, gekleidet in identische Schottenröcke und weiße Blusen, eine dunkelblaue und eine braune Strickjacke (denn es würde wohl keiner verübeln, wenn die Kinder nicht schwarz trugen), den Weg beim Umsteigen ohne Schwierigkeiten.

Gegen Abend – ein heller, aber regnerischer Juniabend – hielten sie in der Stadt, in der Yvonne sie, schmerzlich genug, auf die Welt gebracht hatte. Der Bahnsteig war bedeckt von Regenschirmen, wie ein altmodisches Filmplakat. Einer dieser Regenschirme war gekommen, um sie abzuholen. Oder nicht?

Die Schwestern blieben sitzen, allein in ihrem Abteil, ohne ein Wort darüber zu wechseln. Als sie den Schaffner im Gang hörten, stellten sie sich schlafend. Sie fuhren weiter bis zur Endstation, ein Paar dicke, ein Paar dünne Knie in juckenden Strumpfhosen, und ließen die letzte Gelegenheit zum Familientreffen verstreichen.

Sie standen auf einem großen Bahnhof, es war dunkel, Judith betastete ihren sechsten Finger, Rebecca die Scho-Ka-Kola-Dose in ihrer Tasche.

»Was macht ihr um diese Zeit noch draußen?«

Ein Polizist, gedrungen und schwarzbärtig, wie aus den Räuber-Hotzenplotz-Büchern, die Yvonne ihnen vorgelesen hatte, ehe die Schule für sie anfing, mit einer Aussprache, die Rebecca zum Lachen reizte. Aber sie biss sich auf die Lippen.

»Wir warten darauf, dass wir abgeholt werden«, sagte Judith und hielt ihr Köfferchen hoch, anders kariert als die Röcke.

»Bleibt hier auf der Stelle. Ich komme gleich wieder.«

Da Judith und Rebecca keine große Erfahrung im Weglaufen hatten, nickten sie und blieben stehen.

Bestimmt wäre der Polizist wiedergekommen, wenn nicht Jesus sie gerettet hätte.

Jesus war nackt bis auf einen Lendenschurz, ganz wie er zu Hause am Kreuz hing, ebenso mager, langhaarig und langbärtig. Wundmale trug er keine, aber in jeder Hand eine Tüte voller Dosen und Flaschen.

»Ich bete zu meinem Vater, wo immer ich will«, sagte Jesus und wehrte sich mit seiner ganzen Magerkeit gegen den Hotzenplotz-Polizisten und dessen jüngeren Verbündeten, die ihn aus dem Bahnhof zerrten, so wie er selbst die Wucherer aus dem Tempel vertrieben hatte.

»Platzverweis«, bellte der ältere Polizist, und der jüngere gab einer der Tüten einen Tritt.

»You are not the dictator«, rief Jesus.

Rebecca fragte sich, was das für eine Sprache sein mochte. Latein nicht, Griechisch auch nicht.

»Vermutlich Hebräisch«, murmelte Judith, »danke, Jesus. Ich will hinfort nicht mehr sündigen. Amen.«

Rebecca wollte Jesus helfen, aber Judith zog sie zum anderen Ende des Bahnhofs und in den letzten Zug dieses Abends. Während sie Rebecca auseinandersetzte, dass es Jesu Schicksal sei, nicht gerettet zu werden, fuhr der Zug an. Rebecca fing an zu lachen, mit Schwindel im Bauch und eiskalten Fingern.

»Seit wann kannst du lachen?«

»Seit wann bist du so gerissen?«

An der nächsten Station stiegen sie aus, um nicht in die Fahrkartenkontrolle zu geraten. Ein kleiner Halt, halb Vorort, halb Dorf. Sie gingen im Dunkeln eine Straße entlang, bis die Häuser aufhörten, setzten sich ins Gebüsch und aßen, was Yvonne ihnen eingepackt hatte, ein Durcheinander aus Würstchen, Schokolade und hartgekochten Eiern.

Sie hatten noch nie draußen übernachtet, aber eine Vorstellung hatten sie davon. Eine ganze Reihe von Bildern stand ihnen vor Augen, aus einer ganzen Reihe von Büchern, den verblichenen Jugendträumen ihres Vaters, weshalb dort üblicherweise Männer um ein Lagerfeuer saßen.

»Wir haben nichts Sinnvolles in der Tasche«, sagte Rebecca, »nicht mal Streichhölzer haben wir und keine Decken.«

»Doch, wir haben Geld«, sagte Judith.

»Kann man sich damit etwa zudecken?«

Der Boden unter dem Gebüsch war trocken, trockener als die Wiese davor. Sie legten sich auf Handtücher und Unterwäsche aus ihren Koffern, schmiegten sich aneinander wie zwei Mäuse in ihrem Nest und wachten ständig auf. Geräusche von Tieren, aber vor allem die Kälte. Früh am Morgen wurde es hell, die Wiese dampfte, als würden sie gleich in den Nebelwolken ertrinken. Sie packten ein und gingen weiter, die Straße entlang. Für mindestens eine Stunde fuhr kein Auto an ihnen vorbei, schien kein Licht in den verstreuten Häusern, um die der Dampf nach oben zog, während sie sich im Gehen die Hände warm rieben.

»Ich weiß alles darüber, wie man ein Feuer anzündet«, sagte Rebecca, »und heute noch werde ich eins machen.«

Judith bekam Seitenstechen. Rebecca zog die Dose mit dem Geld aus der Tasche, und aus der Dose eine winzige Europakarte. Die Karte hatte Rebecca mit der Schere aus einem Taschenkalender getrennt, den sie in Ewalds Schreibtischschublade gefunden hatte, voll mit Predigtnotizen, Abkürzungen, die aussahen wie Geheimcodes, aber bloß auf Bibelstellen hinwiesen, Ferienterminen, die sie nicht betrafen. Die Rückseite der Karte zeigte ein Stück Deutschland, so verwirrend voll mit Straßen, dass man die Ortsnamen dazwischen kaum lesen konnte.

München, der Bahnhof, an dem sie Jesus gesehen hatten, stand auch auf der Europakarte.

»Richtung Süden«, erklärte Rebecca, »kommt das Ausland.«

Unter einem kleinen Stück Österreich wanderte ihr Finger über Italien nach Rom.

»Dort sprechen sie Latein«, sagte Judith.

»Da gehen wir hin. Nur nicht nach Osten, da kommen wir nach Hause.«

»Wo die Sonne jetzt ist?«

Rebecca nickte, sie gingen weiter, alle hundert Schritte forderte Judith eine neue Pause. Vor zwei Jahren noch hätte

Rebecca, hätte der kleine graue Geist, der in ihr wohnte, Judith gekniffen. Stattdessen überließ sie ihr den Rest des Reiseproviants.

Die kleine Straße führte sie zu einer größeren Straße, mit Autos, die hupten, wenn sie nebeneinander am Straßenrand gingen, mit Lastwagen, die heiße staubige Windstöße abgaben, sie fast umwarfen, mit Schildern, die ihnen unbekannte Orte wiesen. Die Sonne stand mittlerweile im Süden, der Himmel war blau, die Strickjacken wurden in die Köfferchen gestopft.

An einer Tankstelle kauften sie Süßgetränke und ein Feuerzeug.

»Die Flaschen«, sagte Rebecca, »füllen wir später mit Wasser.«

»Ich will nicht mehr laufen«, sagte Judith und setzte sich auf eine Bank mit Blick auf den Parkplatz.

Mangels Schulhoferfahrung kannte Rebecca keine geeigneten Schimpfwörter, um ihre Schwester auf die Beine zu bringen. Also sagte sie nichts, stellte sich direkt vor die Bank, stemmte die geballten Fäuste in die Seiten, die Arme nur Haut und spitze Ellenbogen, scharrte mit den Füßen im Kies, zermahlte Zigarettenkippen zu Staub, biss sich auf die Unterlippe. Weinte Tränen der Wut, die sie noch wütender machten.

Autos hielten an und Männer stiegen aus, tranken Kaffee aus Pappbechern, besuchten das Toilettenhäuschen. Die Schwestern waren für sie unsichtbar. Der Tag rieselte an ihnen vorbei, Staub unter Rebeccas Füßen. Vom nächstgelegenen Parkstand traf sie ein brennender Luftschwall, das zischende Geräusch der Bremsen eines Lastwagens. Sie hörten, wie die Fahrertür sich öffnete und schloss. Sie blickten nicht auf.

Am hölzernen Picknicktisch hinter ihrer Bank begann ein Fleischberg Essensberge zu errichten, ein riesiger Mann mit Augen, die in verschiedene Richtungen sahen, eins davon zu Judith und Rebecca hin. Es heftete sich an sie, während das andere Auge Würsten, Käsebroten und Eiern auf ihrem Weg in den weit geöffneten, verschlingenden Mund folgte.

»Ein Zyklop«, flüsterte Judith, »Jesus steh mir bei.«

Rebecca, noch wütend, schüttelte den Kopf, als würde sie eine Fliege verjagen: »Zyklop, was für ein Unsinn. Zyklopen fahren nicht Auto.«

»Zyklopen fahren nicht Auto? Jesus trinkt auch kein Dosenbier.«

Ein Schatten fiel auf Judith und Rebecca. Aus dem Fleischberg kam eine Stimme, viel zu dünn für ihr Gefäß, gequetscht, als hätte sie sich ihren Weg nach draußen durch einen engen Tunnel bahnen müssen.

»Sieh an, wen haben wir denn da? Die Schwestern Überdruss und Appetit.«

»Woher willst du wissen, dass wir Schwestern sind«, fauchte Rebecca.

»Unschwer zu erkennen, meine Hübschen«, quäkte die Stimme, »und wohin soll die Reise gehen?«

»Nach Italien«, antwortete Judith, und das Zyklopengesicht verzog sich zu einem gefurchten Lächeln, bei dem die Nase zwischen den Massiven zu ihren Seiten fast verschwand.

»Genau da fahre ich hin. Ich nehme euch mit, bitte sehr, steigt ein.«

Judith erhob sich, als hätte sie niemals Müdigkeit gezeigt. Rebecca folgte unwillig. Lass sie allein, hauchte ihr Dybbuk ihr ins Ohr, soll sie selbst sehen, was sie davon hat.

Vor ihnen öffnete sich die Tür, ein riesiges Rad hoch über dem Boden, drei Stufen, hinter dem Steuer zischte es: »Los Schwesterlein, ich habe nicht ewig Zeit.«

»Du zuerst«, sagte Rebecca.

Die Straße, und nach der Straße die Autobahn, Berge wie aus Pappe, eine Kulisse für ihr Abenteuer. Sie rissen die Augen auf, nur nichts verpassen, sprachen nicht, bis sie gefragt wurden – so wie ihre Mutter es ihnen beigebracht hatte.

»Von zu Hause ausgerissen, oder was?«

»Sommerferien«, antwortete Judith.

»Und eure Eltern lassen euch per Anhalter fahren? Das soll ich glauben?«

»Uns egal, ob Sie das glauben«, sagte Judith und berührte beim Sprechen ihren sechsten Finger, »wir haben in München unseren Zug verpasst.«

»Wisst ihr nicht, dass das gefährlich ist, was ihr da macht?«

Die Augen des Fahrers stoben auseinander, vereinigten sich kurz, hielten bedrohlich auf die Schwestern zu und trennten sich wieder.

»Achten Sie lieber auf die Straße«. Judith imitierte Yvonnes Tonfall kurz vor einer Migräneattacke.

»Ich bin sowieso halb blind«, der Fleischberg erbebte in einem fast tonlosen Lachen, »ich fahre nach Gehör.«

Rebecca schwindelt es: Der Mann, der sie fährt, ist böse, sie spürt seine Bosheit, sie möchte die Tür öffnen und aussteigen, und das sagt sie jetzt, obwohl ihre Kiefer so aneinander haften, ihre Zähne so ineinander verbissen sind, dass ihre Stimme kaum zu hören ist: »Halten Sie an. Ich will aussteigen.«

Eine Hand, die aussieht, als hätte man sie zerquetscht und dann neu zusammengesetzt, streckt sich nach ihr aus, die Hand hält eine braune Papiertüte: »Iss was.«

Rebecca greift hinein, ein Brötchen mit rohem Fleisch und Zwiebeln, Judith reißt es ihr gleich aus der Hand, Lachen vom Fahrersitz. Die unförmige Hand schiebt ein Brötchen in das Gesicht des Fahrers wie eine Münze in einen Schlitz. Der Mund weitet sich zur Höhle und das Brötchen verschwindet unzerkaut.

Rebecca, betäubt von Zwiebelgeruch und Fahrgeräuschen, starrt mit weit aufgerissenen Augen in dieses Dunkel hinein, kneift sich selbst in den Arm, um nicht auch verschlungen zu werden, spürt aber nichts, denn sie schläft schon.

Small fishes

Rebecca wachte auf und fror, im Mund den Geschmack ihrer abgestandenen Wut. Um sie herum waren die Berge zusammengerückt, und die Luft war weiß.

Judith saß unbewegt neben ihr, vielleicht schlief sie wie ein Hase mit offenen Augen. Der Zyklop schien geradewegs auf seine Höhle zuzusteuern, die das Auto verschlingen würde und sie mit ihm, so wie das Brötchen in seinem Mund verschwunden ist, dachte Rebecca. Dachte an ihre unbekannte Großmutter, eine erloschene Stimme im Telefon, fadenförmig, schwankend, die an diesem namenlosen Ort auf sie wartete.

Die Großmutter war wohl auch Judith erschienen, denn genau im gleichen Augenblick sagte sie: »Wir haben unsere Großmutter nie im Leben gesehen. Jetzt muss sie sich zeigen, gerade wenn man sie in ein zwei Meter tiefes Loch in der Erde steckt.«

»Ist sie tot?«, fragte der Zyklop und sah mit einem Auge in Judiths Gesicht.

»Noch nicht ganz«, sagte Rebecca.

»Sehr bedauerlich«, antwortete der Zyklop.

Der Eingang zu seiner Höhle war verpasst, vor und hinter ihnen andere Lastwagen, an den Seiten der Berge viel zu saubere Häuschen angeklebt. War das schon ein anderes Land?

Sicher war es dumm oder gefährlich zu fragen. Rebecca wartete, bis sie es nicht mehr aushalten konnte.

Die Zyklopenstimme klang freundlich: »Viva Italia. Das Land, das uns den Rotwein gebracht hat, Spaghetti und Maradona.«

»War Maradona ein Papst?« fragte Judith.

Die eben noch unglaubwürdigen Berge und Häuser gewannen eine neue Wirklichkeit. Rebecca hielt die Luft an. Sie hätte gern die Landschaft am Straßenrand eingeatmet, um alles, was sie sah, zu behalten.

»Viva Italia«, wiederholte der Zyklop, der sich an ihrem Staunen mitzufreuen schien, »seit 25 Jahren fahre ich diese Strecke, ich kenne hier jeden Baum.«

»Jeden Baum«, Rebecca zeigte aus dem Fenster, »was ist das für einer?«

»Welcher?«

»Der große neben der Kirche.«

»Keine Ahnung, der war letztes Mal noch nicht da.«

Ein Straßenschild mit Teller, Tasse und Besteck erlöste den Zyklopen von Rebeccas Fragen über die Natur. Er bot den Schwestern Essen und Trinken an. Eine italienische Raststätte, wie fanden sie das?

Rebeccas Ja zu laut, fast ein Schrei, Judith klang traurig.

»Du hast nicht etwa Heimweh?«

Judith zog die Schultern hoch. Für heute hatte sie mehr als genug geredet.

Eine gläserne Theke, leuchtender Chrom, mehrsprachige Versprechungen.

»Cappuccino? Ja, kennen wir.«

Den gab es selbst bei ihnen zu Hause, in Pulverform. Auch in der Cafeteria des Supermarktes gab es ihn, wo Yvonne ihn eilig trank, die Augen tief in der braun-weißen Flüssigkeit. Aber ein italienischer Cappuccino in Italien, das war anders. Seine süße und zugleich bittere Wärme breitete sich mit jedem Schluck weiter in Rebeccas Körper aus. Sie fühlte sich wachsen und über dem Boden schweben; es war stärker als das bunte Getränk zu Hause im Keller.

»Ich heiße Andreas«, sagte der Zyklop, und führte die Mädchen in eine neue, unbekannte Welt.

Diese Welt wurde von einer Frau mit langen roten Fingernägeln und kükengelben Locken durch den Raum getragen. Auf ihrem Atlas lagen friedlich nebeneinander zwölf Schälchen, bunt wie ein Bilderbuchgarten.

»Ihr müsst alles probieren«, sagte der Zyklop.

Judith fing an, wenig mutig: Salami, kein Wagnis, Schinken, auch nicht. Rebecca fand drei Sorten Gemüse, die ihr vertraut waren, Zucchini, grüne Bohnen in Tomatensoße, Champignons. Die Vertrautheit allerdings war trügerisch, denn nichts schmeckte wie gewohnt, die Zucchini und Pilze waren kalt und sauer eingelegt, und die Bohnen schmeckten – nach was?

»Was ist das Weiße in der Sauce?«

»Knoblauch.«

»Warum haben wir es nie zu Hause gehabt?«

Rebecca legte mehr Bohnen auf ihren Teller. Judith nahm Oliven, grüne, schwarze, sie stellte keine Fragen.

Rebecca, die sich die Blöße einmal gegeben hatte, nahm ihren Mut zusammen und fragte weiter. Sie wollte alles erfahren.

»Das sind Kapernäpfel«, sagte der Zyklop.

»Artischocken.«

»Gegrillte Auberginen.«

Das Essen erinnerte Rebecca an die merkwürdigen Dinge, die sie im Garten probierte, nur hatte man hier etwas hinzugefügt, um den Eindruck stärker, den Geschmack fremder zu machen. Nicht zu vergleichen mit dem, was ihre Mutter ihr all die Jahre aufgenötigt hatte. Sie fühlte, sie war hinausgehoben aus der Welt, die sie bisher bewohnt hatte.

»Betörend«, sagte sie mit vollem Mund, und der Zyklop lachte über das altmodische Wort.

Judith blieb vorsichtig.

Zwei Schälchen später erforschten sie die letzten weißen Flecken auf ihrer Landkarte. Einer mit langen, roten Streifen: Paprika, kein Unbekannter. Und der zweite?

»Das sind small fishes«, erklärte der Zyklop, obwohl sie nicht gefragt hatten.

»*Pisces*«, sagte Judith und legte die kleinen grauen neben die langen roten Streifen auf ihrem Teller.

Grau und fleischfarben, mit grünen Kräuterflecken, wenn man genau hinsah.

»Pisces haben wir noch nie gegessen.«

»Wie sind sie?« fragte Rebecca.

»Sauer.« Judith steckte ein zweites Fischlein in den Mund: »Sauer und scharf.«

Ist es der Knoblauch, der einen zum Reden bringt, fragte sich Rebecca, oder eines von den unbekannten Gewürzen? Es ist nicht wie zu Hause am Tisch. Als sie aufstanden und zum Auto zurückgingen, waren alle drei wie Verbündete in einem Abenteuer.

»Wo wollt ihr überhaupt hin?«

»Nach Rom.«

»Ich fahre bis Genua. Danach nehmt ihr lieber den Zug. Per Anhalter fahren auf der Autobahn ist in Italien verboten. Gepäck habt ihr auch keins, na ja.«

»Ein bisschen Gepäck haben wir.«

»Seid ihr denn wenigstens schon sechzehn?«

»Klar« logen beide Schwestern einstimmig.

»Und du bist die Ältere?« fragte er Judith.

»Wir sind gleich alt.«

»Zwillinge also.«

»Nein, bist du blind? Ich bin vier Tage älter.«

»Beruhige dich«, sagte Andreas der Zyklop und tätschelte Judith die Hand, obwohl es Rebecca war, die gesprochen hatte.

Judith sah auf ihre Hand hinunter wie auf etwas, das sie zufällig gefunden hatte und das ihr keineswegs gehörte. Dann schaute sie wieder geradeaus, fixierte den wackelnden Geruchsbaum im Fenster. Die Fahrt ging weiter.

Die Berge wichen zurück, auf den welken Geruchsbaum schien blendend die Sonne. Wie Pfützen lag das Licht auf dem Immergrau der Straße.

»Ich könnte euer Vater sein.«

»Du kennst unseren Vater überhaupt nicht.«

Judiths Stimme war verlangsamt, als käme sie mit dem Tempo des Wagens, dem leisen Auf und Ab ihres Sitzes nicht mit. Rebecca schloss die Augen und sah alle Farben ihrer verzauberten Mahlzeit.

Auf einmal waren sie doch in der Höhle des Zyklopen, im Dunkeln an die Wand gedrückt. Sie hatten Waffen, einen Stock, ein Messer, sprangen ihn von hinten an. War sie es, die ihm den Bauch aufschlitzte? Und zitternd hinausrannte, sich auf die Lauer legte?

Als er verwundet nach draußen kroch, der Eingang zur Höhle war niedrig, ließ Judith einen Hund auf ihn los, einen bissigen Hund, der ihr von irgendwo zugelaufen war.

»Du erinnerst mich an meine kleine Schwester.«

Sie liefen, in der Angst, der Hund könnte nun sie jagen, gruben sich in die Erde ein.

Stöhnen.

Rebecca war allein, auf dem offenen Feld, der Zyklop kam mit unsicheren Schritten auf sie zu, hielt sich seine Bauchwunde.

»Auch wenn man unterwegs ist, der Alltag ist doch immer der gleiche.«

»Es sind die Fische. Die kleinen Fische bewegen sich in meinem Bauch.«

Der Zyklop streckte die Arme nach ihr aus. Rebecca schluchzte: »Es tut mir so leid, ich wollte das nicht.«

»Ich will dich nur umarmen. Was ist schon daran?«

»Es tut mir so leid, es tut mir so leid.«

Rebecca wachte auf und weinte. Aber nicht der Zyklop hielt sich den Bauch, sondern Judith: »Ich muss spucken.«

»Es stimmt«, sagte Rebecca und wischte sich die Augen, glücklich, wieder wach zu sein, »sie spuckt immer im Auto.«

»Das hättet ihr mir verdammt nochmal vorher sagen können, ehe ihr mir das Auto vollkotzt.«

»Nein, das liegt an den pisces.«

Judith presste beide Hände auf den Mund. In der Fahrerkabine breitete sich ein säuerlicher Geruch aus.

»Beherrsch dich so lange, bis ich halten kann.«

Er versuchte ihr die leere Brötchentüte zu reichen, aber sie löste ihre Hände nicht vom Gesicht. Ein Schild zeigte einen Rastplatz an, drei Kilometer. Die eben geschlossene Freundschaft war vorbei.

Judith stöhnte. Der Lastwagen hielt. Rebecca kämpfte mit dem Türgriff, dem Anschnallgurt. Zwei linke Hände, ein Kopf aus Holz und der Charakter von einem Schwein, sagte Yvonne in solchen Fällen (dabei war Judith die Linkshänderin).

»Geht das nicht ein bisschen schneller?«

Rebecca stolperte die drei Stufen hinunter, ihr Köfferchen in der Hand, ein albernes Kinderköfferchen, das war ihr mit einer Peinlichkeit bewusst, als würde jeder genau darauf sehen und nicht auf die Katastrophe hinter ihr: Judith, die beim Aussteigen eine bunte, stinkende Spur nach sich zog.

»Halt, das macht ihr mir sauber!«

Die viel zu dünne Stimme des riesigen Mannes überschlug sich, und sie rannten. Rannten querfeldein, wie in Rebeccas Traum, bis die Straße weit hinter ihnen lag.

Die Herberge zum Großen Bären

Sie kauerten in einem Gebüsch, neben ihnen Plastiktüten, Flaschen mit gebrochenen Hälsen. Sie lauschten.

Der Motor des Lastwagens war zu hören, ein Geräusch, das sich entfernte, sie hielten die Augen geschlossen.

Warteten. Kehrten schließlich zurück zum Rastplatz.

»Mein Koffer ist noch im Auto«, sagte Judith.

»Halb so schlimm.«

Denn Rebecca hatte das Geld und das Feuerzeug und das letzte Süßgetränk.

Sie setzten sich an einen der hölzernen Tische, warteten ab, ob jemand kam. Es kam keiner, bis zum Abend. Die Helligkeit war noch da, als Rebecca mit dem Feuer begann. Planmäßig wie bei einem Hausbau. Zunder, Stöckchen, Holz. Seiten aus einem religiösen Heft für Kinder, in dem ein Junge in letzter Sekunde vor dem Ertrinken gerettet wird. Um die Zeichnung mit dem nackten, wassertriefenden Jungen auf den Armen seines Retters tat es ihr einen winzigen Augenblick lang leid. Die Stöckchen waren leicht zu finden gewesen, die größeren Holzstücke schwierig, sie lief ziemlich weit, während Judith ihren Platz bewachte und fand dann doch in der Nähe Bretter von einem Tisch oder einer Bank, so wie die, auf der sie saßen.

Es brannte, als hätte sie schon hundert Feuer gemacht. Das Holz verschwand schnell: wir brauchen mehr. Diesmal ging

Judith suchen, und Rebecca wachte über ihr Feuer. Das tat sie auch später, als Judith schlief. Sie legte die Bretter sternförmig hin, schob sie langsam zur brennenden Mitte. Manchmal gab es einen kleinen scharfen Knall, ein grünes Flämmchen wie ein Geist, sonst Stille, die Geräusche der Autobahn entfernt, ein leiser Wind, ein Rascheln um die Mülltonnen, Judiths Atem.

Rebecca war erfüllt von einer ungekannten Zufriedenheit. Sie hatte keine Angst, nicht vor der Nacht und vor nichts sonst. In den Flammen sprangen Elfen, Kobolde, halb menschlich, halb tierisch umher, gruben in der Asche, kletterten über die Scheite. Sie schob die Glut zusammen, das Szenario veränderte sich. Mönche in langen Kutten, die Gesichter im Schatten ihrer Kapuzen versteckt, brieten die kleinen Kreaturen an Spießen, in einer großen kalten Küche. Der Frieden des Feuers war dahin.

Rebecca mochte nicht ansehen, wie die Mönche die Elfen verspeisten, versuchte, über sich stattdessen Sternbilder auszumachen, fand den großen Bären, den himmlischen Jäger mit seinen Hunden und die Kassiopeia. Unten im Feuer verwandelten die Mönche sich in marschierende Mörder, und die Zerstörung schritt fort. Rebecca spürte den Dybbuk auf ihrer Schulter, klein und grau, einsamer als ihre eigene Einsamkeit. Eine gute Einsamkeit, hier im Dunkeln, wo die matten Laternen des Rastplatzes nicht einmal reichten, um die Sterne auszublenden. Jede Minute, jeder Atemzug dieser Nacht gehörte ihr. Sorgfältig schob sie die Glut zusammen, voller Gebeine, ausgebrannter Häuser und toter Straßen. Die Bilder verschwanden, sie legte ein Stück Holz nach, sah zu, wie es von unten erleuchtet und dann entzündet wurde.

Judith schlief regungslos, sie schien die Kälte nicht zu spüren, auch nicht den harten Boden, aber sie zuckte zusammen, als das Motorengeräusch von der Straße auf sie zu kam. Rebecca brauchte sie nicht zu wecken.

Ascheflocken stoben auf und legten sich wieder, weiße und graue Lichter in Judiths Haar. Es war nicht der Zyklop, wie sie im ersten Moment fürchteten, es war ein kleines blaues Auto, dunkelblau wie der Himmel vor Sonnenaufgang. Rebecca und Judith standen auf, bereit zu laufen. Aus dem Auto stieg ein Mann mit grauem Haar und sagte etwas in einer unbekannten Sprache.

»*Salvete*«, versuchte Judith zu antworten, »*quid est?*«

Der Mann antwortete nicht.

Judith versuchte es weiter: »*Quo vos ducet iter vostrum?*«

Der Mann schüttelte heftig den Kopf, wies mit der rechten Hand auf ihr Feuer, als wolle er es beschwören, sagte etwas Unverständliches. Sicher, dachte Rebecca, ist die weite Welt voller Magie, und sagte leise zu Judith: »Er ist nicht von hier. Er versteht kein Latein.«

Vor ihren Augen flatterte die Asche um die beschwörende Hand, Winterschmetterlinge im Sommer, und der Mann sprach mit einem Mal deutsch: »Seid ihr denn völlig verrückt? Wo seid ihr zwei ausgebrochen?«

»Psst«, machte Judith, den Finger auf den Lippen, »wir fahren nach Rom.«

Der Mann schüttelte wieder den Kopf: »Löscht bloß dieses Feuer, sonst fahrt ihr gleich mit der Polizei«

»Womit sollen wir es löschen?«

»Denkt nächstes Mal vor dem Anzünden darüber nach.«

Er holte einen Kanister aus seinem Kofferraum und goss den Inhalt auf die Flammen.

»Benzin?« fragte Rebecca.

»Sehr komisch«, sagte der Mann und scharrte mit dem Absatz in der Glut.

Er brachte den Kanister zum Auto zurück, holte eine silberne Doppelkanne heraus, stellte sie auf ein Gerät, dem er blaue Flammen entlockte.

Rebecca und Judith sahen schweigend zu.

In der Kanne zischte es. Der Mann löschte die Flammen, goss eine Flüssigkeit in einen Becher, die im grauen Morgenlicht dampfte, schob ihn Rebecca hin.

»Kaffee?«

Mit dem Kaffee, den sie von zu Hause kannten, hatte das nichts zu tun, auch mit dem Cappuccino aus der Raststätte nicht, es schmeckte nach dem Lagerfeuer der Nacht – mehr als köstlich. Rebecca ärgerte sich, als Judith ihr den Becher wegnahm. Judith trank alles aus. Der Mann schüttelte ein weiteres Mal den Kopf, leerte den Rest seiner Kanne in den Becher, zündete sich eine Zigarette an.

»Davon gebe ich euch lieber keine, ich frage euch gar nicht erst, wie alt ihr seid.«

»Jedenfalls sind wir keine Zwillinge«, sagte Judith.

Der Mann blies seinen Rauch Richtung Himmel, warf die Kippe in die Asche ihres Feuers und sagte: »Ich fahre weiter. Wollt ihr mit?«

Ulrich Langgereist

Judith entschied die Sache, indem sie einstieg und sich nach vorne setzte, ganz als wäre sie die Ältere.

Rebecca, das verbliebene Köfferchen in der Hand, blieb vor dem Auto stehen, aus dessen geöffneter Tür es nach Zigaretten roch. Allein weiterziehen, dachte sie, Nacht für Nacht Feuer machen, bis nach Rom.

»Keine Angst«, sagte der Grauhaarige, der ebenfalls noch nicht eingestiegen war, »ich tue euch nichts. Ich habe selbst eine Tochter.«

»Das bedeutet nichts. Ich habe auch einen Vater.«

Dieser Fahrer hieß Uli. Er kam aus Deutschland und lebte dort schon lange nicht mehr, er sprach nicht einmal Deutsch, wenn es sich vermeiden ließ. Aber die beiden konnten ja kein Englisch.

»Dafür können wir Latein. Was du nicht kannst.«

»Nein«, sagte der Mann, »und brauchen kann ich das auch nicht. Wo kommt ihr zwei denn nun her? Wie Deutsche seht ihr eigentlich nicht aus, eher wie jemand aus Osteuropa.«

»Wir wohnen da, wo niemand hinwill«, antwortete Judith.

»Klingt wie mein altes Zuhause.«

Die Sonne hatte sie eingeholt, die Autofenster wurden geöffnet, ein Geruch nach Staub und Benzin wehte den Zigarettenrauch zum Fenster hinaus. In Judiths Nacken torkelte eine Wespe. Mit einer ruhigen, freundlichen Bewegung wischte der Mann sie weg. Rebecca beschloss, ihm zu vertrauen: »Wir sind von der Beerdigung unserer Großmutter ausgerissen.«

»Warum? War sie nicht nett?«

»Keine Ahnung. Wir kannten sie nur vom Telefon.«

»Eure Eltern werden euch suchen.«

»Ich glaube nicht«, sagte Judith.

»Ihr seid mir unheimlich.«

Uli lachte, während er das sagte, aber das war für die Schwestern kein Grund, ihn nicht ernst zu nehmen.

»Ich bin eine Hexe«, erklärte Judith, »ich habe einen sechsten Finger.«

Ich habe einen Dybbuk, dachte Rebecca, und sagte es nicht, weil sie es niemandem sagte. Obwohl ein Dybbuk vielleicht nicht schlimmer war als ein sechster Finger. Würde er verschwinden, wenn sie von ihm erzählte? Auf jeden Fall ließ er sich nicht vorzeigen, anders als der Finger, den Judith Uli direkt vors Gesicht hielt.

»Pass doch auf, ich muss fahren.«

»Bringst du uns nach Rom?«

»Was soll ich in Rom?«

Darauf wussten sie nichts zu sagen, so wenig wie sie wussten, wohin Uli fuhr. Die Straßenschilder zeigten Namen, die Rebecca auf ihrer Taschenkalenderkarte vergeblich suchte.

»Ich komme von einem phantastischen Ort«, sagte Uli.

Er machte eine Pause, wartete auf eine höfliche Nachfrage, die nicht kam, redete schließlich weiter. Die Schwestern lauschten, im Mund den Geschmack von Sonne, Staub und Tabakrauch.

»Ein Kraftort. Künste, Musik, Magie. Musik der Pflanzen, stellt euch vor.«

Judith faltete die Hände über dem Bauch, eine Angewohnheit, die zu Hause nicht aufgefallen war, oder höchstens lobend bemerkt wurde, eine Geste, die ruhiges Zuhören anzeigte: Ich bin still und glaube dir.

Uli starrte sie an, verzog spöttisch den Mund, ehe er sein Gesicht wieder der Straße zuwandte.

»Wart ihr auf einer Nonnenschule?«

»Magst du Nonnen?«

»Ihr sprecht nur Latein. Und habt komische Klamotten.«

»Wir waren auf gar keiner Schule.«

»Ihr seid Freilerner?«

Ovid, der bräunliche Flaum auf der Hand des Vikars und die stille Lektüre, Mutters Migräne, Chemie, lange Aufsätze.

»Ab heute sind wir Freilerner«, sagte Rebecca

Uli nahm das hin. Nonnenschule oder nicht, er hatte etwas zu erzählen.

»Mit bloßen Händen haben sie einen Tempel in den Berg gegraben. Säulen, Buntglasfenster, Mosaiken, und alle Wände bemalt. Phantastisch. Magischer Schmuck, das hat mich interessiert, ich mache selbst schon lange Schmuck. Lebendige Bilder, was nicht alles.«

Er redete sie in den Schlaf. Erst als das Auto hielt, *Metalle und Öle, tausend Augen in den Wänden*, fragte Rebecca: »Was wolltest du da?«

»Pinkelpause«, sagte Uli, »gleich gibt's Frühstück« und verschwand in den Büschen hinter dem Parkplatz.

Rebecca hielt Judith am Arm fest.

»Sie haben uns angelogen. Latein ist gar nicht nützlich.«

»Vielleicht versteht Gott Latein.«

»Gott interessiert mich nicht.«

Sie wollte weiterreden, jetzt, wo das stumme Haus hinter ihnen lag, wie viele Kilometer, jetzt wo sie vom Schweigen befreit waren.

Aber Judith machte sich los: »Ich muss auch mal.«

Rebecca setzte sich, mitten auf den Asphalt am Straßenrand, mitten in die Sonne.

»Du wirst dich verbrennen.«

Sie dachte an ihr Lagerfeuer, die Zigaretten im Auto, das gelbliche Gras gleich neben ihr.

»Vielleicht.«

Die Sonne schien rot durch ihre geschlossenen Augenlider, bis eine Hand, weder strafend noch zärtlich, eine gleichgültige Hand ihre Schulter berührte: »Komm in den Schatten.«

Rebecca folgte Uli, so müde, dass mit jedem Schritt ihre Knie nachgaben. Im Schatten lag eine karierte Decke. Sie tranken warmes, metallisch schmeckendes Wasser und aßen Käsebrote.

»Ein Tempel für alle Götter«, Uli redete weiter, als läse er aus einem Buch vor, »selbst für die außerirdischen Götter. Für die Götter der Pflanzen. Ich hatte das Gefühl, eine Ewigkeit darin herumgehen zu können, es war zeitlos wie im Inneren eines unermesslichen Lebewesens. Überhaupt, was heißt schon WIE, ein Berg ist ein Lebewesen, jeder Stein lebt.«

Rebecca ließ die Wörter tröpfeln, gleichmäßig wie die Sonne drüben auf dem Asphalt. Judith, mit vollem Mund, Krümel spuckend, unterbrach: »Wofür sind diese Götter gut?«

»Ihr stellt die falschen Fragen«, sagte Uli, »und beide gleich.«

»Und du gibst keine Antworten.«

»Muss wohl an eurem Elternhaus liegen.«

»Was ist mit unserem Elternhaus?«

»Ich frage euch nicht danach. Ich erzähle auch nicht über meines.«

»Das wäre schon komisch«, sagte Rebecca, »schließlich hast du graue Haare.«

Beim Lachen zeigte Uli eine Lücke im Oberkiefer. Ulrich Ohnezahn, das klang wie ein Wikingername. Oder Ulrich Langgereist. Ein blauer Name für jemanden, der allein den Ozean überquert. Den Ozean, den sie selbst noch nicht gesehen hatte.

Lag Rom überhaupt am Meer? Rebecca holte die Europakarte aus ihrer Dose, wo neben dem Geld nun auch ein Feuerzeug lag. Und als hätten sie darüber gesprochen, sagte Judith: »Das Meer möchte ich gern sehen. Kennst du das Meer?«

»Mehrere von ihnen«, erklärte Uli.

»Ich habe schon manchmal vom Meer geträumt«, sagte Rebecca.

»Mir macht es Angst«, gab Judith zu. Geschuldet war das ebendem religiösen Heftchen mit der Zeichnung des ertrinkenden Jungen, das Rebecca am Abend zuvor verbrannt hatte.

»Ein Grund mehr, es euch anzusehen«, sagte Uli. »Ich zeige es euch, jetzt gleich, in Genua. Dann trennen sich unsere Wege.«

Sie parkten in einem Wohngebiet hinter der Autobahnausfahrt und gingen zwischen ockerfarbenen Häusern, durch Straßen ohne Bäume, machten Halt an einem Platz, auf dem drei große Palmen standen, höher als die Dächer der Häuser ringsum. Palmen kannten die Schwestern bisher nur von Kakaopackungen. Sie legten den Kopf in den Nacken, näherten sich behutsam, betasteten den Bast der Stämme, synchron, ohne Worte. Vielleicht doch Zwillinge, dachte Uli. Er musste sie daran erinnern, dass es ihr Wunsch gewesen war, das Meer zu sehen.

Das Meer war vergleichsweise enttäuschend: Still und undurchsichtig lag es im Hafenbecken eingemauert. Roch nach Schmieröl.

»Kann man darin schwimmen?«, fragte Rebecca.

»Du kannst gar nicht schwimmen«, sagte Judith.

Uli schaute auf den Stadtplan: »Ich bringe euch zum Bahnhof, da findet ihr einen Zug nach Rom. Habt ihr Geld?«

Rebecca wandte den Blick nicht vom Hafenbecken.

»Das Meer ist tot hier«, sagte sie.

»Wenn ihr per Anhalter weiter wollt, nehme ich euch mit bis an die Autobahn.«

»Ich habe Hunger«, sagte Judith, »ich will Gemüse und kleine pisces essen.«

»Aber nicht wieder spucken.«

Uli seufzte: »Meinetwegen. Bezahlen müsst ihr selbst.«

Er führte sie zu einem schmalen Raum mit grauen Tischen und einem Fernseher an der Wand und bestellte in einer Sprache, die entfernt an Latein erinnerte. Rebecca fragte die Wirtin nach vinum, aber Uli schüttelte den Kopf.

»Wir sind keine Kinder mehr«, protestierte Rebecca.

»Mir egal, bei mir bekommt ihr nur Wasser.«

Sie zahlten für Uli mit.

»Bedank dich bei Martin-Sie«, sagte Judith.

»Autobahn oder Bahnhof?«, fragte Uli.

»Lieber Autobahn«, antwortete Judith.

»Lieber Bahnhof«, sagte Rebecca.

Judith war lauter, und Rebecca hatte verloren.

Nun, wo sie das schwärzliche Wasser im Hafenbecken gesehen hatte, gefielen die Straßen der Stadt ihr viel weniger.

Ist das Meer überall so grau? Das ist eine dumme Frage, zischte die vertraute Stimme in ihrem Kopf. Dich hätte ich zu Hause lassen sollen, gab Rebecca in Gedanken zurück, oben im Birnbaum sitzen lassen wie eine Eule.

Sie fragte trotzdem, dumm oder nicht. *Dümmlich* sagte ihr Vater immer, das galt für jede Frage, und: *schlichtweg dümmlich*, wenn sie besonders störte.

»Das Meer hat viele Arten von Grau. Dieses war ein schmutziges Grau. Es kann auch blass und hellgrau sein, ein ruhiges, kühles Grau haben, ein wütendes Grau, ein schlammiges Grau, ein Sturmgrau. Und manchmal einfach grau ohne Grund, so wie die Seele.«

»Auf Bildern ist das Meer immer blau.«

Uli schienen ihre Fragen willkommen zu sein.

»Manchmal ist es blau. Manchmal ist es grün, manchmal braun oder gelb. Auf Madagaskar ist es rot, blutig rot.«

»Da bist du gewesen?«

»Lange sogar.«

»Die anderen Farben hast du auch gesehen?«

»Ja, und ich glaube, es gibt noch viel mehr.«

Das Auto stand in der Nachmittagssonne, die Sitze waren heiß, klebten an ihren Beinen. Mit dem Rauchgeruch, der sie umgab, konnte man sich einbilden, man säße mitten in einem Feuer, wie die kleinen Kobolde und Elfen letzte Nacht, wie die gierigen Mönche. Es schien nicht mehr als ein Augenblick vergangen zu sein, da hielt Uli an.

Judith stieg aus, Rebecca blieb sitzen.

»Ich will erst das Meer sehen, wo es lebendig ist.«
»Und du glaubst, ich fahre euch dorthin?«
Judith gab Rebecca ungeduldige Zeichen mit der Hand: Steig aus, komm schon.
Rebecca holte ihre Europakarte aus der Dose: »Wenn man immer geradeaus fährt, kommt man ans Meer.«
»Sicher, aber nicht mit mir.«
Jetzt gestikulierte Judith mit beiden Händen.
»Nein«, widersprach Rebecca ihr und Uli zugleich, »ich fahre mit.«

Harmonie du Soir

Sie übernachteten am Straßenrand, die Schwestern im Auto, Uli auf dem Boden in seinem Schlafsack. Er hatte darauf bestanden, dass sie kein Feuer machten. Er hatte sie auch nach ihren Ausweisen gefragt.

»Wir haben keine.«

»Wenigstens normale Klamotten?«

»Was meinst du damit, normale Klamotten?«

»Ich fahre in den nächsten Tagen über drei Grenzen. Die erste morgen früh. Die zweite morgen Abend. Ihr könntet ein bisschen unauffälliger aussehen«

Rebecca biss sich auf die Finger vor Glück. Drei Grenzen und das Meer. Uli war bestimmt das, was man einen netten Erwachsenen nennen konnte.

»Wenn du Heimweh hättest«, fragte sie in das Dunkel hinein, ohne zu wissen, ob Judith schon schlief, »was würdest du vermissen?«

»Ich habe Heimweh.«

»Ehrlich?«

»Nach meinem Bett. Nach den Fliederbüschen. Nach unserem Kellerversteck.«

»Vermisst du auch ...«

Rebecca brach den Satz ab. Sie konnte nicht unsere Eltern sagen, Mama und Papa erst recht nicht, Vater und Mutter – unmöglich. Da war eine Leere, als hätten sie nie existiert.

»Die Räume mit den rosa Tapeten vermisse ich.«
»Ich werde nie Heimweh haben.«
Später in der Nacht hörte sie Judith weinen.

Der nächste Tag begann mit dem gleichen köstlichen Kaffee wie der Morgen zuvor. Nach kurzer Fahrt machten sie Halt an einem Markt, ein staubiger Platz, auf dem die Stände erst aufgebaut wurden. Uli ließ sich von Rebecca die Dose mit dem Geld geben, was ihr nicht gefiel. Ihre Hand mit den dreckigen Fingernägeln, drei Tage nicht gewaschen, umklammerte das Blech. Es war diese Hand, die Uli ansah, während er sprach: »Mit den Beerdigungskostümen nehme ich euch nicht mit. Ich werde euch normale Klamotten kaufen, und die werde ich bestimmt nicht selbst bezahlen.«

Er löste ihr jeden Finger einzeln. Verhandelte mit einer riesigen schwarzgekleideten Frau um kurze Hosen für Rebecca und ein rosa T-Shirt mit einem Schmetterling. Dann schob er Judith nach vorn, ein ermutigendes Wort auf den Lippen, das nicht hinauswollte. Die Verkäuferin spannte das Gummibündchen eines bunten Rocks zu gigantischen Weiten auf, hielt es sich vor den eigenen Bauch, ein grausames helles Grinsen unter dem dunklen Kopftuch. Judith wandte sich ab. Rebecca dachte an die nächtlichen Schluchzer, die sie nicht hatte hören wollen.

»Hoc non vult. Monstra-nos altera.«

Die Verkäuferin wirkte eingeschüchtert, sie hörte auf zu grinsen und legte den Rock zurück auf den Kleiderstapel. Judith sah nicht hin, also wählte Rebecca für sie, ein gelbes Kleid.

»Ein Löwenzahnfallschirm«, sagte Uli und lachte und handelte lachend um den Preis.

Sie gingen weiter, kauften Tomaten, Brot, weiß bepuderte Salami und kleine grüne Dinger, die er capperi nannte.

Auf einer Autobahntoilette zogen die Schwestern sich um, wuschen sich mit Seifenpulver aus dem Spender, bürsteten die Haare mit Rebeccas nasser Bürste, putzten sich abwechselnd die Zähne.

»Ich hab Hunger«, sagte Judith.

»Sag es Uli.«

»Ich traue mich nicht. Er hat sich über mich lustig gemacht.«

»Dann kauf dir selber was«, sagte Rebecca und reichte Judith die Dose, »aber verlier nicht unser Feuerzeug.«

Rebecca fühlte sich sicher. Mehr als das, sie fühlte sich frei, als hätte sie sich in jemand anderen verwandelt, in einen dieser Freilerner, von denen Uli gesprochen hatte, weit weg von allem, was sie kannte. Von allem außer Judith, die in ihrem gelben Kleid ängstlich durch die Tür der Tankstelle ging.

»Was will sie?«, fragte Uli.

»Was zu essen.«

»Sie soll sich beeilen.«

»Fährst du sonst ohne uns weiter?«

Uli zündete sich eine Zigarette an: »Fünf Minuten.«

Judiths schwankender Umriss, hinter der Glastür, vor dem Tresen. Mit drei Croissants in Cellophan kam sie zurück.

»Alle für dich?«

Die erste Grenze durchfuhren sie, ohne etwas davon zu merken. Das neue Land sah aus wie das alte, nur die Straßenschilder trugen eine andere Sprache. Ulis Geschichten plätscherten wie Wasser durch das sonnenheiße Auto: Orte, die er bereist, Menschen, die er gekannt hatte, Seltsamkeiten, die sie ihm schwerlich glaubten.

»Auf Madagaskar hätte ich fast eine Insel besessen, eine Geisterinsel.«

»Welche Sprache«, fragte Rebecca, die, während sie zuhörte, versuchte, die Aufschriften am Weg mit ihrer Karte zu vergleichen, »welche Sprache ist es, die du so gern sprichst?«

»Englisch. Englisch ist mir vertrauter als Deutsch, nach Deutschland komme ich nur, um meinen Pass zu verlängern.«

»Dann erzähl auf Englisch.«

»Das könnt ihr doch nicht.«

»Ich will es lernen.«

»Ich nicht«, sagte Judith.

»Solltest du aber«, meinte Uli, von Rebeccas Wunsch schon überzeugt.

Seine Geschichte floss auf Englisch weiter, Wörter wiederholten sich und wurden zu Orientierungspunkten, Landmarken, die die Sätze erklärten. Rebecca musste nichts dazu tun.

»Wie lange werden wir fahren?«

»Heute noch eine Grenze, morgen die zweite. Übermorgen könnt ihr am Meer sein, und ich komme an.«

»Wo kommst du an?«

»Wenn man weggeht, immer wieder, wo kommt man dann am Ende hin?«

»Ist das ein Rätsel?«

»Ja.«

Rebecca auf der Rückbank lauschte, sah Fische hinter ihren geschlossenen Augen schwimmen, Algen und Muscheln, und beim nächsten Halt, Mittagessen auf der karierten Decke, gehörte die neue Sprache schon halb ihr. Brot, Käse, Tomaten und die sauer-salzigen capperi wechselten zwischen ihnen hin und her wie Figuren in einem Spiel. Die Salami lag unberührt in der Mitte. Judith war schweigsam, demonstrativ schweigsam.

»Was hast du?«

Sie aß verbissen, sah keinen an, die kleine blaugesichtige Judith mit ihren Hexenfingern. Auch Uli hörte auf zu reden, und schon fühlte es sich an wie die unbrechbare Stille zu Hause. Nur das Rumpeln der LKWs von der Straße war zu hören, keine Vogelstimme wagte sich hierher.

Fahr doch nach Hause, wenn du Heimweh hast, dachte Rebecca, aus ihrem Mund aber kam ein anderer Satz: »Ei äm no jus tu soßeietie.«

Sie packten ein, schüttelten den Platz ab, die Lähmung, den Staub. Uli fing an zu erzählen, sobald das Auto fuhr. Rebecca sah Judiths Kopf zur Seite kippen und hörte sie leise schnarchen. Sie hielt einen Finger aus dem Fenster, um den Fahrtwind zu spüren.

Die zweite Grenze, am Abend, kündigte sich an: Die Straße führte bergauf, die Luft wurde kühler. Sie hatten die Autobahn verlassen und fuhren durch eine grüne Landschaft, vorbei an Wasserfällen und Häusern aus ungleichmäßig großen Steinen, deren Grau immer eine Spur anderer Töne enthielt, wie ein Geheimnis, das entdeckt werden wollte. Im Abendlicht leuchteten die Farben intensiver, bläuliche Flechten an den Bäumen, auf den Mauern und Steinen, Schafe und Kühe in gelb und braun, alles im Vorbeifahren, unberührbar.

Ich existiere nicht, so lange ich reise, dachte Rebecca, ich sehe alle diese Dinge, ohne dort anwesend zu sein, ich bin nirgendwo.

Halb im Gras, halb auf einem Feldweg hielt Uli an: »Heute machen wir ein Lagerfeuer.«

Uli holte Kaffeekocher, Taschen, Decke und Schlafsack aus dem Kofferraum. Rebecca trug ihr Köfferchen, Judith ein zerdrücktes Cellophancroissant, das Rebecca nicht hatte essen wollen. Auf Rebeccas Schulter saß wie ein Falke ihr Dybbuk und spähte glücklich die Umgebung aus.

»Da unten ist eine Quelle.«

Sie gingen hintereinander einen schmalen Pfad hinunter, durch das Blau und Rot von Kornblumen und Mohn, und spürten die Feuchtigkeit, die ihnen entgegenkam. Eine Quelle, ein kleiner Bach, ein großer flacher Stein in der Mitte des Wassers. Daneben ein Stück Wiese, Farnkraut: der beste Platz für ein Feuer.

»Geh Holz suchen«, sagte Uli zu Rebecca und füllte die silberne Kanne mit Quellwasser.

Judith wusch Hände und Gesicht, schob eilig das Croissant in den Mund, schlang die Arme um die runden Knie, das gelbe Kleid voller Krümel.

»Geht's?«, fragte Uli.

Judith nickte.

Rebecca brachte Holz und einen Knochen mit Zähnen daran.

»Das war ein Schaf«, sagte Uli.

»Dann ist hier Blut in der Erde?«

»Komische Gedanken hast du.«

»Vor allem komische Träume.«

Rebecca baute ein Häuschen aus Gras und Stöcken, trockenen Blättern auf der Steininsel.

»Träume von Verfolgungen und blutigen Eisenbahnschienen. Und dass man mich zwingt, scheußliche Dinge zu essen.«

Sie sah von ihrem Feuerhäuschen auf: »Denkst du, ich bin verrückt?«

Uli antwortete nicht.

»Sie ist die Hexe von uns beiden.«

»Ich habe Heimweh«, sagte die Hexe.

Rebecca stand auf und holte ihren Koffer.

»Reist du ab?«, fragte Uli.

»Da habe ich Papier zum Anzünden, Etuden von Debussy.«

»Musiknoten zum Feuermachen?«

»Es ist eine Geschichte. Eine junge Ehefrau bekommt eine schleichende Lähmungskrankheit. Sie kann ihrem Mann die geliebten Etuden von Debussy nicht mehr vorspielen, und dann stirbt sie.«

»Du trägst diese Geschichte durch halb Europa, nur um sie anzuzünden?«

»Nein, wegen der Beerdigung. Ich dachte, es passt. So wie der Ertrunkene. Den habe ich letztes Mal benutzt.«

»Ich hatte mal einen Freund, der aus Prinzip nur Bibeln rauchte.«

Das Heftchenpapier, in dem sich bräunlich die Holzfasern abzeichneten, brannte vorzüglich.

»Ich wüsste gern, wie dieser Debussy sich anhört«, sagte Judith.

»Sind wir schon über die Grenze?«, fragte Rebecca.

»Kann ich dir nicht sagen, die Grenze liegt mitten in den Bergen. Früher wurden hier Menschen geschmuggelt und Alkohol und Tabak. Jetzt schmuggele ich euch.«

Das Feuer, orange und grünlich, hatte sein Zunderhäuschen schon verlassen. Rebecca legte größere Stücke Holz nach. Judith und sie teilten sich die karierte Wolldecke. Keine Gestalten erschienen im Feuer, kein Traum in der Nacht.

Morgens waren sie so feucht vom Tau, als wären sie in den Bach gefallen; um sie herum Vogelgezwitscher. Auf dem Stein lag noch Glut.

»Hier könnten wir bleiben«, sagte Judith.

»Könnt ihr gerne. Ich fahre weiter.«

Rebecca ließ den Bach um ihre Finger fließen. Es war ihr egal, ob sie blieb oder nicht.

»Noch eine Grenze«, verkündete Uli, »heute Abend, oder heute Nachmittag. Dann bin ich zu Hause.«

»Du bist immer unterwegs. Wie kannst du ein Zuhause haben?«, fragte Judith.

»Man muss sich wohl einen Ort ausdenken.«

»Kann man dort mit dem Auto hinfahren?«

»Die Straße ist schlecht, aber es geht.«

Ulis Schloss

Der Tag war so heiß, dass sie Staub atmeten und das Grün an den Seiten der Straße zu kochen schien. In einem riesigen klimatisierten Supermarkt kauften sie Lebensmittel, in Plastik verpackt wie zu Hause, und Wasser. Judith wollte gleich auf dem Parkplatz essen, Uli aber bestimmte: nachher.

Im Auto spann er seine Erzählung fort, von der Grotte im Berg, den Mosaiken und der Göttin mit den gelben Augen, von dem spiralförmigen Labyrinth, mit bloßen Händen in den Sandstein gegraben, von den mit unheimlichem Leben erfüllten Bildern in Erdfarben und metallischen Tönen, die nichts zeigten.

Er sprach Englisch, und Rebecca verstand fast alles, auch wenn das, was er erzählte, ihr vorkam wie der Bericht eines merkwürdigen Traums. Dann wechselte er ins Deutsche: »Ich habe einen Platz, zu dem ich immer komme, wenn ich in dieser Gegend bin. Da werden wir frühstücken.«

»Debussy hat auch Hunger.«

»Meine Tochter wohnt in Italien, wie ihre Mutter. Giovanna ist 22, sie studiert, arbeitet 60 oder 70 Stunden die Woche. Sie wird einmal viel Geld verdienen.«

Weit weg von Uli mit seinen verblichenen Shorts, dem beinahe durchsichtig gewaschenen T-Shirt, den alten braunen Sandalen.

»Arbeitet sie weniger, wenn du sie besuchst?«, fragte Judith.

»Ein bisschen.«

Sie hielten beim Eingang eines Dorfes mit grauen, geduckten Häusern, deren Fensterläden geschlossen waren, holten ihre Einkäufe aus dem Kofferraum.

»Ein Stück bergab steht mein Palast.«

Zur Überraschung der Schwestern stand tatsächlich ein Palast da, mit zerlöchertem Dach und eingeschlagenen Fenstern. Die Mauern strahlten hellblau und weiß, die Tür stand offen.

»Da dürfen wir bestimmt nicht rein«, sagte Judith.

»Doch, natürlich. Ich lade euch ein.«

Drinnen war es, als hätte man ein Stück Wald eingefangen. An den Wänden, aus dem Boden, von der Decke wuchsen Pflanzen und tauchten den Raum in hellgrünes Licht. Das Dach war hoch wie der Himmel, und von den Mauern tröpfelte Wasser in steinerne Wannen.

»Lianen«, flüsterte Rebecca, »wie im Dschungel.«

»Ist das auch ein Tempel?«, fragte Judith.

»Das war ein Kurbad, vor langer Zeit.«

»Es ist groß neben dem kleinen Dorf.«

Uli scharrte mit den Füßen ein Stück Boden frei.

»Ihr könnt in den Wannen baden.«

Rebecca wollte sich gleich ausziehen. Dieser Ort kam ihr vor wie ein Wunschbrunnen – wer weiß, was Wunderbares passieren würde, wenn sie sich in seinem verzauberten Wasser wusch.

»Erst frühstücken«, sagte Judith und legte die Decke auf das freie Stück Boden.

»Kann man mit diesem Wasser Geister vertreiben?«, fragte Rebecca.

»Ihr habt zu viele Bücher gelesen.«

»Ich meine, echte Geister.«

Uli sah sie sehr aufmerksam an. Er ging nicht davon aus, die Schwestern, die man ihr ganzes bisheriges Leben im Haus gehalten hatte, könnten echten Geistern begegnet sein.

Rebecca ging zu einem der Becken, wusch sich wortlos am ganzen Körper, während Uli höflich nach oben schaute, wo durch ein Loch im Dach die Lianen hingen.

»Mir ist das zu kalt«, sagte Judith.

»Dann willst du wohl keine Geister vertreiben«.

Uli lachte, aber es klang künstlich: »Vielleicht hilft es auch gegen Heimweh.«

Judith verzog das Gesicht und packte die restlichen Lebensmittel zusammen. Räumte vorwurfsvoll auf, wie ihre Mutter das tat, wenn die Schwestern sich nicht benahmen.

»Was ist, gefällt dir mein Palast nicht?«

Judith schob mit den Füßen Steine und Scherben zusammen.

»Fehlt nur, dass du den Staubsauger rausholst«, sagte Rebecca boshaft von ihrer Wanne her.

Judiths Gesicht verfärbte sich rot, Tränen liefen ihr aus den Augen. Rebecca wurde es zu viel: die Wut auf die Schwester, das Überwältigende des Ortes, ihr Dybbuk, der sich mit Wasser nicht vertreiben ließ. Nackt lief sie nach draußen, warf sich bäuchlings ins Gras, verbiss sich Schreie, Jammern und Schluchzen. Wartete, dass man sie holte, oder auch nicht.

»Komm rein und zieh dich an«, rief Uli von drinnen.

»Verwöhnte kleine Mädchen kann ich nicht brauchen«, sagte er, als sie wiederkam, und Judith antwortete an ihrer Stelle: »Wir sind nicht verwöhnt.«

Uli redete stundenlang gar nicht, beinahe bis zur nächsten Grenze. Da packten ihn seine Erinnerungen, und er fing wieder an. Judith neben ihm auf dem Beifahrersitz kaute an ihren Fingernägeln, Rebecca auf der Rückbank atmete die englischen Sätze. Uli kehrte zurück aus Indien, Nepal, und wo er noch gewesen war, zur Statue der blauen Göttin aus dem Künstlerdorf. Er wollte sie nachbauen, soweit Rebecca verstand. Vielleicht verstand sie auch nicht, und er erzählte etwas ganz anderes. Bei ihrem nächsten Halt waren Rebeccas Beine eingeschlafen, und sie schaffte es kaum, aus dem Auto zu steigen.

»Noch eine Stunde, dann sind wir am Meer«, sagte Uli, wieder freundlich, »heute können wir am Strand übernachten.«

Zuerst waren die Geräusche da, Schreie in der Luft. Rebecca traute sich nicht zu fragen, was das war. Eben waren sie durch ein Industriegebiet gefahren – hatte man Menschen in den Fabriken eingesperrt? Die Schreie wurden lauter, obwohl sie sich von den Fabriken entfernten. Judith hielt den Kopf aus dem Seitenfenster: »Machen die Vögel diesen Krach?«

»Das sind Möwen. Wir sind gleich da.«

Sie bogen in eine kleine Straße ein, hielten an deren Ende. Drei andere Autos standen schon dort.

»Ich will einen Kaffee«, sagte Rebecca (verwöhntes Mädchen).

»Ich will vinum«, sagte Judith.

»Alkohol trinke ich nicht«, sagte Uli, »und ihr solltet das auch nicht tun. Wie alt seid ihr überhaupt? Vierzehn? Fünfzehn?«

»Zusammen fast hundert«, sagte Judith.

»Jetzt werdet ihr das Meer sehen.«

»Ich will noch immer einen Kaffee«, sagte Rebecca.

»Und ich mein vinum«, sagte Judith.

»Seid ihr gar nicht neugierig?«

Judith war nicht neugierig. Judith wollte überhaupt nichts Neues mehr. Genaugenommen lag die Wurzel von Judiths Heimweh darin, dass sie so viel Neues, wie sie gesehen hatte, nicht ertragen konnte.

Rebecca dagegen war äußerst neugierig. Aber, und das würde sie keinem zugeben, Rebecca hatte Angst. Angst, dass etwas Großartiges dort warten und sie überwältigen würde. Rebecca öffnete die Autotür, holte tief Luft und rannte los, über den Parkplatz, einen Fußweg entlang, durch Sand und blaugrüne Pflanzen, bis dahin, wo Schaum und Wellen das Land abschnitten. Sie blieb stehen und starrte, fragte sich, was nun zu tun sei.

Lernte man schwimmen, wie man Englisch lernt? Einfach durch Ausprobieren? Rebecca beschloss, es zu versuchen. Sie zog langsam Hose und T-Shirt aus. Der Sand unter ihren Füßen wurde feucht und die Luft kühler. Sie berührte schon den Schaum, als eine Hand sich auf ihre Schulter legte: »Kannst du wirklich nicht schwimmen?«

»Weiß nicht.«

»Das hatte ich mir gedacht. Und nackt baden ist hier auch nicht erlaubt.«

Uli hielt sie an der Hand und ging mit ihr den Strand entlang, so weit in den Wellen, dass sie immerhin am ganzen Körper nass wurde. Während sie sich anzog, zog er sich aus, denn seine Kleider waren voll Wasser.

»Lasst uns Holz sammeln, ehe es dunkel wird«, sagte er und wickelte sich in die Picknickdecke.

»Wie sollen wir ohne die Decke essen?«, protestierte Judith.

Rebecca spürte ein Kribbeln unter der Haut, lag es am Meer? Daran, wie weit weg sie von zu Hause waren, so weit weg, dass man nicht sicher sein konnte, ob zu Hause noch existierte? Diesen Gedanken versuchte sie mit Judith zu teilen, als sie gemeinsam ihre trockenen, ausgewaschenen Holzstückchen aufschichteten, als das Meer silberfarben und durchsichtig wurde und der Himmel rosaviolett: »Vielleicht sind sie allesamt verschwunden.«

»Wer?«

»Das Haus. Der Garten. Martin-Sie. Alle. Wie der Flieder verschwunden ist. Wie wir.«

Rebecca hatte die Vorstellung gut gefunden, aufregend zumindest, aber Judith ließ zur Antwort nur Tränen fließen. Rebecca stieß Judith mit dem Ellenbogen in die Rippen: »Wir sind am Meer, wir haben ein Lagerfeuer und ein Picknick und Abenteuer, und du heulst.«

»Und du redest zu viel«, gab Judith zurück.

»Ich übe. Ich möchte reden können wie andere Leute«, sagte Rebecca. »Glaubst du, man kann es lernen? Wie Englisch?«

Judith schüttelte den Kopf.

Uli kam vom Parkplatz zurück, trockene Kleidung am Körper, in der Hand eine Tüte voller Lebensmittel.

»Macht das Feuer ruhig schon an.«

»Wir haben auf dich gewartet«, sagte Rebecca.

»Wir hatten noch nie Freunde«, sagte Judith.

»Ich habe auch nicht viele Freunde«, sagte Uli.

»Wie viele?«, fragte Rebecca.

»Weiß nicht, vielleicht gar keine. Ich bin zu viel unterwegs. Die, die ich kenne, sind auf der ganzen Welt verstreut. Außerdem habe ich bestimmt zu hohe Ansprüche.«

»Was sind hohe Ansprüche?«

»Gibt es noch mehr von diesen Heftchen?«, fragte Uli.

Rebecca nickte, zog aus ihrem Koffer die Geschichte eines Jungen, der beim Spielen auf der Baustelle in eine Grube mit Löschkalk fällt und erblindet, und formte daraus kleine gelblich-weiße Kugeln, schmutzige Schneebälle, um sie zwischen die Holzstücke zu schieben.

Uli war schweigsamer als zuvor, erzählte kurz, er werde am nächsten Tag in seine Stadt kommen, die eigentlich ein Dorf sei, kroch in seinen Schlafsack und schloss die Augen.

»Und?«, fragte Judith, sobald sie ihn eingeschlafen glaubte. »Wollen wir mitkommen?«

»Ich schon«, sagte Rebecca.

»Was ist mit Rom?«

»Rom wird auf uns warten.«

Rebecca zählte ein paar Sterne, zog in Gedanken Linien, um passende Sternbilder zu formen, zog andere Linien mit dem Finger im Sand, schob die Holzscheite zusammen und blies in die Glut.

Der Mond wurde heller, die Sterne blasser, Rebecca legte Holz nach. Die Schwestern verbrachten die Stunden bis zum Morgen in einer Benommenheit, die einem Schlaf mit offenen Augen glich.

Als es zu dämmern begann, schüttete Rebecca Sand auf die Glut und die beiden legten sich darauf.

Uli fand sie schlafend auf diesem warmen Bett. Er ging hinunter in die Wellen, kochte Kaffee und fragte sich, ob er sie dort liegen lassen sollte. Sie sahen wie zwei kleine Kinder aus im Schlaf, zwei Kinder, von denen das eine dem anderen alle Bonbons geklaut hatte. Uli trank seinen Kaffee und dachte nach, stand auf, packte seinen Schlafsack zusammen. Da spürte Rebecca einen spitzen kalten Finger in ihrem Nacken, und eine Stimme flüsterte: wach auf. Sie öffnete die Augen, es war ihr Dybbuk. Sie rüttelte Judith an der Schulter, zog Ulis Decke von ihrem Körper. Keine Zeit mehr, um hinunter ans Meer zu gehen, nicht einmal Zeit, um zwischen die struppigen Pflanzen zu pinkeln. Uli lief zum Auto, und sie folgten ihm.

Vila Luminosa

Uli kehrte direkt zurück zu seinen hohen Bergen in Asien und den bunten Tempeln, die er bauen wollte.

»Gleich mache ich mir in die Hose«, klagte Judith.

»Du kannst jederzeit aussteigen«, antwortete Uli. Also sagte Judith nichts mehr, und Rebecca fing gar nicht erst an. Sie hätte sich ohnehin nicht getraut, unendlich peinlich kam ihr eine solche Äußerung vor.

Ein Stück fuhren sie die Küste entlang, sahen von der Straße her das Meer leuchten, wurden begleitet von den Rufen der Möwen, die ihnen heute schon vertraut waren. Dann ging die Fahrt ins Land hinein, bergauf. Ihren ersten Halt machten sie an einem Flussufer.

»Hier könntest du schwimmen üben«, sagte Uli zu Rebecca.

»Und ich?«, fragte Judith.

»Klar, komm mit.«

Aber Judith kam nicht.

Rebecca stand im kalten Wasser und ließ sich von Uli zeigen, was ihre Arme zu tun hatten.

»Für den Anfang«, erklärte Uli und Rebecca klapperte mit den Zähnen zur Antwort.

Der nächste Halt war bei einem Supermarkt, der mitten im Nichts zu stehen schien. Uli ließ sich die Scho-Ka-Kola-Dose aushändigen und belud einen Wagen mit Konserven, einem Kanister Olivenöl, brettförmigem Trockenfisch, Würsten, Getreideflocken, sechs Paketen Kaffee, einer Kilotüte grobkörnigem Salz, fünf Kilo Reis, mehreren Plastikschalen Butter.

»Vinum?«, fragte Judith eine Angestellte am Kühlregal, wo Uli kleine runde Käselaibe auswählte.

Die Angestellte antwortete Unverständliches, winkte Judith dann zu einem Gang, an dessen Seiten feierlich aufgereiht Tausende von Flaschen standen. Uli kam hinterher, nahm Judith aus der Hand, was sie eben aus dem Regal gezogen hatte: »Bei uns im Ort gibt es besseren Wein.«

Martin-Sie hatte sich ihre Verschwiegenheit etwas kosten lassen. Uli bezahlte den ganzen Einkauf mit seinem Geld, und als er Rebecca die Dose zurückgab, war sie noch nicht leer.

»Wo habt ihr bloß so viel Geld her?«, fragte er.

»Wir dürfen es nicht sagen.«

Sie fuhren weiter, die Straßen wurden kleiner, und stetig ging es bergauf, in eine Landschaft von sattem Dunkelgrün, tiefgrauen Häusern und Nebel.

»Haben wir den Sommer unten gelassen?« fragte Rebecca.

Uli lachte, eine dumme Frage also. Hatte sie nicht eine Sache gelernt in ihrer Kindheit, nämlich keine Fragen zu stellen? Rebecca biss sich auf die Lippen, Uli merkte nichts davon.

»Seit drei Jahren bin ich hier«, erzählte er, »drei Jahre, das ist lang, aber andere, und ich meine nicht die Alten, die schon immer da sind, haben fast ein Leben hier verbracht. Die Feuchtigkeit ist gut. Nebel und Regen und Tau vom Fluss, das hält die Feuer ab. Ihr könnt euch nicht vorstellen, was für Feuer diese Gegend heimsuchen.«

»Ich will nicht hören, wo wir hinfahren«, sagte Judith und umklammerte ihren sechsten Finger, als wollte sie ihn wieder zum Anwachsen bringen.

»Wo sind wir jetzt?«, fragte Rebecca und hielt Uli die Europakarte hin.

»Lass das, ich muss auf die Straße sehen.«

Dann erzählte er von einem Kloster, wo er schweigend mit überkreuzten Beinen sitzen musste, von bunten Bildern und einem Tuch, das er getragen hatte und immer noch besaß.

Auch Uli kann nicht reden wie andere Leute, dachte Rebecca. Vielleicht sind wir miteinander verwandt. So ein satter Himmel hier über den Bergen, ein Himmel, in den nichts mehr hineingeht.

An der Seite der Straße, nur an der einen, standen niedrige Häuser aus unregelmäßig geformten Steinen, Häuser, die aussahen, als seien sie von selbst dort gewachsen. Sie fuhren über eine Brücke, und Uli erklärte, der winzige Fluss darunter, ein Bach eher, sei derselbe, in dem sie früher am Tag gebadet hatten. Das erschien beiden Schwestern unglaubwürdig. Sollte es witzig gemeint sein? Sie fuhren an einer Stadtmauer entlang, auf der etliche Schichten alter Reklame verblassten, hundertjährig, achtzigjährig, siebzigjährig. Darüber leuchtete ein sorgfältig gemalter Schriftzug in rot, violett, gelb und orange: VILA LUMINOSA.

Wie ein Schneckenhaus war die Mauer. Um hinein zu gelangen, fuhr man zwischen zwei Wänden hindurch. Hinter der Öffnung lag ein Hang, bewachsen mit Gras, Blumen und einem Streifen Gemüsebeete, wo sich ein kleiner alter Mann langsam zwischen hohen Kohlstrünken bewegte. Uli stellte das Auto ab: »Wir gehen zu Fuß hoch.«

Als sie an dem alten Mann vorbeikamen, hob der kurz den Arm, als grüßte er aus der Ferne. Und dann begann die Stadt, mit Straßen voller Schwalben, gepflastert mit dem gleichen grauen Schiefer, aus dem die Häuser erbaut waren. Es roch ländlich, nach Pflanzen und Erde, sie gingen an Wohnhäusern und geschlossenen Geschäften vorbei. Rebecca sah in die staubigen Schaufenster, eines mit Engelstrachten behängt, eins verrammelt, eins voller Pokale und Medaillen.

»Hört mal«, sagte Uli.

Unter den hohen Tönen der Schwalben vernahm man ein schnarrendes, müdes Geräusch.

»Eine Stimme?«

Da war der Platz: eine Kirche, deren Tür mit einer Kette verschlossen war, ein bunt bemaltes Gefallenendenkmal, Bäume mit grün-weiß-gescheckter Rinde, in deren Ästen Spinnennetze aus Wolle hingen.

Judith tat einen Schritt rückwärts, Rebecca berührte vorsichtig den kühlen, glatten Baumstamm neben ihr. Auf der gegenüberliegenden Seite des Platzes saß eine Gruppe Menschen vor einem Café, darunter ein Mann mit langen grauen Locken, der wie beliebig auf die Saiten einer Gitarre schlug und dazu mit schleppender Stimme sang. Der Mann sah aus wie ein Schaf, fand Rebecca.

Uli ging auf das Café zu, das Schaf hörte auf zu singen. Rebecca und Judith standen in sicherem Abstand dahinter, während der Sänger und Uli sich auf Englisch unterhielten. Die anderen Leute grüßten mit einer Handbewegung oder nickten. Eine träumerische Trägheit lag über dem ganzen Platz.

»Das ist Ytterblom«, sagte Uli, »er leitet den Bau unseres Tempels. Euch habe ich schon vorgestellt.«

»*Runaways*«, sagte Rebecca, »sind wir das?«

Sie streckte Ytterblom ihre Hand entgegen: komm, sag dem Onkel guten Tag. Ytterblom lachte, ergriff Rebeccas Hand mit seinen beiden Händen und sagte: »Namaste.«

»Namaste«, wiederholte Rebecca folgsam.

»Namaste«, sagte Judith und schob Rebecca beiseite.

»Setzt euch«, sagte Ytterblom auf Deutsch.

Dann redete er mit Uli, in einem schnellen Englisch, so dass Rebecca, obwohl sie zu lauschen versuchte, nicht viel verstand. Einige Wörter tauchten wieder auf, die sie im Auto gehört hatte.

»Geht es um den Tempel?«

»Clever girl«, sagte Ytterblom, und sie bemerkte, dass mit seinem Gesicht eine Veränderung vorgegangen war. Er sah weniger schafsmäßig aus, eher hager und angespannt. Seine sehr blauen Augen fixierten sie mit einer Intensität, die ihr nicht geheuer war. Er muss noch älter sein als Uli, dachte sie. Der wischte mit der Hand durch die Luft zwischen ihr und Ytterblom, um den Blickkontakt zu lösen: »Nachher zeige ich euch alles.«

Die beiden redeten weiter, während Rebecca und Judith die verschlafene Atmosphäre des Platzes in sich aufnahmen, Zitronenwasser tranken und auf die Tischplatte starrten, um nicht von den fremden Gästen angesprochen zu werden.

Schließlich hob Judith den Blick und fragte Uli: »Wofür sind die Spinnennetze mit den Federn?«

»Das sind Traumfänger.«

»Aha«, sagte Judith.

»Wieso aha«, sagte Rebecca, »was ist das?«

»Die bösen Träume bleiben darin hängen, nur die Guten passen hindurch.«

»Das sind Netze voll böser Träume?«

»Könnte man sagen.«

»Und was macht ihr damit?«

Rebecca beschloss, der Schläfrigkeit, die sie spürte, auf keinen Fall nachzugeben. Nicht einmal die Augen schließen, obwohl ihr das schwer fiel nach ihrer Nachtwache am Strand. Ihr Körper schien kaum mehr zusammenzuhalten, Arme und Beine kribbelten, als wollten sie sich einzeln in die Bewusstlosigkeit verabschieden.

Judith schien die Sache mit den Träumen gleichgültig zu sein. Sie ließ ihren Kopf zur Seite fallen und schlief, an Ytterbloms Arm gelehnt, ein.

»Guck dir das an«, sagte Uli.

Rebecca guckte es sich an. Ytterblom redete weiter mit Uli, als würde er nichts bemerken, aber ihr fiel auf, dass er sich beim Sprechen nicht bewegte, nicht die Arme, nicht einmal den Hals, nur sein Mund ging auf und zu. Rebecca rüttelte Judith wach: »Ich gehe mir die Stadt anschauen.«

»Gut«, sagte Uli, »ich komme mit.«

Judith sagte nichts, schien gekränkt. Rebecca überquerte den Platz, ohne sich darum zu kümmern, ob ihre Schwester folgte, ging eine Straße entlang, die plötzlich aufhörte, in Pflanzen und Geröll endete: Die Stadt war vorbei. Umdrehen wollte sie nicht, also betrat sie die leere Fläche hinter der Straße, als habe sie genau dieses struppige Stück Land gesucht, Brachland, das sie gedanklich schon in Besitz nahm, wofür auch immer. Weiter links hatte jemand zu bauen begonnen, eine runde, weiß gekalkte Form, etwas Unfertiges.

Uli erschien an ihrer Seite, gleichsam aus dem Nichts: »Das ist Ytterbloms Objekt, das sehen wir uns ein andermal an.«

»Wo werden wir wohnen?« fragte Rebecca.

»Wohnen ist ein bisschen viel gesagt. Übernachten könnt ihr bei mir.«

Rebecca stellte sich das Haus vor, das sie gleich betreten würden, eins der schmalen grauen Stadthäuser mit einer Treppe vor der Tür, auf der man abends sitzen könnte. Ein Haus, als träte man ins Leben eines anderen Menschen ein, nicht nur in Ulis Leben, in das Leben eines früheren Bewohners.

Judith wartete vor dem Auto auf sie.

»Steigt ein.«

»Wir können die Sachen zu Fuß hochtragen.«

»Ich wohne außerhalb. Ich habe gern Luft um mich herum.«

»Luft, warum nicht«, sagte Judith.

Hinter der Stadt, hinter dem öden Land und dem Objekt lag Ulis Haus, ein kleines altes Bauernhaus mit einem verwilderten Garten. Der Garten war umgeben von einem Mäuerchen, aber ringsum wuchs das Gleiche wie drinnen.

Auch die Zimmerwände waren aus unverputztem Stein. Wie eine Höhle, dachte Rebecca. Sie hätte sich nicht gewundert, Wasser an ihnen hinabfließen zu sehen, wie in Ulis verfallenem Palast. Es gab eine Küche und zwei andere Räume. In einem davon war ein Bett, den anderen bot Uli ihnen zum Schlafen an: »Ich gebe euch ein paar Decken, macht euch ein Lager zurecht.«

»Gibt es kein Abendessen?«, fragte Judith.

»Bin ich euer Kindermädchen? Helft mir die Einkäufe wegräumen.«

Sie füllten das Regal in der Küche mit Lebensmitteln, bauten schweigend ihren Schlafplatz. Rebecca, die Zahnbürste in der Hand, machte die Runde durch Zimmer, Küche, Zimmer.

»Wasser gibt's an der Quelle«, sagte Uli.

Die Quelle floss oberhalb des Hauses in ein großes gemauertes Becken.

»Ich habe sogar eine Badewanne.«

»Sie riecht gut«, sagte Judith.

»Das ist der Feigenbaum.«

Ein knorriger Baum mit dunkelgrünen Blättern, glänzend wie bemalt, dessen Schatten über dem Becken lag.

»Das Häuschen da hinten ist das Klo. Das Papier kommt in den Eimer. In der Küche liegt eine Taschenlampe, Strom gibt es nicht.«

»Hast du eine Feuerstelle?«

»Kommt bloß nicht auf die Idee. Ich habe euch gesagt, in dieser Gegend gibt es schlimme Brände, jeden Sommer.«

Schmerz

Warum sind wir zurückgefahren, wollte Rebecca Judith fragen, aber als sie sich nach ihr umdrehte, war Judith nicht mehr da.

Vorweggelaufen?

Rebecca stand an der Landstraße beim Ortseingang. Ich könnte gleich wieder umdrehen, dachte sie, ging aber willenlos weiter nach Hause. Wir werden nur Ärger bekommen. Sie werden uns einsperren. In der Hand hielt sie ihr Köfferchen – wer hat uns hier abgesetzt?

Sie warnte sich selbst vor jedem Schritt, den sie tat, und tat ihn doch. Kein Mensch war auf der Straße, die Luft gelb wie vor einem Gewitter. Die Gartentür stand weit offen, alle Pflanzen im Garten aber waren ihr fremd, unfreundlich sahen sie Rebecca an, der Fliederbusch vor der Tür schwarz verbrannt. Schwarz verbrannt auch die Fassade des Hauses, rußig, als habe man ein riesiges Streichholz daran gehalten, die Fensterscheiben zerbrochen.

Das leere Haus schien sie auszulachen, ein tiefer scheppernder Ton, der aus den Fensterlöchern auf sie zukam, über das leblose Gras am Wegrand kroch, bis sie ganz von ihm umgeben war. Sie konnte sich nicht mehr bewegen. Sie schrie.

Judith und Uli standen vor ihr und sahen sie an. Uli hielt eine Taschenlampe.

»Was war das?«, fragte er.

»Es ist alles verbrannt«, sagte Rebecca.

»Hol ihr ein Glas Wasser«, sagte Uli zu Judith, »in der Küche steht ein Krug.«

Rebecca trank aus und versuchte langsam und tief zu atmen.

Der Morgennebel stand vor dem Fenster, als sie wieder einschlief. Es tat gut, später aufzuwachen und barfuß in den Garten zu gehen. Sie tauchte den Kopf in Ulis Wasserbecken und scheuchte dabei drei Frösche auf, sah die anderen beiden mit der silbernen Kanne auf der Picknickdecke sitzen, als wären sie noch unterwegs. Holte tief Luft, atmete den Duft des Wassers und des Feigenbaums: »Wir haben Ferien.«

»Ferien sind mit Hotel und Swimming Pool«, sagte Judith.

»Bitte, der Pool ist hier«, Uli machte eine großzügige Geste zum Becken hin. »Habt ihr mit euren Eltern Urlaub im Hotel gemacht?«

Judith und Rebecca mussten lachen, so absurd war die Vorstellung. Weder im Hotel noch auf einer Picknickdecke hätten Ewald und Yvonne ihren Platz gefunden.

»Aber wir hatten ein großes Haus«, sagte Judith.

Das erinnerte Rebecca an ihren Traum. Sie spürte, dass sie etwas zerstören musste, davonrennen, sich verstecken.

»Scheiß auf das Haus!«, schrie sie und kippte ihren Kaffee um. Judiths schmales Lächeln, die Sonne am Himmel, die Karos der Decke, alles verursachte ihr Übelkeit. Es war ihr egal, wenn sie sich bei Uli ebenso unbeliebt machte wie früher bei ihren Eltern; in diesem Augenblick jedenfalls war es ihr egal.

Rebecca la mal-aimée.

Sie lief aus dem Garten, mit nackten Füßen die Landstraße entlang. Vor Ytterbloms Objekt blieb sie stehen. Ihre Wut war verschwunden. Eine riesige Bastelarbeit eher als ein Gebäude, ein spiralförmiger Gang aus dem gleichen Schiefer wie die Häuser der Stadt, aber verputzt und weiß gestrichen. Ein offenes Schneckenhaus.

Draußen auf dem Feld stand Ytterblom – war er schon da gewesen, als sie gekommen war?

»Gefällt es dir?«

Er sprach Deutsch mit einem leichten Akzent, machte nachdenkliche Pausen zwischen den Wörtern.

»Es macht mich krank.«

»Krank?«, wiederholte Ytterblom und dehnte das Wort, als hätte er sie nicht verstanden.

Rebecca starrte ihn böse an. Ytterblom starrte zurück, schafsmäßig lächelnd, seine Augen aber waren härter als ihre.

Rebecca spürte, wie ihre Hände und Knie zitterten, trotz der Sonne. Versuchte, sichere Schritte zu machen, über das Feld zurück auf die Straße. Der Schotter schmerzte unter ihren wundgelaufenen Füßen. Teils gab es einen Streifen Gras am Straßenrand, auf den sie ausweichen konnte, teils Gestrüpp, das noch schlimmer war. Sie ging Richtung Stadt. Da lagen glatte graue Pflastersteine, da würde sie sich ausruhen.

Auf dem großen Platz, vor dem bemalten Denkmal, setzte sie sich auf den Boden. Die Cafétische waren leer, die Stühle standen aufgestapelt unter der Markise. Rebecca schloss die Augen und wartete, sie wusste nicht, worauf.

»Ich kenne das mit den Träumen«, sagte eine Stimme.

Uli? Woher?

»Ein Geisterproblem.«

Machte er sich über sie lustig? Neben ihm stand Judith, einen merkwürdig fremden Blick in den Augen.

»Deine Schwester«, sagte Uli zu Rebecca, »hat, während du geträumt hast, die halbe Küche leergefressen. Hier stehen ein paar Marktleute, ich brauche euer Geld.«

»Und wenn es alle ist?«, fragte Rebecca.

»Könnt ihr mir im Schwimmbad helfen.«

»Hier gibt es ein Schwimmbad?«

Vor den geschlossenen Geschäften der Stadt standen winzige Alterchen, manche krumm, manche ohne Zähne, und neben ihnen ein jüngeres und deutlich größeres Paar. Auf Klapptischen und Tüchern boten sie Zwiebeln, Tomaten, Kartoffeln und Knoblauch an. Büschel unbekannter grüner Blätter, ein Plastikeimerchen mit Eiern, Petersilie, Lorbeerzweige, Zitronen und orangefarbene Früchte.

»Aprikosen, kennt ihr die nicht?«

Uli füllte seine Einkaufstüte und bezahlte mit großer Selbstverständlichkeit aus Rebeccas rot-weißer Dose. Nur dem jungen Paar kaufte er nichts ab. Die handelten nicht mit Lebensmitteln, sondern mit holzgeschnitzten Figuren. Rebecca sah menschliche Gestalten mit übergroßen Köpfen, Kobolde, Gnome und Mönche, wie aus der Glut ihres ersten Lagerfeuers entkommen, ein dickes betendes Baby, spitznasige Füchse. Uli und die Frau unterhielten sich auf Englisch. Der Mann hatte sie begrüßt, mehr nicht. Rebecca unterbrach Ulis Redefluss: »Wer kauft diese Dinger?«

Der Mann nutzte die Unterbrechung, um etwas zu seiner Freundin zu sagen, in wieder einer anderen Sprache. Die beiden fingen an, ihre Schnitzereien sorgfältig in Papier einzuwickeln. Auch die Alterchen räumten ihre restliche Ware zusammen. Eine zahnlose Frau drückte Rebecca und Judith eine Aprikose in die Hand.

»Gib mir meine Dose wieder«, sagte Rebecca zu Uli, »wenn ich weg will von hier, brauche ich mein Geld.«

»Du hast dich noch nicht einmal umgesehen, warum willst du weg?«

»Ich weiß nicht, was ich sonst tun soll.«

»Kaffee trinken«, schlug Uli vor.

Vor dem Café saßen dieselben Leute wie am Abend zuvor, wahrscheinlich. So genau hatten sie gestern nicht hingeschaut, immer höflich den Blick auf den Boden, wie sie es gelernt hatten, in der Hoffnung, selbst unsichtbar zu bleiben. Ytterblom war nicht dabei, nur seine dunkelhaarige Freundin winkte ihnen zu.

»Das ist Gypsy«, sagte Uli.

Gypsy stellte eine Frage, Uli übersetzte: »Werdet ihr lange bleiben?«

»Vielleicht« sagte Rebecca. »Danke, dass du nicht gefragt hast, woher wir kommen.«

Eine blasse junge Frau brachte ihnen Gläser mit ebenso blassem Kaffee.

»And you«, fragte Rebecca, nachdem sie lange überlegt hatte, wie sie die fremden Wörter setzen konnte, »are you here longtime?«

»Ich bleibe nirgendwo lange, daher mein Name«, sagte Gypsy, »obwohl es Ytterblom nicht gefällt, wenn ich gehe.«

Ihr Gesicht war schmal und jung, jünger als das von Uli, aber ihre Stimme klang rau und tief. Beinahe unheimlich, fand Rebecca.

»Vorsicht vor Ytterblom«, sagte Uli, »er ist ein Schwein.«

Gypsy lachte. Rebecca lachte mit, auch wenn sie nicht wusste worüber. Judith lächelte nicht einmal. Als die milchweiße Frau wieder an ihren Tisch kam, bestellte Gypsy einen Liter Weißwein und vier Gläser: »Auf eure Ankunft.«

»Wir trinken nicht«, sagte Uli, aber die Schwestern nahmen bereitwillig ihre vollen Gläser entgegen.

»Vinum«, sagte Judith, »bonum est.«

Rebecca spürte gleich einen heiteren Schwindel auf ihren leeren Magen fallen, es war, wie in die Schwerelosigkeit gehoben zu werden. Egal, wie lang dieser Tag dauerte, sie würde ihn mutig verdämmern und über die kommende Nacht nicht nachdenken.

Bazar du Nouveau Siècle

»Pass auf, was du da machst«, warnte Uli sie am nächsten Morgen.

»Was?«

»Mit dem Trinken.«

»Ich hatte Durst.«

»Erst freust du dich, dass die bösen Träume wegbleiben.«

»Stimmt«, sagte Rebecca.

»Dann kannst du gar nicht mehr schlafen. Und am Ende siehst du die Gespenster sogar, wenn du wach bist.«

»Sag das Judith. Die hat genauso viel getrunken.«

Sie saßen an Ulis grobgezimmertem Küchentisch, Rebecca folgte mit dem Zeigefinger der Maserung im Holz und fühlte eine trügerische Verbundenheit, während der Dybbuk in ihrem Kopf dagegenhielt und ihr einflüsterte, wie allein sie auf der Welt sei. Vollkommen allein sogar mit ihrem Beinahe-Zwilling.

»Zwilling ist mein Sternzeichen«, sagte Uli. Hatte er ihre Gedanken gelesen?

»Ich bin Wassermann und Judith ist Fisch. Ein Fisch, der nicht schwimmen kann.«

»Was könnt ihr überhaupt, außer Latein?«

»Feuer machen.«

Judith schlief lange, während Rebecca und Uli am Tisch saßen, Kaffee tranken und warteten. Als sie erschien, verquollen und übellaunig, sagte Uli: »Heute bekommt ihr was zu sehen, es ist ein besonderer Markt in der Stadt. Sommersonnenwende.«

»Können wir das Auto nehmen?«, fragte Judith.

Uli ignorierte das.

»Mir tun die Beine weh von gestern«, beharrte Judith, »und die Einkäufe waren auch schwer.«

»Du regst mich auf«, sagte Rebecca leise.

»Wir gehen essen ins Café. Aldina ist eine phantastische Köchin.«

Rebecca dachte an das schwindende Vermögen in ihrer Dose. Noch zwei oder drei Tage, und nichts würde mehr übrig sein.

»Ist Aldina die Frau, die uns den Wein gebracht hat?«

»Das war Luna, ihre Tochter.«

Auf der Landstraße ging Judith einige Schritte hinter ihnen. Sie war rot im Gesicht, und ihr gelbes Kleid hatte grüne Flecken. Rebecca blieb stehen, um auf sie zu warten, da blieb auch Judith stehen, als wolle sie die Distanz auf keinen Fall verringern.

Am Straßenrand neben Ytterbloms Objekt parkten zwei Autos. Deren Besitzer blickten aus der Entfernung auf die weiße Struktur, ohne das Feld zu betreten.

»Er fängt an, bekannt zu werden«, sagte Uli leise zu Rebecca, »diese Leute hier kommen nicht nur für Aldinas Essen. Geht schonmal vor, ich will kurz mit ihnen sprechen.«

»Vor wohin?«

»Einfach ein paar Schritte vor.«

Sie warteten bei den ersten Häusern der Stadt auf ihn.

Der Platz vor dem Café war voll. Leute saßen, Leute standen, ein paar tanzten sogar zu den unregelmäßigen Rhythmen zweier Trommeln. Uli blieb bei niemandem stehen, winkte nur kurz hier und da. Judith hatte Rebeccas Hand genommen und ließ sie erst los, als sie in die nächste Straße eingebogen waren. Die meisten Geschäfte waren auch heute verrammelt, aber die Tür des *Bazar du Nouveau Siècle* stand offen. Im Schaufenster lagen gekrümmte Gebilde aus Metall und Steinen, die kleinsten in Ohrringgröße, die größten so groß wie ein Helm. Hinter dem Ladentisch saß Ytterblom, mit Draht und Zange bewaffnet.

»Sind das Schmuckstücke?«, fragte Rebecca, ohne sich mit einer Begrüßung aufzuhalten.

Ytterblom nahm ihre Hand zwischen seine Hände, ebenso Judiths Hand und die von Uli.

»Ich bedaure, ich habe nur eine Sitzgelegenheit«, sagte er und wies auf einen altertümlichen Stuhl mit breiten Armlehnen. »Für die Lady?«

Judith setzte sich.

»Ytterblom«, sagte er, »die Namen der Damen habe ich vergessen.«

»Ytterblom klingt wie ein Nachname«, sagte Judith.

»Es ist mein Nachname. Ich komme aus Schweden, vor langer Zeit.«

»Spricht man in Schweden Deutsch?« fragte Judith.

»Natürlich nicht, stupid«, Ytterblom tätschelte Judiths verschwitzten Hinterkopf, »ich habe es gelernt.«

Uli wechselte ins Englische – sollen wir ihn nicht verstehen, fragte sich Rebecca – und berichtete von den Besuchern beim Objekt. Rebecca wandte sich den Gegenständen im Schaufenster zu.

»Nicht anfassen«, sagte Ytterblom.

»Sind es Schmuckstücke?«, wiederholte Rebecca ihre Frage.

»Keine gewöhnlichen Schmuckstücke. Nicht einmal gewöhnliche Kunstwerke. Es sind Teknica.«

Vermutlich sollte ich das kennen, dachte Rebecca.

Ytterblom wartete auf ihre Nachfrage, die nicht kam.

»Teknica sind Objekte mit einem Eigenleben, mit Charakter und Fähigkeiten. Jedes dieser Schmuckstücke, wie du sie nennst, kann über seinen ästhetischen Wert hinaus tiefgreifende Veränderungen in deinem Wesen bewirken. Es kann Krankheiten heilen, den Schlaf regulieren, dich reich machen oder beliebt«

Judith unterbrach ihn: »Ich möchte eins, das mich normal macht.«

»Warum willst du normal sein? Ich könnte dir eins erschaffen, das dich schlank macht.«

Judith guckte böse, wie eine erzürnte Herrscherin auf ihrem mächtigen Thron. Gleich würde sie ihre Diener rufen, um den Beleidiger auspeitschen zu lassen.

»Alle Menschen«, sagte Ytterblom, ohne Judiths Zorn zu beachten, »die nicht in einem Zustand vollkommener Blindheit gefangen sind, haben den Wunsch nach Transformation. Die Raupe und der Schmetterling, die Larve und die Wespe – hin zu einem besseren Selbst.«

»Ich will kein Insekt sein«, sagte Rebecca.

»Die Struktur, die du gestern betreten hast, junge Dame, ohne vorher zu fragen, was sehr unvorsichtig von dir war, diese Struktur ist der Beginn eines großen lebenden Kunstwerks, an dem alle Bewohner dieses Ortes teilhaben können, ein Werk, das jedem, der sich hineinbegibt, zur Transformation verhelfen wird. Ihr werdet es verstehen UND ihr werdet daran mitarbeiten. Statt den Tempel der Göttin zu bauen, bauen wir die Göttin selbst.«

Die Leute, die eben noch an der Straße gestanden und das Objekt bewundert hatten, betraten den Laden. Ytterblom entließ Rebecca und Judith mit einer angedeuteten Umarmung.

»Wir sehen uns bei Aldina«, sagte Uli.

»Er verdient nicht schlecht mit diesen Sachen«, erklärte er draußen den Schwestern. »Ich würde so etwas auch gern machen, aber ich habe nicht die Persönlichkeit.«

Rebecca wollte ihn trösten: »Er klingt wie ein Lehrer. Außerdem ist Geld gar nicht wichtig.«

»Wieso denkst du das?«, fragte Uli und klang nicht getröstet, eher gereizt.

»Du hast es gesagt. Auf Englisch.«

»Ja, Scheiß auf dieses verdammte Geld. Aldina macht es richtig. Bei ihr zahlt jeder, was er zahlen kann. Wer nichts hat, zahlt gar nicht.«

»Und wir? Müssen wir unsere Dose erst leermachen?«

Uli schüttelte den Kopf: »Heute lade ich euch ein.«

Überall auf den Straßen waren Menschen, die fotografierten. Ein kleiner Junge hielt eine Ziege auf dem Arm und ließ sich für jedes Foto bezahlen.

»No photos«, rief Uli den Besuchern entgegen, »if you want pictures, buy from our artists.«

Die Künstler standen vor den Hauswänden und leeren Schaufenstern, sie boten Bilder von Straßen und Stadtmauer an, von Aldinas Café und Ytterbloms Objekt, aber auch solche, auf denen nichts zu erkennen war. Die Holzschnitzer waren da, neben ihnen ein Mann mit in Blätter gewickelten Käsestücken und einem langen dunklen Bart im Gesicht, auf ihrer anderen Seite Ytterbloms Freundin Gypsy mit Täschchen, Haarspangen und Armbändern aus Leder. Durch eine Lücke zwischen zwei Häusern auf der gegenüberliegenden Straßenseite fiel das Sonnenlicht auf sie, als sei sie selbst Teil einer Ausstellung. Die Schwestern trauten sich nicht, Gypsy anzusprechen, sie schauten stumm auf die Stände, während Uli sich, schon wieder, mit der Holzschnitzerfrau unterhielt. Gypsy saß da und rauchte und pustete sie mit dem Rauch ihrer Zigarette an, als wollte sie sie verscheuchen. Rebecca ging zu den Malern. Die Maler ignorierten sie. Auf dem Platz spielten neue Musiker. Eine alte Frau verkaufte wollene Mützen und Pullover, während die Temperaturen beharrlich stiegen.

»Der erste Sommertag hier oben«, erklärte Uli, »als ich nach Italien gefahren bin, hat es nachts noch gefroren.«

»Was ist so besonders daran«, fragte Judith, »können wir essen?«

»Ich gehe ein paar Leute treffen, trinkt so lange einen Kaffee.«

Er gab Rebecca ihre Dose zurück und ging.

»Als ob ich seine Erlaubnis bräuchte, um Kaffee zu trinken«, sagte Judith.

»Als ob.«

Um sie herum saßen unbekannte Menschen und rauchten und tranken, die Musik setzte aus, fing wieder an, die Sonne briet die bösen Träume in den Netzen. Luna, die Kellnerin, brachte den Kaffee. Sie ging barfuß und hielt den Blick dabei besorgt auf ihre eigene Nase gerichtet, die nicht ganz dort saß, wo sie hätte sitzen müssen.

»Nasus tuus non correctus est«, bestätigte Judith höflich.

»Sim Senhora«, stotterte Luna. Sie lächelte unsicher, Rebecca lächelte zurück.

»Sie erinnert mich an Flieder«, sagte sie zu Judith

»Warum Flieder?«

»Keine Ahnung.«

»Flieder und Mond, sehr hübsch, wie ein Bild.«

Alles hier ist wie ein Bild, dachte Rebecca.

»Wenn wir hierbleiben, könnte ich auch Bilder malen und sie verkaufen«, sagte sie, »wie die Künstler auf der Straße.«

Judith verzog das Gesicht, Mundwinkel abwärts.

»Oder Katastrophenbilder, wie in den Heften.«

»Wer soll das kaufen?«, fragte Judith.

»Und wer soll DAS kaufen«, sagte Rebecca, streckte den Arm aus und zeigte quer über den Platz auf die Alte mit den Strickwaren. Die stand unerwartet behände auf, kam an ihren Tisch und redete in einer unbekannten Sprache auf sie ein. Rebecca versuchte auf Englisch zu antworten, Judith auf Latein. Die Alte redete einfach weiter, kniff und tätschelte Judiths Arm, ging endlich zurück an ihren Stand, kam aber mit zwei blauen Wollmützen zurück.

»So geht das mit dem Verkaufen«, sagte Rebecca und blickte traurig in ihre fast leere Dose.

»Hast du gesehen, wie sie mich gekniffen hat«, sagte Judith, »eine richtige Hexe.«

»Ein Mond-und-Flieder-Bild würde ich gern malen. Das kaufen sie bestimmt für das Café.«

An den Tischen um sie herum begannen die Leute zu essen und Wein und Bier zu trinken. Große Töpfe aus Aluminium wurden nach draußen gebracht, Platten mit Kartoffeln, mit Salat, mit gegrilltem Fleisch, von Luna allein, die mit ihren verwaschenen Gesichtszügen und den kurzen Beinen ungeschickt aussah und doch nichts fallen ließ.

Uli kam nicht.

Die Schwestern bekamen einen Korb mit krümeligem gelbem Brot und eine Schale Oliven, obwohl sie nicht danach gefragt hatten. Luna blieb stehen und erwartete ihre Bestellung.

»Wait for Uli«, sagte Rebecca.

»Vinum«, sagte Judith.

Luna brachte Weißwein, wie am Tag zuvor. Nur war heute niemand da, den sie kannten, niemand, der sich zu ihnen setzte. Nach einem Glas, einem Stück Brot packte sie ein Gefühl des Unwohlseins, als wären sie ohne Uli nicht berechtigt, auf diesem Platz zu sitzen, zu essen und zu trinken, als würde jeder sie ansehen, bereit, an ihren Tisch zu kommen und sie einzuschüchtern wie die Frau mit den Strickwaren. Sie sprachen nicht miteinander, schwiegen in die feindliche Umgebung hinein, zogen die Schultern hoch wie all die Jahre im stummen Haus und konnten sich gegenseitig ebenso wenig ermutigen wie dort.

»Wir müssen ihn suchen gehen«, sagte Rebecca schließlich.

Judith sagte nichts.

»Oder wir können überhaupt gehen.«

»Ich bleibe hier«, sagte Judith.

Einen Augenblick blieb Rebecca noch am Tisch sitzen, Zeit zum Überlegen für Judith, die aber rührte sich nicht. Also ging sie allein, mit zögernden Schritten, als balanciere sie über einem Abgrund. Das machte der Wein, und das machten die Blicke, die ihr folgten, die sie nicht sah, aber ahnte.

In den Straßen waren weniger Menschen als auf dem Platz, sie fühlte sich weniger beachtet, lief um alle Ecken, sah in alle Hauseingänge. Das Schwimmbad, dachte sie, er arbeitet im Schwimmbad, wo aber kann das sein? In den engen alten Gassen ganz unmöglich, sicher draußen, vor der Mauer. Also ging sie hinaus, auf die große Wiese, wo der Alte in seinem Gemüsegarten stand. Auf dem Parkplatz mehrere Autos, alte und neue, ein bunt bemaltes sogar.

Dort war auch Uli. Er kauerte auf dem Boden, die Arme um die Knie geschlungen. Seine Finger waren blutig, sein Gesicht auch, als sie leise hallo sagte und er den Kopf hob, erschreckt.

Rebecca wollte fragen, wo warst du, wir haben gewartet, was ist passiert. Stattdessen biss sie sich auf die Zunge, sagte nichts, und Uli antwortete nicht. Sein Gesicht war durcheinander geraten, alles darin ein Stück verschoben oder verzerrt, ein wenig unscharf wie das von Luna. Rebecca wagte es nicht, den Abstand zu überwinden, der sie trennte, eine Autolänge beinahe. Uli bewegte sich nicht.

»Hallo«, sagte sie noch einmal.

»Gib mir die Hand.« Ulis Stimme klang unfreundlich. »Hilf mir hoch.«

Er stöhnte beim Aufstehen, riss an ihrem Arm wie an einem Seil, stützte sich schwer auf ihre Schulter.

»Geh zu dem Alten, frag, ob er Wasser hat.«

Rebecca ließ Uli stehen, an das bunte Auto gelehnt wie eine Puppe. Sie fragte sich, ob der Alte gesehen hatte, was passiert war.

»Aqua?«

Er verstand Latein, nickte, zeigte ihr einen Eimer. Sie brachte den Eimer zu Uli. Der wusch sich das Blut von Gesicht.

»Judith sitzt noch im Café«, sagte Rebecca.

»Ich komme ja schon.«

Rebecca brachte den halbvollen Eimer zurück. Sie hatte dabei Uli vor Augen, zusammengesunken auf dem Boden, wie eine Zeichnung aus den religiösen Heftchen, nur in blutigen Farben, so lebhaft, dass sie kaum den Weg über die Wiese fand. Ihre Katastrophenbilder, rot wie Blut, weiß wie die Angst in Ulis Augen, schwarz wie der Schmutz an seinen Händen.

Eilig lief sie zu ihm zurück, eine Eile, die in keinem Verhältnis stand zu den langsamen, vorsichtigen Schritten, die sie gemeinsam machten, in den Ort.

»Ihr habt auf mich gewartet.«

»Ja.«

»Schon gegessen?«

»Nein.«

»Ihr hättet nicht warten müssen.«

Sie hätte ihn auch nicht suchen müssen, vielleicht erzürnte ihn das. So war es wohl, ins Leben hinauszutreten, dachte Rebecca, statt sich, wie ihre Eltern es vorgesehen und für sich selbst eingerichtet hatten, daneben aufzuhalten, in sicherer Entfernung. *Der Welt abgestorben.* Eine grauenerregende Formulierung aus einem dieser christlichen Bücher, auf deren Seiten sie sich aus blanker Langeweile verirrt hatte.

Judith war nicht mehr allein. Ytterblom saß neben ihr und zeichnete in ein blau eingebundenes Buch, während sie eine hausgemachte Wurst aß und knusprig gebratene Kartoffeln. Die Weißweinkaraffe war fast leer.

»Ich will auch so eine Wurst«, sagte Rebecca, »wie heißt sie?«

»Ich habe sie für deine Schwester bestellt«, antwortete Ytterblom, ohne von seiner Zeichnung aufzusehen, »ich bestelle euch auch eine.«

»Nur Suppe für mich«, sagte Uli und betastete seinen Kiefer.

Ytterblom schien Ulis Zustand nicht zu bemerken, aber Judith.

»Was ist passiert?«, fragte sie.

Uli verzog das Gesicht wie ein Unglücksclown: »Alles gut.«

In der Nacht träumte Rebecca von einer dunklen Stadt, von Straßen, in denen graue Gestalten zwischen Trümmern umhergingen, nicht miteinander sprechen, einander nicht berühren konnten. Sie wachte auf, traute sich nicht wieder einzuschlafen. Ihr Dybbuk flüsterte ihr ein, diesen Ort zu verlassen.

»Wo gehe ich dann hin? Ich habe keine Ahnung von der Welt.«

»Das ist wahr«, kicherte der Dybbuk, und sie hörte seine winzigen Schritte trappeln, in den Balken, unter dem Dach.

Sie schlich hinaus in den Garten, wo es schon dämmerte, die kürzeste Nacht, verschwommen erkannte sie Bäume und

Wasserbecken. Die Luft war kalt und feucht, doch sie roch gut nach Erde.

Mit den ersten Sonnenstrahlen machte sie sich auf nach Vila Luminosa. Der Weg, der ihr beim ersten Mal so lang erschienen war, wurde schon vertraut und kürzer. Ytterbloms Objekt leuchtete blass unter dem Morgenhimmel, und die Stadt war sehr grau. Aber das Grau in ihrem Traum war ein anderes gewesen, ein nördliches Grau. Sie begegnete niemandem, das Café war geschlossen, die Straßen still. Vor dem Bazar du Nouveau Siècle setzte sie sich auf den Boden, lehnte sich an die Hauswand und wartete.

Sie wartete nicht lange, Ytterblom war ein Frühaufsteher. Er öffnete die Tür, bat sie mit strahlendem Lächeln hinein: »Hat Uli dich geschickt?«

»Nein.«

»Wer denn?«

»Keiner.«

Ytterblom arrangierte die Gegenstände in der Vitrine.

»Ich möchte ein Buch zum Zeichnen haben«, sagte Rebecca.

»So ein Buch kannst du bei mir nicht kaufen. Hier gibt es Teknica. Fertige Kunst. Ideen von mir. Und warum habe ich genau diesen Laden dafür ausgesucht?«

Rebecca zuckte die Schultern, müde mit einem Mal.

»Der Name ist es. Basar des neuen Jahrhunderts. Ich stelle mir einen Franzosen vor, der voller Hoffnung hierher gekommen ist, am Anfang eines Jahrhunderts, das mittlerweile vorbei ist. Oder einen Portugiesen, der einen französischen Namen vornehm fand. Wichtig ist die Idee – der Glaube an den Neubeginn. Wir wissen jetzt, dass sein Jahrhundert ein grausames war. Trotzdem hoffen wir von neuem. In diesem selben Laden hier.«

Ytterblom legte seine Hände auf Rebeccas Schultern und hielt sie mit ausgestreckten Armen fest. Blickte ihr in die Augen, so dass sie Mühe hatte, dem Blick auszuweichen: »Glaube, Liebe, Hoffnung, wie ihr Christen sagt.«

»Ich bin keine Christin.«

»Das überrascht mich.«

»Nie gewesen.«

Der Druck seiner Hände verstärkte sich.

»Ein Buch gebe ich dir nicht. Aber einen Zeichenblock kannst du haben. Später zeigst du mir, was du gemacht hast. Und ich werde entscheiden, ob du mitarbeiten darfst.«

»Mitarbeiten?«

»An meinem Objekt.«

Mit einem Spiralblock und einem Bleistift kehrte Rebecca zurück auf den Platz. Das Café war noch immer geschlossen. Sie hielt nicht an, um zu zeichnen. Sie wollte nach Hause zu Uli und Judith.

Schwimmen lernen

»Ich fange mit den kleinen Sachen an. Die Blumen hier. Das Gras.«

»Die sind alle grau, deine Blumen.«

»Danach zeichne ich die Steine, die sind sehr grau.«

Graue Mohnblumen. Graue Kornblumen. Graue lila Blumen, deren Namen sie nicht kannte.

»Lavendel.«

»Und das hier, was ist das?«

»Rosmarin. Mein Kräutergarten.«

Rebecca schrieb den Namen unten auf die Seite.

»Du zeichnest gut, wo hast du das gelernt?«

»Wir hatten Unterricht, Zeichnen und Basteln, dreimal die Woche.«

»Du auch?«, fragte Uli Judith.

»Ich zeichne nicht.«

Sie saßen zusammen auf der karierten Decke, die sich inzwischen wie ein eigenes Zuhause anfühlte, ein Raum für sich.

»Ich will Bilder verkaufen und Geld verdienen«, sagte Rebecca.

»Unsere ganze Stadt ist ein Kunstwerk. Wenn du Geld verdienen willst, wüsste ich einen einfacheren Weg.«

»Und wie?«

»So wie ich. Im Schwimmbad.«

Ulis Gesicht war über Nacht weiter angeschwollen, vom linken Auge zog sich ein blau-violetter Fleck die Wange hinunter.

»Wir machen nur mit, wenn es nicht gefährlich ist«, sagte Judith.

Sie gingen außen um die Stadt herum, auf die Straße, von der sie gekommen waren, über die Brücke, folgten einem grasbewachsenen Weg am Flussufer entlang. Vor einem Gittertor blieb Uli stehen. Das Tor war mit einer dicken Kette verschlossen. Daneben hing ein Schild, schwarze Schablonenschrift auf weiß gestrichenem Holz.

»Schwimmbad geschlossen, Becken leer, Zutritt verboten«, sagte Uli und ließ das Kettenschloss mit seinem Taschenmesser aufspringen. Ein geübter Griff, hundertmal getan.

»Wenn es verboten ist«, fing Judith an.

»Los, rein da.«

Hinter ihnen schloss Uli sorgfältig das Tor. Zwischen den Bodenfliesen wuchs das Grün wie draußen auf der Straße. Rechts von ihnen ein ehemaliges Kassenhäuschen mit eingeschlagener Fensterscheibe. Die Mauern aus Beton mit ihrer abbröckelnden Farbe wirkten befremdlich nach den Steinhäusern der Stadt. Die Sonne schien. Schwimmbadwetter.

Eine Reihe Bäume am Rand des Weges versperrte die Sicht auf den Rest der Anlage. Kniehoch wuchs, was einmal Rasen gewesen war. Als erstes sahen sie zwei flache Gebäude, die Umkleidekabinen. Über ihnen, am blauen Himmel, kreiste ein Raubvogel. Wo in dem Grün waren die Becken?

»Ich will nach Hause«, sagte Judith.

»Hör mal«, sagte Uli, »wenn ich euch was Böses wollte, hätte ich oft genug die Gelegenheit gehabt.«

»Du vielleicht nicht, aber jemand anderes«, sagte Judith und legte den Finger an die Stelle unter ihrem Auge, wo sich in Ulis Gesicht der Bluterguss ausbreitete und stündlich seine Farbe veränderte.

»Wie ihr wollt«, sagte Uli und ging zu einer der Umkleidekabinen, mit einem M über der Tür.

»Guck mal«, sagte Rebecca zu Judith, »es gibt M und H, Männer und Herren, wir dürfen hier gar nicht sein.«

»Wir dürfen hier sowieso nicht sein.«

»Wenn er bei Männern ist, gehen wir zu Herren.«

»Wie willst du dich denn umziehen, wir haben gar keine Badesachen.«

Sie blieben stehen und warteten, bis sie Uli aus der Kabine kommen sahen, vollständig angezogen, aber mit einem Schlauch und einem Spaten in der Hand. Er drehte sich nicht nach ihnen um, gab ihnen kein Zeichen, kein Wort, ging von den Gebäuden weg ins Grün hinein. Rebecca lief hinterher, hielt seinen Arm fest: »Ich wollte arbeiten. Warum gibt es keine Frauenumkleide?«

»M ist für Frauen. Ich benutze sie, weil die andere dreckig und voller Glasscherben ist.«

»Gut«, sagte Rebecca, »Dann gehe ich da hin.«

Was tut man in einer Umkleide, wenn man nichts zum Umziehen hat? Man sieht in den Spiegel. Im schmutzigen Spiegel erscheint ein langes Gesicht, ebenfalls schmutzig und rot verbrannt. Die Nase vor allem. Rebecca zog dem Gesicht eine Grimasse. Setzte ihren Finger auf die rote Nase. Im Spiegel erschien ein Beobachter: Uli. Dahinter ein zweiter Beobachter: Judith.

Rebecca drehte sich um.

»Komisches Schwimmbad«, sagte sie.

»Mein sehr geheimer Garten«, sagte Uli.

In der Umkleide standen eine Menge Gartensachen, auch eine große Rolle Plastikplane und eine Schubkarre.

»Was brauchen wir?«

Uli lächelte, reichlich schief in seinem verletzten Gesicht: »Die Gießkanne, die Gartenschere, den Eimer mit der Komposterde und die kleine Schaufel.«

Mit den Werkzeugen in den Händen folgten sie ihm zu den Becken. Es fühlte sich an wie ein Spiel, dessen Regeln es noch zu lernen gilt.

»Unser erster Besuch in einem Schwimmbad«, sagte Rebecca.

Um die Schwimmbecken, ein großes und ein kleines, war ein niedriger Drahtzaun gespannt. Drinnen war es grün.

»Im Frühling lege ich eine Plane über den Zaun«, sagte Uli, »das ist ein richtiges Gewächshaus.«

Er zog seinen Schlauch über einen Wasserhahn auf halber Höhe der Außendusche.

»Zum Glück hat niemand daran gedacht, das Wasser abzustellen. Wenn mehrere Tage die Sonne scheint, komme ich her, um zu gießen.«

Der Wasserstrahl flog über die hellgrüne Fläche auf dem Boden des Kinderbeckens, das große Becken erreichte er nicht.

»Dafür brauchen wir die Gießkanne.«

»Sind das alles die gleichen Pflanzen?«

»Ja.«

Langweilig, dachte Rebecca, füllte die Kanne, stieg die Leiter hinunter ins Schwimmerbecken, goss eine Reihe Grün, stieg wieder nach oben, füllte nach.

Uli wandte sich an Judith: »Jetzt du. Eine kleine Schaufel Kompost an den Fuß jeder Pflanze, vor dem Gießen. Ich schneide welke Blätter ab, blinde Triebe, Teile, an denen Ungeziefer ist.«

Die Schwestern sahen ihn an und antworteten nicht.

»Nur, damit ihr es später selbst tun könnt.«

»Hast du die Erde in die Becken getan?« fragte Rebecca.

»Oh ja, das war eigentlich die meiste Arbeit. Ich konnte ja schlecht mit einem Lastwagen hier reinfahren.«

»Und damit sollen wir Geld verdienen?«, sagte Rebecca, als sie mit ihren Aufgaben fertig waren und Uli sorgfältig jede Pflanze kontrolliert hatte.

»So ist es.«

Judith pflückte eins der Blätter ab.

»Kann man die essen?«

»Je weniger ihr davon wisst, desto besser.«

»Du meinst, wir sollen nichts weitererzählen.«

»Darin seid ihr gut.«

Zurück in Ulis anderem, nicht geheimen Garten nahm Rebecca ihr Skizzenbuch zur Hand, fertigte eine sorgfältige graue Zeichnung aus der Erinnerung an, vom Schwimmbad und dann von der Pflanze allein. Es fiel ihr nicht schwer, sie sah sie genau vor sich, wenn sie die Augen schloss.

»Wie heißt sie?«

»Wer?«, fragte Uli zurück.

Rebecca hielt ihm den Skizzenblock hin.

»Wasserpest«, antwortete Uli ohne nachzudenken.

»Ich dachte, es ist ein Geheimnis«, sagte Rebecca

Sie saßen zusammen auf der Decke. Die anderen beiden schnitten Gemüse klein und warfen es in einen Topf. Rebecca versuchte sie zu zeichnen, sie alle drei, aber Menschen waren schwieriger als Pflanzen. Die fertige Zeichnung sah kindlich und unbeholfen aus. Mit spiegelbildlichen Buchstaben, wie Judith sie früher gemacht hatte, schrieb sie »Meine Familie« darunter. Eine der wenigen Gelegenheiten, bei denen Judith Ärger bekommen hatte. Regelmäßig ihre Aufgaben neu schreiben musste. Noch die Erinnerung daran freute Rebecca.

»Ich habe einen Wunsch«, sagte sie zu Uli.

»Wünschen kann man immer.«

»Ich möchte, dass du Englisch mit uns sprichst.«

»Kein Englisch«, protestierte Judith.

»Und ich will richtig Schwimmen lernen.«

»Wie wäre es mit Englisch nur unterwegs«, schlug Uli vor, »wenn wir in die Stadt gehen. Oder beim Autofahren. Wir können mit dem Auto zum Baden fahren, nach dem Essen. Dann sind deine Wünsche beide erfüllt.«

»Und ich«, sagte Judith, ganz das eifersüchtige Geschwisterkind, »bekomme ich keinen Wunsch erfüllt?«

Uli ging, um den Topf auf den Herd zu stellen.

»Was hast du gegen Englisch?«, fragte Rebecca. Judith brauchte nicht zu antworten, ihr Gesichtsausdruck verriet, dass Englisch eine Geschmacksverirrung war. Er glich dem Gesichtsausdruck ihrer Mutter, wenn eine von ihnen beim

Einkaufen sehnsüchtig auf ein rosa Kleidchen geblickt hatte oder auf eine Barbiepuppe.

»Zeichnen ist also auch blöd?«, fragte Rebecca und war überrascht, als Judith sagte: »Nein, wieso?«

»Egal.«

Rebecca stand auf und trug die Schüssel mit den Gemüseabfällen zum Komposthaufen hinter dem Klohäuschen. Fliegen in allen Größen, der Geruch von Sägespänen und Urin. Als sie zurückkam, war Judith verschwunden. Rebecca vermutete sie in der Küche und kritzelte lustlos in ihrem Zeichenblock. Doch dann erschien Uli und forderte Hilfe beim Kochen.

»Hilft Judith dir nicht?«

Judith war nicht da. Erst nach mehreren Stunden kam sie wieder, Stunden, in denen Rebeccas Hoffnung auf Schwimmunterricht zusammen mit dem Tageslicht schwand.

Als Judith vor ihnen stand, sagte sie nur: »Habt ihr mir was übriggelassen?«

Unmöglich zu erraten, wo sie gewesen war oder was sie getan hatte. Es war einer dieser Momente, in denen Rebecca sich von ihrer jüngeren Schwester so eingeschüchtert fühlte, dass sie es nicht einmal fertigbrachte, sie zu beschimpfen.

Fisch und Vogel

Tief im Reich der Alpträume stand ein Berg. Im Inneren des Berges fuhr eine Grubenbahn. Rebecca hatte sie nie bestiegen. Ihre Eltern saßen den ganzen Tag in zwei Höhlen, um Karten für die Bahn zu verkaufen, die Ein- und Aussteigenden zu kontrollieren. Diese Eltern waren klein, dunkel und zierlich, sie hatten keine Ähnlichkeit mit Ewald und Yvonne.

Rebecca verbrachte ihre Tage mit Malerei. Dabei wusste sie, man erwartete von ihr, dass sie einmal den Platz ihrer Mutter einnehmen würde, deren winzige Höhle ihr Grauen einflößte.

Eine ältere Verwandte, zu Besuch in dem Bergdorf, hatte geweissagt, die Malerei und ihre Launen würden Rebeccas Verderben sein, besonders, was eine mögliche Heirat anginge, aber das kümmerte Rebecca weniger als die Belanglosigkeit, die sie in ihren eigenen Bildern erkannte: Kühe, Schweinchen, Blumenwiesen.

Eines Abends stand ihre Mutter draußen vor der Höhle, ein lächerlich gemustertes Köfferchen in der Hand. Sie sah aus, als wollte sie etwas sagen, aber sie wartete damit, bis der Vater aus seiner eigenen Höhle kam.

»Ich lasse mich hier nicht lebendig begraben. Ich bin noch zu jung dafür«, sagte sie.

Rebecca wollte sie aufhalten, aber ihre Arme und Beine waren so schwer, ihre Zunge gelähmt, dass die Mutter ungestört weiterredete.

»Ich werde Musik studieren, in der Stadt.«

»Wer soll deine Arbeit machen?«, fragte der Vater.

»Das Kind.«

Rebecca würde die ganze Last des Berges auf sich spüren, wenn sie auch nur einen Tag in der Höhle zubringen müsste.

Da fuhr ein Auto vor, um ihre Mutter mitzunehmen. Das Auto, so wie der Kavalier, der am Steuer saß, entstammte einer längst vergangenen Zeit – eine Erkenntnis, die der schlafenden Rebecca dabei half aufzuwachen.

Sie hörte Regen aufs Dach fallen und brauchte einige Atemzüge, um zu begreifen, wo sie war. Gewahrte die Gefahr, von einem Alptraum in den anderen zu gleiten, biss sich in die Hand, um wach zu bleiben. Sie hatte schon viel schlimmere Träume gehabt, aber keiner von ihnen hatte sie so unmittelbar fürchten lassen, sie könne sich auf ewig darin verlieren. Sie wagte nicht aufzustehen und hinaus in den Regen zu gehen, wagte überhaupt nicht, das Bett zu verlassen.

Ich schlafe wieder ein, dachte sie, das darf ich nicht.

Ging schließlich, in ihre Decke gewickelt, in die Küche. Sie versuchte, kein Geräusch zu machen, aber Uli wachte auf.

»Schlecht geträumt?«

Rebecca goss Wasser in ein Glas und trank, ohne Uli dabei anzusehen.

»Morgen gehen wir schwimmen.«

»Es regnet.«

»Macht nichts, du bist sowieso nass.«

Beim Licht der Taschenlampe nahm Rebecca ihren Block und den Stift, zeichnete den klaffenden Eingang in den Berg, das Schild mit der Aufschrift GRUBENBAHN, in Fraktur. Obwohl sie das noch einmal auf ihr malendes Traum-Ich zurückwarf, fühlte sie sich anschließend freier, mehr bei sich selbst.

Am Tisch sitzend schlief sie ein, in der Hand die Taschenlampe, die leuchtete, bis die Batterien ausgingen.

Die Badestelle war eine aufgestaute Bucht, über die Zweige von Bäumen hingen, mit den Spitzen das Wasser berührten.

»Du gehst zuerst«, sagte Uli, »wegen gestern.«

Judith wollte ihre Angst nicht zugeben, sie suchte eine Ausrede: »Wir haben keinen Badeanzug.«

»Du kannst in Unterhose baden oder nackt. Hier kommt niemand hin.«

»Und was ist das«, protestierte Judith.

Sie zeigte auf eine Tüte Müll, Getränkedosen, Chipstüten, die jemand eingesammelt, aber nicht mitgenommen hatte.

»Das Wasser ist ein bisschen tiefer hier und vor allem ruhig«, erklärte Uli, ohne sich um Judiths Einwand zu kümmern, »nicht über die Steine hinausgehen, sonst nimmt der Fluss euch mit.«

Der Fluss nimmt euch mit: Das klang schön, wie in den Liedern vom Nöck, die sie als Kinder gehört hatten. Rebecca zog sich aus, fröstelnd unter dem Regen, hüpfte von einem Bein aufs andere.

»Judith, mach schnell, mir ist kalt!«

Judith ging tatsächlich ins Wasser, blieb am Rand stehen, wo es ihr eben über die Knie reichte. Rebecca und Uli folgten.

»Ich habe noch nie jemandem das Schwimmen beigebracht. Auch nicht meiner eigenen Tochter.«

Er machte ihnen die Bewegungen vor, Arme, Beine: »Legt euch auf das Wasser.«

Judith wollte nicht, dass er sie hielt.

»Das kann auch deine Schwester machen, im Wasser bist du nicht schwer.«

Nach einer Stunde stiegen sie mit blauen Lippen aus dem Fluss und stellten fest, dass sie keine Handtücher mitgenommen hatten.

»Ich wusste nicht, dass es so schwierig ist«, sagte Rebecca im Auto. Die nasse Kleidung klebte an ihrer Haut.

»Was hast du gedacht«, sagte Uli, »du gehst einfach ins Wasser und schwimmst von allein?«

Er fing an, auf Englisch zu erzählen, von einem Segelboot und dem Ozean, und wie er acht Tage nicht geschlafen hatte, nur kurz eingenickt war, das Ruder in der Hand. Die Bucht im Fluss fühlte sich vergleichsweise schäbig an. Rebecca beschloss, sich beim nächsten Versuch über Wasser zu halten, egal wie. Uli erzählte von Delfinen, die um das Boot spielten, und wie er Angst hatte, sie könnten es umwerfen. Ein sieben Meter langes Boot, nicht sehr groß.

»Ich weiß nicht, warum ich mich darauf eingelassen habe, ich liebe das Meer nicht einmal besonders«, sagte er.

»Aber ich liebe das Meer«, sagte Rebecca.

»Du kennst es gar nicht.«

»Genau. Du triffst jemanden, weiß nicht mal, wie er heißt, trotzdem bist du verliebt.«

»Und danach geht alles den Bach runter.«

Uli erzählte von Inseln, auf denen er gewesen war. Eine Insel, allein sich das vorzustellen, ein Ort mitten im Meer.

Rebecca lehnte sich nach vorn und legte die Hand auf Judiths Schulter: »Wie gut, dass wir abgehauen sind. Dass wir anfangen, alle diese Sachen kennenzulernen.«

Judith sagte nichts.

»Schließlich war es deine Idee.«

»Ich habe viele Ideen.«

»Die Welt ist nicht leer, und wir wissen das jetzt.«

Uli hatte seine Erzählung abgebrochen, hörte ihnen zu, blieb still. Nur der dichter werdende Regen war zu hören, Insekten und Vögel, die Blätter der Bäume, das Holz, das sich dehnte, vom Wasser gesättigt, das gleichmäßige Fahrgeräusch des Autos.

Nachts kamen die Träume wieder, verstümmelte Körper, ein Baby mit offenem Rücken, ein Mann ohne Beine, der mit ihr feiern wollte. Rebeccas Glieder schmerzten, als sie aufwachte. Sie lief in den Garten, stieg in das Becken mit dem Quellwasser und blieb darin, bis sie nichts mehr fühlte.

»Ich ertränk dich im eiskalten Wasser«, drohte sie ihrem Dybbuk.

Der lachte sie aus.

Uli kam aus der Tür: »Übst du für heute Nachmittag?«

»Gehen wir wieder schwimmen?«

Uli hörte sie nicht mehr, er hatte es eilig mit dem Klohäuschen.

Durch den Regen gingen sie in die Stadt. Gemüse kaufen, um die Suppe zu verlängern, sagte Uli. Draußen vor dem Café waren alle Stühle hochgeklappt, drinnen dampften nasse Kleider und Haare.

»Giuditta!«, rief Ytterblom, so laut, dass alle sich umdrehten.

Zu Rebecca sagte er: »Zeig mir, was du gezeichnet hast.«

»Ich habe den Block nicht dabei.«

»Du solltest ihn immer dabeihaben.«

Er streckte ihr sein Skizzenbuch entgegen, doch als sie es nehmen wollte, schüttelte er den Kopf.

Sie tranken Kaffee, Gypsy trank Bier. Uli schrieb etwas auf einen Zettel und schob ihn über den Tisch zu Ytterblom. Ytterblom nickte.

Die Gemüseverkäufer vom Straßenrand betraten das Café. Die Männer gingen an den Tresen, die Frauen setzten sich an einen Tisch. Luna brachte den Frauen kleine Kaffeetassen, Aldina hinter dem Tresen schenkte Bier und Schnaps an die Männer aus.

»Gib mir ein Papier«, sagte Rebecca zu Ytterblom.

Sorgfältig trennte er eine Seite aus seinem Buch. Rebecca nahm Ulis Kugelschreiber und fing an zu zeichnen. Sie wollte das ganze Café auf die Seite bringen, merkte aber gleich, als sie mit der Linie des Tresens anfing, wie viele Gegenstände da waren, die sie sonst nicht einmal gesehen hätte, die aber nun, wo sie ein Bild des Ganzen machen wollte, wichtig erschienen. Also konzentrierte sie sich auf Luna und Aldina. Lunas Gesicht war ihr schon vertraut, der weiche Mund, die stumpfe Nase, die Augen, die immer erstaunt blickten. Auch ihre Züge wirkten verschoben, wie die von Uli – hatte jemand Luna geschlagen? Die Schultern passten noch auf die Seite, dann war das Blatt zu Ende. Hinter die begonnene Tresenlinie stellte sie

Aldina, schmaler und dunkler als die Tochter, ein Gesicht nur aus Augen und einer langen Nase.

»Ein Fisch und ein Vogel«, sagte Ytterblom.

»Take a look«, forderte er Gypsy auf, die aber schüttelte seine Hand von ihrem Arm und starrte in den Fernseher unter der Decke, wo ohne Ton eine Serie lief.

Also wandte er sich wieder Rebecca zu: »Ich möchte das Objekt ausmalen. Ich arbeite schon an den Plänen.« Er tippte mit dem Finger auf sein Buch. »Du könntest mir helfen, wenn ich so weit bin«

Rebecca wagte nicht, ihn anzusehen. Sie fixierte die Werbebotschaft auf dem Kugelschreiber. FELCARO. Grüne Schrift auf weißem Grund. Sie wollte hinauslaufen, ihr Bild zerknüllen. Sie ließ den Kugelschreiber auf dem Tisch kreisen. Uli stoppte ihn mit der flachen Hand.

»Was ist«, fragte Ytterblom, »traust du es dir zu?«

»Ja«, sagte Rebecca, »ich übe jeden Tag.«

»Und du, Giuditta?«

»Ich hasse Zeichnen«, Judith riss an dem Band, das ihren sechsten Finger hielt, »und dein Objekt hasse ich auch.«

Ytterblom ergriff Ulis Hand: »Wo hast du bloß diese Freaks gefunden?«

»Es gibt so Tage«, sagte Uli, »da sitzen merkwürdige Leute auf Parkplätzen herum.«

Ytterblom schüttelte theatralisch den Kopf: »Es gibt kein solches Ding wie den Zufall.«

Aldina verließ ihren Platz hinter der Theke und kam zu ihnen an den Tisch. Ehe Rebecca die Zeichnung verstecken konnte, hielt sie sie schon in der Hand. Ohne ein Wort legte sie das Blatt neben die leeren Tassen und Gläser auf ihr Tablett.

Uli steckte seinen Stift ein: »Wir gehen.«

»Was heißt Felcaro?«

»Weiß der Geier.«

Draußen war alles grau, der Himmel, die Steine. In den Bäumen am Berghang hinter dem Ort hingen die Wolken und ließen ihr Grün verblassen. Der Platz glänzte, an seinen Seiten flossen kleine Bäche.

»Dein anderer Garten«, sagte Judith zu Uli.

»Ja?«

»Der hinter dem Haus.«

»Ja?«

»Warum benutzt du ihn nicht?«

»Ich habe Kräuter.«

»Warum kein Gemüse? Oder Erdbeeren? Oder Kirschen?«

»Viel Arbeit.«

»Zu Hause hatten wir einen großen Garten mit Nüssen und rosa Birnen. Aber keiner hat was gepflanzt.«

»Du kannst in meinem Garten pflanzen, was du willst. Aber jetzt, im Sommer, ist es ein bisschen spät.«

»Menschen kann man immer pflanzen«, behauptete Judith.

Das Wasser lief ihnen über Gesicht und Arme, über die Haare, in den Nacken, während sie dort standen; unentschlossen, wohin sie gehen sollten.

»Wo sind die Holzschnitzer und Maler und so?«, fragte Rebecca.

»Verstecken sich vor dem Regen.«

»Das Gefallenendenkmal geht zwanzig Jahre nach.«

»Was meinst du damit?«

»Da steht 1965.«

»Das war ein Krieg in Afrika.«

Es war eine seltsame und kaum glaubhafte Vorstellung, dass die Bewohner dieses Ortes so einen weiten Weg zurückgelegt hatten, aus den Bergen hinunter ans Meer, auf einen anderen Kontinent, nur um dort zu sterben.

»Wohnen hier deswegen keine Leute mehr?«

»Alle im Krieg gestorben«, sagte Judith zu Rebecca.

Sie gingen über die regenglatten Steine, blickten in die Fenster der verschlossenen Häuser.

»Ich möchte reingehen, die Räume ansehen, alle Schubladen und Schränke öffnen.«

»Mich in das alte Bett legen und eine Staubwolke machen.«

»Viele von denen, die gegangen sind«, sagte Uli, »denken, sie kommen einmal zurück. Alles ist aufgeräumt und abgeschlossen in diesen Häusern.«

Auf der Wiese bei der Stadtmauer machten sie Halt.

»Was machen die Leute, die übrig geblieben sind?«, fragte Rebecca.

»Sie langweilen sich.«

»Bei uns zu Hause war es langweiliger.«

Rebecca ließ Uli und Judith stehen, ging die Mauer mit ihren Werbegeheimbotschaften entlang und hinunter ans Flussufer neben der Brücke. Zog ihre Schuhe aus, stieg mit nackten Beinen in das kalte, eilig fließende Wasser. Der Boden war steinig, sie tastete sich langsam voran, Richtung Schwimmbad. Kleine Fische huschten durch den Schatten, den sie aufs Wasser warf. Es regnete noch immer, doch der Himmel über ihr wurde heller, ein gelbliches, fast durchsichtiges Grau.

Rebecca war im Grün der Büsche zu beiden Seiten des Flusses verborgen wie in einer Höhle oder einem Zelt. Spielte mit dem Gedanken, sich hier, gleich am Ufer, eine Hütte zu bauen, aus grünen Zweigen, eine Hütte, von der niemand etwas wusste. Sie sah Mücken, Libellen, eine Kröte, die sie mit ihren goldenen Augen beobachtete. Das alles würde sie später zeichnen. Sie konnte durch das Gestrüpp auf den leeren Weg schauen, auf den verschlossenen Eingang zum Schwimmbad.

Vor dem Schwimmbad stand ein kleiner Mann. Er riss an der Eisenkette, zog an dem Tor, öffnete es einen Spalt, so weit wie die Kette es zuließ, versuchte sich hindurchzuquetschen, gab wieder auf. Rebecca schaute ihm zu, um ihre Füße lief das Wasser, sie selbst stand regungslos. Der Mann bemühte sich noch eine Weile, sie sah nur seinen Rücken, eine dunkle Kapuzenjacke, dann ging er wieder, entfernte sich von der Stadt, verschwamm am Ende des Weges mit dem Regen.

Rebeccas Füße waren vom Wasser so aufgeweicht, dass sie es nicht mehr ertrug, auf den Steinen im Flussbett zu gehen.

An der ersten Stelle am Ufer, die weniger dicht bewachsen war, kletterte sie zurück auf den Weg, sammelte unter der Brücke ihre Schuhe ein, sah auf der Wiese nach Uli und Judith. Doch die waren längst zu Hause, saßen am Tisch mit der verlängerten Suppe, komm und iss, runaway girl.

Die Mondscheinfront

Ein Wind wehte sie an in der Nacht, ein solcher Wind, dass sie die Augen schließen musste. An ihrer Seite gingen Judith und der fast vergessene Fliederjunge. Sie griff nach ihren Händen, um sie nicht zu verlieren. Judith protestierte, und der Wind riss sie fort. Rebecca konnte die Augen nicht öffnen, um nach ihr zu suchen, sie hörte nur sein Heulen, das Klappern von Türen und Fenstern in einer fremden Stadt.

Dann hörte sie Schritte. Waren das echte Schritte oder ein tückischer Schachteltraum, der ihr nur vorspiegelte, sie sei wach? Ein Moment der Lähmung, der verstrich. Sie tastete nach Judith an ihrer Seite. Sie tastete nach der Taschenlampe und erinnerte sich, dass sie die Batterien hatte leerbrennen lassen. Hörte wieder die Schritte.

Sie wagte nicht aufzustehen, rief aber leise: »Uli?«

Die Schritte hielten vor ihrer Tür, ein Lichtstrahl: »Ich wollte euch nicht wecken. Ich fahre in die Stadt.«

»Ich hatte wieder einen Traum.«

Uli stand in der Tür wie ein angehaltenes Spielzeug.

»Kommst du mit?«, fragte er schließlich.

Rebecca nickte: egal wohin.

Draußen regnete es nicht mehr. Sie sah den Mond, ein paar Wolken, von hinten erleuchtet.

»Wir fahren mit dem Auto?«

»Ja.«

Ihr täglicher Fußweg schrumpfte auf ein Nichts. Schon leuchtete Ytterbloms Objekt ihnen weiß entgegen. Sie hielten gleich hinter dem Feld und gingen in die Stadt. Wie ungeschützt diese von hinten war. Vorne die große Mauer, die Wiese vor den Häusern – hier war nichts.

Auf den Straßen lag das Mondlicht. Uli führte sie zu einem Schaufenster, in dem weiße Flügel und Kleider hingen, Gewänder und Diademe, wie eine Versammlung gespenstischer Vögel.

»Was ist das?«, fragte Rebecca.

»Verleih und Verkauf von Engelstrachten.«

Uli klopfte dreimal an die Scheibe.

Ein sehr großer, sehr schlanker und sehr weißhaariger Mann öffnete die Ladentür. Er schien nicht erstaunt, Rebecca zu sehen. Er trug weiße Leinenkleidung, deren Ton nur geringfügig heller war als der seiner Haut. Sie schoben sich zwischen den Engelsgewändern, die den kleinen Ladenraum bis zum Ersticken ausfüllten, hindurch in ein Hinterzimmer. Dort saß eine Runde von Leuten, teils auf Stühlen, teils auf dem Boden. Die Leute begrüßten sie nicht, sie redeten oder schwiegen und tranken, und es roch nicht nur nach Zigaretten, sondern auch nach Weihrauch. Erst meinte Rebecca, in eine Versammlung von lauter Unbekannten geraten zu sein, dann erkannte sie Ytterblom, Gypsy und Aldina. Auch das Holzschnitzerpaar war dabei. Der Mann, der sie eingelassen hatte, sagte etwas auf Portugiesisch.

»Wir sind vollzählig, wir fangen an«, erklärte Uli.

Rebecca traute sich nicht zu fragen, womit.

Ytterblom nahm seine Gitarre zur Hand, klopfte sanft gegen das Holz des Klangkörpers. Alle wurden still. Hoffentlich ist das nicht eine Art Gottesdienst, dachte Rebecca und fühlte ein kaum bezwingbares Bedürfnis, aufzuspringen, laut zu sein, zu lachen.

»There's got to be some kinda way outta here«, stimmte Ytterblom an, und manche summten, manche sangen mit, wobei jeder eine andere Vorstellung davon zu haben schien, wie das Lied klingen musste. Anders als Ulis Haus hatte dieses hier Strom. Eine grünliche Lampe, kälter als der Mond, leuchtete in der Ecke des Raumes.

Auf Ytterbloms Gesang folgte eine Ansprache ihres Gastgebers, von der Rebecca wenig verstand. Aldina reichte ihr ein Glas dunkelroten Wein, das Uli abzufangen suchte, doch eine unbekannte Hand schob sich dazwischen und hinderte ihn daran. Der Besitzer der Hand sagte etwas zu Rebecca, Uli übersetzte: »Anarkos-Wein. Er macht ihn selbst.«

Die fremde Hand klopfte Rebecca ermutigend auf den Rücken. Alle um sie her redeten in verschiedenen Sprachen. Unmöglich konnte jeder alles verstehen, oder doch?

Der lange weiße Mann trat auf sie zu, stellte sich vor: »Jonas«, und drückte ihr eine silberfarbene Medaille in die Hand. Einige in der Runde hoben ihre Gläser, und der Weinmacher schenkte Rebecca nach. Die Medaille hatte ein Loch, um eine Schnur hindurchzuziehen. Auf der einen Seite zeigte sie einen Engel mit ausgebreiteten Flügeln, auf der anderen die Inschrift LUAR. Der Engel war maschinell geprägt, die Schrift leicht unregelmäßig, von Hand eingeritzt.

»Was ist das?«, fragte Rebecca.

»Die Mondscheinfront: Lutte, Action, Résistance.«

»Was ist das für eine Sprache?«

»Französisch. Die Mondscheinfront gibt es schon lange. Länger als dich oder mich oder irgendjemanden hier.«

»Der alte Besitzer des Bazar du Nouveau Siècle hat sie gegründet«, behauptete Ytterblom.

»Ist das eine Art Religion?«

Uli lachte, Ytterblom lachte, Rebecca fragte nicht weiter.

Rebecca trank. Je mehr sie trank, desto mehr glaubte sie zu verstehen, was die Leute sprachen. Einer nach dem anderen trug Ideen vor, über die, so vermutete sie, die anderen abstimmen sollten. Aber es stimmte keiner ab. Es schien nie jemand ein Wort zu sagen zu dem, was ein anderer vorstellte. Uli sprach Englisch und berichtete von den Tempelanlangen, die er gesehen hatte und nachbauen wollte. Auch Ytterblom sprach Englisch, doch seine Rede war komplizierter, sie erkannte Wörter, aber nicht deren Sinn. Bei den portugiesischen Ansprachen konnte sie, dank Anarkos-Wein, einiges erraten: Es ging um das Pflanzen und Schlagen von Bäumen, um das Ersetzen einer Sorte Bäume durch eine andere, um die Heilung der Erde. Es ging um ein großes Fest mit Musik, die Blockade einer Straße. Widerstand durch Kunst. Das Öffnen alter verschlossener Häuser im Ort. Rohe Eier auf der Straße. Wesenheiten aus Tonerde, Würmer, Kolosse. Pilgerstätten, Wahrsagekarten, monatelanges Schweigen.

Sie befand sich mittlerweile in einem zufriedenen Niemandsland zwischen Schlaf und Wachen, glaubte zu begreifen und doch nicht.

»Muss jeder hier reden?«, fragte sie Uli.

»Ja.«

»Ich auch?«

»Du musst nur deine Medaille tragen.«

»So wie Judith ihren Finger?«

Uli kannte Judiths Finger noch nicht.

Rebecca fand die Medaille anziehend, und doch kindisch, sie spürte das mit einer schamhaften Empfindlichkeit, die sie dazu brachte, noch mehr Wein zu trinken, worauf sie meinte, den nächsten Redner noch besser zu verstehen. Obwohl der wieder eine andere Sprache sprach.

Die Stadt mit Poesie bedecken, die Häuser, die Mauern. Den Boden jeder Straße, Poesie in die Bäume hängen, bis die Bäume sich biegen.

Wie viele Gedichte brauchte man dafür?

Diese Rede war die letzte. Noch einmal füllten sich die Gläser, noch einmal fing Ytterblom an zu singen, quälend langsam, wie aus der Bewusstlosigkeit. Ein anderes Lied, das keiner mitsang. Alle verließen gleichzeitig das Haus, gingen ohne Abschied auseinander.

»Du hast bestimmt ein paar Fragen«, sagte Uli auf dem Heimweg.

»Kann ein Baum einen Stein tragen?«

»Warum sollte er?«

»Was soll der Baum sonst damit machen?«

»Frag mich was anderes.«

»Wofür ist diese Versammlung da?«

»Jeder stellt eine Idee vor, eine Aktion. Die anderen hören zu. Bis zum nächsten Vollmond setzt jeder eine der Ideen um.«

»Und dann erzählen alle davon?«

»Eben nicht. Keiner weiß, wer sich welche Idee ausgesucht hat. Also kann keiner keinen verraten. Keiner kann angeben und keiner kritisieren.«

Rebecca strich mit dem Zeigefinger über das Relief ihrer Medaille. Ihr Amulett, von dem sie Judith nichts erzählen würde. Sie gehörte zu einer Versammlung von Erwachsenen, einer geheimen dazu. Niemand hatte schlecht über sie geredet oder sich über sie lustig gemacht. Dieses Hochgefühl hielt an bis in den Schlaf hinein und wurde durch ihre Träume nur unwesentlich gedämpft.

Am nächsten Morgen trieb Uli sie gleich nach dem Aufstehen zum Auto. Ohne etwas zu erklären, packte er Wolldecke und Kaffeekanne in den Kofferraum.

»Was hat er vor?«, fragte Judith leise Rebecca; sie traute sich nicht, Uli selbst anzusprechen.

»Woher soll ich das wissen?«

»Ihr wart letzte Nacht weg.«

»Ach ja«, sagte Rebecca.

Mit Schwung warf Uli sich auf den Fahrersitz und knallte die Tür zu. Wortlos fuhr er durch die grün pulsierende Landschaft, den Geruch nach feuchter Erde, die Bäume, die fast ins Auto hineinzuwachsen schienen. Geräusche von Insekten, Vögeln, ein erster Halt am Fluss.

»Kann ich schwimmen gehen?«, fragte Rebecca.

»Zehn Minuten.«

Das Wasser floss schnell, so schnell, dass es ihr die Füße vom Boden riss und ihr für Augenblicke das Gefühl der Schwerelosigkeit verschaffte, nach dem sie sich sehnte. Aber tief war es nicht, sie schürfte sich an den Steinen am Grund beide Knie auf. Als sie ans Ufer kam, griff Judith nach der Mondscheinmedaille um ihren nackten Hals, musterte den Engel, las laut die Inschrift: »LUAR. Wo hast du das bekommen?«

»Bei Jonas«, murmelte Rebecca, die ihr Geheimnis mit Judith nicht teilen wollte.

»Wir fahren weiter«, sagte Uli.

Beide wagten nicht zu fragen wohin.

Vielleicht würde er sie irgendwo am Straßenrand aussetzen, an einem Ort, von wo sie den Weg nach Vila Luminosa nicht mehr finden würden, wie Hänsel und Gretel. Die Vertrautheit der letzten Nacht, der gemeinsamen Heimfahrt von der Mondscheinfront wich einer Art Katerstimmung, die mit den beachtlichen Mengen Wein, die man Rebecca zu trinken gegeben hatte, nichts zu tun hatte.

»Lutte, Action, Résistance«, sagte sie sich leise vor, einen Zauberspruch, um die Dunkelheit abzuwehren, drei magische Wörter, von denen sie das erste nicht verstand.

Tatsächlich gelang es ihr, sich in einen Zustand genau auf der Linie zwischen Wachen und Traum zu versetzen, ähnlich wie bei der Versammlung in der Nacht, nur hörte sie diesmal niemanden reden. Stattdessen sah sie Bilder, Dinge aus ihrem vorherigen Leben, Verstecke im Garten, die Tür von Flieders Haus, den Mond, der sie in ihrem Gitterbett besuchte, ein Spiel am Boden mit Schnipseln aus Papier. Sie war klein, Judith krank, und die bemalten Schnipsel verwandelten sich in alles, was sie wollte. Sie betrachtete dieses Leben von oben und aus großer Entfernung, sie schwebte. Eine alte Stadt, die in zwei Ebenen einen Berg hinaufwuchs, der Wolf auf den blutigen Schienen, verbrannte Landschaften, das Meer, klein wie eins der Becken in Ulis Schwimmbadgarten. Es kam nur darauf an, das Gleichgewicht zu halten.

Sie war vollkommen allein, hatte die Verbindung zu Judith gekappt, hatte Uli vergessen, da hielt das Auto, eine Stimme flüsterte ihr ins Ohr: »Lutte heißt Kampf«, und eine lautere Stimme sagte: »Wach auf.«

Sie wachte nicht auf, sie stürzte ab. Roch den salzigen Dunst, als Uli die Türen öffnete, hörte Möwen.

»Wir sind am Meer«, sagte Uli.

Freuen konnte sie sich nicht darüber, nicht einmal, als sie gemeinsam auf der Decke saßen und bunte Reste aus der Küche picknickten. Eine unbezähmbare Traurigkeit saß ihr im Nacken, ein richtiges Tier.

Uli stand auf. Er warf einen Blick auf die Decke, als hätte er sie gern eingepackt. Er warf einen Blick auf die Schwestern.

»Wartet hier auf mich«, sagte er und ging.

Judith und Rebecca schauten still aufs Wasser, silberfarben und von kleinen Wellen geschüttelt, auf die Algen, die am Strand die Linie der Flut nachzeichneten.

»Er kommt nicht wieder, oder?«, fragte Judith.

»Glaube nicht.«

»Was war gestern Nacht?«

»Nichts.«

»Uli hat mich heute nach meinem Finger gefragt.«

»Und?«

»Ihn sich angesehen. Hast du die Dose mit dem Geld dabei?«

»Nett von ihm, dass er uns seine Decke dalässt. Ich gehe mir jetzt das Schwimmen beibringen.«

»Mach das nicht«, bat Judith.

Rebecca ging mit Unterhose und Engelamulett bekleidet auf das silberne Wasser zu. Judith folgte, in ihrer Hand die Dose mit dem Geld.

»Ich versuche dich rauszuholen, wenn du ertrinkst.«

»Wie in dem Heftchen.«

Die Wellen saugten am Sand unter Rebeccas Füßen, hoben sie hoch, warfen sie um. Überall im Wasser war Bewegung, es fühlte sich an, als tauche man in eine Masse winziger Lebewesen. Rebecca versuchte, die Bewegungen zu machen, die Uli ihr gezeigt hatte, aber die Wellen brachten sie durcheinander. Sie drehte sich nicht zum Ufer um, sie sah in die Weite, und wenn Judith sie rief, hörte sie es nicht. Bis ihre Zähne klapperten, blieb sie im Wasser.

»Ich glaube, ich kann es«, sagte sie zu Judith, die unbeweglich auf demselben Platz stand, ihr Gesicht rot verbrannt von der Sonne, die man in dem diesigen Himmel nicht einmal sah, ihre Füße eingesunken im Sand.

»Deine Lippen sind ganz blau«, sagte Judith.

»Ich kann schwimmen.«

»Bleiben wir heute am Strand?«

»Warum nicht?«

Rebeccas Traurigkeit war vorbei. Sie konnte schwimmen, das war mehr gewonnen als verloren.

Die anderen Leute am Strand beachteten die Schwestern nicht, zumindest sprach niemand sie an. Sie mussten nur unauffällig auf ihrer Decke ausharren und versuchen, erwachsen auszusehen. Noch ehe die Abenddämmerung einsetzte, waren sie allein. Nebel stieg vom Wasser auf, und das Holz, das sie sammelten, war feucht. Vergeblich suchten sie den Strand nach Papier zum Anzünden ab.

»Hätte ich bloß meinen Zeichenblock nicht im Auto gelassen«, sagte Rebecca.

Die Europakarte wollten sie nicht opfern, also probierten sie es erfolglos mit den trockensten Stöckchen, die sie finden konnten. Es wurde dunkel, eine sternenlose Dunkelheit, der Mond in blaugraue Watte gepackt, und sie froren.

»Gleich zünde ich einen Geldschein an.«

Rebecca war wütend, kurz davor, in den sorgfältig aufgeschichteten Haufen zu treten, der nicht brennen wollte.

»Ich könnte ein Stück von meinem Kleid abreißen«, schlug Judith vor, »die Farbe gefällt mir sowieso nicht mehr.«

Gute Idee, fand Rebecca, wollte ihr Messer aus der Hosentasche ziehen und fand ein Papiertaschentuch. Genug, um ein paar dünne Stöcke in Brand zu setzen. Aber es waren schwächliche Flammen, die dabei herauskamen, und eine Menge Rauch. Viel Wärme spendete dieses Feuer nicht, kein Gedanke, sich hinzulegen und zu schlafen. Sie kauerten davor, die Arme um die Knie geschlungen, die Decke um die Schultern gelegt.

Wagten keine Bewegung, um nicht das bisschen Wärme, das sich unter der Decke gesammelt hatte, zu verlieren. Redeten stundenlang kein Wort. Sie hörten Vogelstimmen *aua* schreien, das Tuckern eines Fischkutters, dann wurde es hell.

Rebecca sprang auf, hüpfte auf der Stelle, lief zum Wasser hinunter und den Strand entlang. Das Meer färbte sich rosa und blau.

Judith wickelte sich ganz in die karierte Decke.

»Versuchen wir das Feuer wieder anzuzünden?«, fragte sie, als Rebecca zurückkam.

Von ihrem feuchten Holz war nicht einmal die Hälfte abgebrannt.

»Gehen wir Papier suchen. Oder willst du doch dein Kleid abbrennen?«

Sie fanden Plastikflaschen, Plastikfolien, Plastiktüten, Stücke von Fischernetzen, Zigarettenkippen. Schließlich einen Pappkarton.

Sie zerrissen und zerpflückten den Karton, machten ein kleines Pappnest zwischen dem Holz und der Asche zurecht. Es qualmte, es roch schlecht, dann fing das Holz an zu brennen. Sie begannen sich warm zu fühlen mit ihrem Feuer und dem Licht der aufgehenden Sonne.

»Seine Kaffeekanne hätte er hierlassen können«, sagte Judith, und da fiel Rebecca auf, dass sie seit dem Abend nicht mehr an Uli gedacht hatte.

Sobald ihr einigermaßen warm war, probierte Rebecca noch einmal das Schwimmen.

»Ich will in der Nähe vom Meer bleiben«, sagte sie, während sie sich anzog, die nasse Unterhose in Ulis Decke wickelte, ihre Sandalen in die Hand nahm. Judith hatte dagegen nichts einzuwenden. Sie verließen den Strand, gingen über den sandigen Parkplatz, wo sie am Tag zuvor aus dem Auto gestiegen waren, zum Straßenrand.

»Und jetzt?«, fragte Judith. »Rechts oder links?«

»Süden.«

Die Straße führte durch ein Wäldchen, wo die Bäume aus ihren eingekerbten Stämmen in kleine Plastikeimer bluteten. Rebecca fragte sich, ob das eine der Aktionen war, wie die Mondscheinfront sie vorschlug. Kein Auto kam ihnen entgegen, bis sie den ersten Ort erreichten. Ein paar Häuser am Straßenrand, niemand draußen, das Café, zugleich Dorfladen, geschlossen. Sie setzten sich auf den Boden, blinzelten in die Morgensonne, schläfrig, und doch aufmerksam. Die Luft schien voller sirrender Schwalben zu sein, kein Geräusch machte ihnen Konkurrenz, nicht einmal die Möwen unten am Meer.

»Egal wieviel Geld wir noch haben, ich kaufe mir ein Buch zum Zeichnen«, sagte Rebecca.

»Du kannst deine Zeichnungen verkaufen und das Geld zurückverdienen. Aber was soll ich machen? Ich kann gar nichts.«

»Du kannst hexen.«

Ihre Kehlen waren trocken. Heimweh würde jetzt Heimweh nach Vila Luminosa sein, die bunte Stadtmauer das stille Haus aus ihrem Bewusstsein verdrängen. Schade nur, dass Ulis Schwimmbad noch nicht dazu beigetragen hatte, die rote Dose neu zu füllen. Rebecca zog mit den Fingern die Schatten der fliegenden Schwalben im Staub nach.

Sie hatten fast vergessen, worauf sie warteten, da öffnete sich die Tür des Ladencafés. Abgestandene Luft schlug ihnen entgegen und mit ihr eine Reihe von Wörtern, die sie nicht verstanden. Sie standen auf, putzten sich die Knie ab, lächelten freundlich, sagten *bom dia* und *cafe*. Drinnen wurden die Stühle von den Tischen geholt.

»Acqua«, fügte Judith hinzu und tat alles, um wie ein nettes Mädchen auszusehen.

Rebeccas Sprachfähigkeiten waren unter dem Einfluss des Anarkos-Weins zwar gewachsen – was die Frau im Café sagte, war ihr dennoch ein Rätsel. Hoffentlich entlarvte sie sie nicht als Ausreißer und Herumtreiber. Sie versuchte, eine Botschaft zurückzugeben, in der Ferien, Strand und Wanderung vorkamen, sprachlich gemischt, wie es ihr einfiel. Die Frau hörte auf zu reden und beschäftigte sich mit der Kaffeemaschine.

»Schonmal gut«, sagte Judith anerkennend, »aber ein Buch zum Zeichnen wirst du hier nicht bekommen.«

»Egal, wir gehen weiter.«

Sie verließen den Laden mit einer Flasche Wasser und einer Tüte Kekse. Am Straßenrand hinter dem Dorf trafen sie drei weiße Schafe. Die betrachteten neugierig die zwei Mädchen, dann grasten sie weiter.

»Meine Beine tun mir weh«, sagte Judith schon nach wenigen Schritten.

»Vielleicht hält ja ein Auto. Weißt du noch, der Zyklop?«

Rebecca hoffte, dass keines hielt. Sie konnte und wollte ihrer Schwester nicht erklären, wie frei sie sich fühlte auf der leeren Straße. Ihre neue Fähigkeit, das Schwimmen, leuchtete als leises Glücksgefühl im Hintergrund.

Das erste Auto auf der Straße war klein und weiß und fuhr vorbei. Das zweite Auto war blau und hielt. Erst, als er sich über den Beifahrersitz lehnte, um ihnen die Tür zu öffnen, erkannten sie den Fahrer.

»Hat länger gedauert als ich dachte«, sagte Uli. »Gut, dass ihr die Decke mitgenommen habt.«

Die Mädchen sagten nichts und setzten sich auf ihre gewohnten Plätze.

»Und sonst?«, fragte Uli.

»Ich kann schwimmen«, sagte Rebecca.

»Schön.«

So eine lange kleine Straße, dachte Rebecca, heute wären wir nicht bis zur nächsten Stadt gekommen.

Uli hielt an einem sandigen Parkplatz, der genau aussah wie der vom Tag zuvor.

»Sind wir im Kreis gefahren?«, fragte Judith.

»Das hier ist ein anderer Strand.«

Es war Ebbe, das Wasser flach, bis zu einer Brandungslinie beinahe am Horizont. Winzige Fische schwammen ihnen um die Beine.

»Welcher Vogel ist das, der nachts *aua* ruft?« fragte Rebecca.

»Eine Art Möwe.«

»Und was machen wir jetzt?«

»Wir essen so viel Fisch, wie wir können, und dann fahren wir an einen besonderen Ort. Ganz besonders für dich. Den Fisch bekommen wir im nächsten Dorf. Es gibt Muscheln und Scampi und alles, was ihr wollt.«

»Haben wir noch nie gegessen«, sagten beide gleichzeitig.

Das Essen sah aus wie ein Gemälde, fand Rebecca. Am liebsten hätte sie die leeren Muschelschalen, die rosa Köpfe mit den schwarzen Knopfaugen, die filigranen Beine mitgenommen, statt sie auf den Abfallteller zu legen.

Auf die kleinen Tiere folgte ein großer gegrillter Fisch, das Maul voll spitzer weißer Zähne staunend geöffnet.

»Warum lädst du uns ein?«, fragte Judith.

»Ich habe Geld verdient. Ein Grund zum Feiern. Ihr habt oft genug bezahlt in letzter Zeit.«

Rebecca nickte.

»Esst alles auf. Ab heute Abend wird gefastet.« Uli legte einen Zeigefinger an die Lippen: »Fragt nicht, ihr werdet es sehen.«

Traumatlas

Als sie das Restaurant verließen, hing ein staubiges Nachmittagslicht über dem Parkplatz.

»Jetzt wäre es gut zu Fuß zu gehen«, sagte Uli, »aber wir haben das Auto nun einmal dabei.«

Rebecca versuchte, die Meerestiere, den übervollen Tisch in ihrem Zeichenblock festzuhalten, auf der Rückbank, während der Fahrt. Die Zeichnung sah verzerrt aus, als wären die Tiere noch unter Wasser.

Sie fuhren an einem stillgelegten Steinbruch vorbei, alles bedeckt mit weißem Staub, der zum Autofenster hineinwehte, sich auf ihr Haar legte, auf die Sitze. Archaische Baumaschinen wie Rieseninsekten. Schafe, Gestrüpp, ein paar Bäume am Horizont. Kilometerlang nichts, dann standen die Schafe unversehens im Schatten halbverfallener Mauerarkaden, die sich parallel zur Straße hinzogen. Judith, die sich bis dahin still den Bauch gehalten hatte, vergaß vor Überraschung ihre Übelkeit: »Ein Aquaedukt?«

»Gut erkannt.«

Uli fuhr langsam, man hätte neben dem Auto herlaufen können. Rauch kroch über den Boden, von einer Seite der Straße auf die andere und schlängelte sich weiter in die Büsche hinter dem Aquaedukt.

»Da vorne brennt es«, sagte Rebecca, »dreh lieber um.«

Uli hielt am Straßenrand, sie stiegen aus, hielten die Nasen in die Richtung, wo Rebecca das Feuer vermutete.

»Das ist Erdrauch«, sagte Uli.

»Was?«

»Nebel, der vom Meer aufsteigt, über das Land zieht, wieder zum Meer.«

Der Rauch lief eilig an ihnen vorbei. Er hat Angst, trockene Füße zu kriegen, dachte Rebecca.

»Was wollen wir hier?«

»Einen Freund besuchen.«

Ein kleines Stück fuhren sie noch. Dann hörte die Strecke auf. Vor ihnen schälte sich ein langes graues Ungeheuer aus dem Rauch. Es war vollkommen still, der Nebel schien selbst das Geräusch ihrer Schritte zu schlucken, und alle Vogelstimmen, die in der Luft waren. Das Ungetüm erwies sich beim Näherkommen als ein doppelter Gebäuderiegel, mindestens 50 Meter lang und zwei Stockwerke hoch. Eingang neben Eingang. Fenster neben Fenster. Und alle vermauert.

»Ein römischer Wohnblock«, erkannte Judith mit Bestimmtheit.

Die Sicht war so schlecht, dass man über die Mitte der Gebäudelänge hinausgehen musste, um ihr Ende zu sehen. Am Ende stand eine Kirche.

»Gruselig ist das«, fand Rebecca.

Die Kirchentür war nicht zugemauert, aber verschlossen. Uli schlug mit der Faust dagegen, dreimal. Nichts passierte.

»Wir gehen außen rum.«

Außen schien die Welt aufzuhören. Das Land brach ab. Unten, wo das Meer hätte sein müssen, war alles weiß. Und nichts war zu hören außer dem Wind.

Vor dem Nichts stand eine niedrige Mauer, mit einem Häuschen darin, um das Nichts zu bewachen. In dem Häuschen saß ein Mann. Der Mann war mager, hatte lange verfilzte Haare und silberfarbene Augen, Augen, die aussahen, als wären sie blind, groß und leer wie die Augen des Jungen im längst verbrannten Heftchen, der in den Löschkalk gefallen war.

»Namaste«, sagte der Mann.

»Namaste«, antwortete Uli und erklärte den Schwestern: »Wir kennen uns aus Indien.«

Der Mann sagte etwas, das Rebecca und Judith nicht verstanden.

»Ihr seht seekrank aus, findet er.«

»Ist das Indisch, was ihr geredet habt?« fragte Rebecca.

»Nein, Italienisch. Sergio stammt aus Italien.«

»Sergio«, wiederholte Rebecca leise.

»Alle nennen ihn den Sadhu.«

»Ich bin wirklich seekrank«, sagte Judith, »ich war noch nie auf einem Schiff, aber so stelle ich es mir vor: Meer an beiden Seiten und Wind.«

Der Mann richtete seinen langen mageren Körper auf, schälte sich aus dem Häuschen und winkte ihnen, ihm zu folgen.

»Lebt er hier«, fragte Rebecca, »in einem zugemauerten Haus?«

»In der Kirche, seit drei Jahren schon.«

»Was ist in den Häusern?«

»Nur Gespenster.«

Mit einem riesigen alten Schlüssel öffnete der Sadhu die Tür zur Kirche.

»Wir bleiben zwei Nächte, oder drei«, erklärte Uli den seekranken Schwestern.

Dann fing er an, sich mit dem Sadhu auf Italienisch zu unterhalten.

»Er sieht aus wie Jesus«, flüsterte Judith, »erinnerst du dich?«

»Natürlich. Er hat uns vor der Polizei gerettet.«

»Und bis auf seinen Lendenschurz war er ganz nackt.«

Bei dieser Erinnerung mussten die Schwestern lachen, so wild, dass der Sadhu und Uli ihr Gespräch unterbrachen. Der Sadhu wandte sich an Rebecca: »Du verstehst Englisch?«

»Ja.«

»Ich war früher auch in der Mondscheinfront. Uli hat mich nach Vila Luminosa gebracht.«

»Warum bist du nicht geblieben?«, fragte Rebecca.
»Für meine Aufgabe muss ich allein sein.«
»Was für eine Aufgabe?«
»Ich träume.«

Vor der geöffneten Kirchentür flog der Nebel. Rebecca fühlte sich leer, als wäre die ganze Welt reduziert auf einen stummen, farblosen Raum. Keiner sprach, keiner bewegte sich. Nach einer Weile klopfte Uli Sergio kräftig auf die Schulter und forderte die Schwestern auf, mit zum Auto zu kommen. Er holte Schlafsack und Decke, gab den beiden einen Karton mit Lebensmitteln zu tragen.

»Du hast gesagt, wir fasten«, bemerkte Rebecca.

»Das ist für Sergio. Er lebt von dem, was die Leute ihm mitbringen.«

Scheint nicht viel zu sein, dachte Rebecca.

Der Sadhu schien ihre Gedanken zu hören.

»Ich brauche sehr wenig«, erklärte er, »meist bin ich in dieser Welt nicht anwesend. Ich bewege mich außerhalb.«

Rebecca starrte ihn an, ein äußerst unhöfliches Starren, für das ihre Mutter sie streng zurechtgewiesen, ihr Vater sie vom Esstisch verbannt und auf ihr Zimmer geschickt hätte.

Der Sadhu lächelte.

Uli kochte Kaffee in seiner magischen Kanne, und schon fühlte sich die von Gott verlassene Pilgerstätte wie ein Zuhause an. Auch der Sadhu trank Kaffee, was den Mädchen so komisch vorkam wie Jesus mit Dosenbier. Er rauchte sogar eine von Ulis Zigaretten. Rebecca war sich nicht sicher, ob sie das, was er gesagt hatte, richtig begriff, sie ließ Uli nachfragen. Der Sadhu legte den Finger auf die Lippen.

Ich finde ihn doof, dachte Judith.

Ich möchte so sein wie er, dachte Rebecca.

Sie saßen nebeneinander auf einer Kirchenbank, mit dem Rücken zum Altar. Von irgendwoher hörten sie einen Hund bellen.

»Verdammt«, sagte Judith, »was ist, wenn wir nachts aufs Klo müssen? Wir können von der Klippe fallen.«

Der Sadhu saß draußen auf dem Boden, die Beine gekreuzt, die Augen geschlossen.

Er muss bestimmt nie aufs Klo, dachte Rebecca.

Die ganze Nacht lang stritten die Schwestern sich wortlos und verbissen um die Wolldecke. Die feuchte Kälte in dem alten Raum war unerträglich, der Nebel schien vom Boden in ihre Körper zu kriechen, um sie bis auf die Knochen auszuhöhlen. Als die Morgendämmerung durch die hohen kleinen Fenster in die Kirche schien, lag Rebecca auf dem Rücken, die Arme um den eigenen Oberkörper geschlungen, die Kiefer zusammengebissen, die Augen geöffnet.

Da flog eine Schwalbe durch den Raum. Zum landseitigen Fenster kam sie herein, zum seeseitigen Fenster wieder hinaus. Mehr Schwalben folgten, dann Möwen, Reiher mit weißen und grauen Federn, Hunderte von Vögeln. Rebecca wagte sich nicht zu rühren, schaute an die Decke und sah in die raschelnden Flügel.

Als es vorbei war, wandte sie den Kopf zur Seite. Der Sadhu saß vor dem Altar wie eine Statue aus Wachs. Sie überließ Judith die Decke und ging nach draußen, wo der Erdrauch über den Boden zog, ging um den vermauerten Häuserriegel herum. Im blassen, rötlichen Licht des frühen Morgens konnte man sich vorstellen, dass seine Kammern voller Bewohner waren, gefangen in einem hundertjährigen, märchenhaften Schlaf; Bewohner, die aufwachen würden, wenn man die Steine von Türen und Fenstern entfernte.

Der unterweltliche Rauch verbarg auch an diesem Morgen das Meer, das sie unten an die Klippen schlagen hörte. Weiter als zwei oder drei Meter konnte man nicht sehen. Das Einzige, was sie deutlich erkannte, war das grünlichgraue Gestrüpp zu ihren Füßen, wo sich manchmal eine Spalte im Boden auftat mit noch mehr kaltem Rauch darin. Ein Blick ins Nichts. Jemand rief ihren Namen. Sie drehte sich um, konnte niemanden sehen. Sollte sie antworten?

»Rebecca! Bist du hier?«

Es war Uli.

»Ich hatte schon Angst, du wärst abgestürzt. Sergio wartet auf dich, komm mit.«

Der Sadhu stand in der Kirchentür, Judith saß mit angezogenen Knien auf der Bank, wo sie geschlafen hatten.

»Schlechte Träume heute Nacht?«, fragte der Sadhu.

»Ich erinnere mich an nichts.«

»Du trägst jemanden mit dir herum.«

Rebecca antwortete nicht.

»Ich kann ihn dir abnehmen. Wenn du willst.«

Wollte sie? Sie fragte sich, wie der Sadhu es anstellen würde, sie und ihren Dybbuk zu trennen.

»Es ist ein Stück Arbeit, die Träume zu lenken, aber man kann es lernen.«

»Wie?«

»Du fängst damit an, kleine Dinge herbeizuträumen, etwas zu essen, ein Stück Musik, einen Käfer.«

»Und Vögel?«, fragte Rebecca. »So wie heute früh?«

»Vögel sind auch einfach. Große Dinge sind schwer. Das Meer zum Beispiel. Darum wohne ich hier.«

Darum kann man das Meer hier nie sehen, dachte Rebecca.

Der Sadhu ging hinaus aufs Kap, setzte sich vor eine nebeldampfende Erdspalte und wies Rebecca den Platz gegenüber. Ein unbequemer Platz, Steine und harte niedrige Sträucher, und was, wenn sie nicht verstand, was der Sadhu sagte? Sie wäre am liebsten zurückgelaufen zur Kirche. Nein, am liebsten wäre sie ganz weggelaufen. Aber sie beschloss, die Sache auszuhalten, so lange es ging, kreuzte die Beine, blickte über den Riss im Felsen hinweg den Sadhu an. Der tippte mit dem Finger an seinen Augenwinkel. Rebecca schloss die Augen.

Würde ihr Dybbuk fortgehen, um in den vermauerten Zimmern zu wohnen? Würde sie Vögel fliegen lassen? Sie entschied, mit etwas Kleinerem anzufangen. Eine Mohnblume; erst kürzlich hatte sie eine gezeichnet.

Eine Mohnblume träumen. Sie fühlte einen Schwindel, als müsste sie gleich in das Loch vor ihr stürzen, direkt aus der

Welt hinaus, wenn sie nicht die Augen öffnete. Nur eine Blume, was war das, verglichen mit all den Dingen, die sie träumte, ohne es zu wollen.

Ich wäre gern wie er, aber ich möchte hier nicht leben, dachte Rebecca, und drei Jahre schon gar nicht.

Ihre Blume hatte beinahe die richtige Form, doch sie blieb farblos, graubraun, wie eine uralte Fotographie. Rebecca fing an, wütend zu werden, ebenso gut konnte sie die tote Blume ausreißen und zertrampeln.

»Halt«, sagte der Sadhu, und sie wusste nicht, ob er es tatsächlich sagte oder nur in ihrem Kopf.

Sie ließ die Blume stehen. Versuchte es wieder, fing diesmal nicht mit dem Rot der Blüte an, sondern mit dem Grün der Blätter und des Stängels, den weißlichen Haaren, die darauf wuchsen. Eine Mohnblume, dachte sie, gut, dass ich nicht mit einem Vogel angefangen habe. Eine immer noch graue Blume, inmitten eines immensen weißgrauen Raums. Das würde gewiss nicht taugen, um böse Träume aufzuhalten. Das glich eher der Unterwelt der Antike aus dem Lateinunterricht, dem Asphodeliengrund mit seinen farblosen Blüten.

Sie versuchte, alles Grün heraufzubeschwören, das sie auf ihrer Reise gesehen hatte, von ihrer ersten Nacht im Freien an. Alles Rot, seit Rotkäppchen im Bilderbuch vom großen bösen Wolf verschlungen wurde.

Ihre Blume nahm langsam Leben an, bläulich, wie im Dämmerlicht. Sie fühlte eine Hand auf ihrer Stirn, der Sadhu sagte etwas Unverständliches, stand auf und ging Richtung Kirche, sie folgte ihm.

Uli und Judith saßen auf der Wolldecke, mitten zwischen den langen verschlossenen Häusern. Uli bastelte an einem Gebilde aus Draht und bunten Fäden, ein kleines Schmuckstück, das aus der Nähe betrachtet den Traumfängern glich, die in Vila Luminosa an den Bäumen hingen. Judith sah gelangweilt aus.

»Und?«, fragte sie.

»Nichts«, sagte Rebecca.

Der Sadhu sagte etwas auf Italienisch. Uli übersetzte: »Du hast dir viel Mühe gegeben, aber den falschen Weg genommen. Du sollst die Dinge nicht aufbauen. Sie erträumen, das ist vor allem Warten, sie anlocken wie ein Tier, das du jagst.«

»Ach scheiß drauf«, sagte Rebecca, »als hätte ich schonmal ein Tier gejagt.«

»Wann fahren wir?«, fragte Judith, ermutigt durch Rebeccas Misserfolg.

»Morgen oder übermorgen.«

»Ich werde es doch nicht lernen«, sagte Rebecca.

»Trink einen Kaffee, dann geht ihr zurück, und du versuchst noch einmal das Gleiche, aber anders.«

Ich mache gar nichts, dachte Rebecca, als sie wieder vor der Felsspalte saß, ich werde nicht einmal so tun.

Immerhin war es wärmer geworden und weniger neblig. Kaum, dass sie die Augen schloss, dämmerte sie ein bisschen weg, schwebte zwischen Schlaf und Wachen wie auf der Autofahrt ans Meer. Spürte die Sonne auf ihren Lidern, roch das Salzwasser, vergaß, was sie hier wollte; alles, was sie wollte. Bilder zogen an ihr vorbei wie ein langsam laufender Film, belanglose Bilder. Dann lag mit einem Mal die Wiese vor ihr, voller Kornblumen, rotem Mohn und Grashalmen, Tautropfen an den Blättern, der Geruch der frischen Erde am Morgen.

»Ecco!«, rief der Sadhu.

Sie öffnete die Augen. Der Sadhu nahm sie bei der Hand, zog sie bis an den Rand der Klippe, wo das Meer noch immer nicht zu sehen war, wies hinunter und sagte etwas auf Italienisch.

Am Abend war sie müde, als hätte sie eine lange Wanderung hinter sich. Sogar die Beine taten ihr weh. Sie lag auf der Kirchenbank und konnte nicht schlafen. Wagte nicht, sich zu bewegen, aus Angst, es könnte ihr im wachen Zustand etwas Alptraumhaftes begegnen und so real sein wie die Vögel am Morgen. Sie fragte sich, wie ihr Dybbuk zu seiner bevorstehenden Austreibung stand. Sie versuchte, ihn selbst zu fragen, aber statt einer Antwort war da nur Leere. War er schon verschwunden? Sie sah Uli aufstehen und zur Tür gehen. Der Mond schien die ganze Nacht, es wurde nicht dunkel. Der Sadhu schlief im Sitzen. Uli kam so lange nicht zurück, dass Rebecca fürchtete, er werde jetzt Ernst machen mit dem Verschwinden. Sie lauschte auf das Geräusch des anfahrenden Autos.

Es war nichts zu hören. Uli sah sich wohl nur die Sterne an. Sollte sie ihm folgen? Sie war wie gelähmt. Dann hörte sie Judith leise schnarchen, und das machte sie aus irgendeinem Grund wütend. Als wäre es genau dieses Schnarchen, das sie am Schlafen hinderte.

Nicht noch eine Nacht, dachte sie. Was immer es ist, ich muss morgen damit fertig werden. Sie beschloss aufzustehen, sobald in der Morgendämmerung die Vögel durch die Kirche zogen. Es kam aber nur eine einzelne Schwalbe. Sie stand auf, fand Uli rauchend vor der Tür und setzte sich neben ihn.

»Ich kann auch nicht schlafen«, sagte sie.

»Kein guter Platz dafür«, sagte Uli.

»Fahren wir heute zurück?«

»Möchtest du das?«

»Ja.«

»Dann sieh zu, dass du deine bösen Geister loswirst.«

»Es ist nur einer. Ich glaube nicht mal, dass er böse ist.«

Uli nahm sich eine neue Zigarette, verzog das Gesicht beim Blick in die fast leere Schachtel: »Fünf Stück noch.« Sie hörten all die Vögel, die sie nicht gesehen hatten. Wie eine Wolke von Klang waren die Stimmen um sie, hoch und tief, rau und melodisch. Rebecca blickte über die Schulter zurück in die Kirche: Judith schlief, auch der Sadhu regte sich nicht.

»Ist mein Zeichenblock noch im Auto?«, fragte sie.

»Ich bringe ihn dir. Ich wollte sowieso Kaffee machen.«

Während Uli die silberne Kanne bestückte, zog Rebecca vorsichtig ihren Bleistift über das Papier. Sie wollte diesen Ort festhalten, die Häuser, die Kirche, die Felsen und den Nebel, und sie wusste nicht, wie sie anfangen sollte. Schließlich entschied sie sich für eine vermauerte Tür. Dahinter setzte sie dünn, beinahe durchsichtig, den Umriss des ganzen Gebäuderiegels.

Auf der nächsten Seite versuchte sie sich an der Felsspalte, vor der sie den ganzen letzten Tag gesessen hatte. Ein Fenster ins Nichts, von Erdrauch umgeben, schwarz und grau – sie verschmierte ihre Zeichnung mit Staub und mit Spucke. Davor zeichnete sie einen müden Grashalm, trocken trotz der Feuchtigkeit der Luft, an den sich eine Schnecke klammerte. Der Sadhu kam aus der Kirchentür, hinter ihm Judith. Rebecca legte den Block beiseite.

»Ihr habt den Kaffee gerochen«, sagte Uli.

»Ich wünschte, es gäbe was zu essen«, sagte Judith.

Diesmal dachte Rebecca nicht an Blumen, als sie vor der Felsspalte saß, sie dachte an einen Vogel, der bei dem großen Zug durch die Kirche am Morgen zuvor gefehlt hatte: einen Storch.

In einem der Dörfer, wo ihr Vater predigte, hatte ein Storchenpaar sein Nest auf dem Kirchturm gebaut. Sie waren gemeinsam dorthin gefahren, hatten den brütenden Storch angesehen, den Gottesdienst besucht, danach wieder den Storch. Ihre Mutter hatte erklärt, die Störche, es musste ein zweiter dazugehören, der sich ihnen nicht zeigte, würden von nun an jedes Jahr zu ihrem Nest zurückkehren. Aber das Nest blieb im nächsten Jahr leer, und noch ein Jahr später fiel es vom Turm. Rebecca war traurig gewesen, obwohl sie Verständnis für den Storch hatte, der an diesen öden Ort nicht mehr zurückkam.

Sie rief sich das Bild des großen Vogels vor Augen, erinnerte sich an den Rat des Sadhus und ließ das Bild wieder verschwinden, wartete auf das Erscheinen des Storchs, als säße sie auf einem Ausguck in die Leere. Der einzige Vogel, der sich zeigte, war eine kranke, beinahe schon tote struppige Taube, die aufgeplustert auf dem Boden saß. An dem Tag, als sie dem Zyklopen begegnet waren, hatte sie diese Taube vor der Autobahnraststätte gesehen. Und sie wieder vergessen, bis jetzt.

»Geh weg«, sagte Rebecca zu der Taube, aber die blieb, wo sie war, zuckte und zitterte, abstoßend und mitleiderregend zugleich.

Rebecca riss die Augen auf. Der Sadhu ihr gegenüber lächelte, seine Augen waren geschlossen, doch sie war sicher, dass er genau sah, was in ihr vorging.

Ohne sich umzusehen, ging sie an den Rand, wo die Klippen ins Nichts stürzten, und wo Schwindel und Übelkeit auf sie warteten, kein Schlaf und kein Essen, und diese blöde Taube. Mit dem Schwindel kam eine unbezwingbare Traurigkeit, eine Traurigkeit, über die man nicht hinwegsehen konnte, die sich vor ihr aufbäumte wie eine Schlange.

Einen Storch hatte sie träumen wollen und bekam stattdessen eine sterbende Taube und eine gestalthafte Traurigkeit. Sie machte einen winzigen Schritt nach vorn, sie wünschte, dass die Traurigkeit weichen und von der Klippe fallen würde. Aber die blieb stehen. Sie spürte ihre kalte feuchte Substanz. Schloss die Augen, um sie nicht länger sehen zu müssen.

Sie sah sie auch mit geschlossenen Augen.

Der Sadhu saß unbewegt am gleichen Platz.

»Ich gehe«, schrie Rebecca in das Nichts hinein.

»Ich gehe«, sagte sie zu Uli und Judith, die in der Kirche auf einer Bank saßen, Uli bastelnd, Judith nicht, »ich bin ein hoffnungsloser Fall.«

»Du bist frei«, sagte Uli, ohne von Draht und Fäden aufzublicken.

Rebecca setzte langsam einen Fuß vor den anderen, auf dem Weg zum Parkplatz, am Auto vorbei, auf die Landstraße, über die unbeeindruckt der Nebel kroch. Hinter ihr die Kirche, die vermauerten Häuser. Sie blieb stehen, drehte sich um. Und wenn sie sich lächerlich machte, egal: Sie winkte in Richtung der offenen Kirchentür. Sie konnte weder Uli noch Judith sehen, die dort im Halbdunkel saßen. Sie winkte trotzdem.

Aus dem Nebel zwischen den Gebäuden löste sich eine rundliche Gestalt, die in alle Richtungen zu zerfließen schien, während sie sich auf sie zu bewegte.

»Danke, dass du gekommen bist«, sagte Rebecca.

»Ich will dir etwas zeigen.«

Rebecca folgte Judith zur Rückseite des rechten Gebäudeflügels. Die Steine, die einen der Eingänge versperrt hatten, waren herausgebrochen. Drinnen roch es nach alten Mauern, nach Erde und Urin. Rebecca tastete nach dem Feuerzeug in ihrer Überlebensdose. Die kleine Flamme machte den Raum kaum heller.

»Eine Zelle«, sagte Judith, »eine Pilgerzelle.«

»Weißt du, warum sie zugemauert wurden?«

»Uli meint, der Ort ist nicht so heilig, wie sie früher dachten.«

Das Feuerzeug verbrannte Rebeccas Finger, sie ließ es wieder ausgehen.

»Kann man weitergehen von hier aus? In die anderen Räume?«

»Eben nicht.«

»Also was?«

Judith antwortete nicht.

Jemanden hierlassen, dachte Rebecca, oder etwas einsperren. Und wie sollte das gehen? Die Traurigkeit, die auf der Klippe aus ihr herausgetreten war, die würde sie gern in eine solche Zelle setzen. Ihren Dybbuk weniger gern. Er war ihr ein Freund – ihr einziger Freund – ein Freund, der sie quälte zwar, doch wie würde es sein, niemanden mehr zu haben?

Judith erriet ihre Gedanken: »Du hast mich.«

»Gut«, sagte Rebecca, »gehen wir«, und befahl ihren ungebetenen Begleitern: bleibt hier.

Uli und der Sadhu saßen rauchend vor der Kirche. Der Sadhu lachte, als er Rebecca sah; sein Lachen klang wie aufeinanderschlagende Steine.

»Er sagt, du sollst nicht so ungeduldig sein. Er sitzt seit drei Jahren allein auf diesem Kap.«

Rebecca wusste nichts zu sagen.

»Du wirst wiederkommen, meint er. Und er hat eine Überraschung für dich. Du wirst dich freuen.«

Sie holten Decke und Schlafsack aus der Kirche und stiegen in Ulis Auto. Uli nahm die nächste Straße nach links. Ein Stück weiter bog er wieder links ab.

»Wir fahren zurück zum Kap«, sagte Judith.

»Nein, zu einem Strand in der Nähe.«

Der Strand war umgeben von hohen Sandsteinklippen, über die ein Fußweg nach unten führte. Zur Überraschung der Schwestern lagen und saßen dort gewöhnliche Menschen auf Badetüchern.

»Die Welt kam mir so leer vor«, murmelte Rebecca, mehr zu sich selbst. Judith nickte.

Das Kap sahen sie nicht, es hing irgendwo in den Wolken, und das Meer war bedeckt mit weißem Schaum.

»Wir gehen schwimmen?«

»Das Meer ist zu aufgewühlt.«

Uli legte sich auf den Rücken, die Hände hinter dem Kopf verschränkt. Rebecca und Judith blieben stehen.

Ein großer Vogel zog weit über ihren Köpfen durch den Himmel, warf einen Schatten auf den Strand und ließ sich an der Kante der Steilküste nieder. Ein großer, schwarz-weißer Vogel, der sich dort oben ein Nest gebaut hatte.

»Das ist die Überraschung!« rief Rebecca.

»Was?«

»Ein Storch. Ich hatte mir einen Storch gewünscht.«

»Es gibt noch mehr davon«, sagte Uli, »sie nisten in den Klippen.«

Rebecca legte den Kopf in den Nacken und fand vier weitere Nester. Auf jedem von ihnen saß ein prächtiger Storch. Sie wagte kaum zu blinzeln, wollte sie festhalten, das Bild mitnehmen, um es sich vor Augen rufen zu können, wenn sie es einmal brauchte. Sie hätte sie gleich zeichnen wollen, aber ihr Block war im Auto geblieben. Später, sagte sie sich, starrte nach oben, bis ihre Augen tränten und Judith sie in die Seite stieß: »Wofür wolltest du einen Storch?«

»Weil er schön ist«, sagte Rebecca, ohne den Blick von den Nestern zu wenden.

»Setz dich wenigstens hin.«

Judiths Stimme klang so erwachsen, dass es Rebecca die Kehle zuschnürte. Sie legte sich in den Sand und sah weiter hinauf zu den Störchen.

Sie fühlte sich kindisch.

Immerhin hatte sie Schwimmen gelernt.

Kurz entschlossen zog sie sich aus, lief hinunter zum Wasser, spürte das Kreisen der auslaufenden Wellen um ihre Knie und den Sog unter den Füßen, hörte Ulis Schritte nicht, aber seine Stimme: »Raus da! Ich habe dir gesagt, das Meer ist zu unruhig.«

Kaum hatte sie das Wasser verlassen, drehte er sich um und stieg den Pfad Richtung Parkplatz hinauf. Judith und Rebecca beeilten sich zu folgen.

Der Eckladen

Auf der Rückreise nach Vila Luminosa wachten die Schwestern im Wechsel über Ulis Auto, aus Angst, er könne ohne sie wegfahren. Als sie einen Halt am Fluss machten, um schwimmen zu gehen, blieb Judith am Ufer sitzen. Auf dem Parkplatz vor dem großen Supermarkt, wo sie schon einmal eingekauft hatten, stellte Rebecca sich schlafend und ließ sich von Judith die Gelddose aus der Tasche ziehen. Gleich darauf ärgerte sie sich, dass sie es nicht andersherum gemacht hatten, denn sie hatte zwei Wünsche, die sich im Supermarkt vielleicht erfüllen ließen: das Zeichenbuch und einen Badeanzug.

Sie setzte sich auf und sah aus dem Fenster. Eine kleine Alte mit geblümtem Kleid hüpfte im lachenden Selbstgespräch über den Parkplatz, blieb vor Rebeccas Fenster stehen, bog überraschend gelenkig den Oberkörper zurück, bis ihre Arme den Boden berührten und das Kleid ihr über die mageren Brüste rutschte, kam wieder nach oben, beugte sich weit vor, ihr Kleid wie ein Zelt um Kopf und Arme.

Wollte sie Geld?

Rebecca hatte keins.

Das eben noch lachende Gesicht der Alten verzog sich zu einer leidenden Grimasse, sie riss den Mund auf, ein Krampf ging durch ihren Körper, die Zunge hing heraus, ein schwarz verwelktes Blatt.

Rebecca hatte Angst. Sie suchte nach dem richtigen Knopf, um das Fenster zu schließen, die Tür zu blockieren. Sie schloss die Augen und rief sich die Störche ins Gedächtnis. Es war wie eine zweite Begegnung mit der sterbenden Taube, in Gestalt dieser alten Frau. Sie presste die Lider aufeinander, hörte nichts, hörte Schritte, Stimmen, dann wieder nichts, dann andere Schritte und eine Stimme, die sie kannte: »Wake up, sleeping beauty.«

Sie öffnete die Augen, Uli und Judith standen da, mit einem vollen Einkaufswagen.

»Wieder schlecht geträumt?« fragte Uli.

»Warum?«

»Weil du so stöhnst.«

Sie nickte.

»Mit meiner eigenen Tochter hatte ich nur halb so viel Sorgen wie mit euch«, sagte Uli. »Da lebt man jahrelang allein, und schließlich erträgt man es nicht mehr. Und sammelt aus einer Laune heraus irgendwelche Herumtreiber ein.«

»Mir gefällt es besser, wenn du Englisch redest«, sagte Rebecca.

»Ach ja?«

»Über diese Tempel zum Beispiel.«

»Tu bloß nicht so, als würden die dich interessieren.«

»Ytterblom hat gesagt, ich kann ihm bei seinem Objekt helfen.«

»Sei vorsichtig mit Ytterblom.«

»Ytterblom ist ein Schwein. Das habe ich mir gemerkt.«

Uli wechselte tatsächlich ins Englische. Er erzählte aber nicht von bunten Gottheiten, er sprach von seiner Tochter. Eine talentierte und fleißige Tochter, die perfekt Italienisch, Deutsch und Englisch sprach und sieben Tage die Woche für ihr Studium arbeitete.

»Sie will Dolmetscherin bei einer internationalen Organisation werden. Vielleicht ist es gut, dass ich so wenig für sie da war. Obwohl ich es versucht habe.«

»Mag sie dich?«, fragte Judith.

»Mögt ihr eure Eltern?«

Sie dachten nach.

»Glaube nicht«, sagte Judith.

»Keine Ahnung. Ich weiß nicht, wie es sich anfühlt, seine Eltern zu mögen«, sagte Rebecca.

»Ich glaube schon, dass sie mich mag. Ich versuche, sie manchmal anzurufen. Oder ihr zu schreiben. Einmal im Jahr besuche ich sie.«

»So wie neulich? Als du uns gefunden hast?«

»Ich würde auch öfter kommen, wenn sie Zeit hätte.«

Sie hielten auf dem Feld hinter der Stadtmauer, gingen den gewohnten Weg hinauf zum Platz. Eine milde Abendsonne schien auf Aldinas Terrasse und brachte die Getränke in den Gläsern zum Leuchten. An einem der Tische saßen Ytterblom, Gypsy und eine Frau, die Rebecca bei der Mondscheinfront gesehen hatte. Stühle wurden gerückt, die Schwestern setzten sich, Uli ging nach drinnen, um Kaffee zu bestellen.

»Kaffee leuchtet nicht«, hatte Rebecca eingewendet, und Ytterblom hatte gelacht.

»The freak sisters are back!«

Er überreichte Rebecca ein Buch mit grauem Leineneinband.

Er streichelte Judiths weißes, rundliches Knie.

Uli blieb lange im Café, er war noch nicht zurück, als Luna kam und drei Tassen Kaffee brachte. Luna begrüßte sie strahlend, mit einer Wiedersehensfreude, dass Rebecca glaubte, verwechselt zu werden.

»Im Gegenteil, sie freut sich, dass sie euch erkennt«, erklärte Gypsy.

Ytterbloms Hand war auf Judiths Knie liegengeblieben, seine Finger bewegten sich langsam auf und ab.

»Ich freue mich auch«, sagte Rebecca, als Gypsy schon nicht mehr hinsah.

Die andere Frau am Tisch trank Bier. Sie hatte kurze Haare und ein kantiges Gesicht. Wäre ihr ausladender Busen nicht gewesen, hätte man sie für einen Mann halten können.

In einem langsamen, harten Englisch sprach sie Rebecca an. Es klang, als kämpfe sie um jedes Wort: »Ich kenne dich von den Moonshiners. Wie heißt du?«

»Rebecca.«

»Ich bin Anoa.«

»La Noia«, sagte Ytterblom. Gypsy lachte, Anoa ignorierte ihn.

»Und wer ist das?«

»Judith, meine Schwester.«

»Deine große Schwester?«

»Nein.«

Uli kam aus dem Café, und Ytterbloms Hand zog sich von Judiths Knie zurück. Judith saß bewegungslos da, als wäre die Hand ein scheues Tier, das sie auf diese Weise wieder anlocken konnte. Doch Ytterbloms schmale Finger mit ihren vortretenden Gelenken schlossen sich jetzt um ein Weinglas. Uli verzog das Gesicht, als er seinen kalten Kaffee zwischen die Lippen bekam. Judiths und Rebeccas Tassen waren längst leer. Anoa sagte etwas, das Rebecca nicht verstand, und niemand machte sich die Mühe zu übersetzen.

Da sie nichts mehr zu trinken hatte und niemanden, mit dem sie sich unterhalten konnte – höchstens Judith, aber was sollte sie mit Judith reden? – öffnete sie das Zeichenbuch, das Ytterblom ihr geschenkt hatte. Es war nicht mehr neu, das Grau des Umschlags ein wenig fleckig, die Ecken abgestoßen. Vor der ersten weißen Seite, auf die sie ihren Namen schrieb, hatte man mehrere andere Seiten herausgetrennt, mit einer Schere oder einem Messer. Sie blätterte um, strich mit der flachen Hand über das Papier. Es war schön, besonders in dem warmen Licht, das seinen cremefarbenen Ton leuchten ließ wie zuvor die Getränke in den Gläsern. Rebecca sah auf zu Ytterblom. Warum schenkte er ihr so etwas Schönes?

Ytterblom sprach mit Uli, leise und schnell, in seinen Fingern das leere Glas und bemerkte Rebeccas Blick nicht. Judith, neben ihm, schien mit weit geöffneten Augen zu schlafen.

Gypsy rauchte, zwischen den Augenbrauen eine Falte, die Ärger oder Konzentration bedeuten konnte. Anoa schien auf eine Gelegenheit zu warten, an Ytterbloms und Ulis Gespräch teilzuhaben.

Niemand beachtete Rebecca.

Sie fing an zu zeichnen, die Störche zuerst. Ihre Nester, die Klippen. Sie hatte fast ebenso viel Schwierigkeiten wie am Morgen, als sie versucht hatte, einen Storch zu träumen. War das wirklich heute gewesen? Konnte ein einziger Tag so lang sein? Sie legte Linie über Linie, bis das Blatt voll war und der Storch noch nicht da. Die Stimmen der anderen am Tisch entfernten sich, fast wie die Brandung am Strand. So musste es sein, dachte Rebecca, wenn man allein war, auf eine Weise allein wie der Sadhu, nicht wie Judith und sie in ihrem stillen Zuhause, wo die Eltern und der Ort um sie herum und schließlich auch der Vikar sie mit ihrer Existenz bedrückten.

Anoa sagte, zu Uli oder ins Leere: »Ich dachte immer, die Deutschen sind gut in Englisch. Aber diese beiden sind es nicht.«

Rebecca schloss ihr Zeichenbuch. Sie steckte den Bleistift in die kleine Schlaufe, die dafür vorgesehen war.

»Die beiden kommen aus dem Osten«, sagte Ytterblom, »lass sie in Ruhe.«

»Wollen wir nicht etwas essen«, fragte Judith auf Deutsch, »wir haben den ganzen Tag nichts gegessen, und gestern auch nicht.«

»Schadet dir gar nichts«, sagte Uli.

Judith bekam augenblicklich feuchte Augen.

»Was ist dein Problem?«, fragte Uli.

»Wo La Noia ist, da ist Streit«, sagte Ytterblom, ebenfalls auf Deutsch.

In diesem Augenblick erschien Luna und stellte einen Teller winzige Schnecken auf den Platz vor Rebecca. Rebecca bedankte sich. Luna sagte etwas.

»Für die Zeichnung«, erklärte Uli.

Rebecca bedankte sich noch einmal.

Uli bestellte Essen, für alle außer Gypsy, deren Augenfalte tiefer wurde, als sie ablehnte.

Rebecca schob ihren Teller halb in Judiths Richtung. Judith schob ihn zurück. Rebecca nahm einen der Zahnstocher, die auf dem Teller lagen und zog eine Schnecke aus ihrem Haus, komplett mit Fühlern, Mund und gestielten Augen und nur eben so lang wie ein Fingernagel.

Zwei alte Männer von einem der anderen Tische kamen an ihren Platz. In einem von ihnen erkannte sie den Anarkos-Weinmacher. Sie demonstrierten mit Zahnstocher und Schneckenhaus, wie sie das Tier herausziehen und essen sollte. Der Weinbauer führte ein imaginäres Glas zum Mund. Ytterblom bot den beiden an, sich zu ihnen zu setzen, aber sie gingen wieder, kicherten in sich hinein, und Rebecca schämte sich.

Ausgerechnet Anoa war es, die ihr zu Hilfe kam.

»Kann ich?«, fragte sie, nahm einen Zahnstocher, und gemeinsam aßen sie die kleinen gummiartigen Tiere, die nach Knoblauch und Kräutern schmeckten und durstig machten.

Als Luna eine Karaffe Wein auf den Tisch stellte, war Rebecca die erste, die sich ein Glas vollschenkte, um dann weiter die Schnecken zu attackieren. In stummer Gemeinschaft mit Anoa leerte sie den ganzen Teller. Auf das Hauptgericht hatte sie schon keinen Hunger mehr. Sie ließ die anderen essen.

Gypsy hatte den Tisch verlassen und sich mit ihrem Tabak zu den beiden Alten gesetzt. Rebecca bemerkte einen unbekannten Mann, fast noch ein Junge, der allein vor einer grünen Flasche saß. Er war blass wie der Tod, hob sich von der Farbigkeit seines Getränks und dem sanften blauen Abendlicht ab, als hätte man ein Loch in ein Bild geschnitten, eine Schwarzweißfotographie auf einen bunten Hintergrund geklebt.

Er starrte Rebecca an, Rebecca starrte zurück.

Niemand sonst schien den Unbekannten zu bemerken, sie alle waren mit ihrer Mahlzeit beschäftigt, und Rebecca fragte sich, ob sie Gespenster sah, ob ein Traum von ihr sich materialisiert hatte, wie die Vögel des Sadhu und dort einsam am Tisch auf sie wartete.

Aldina erschien mit einem Block, auf den sie Zahlen schrieb. Es war mittlerweile fast vollkommen dunkel. Hände wiesen auf Rebecca, die nicht verstand.

»Die Dose«, flüsterte Uli, »deine Dose.«

Rebecca holte ihr Geld aus der Tasche, reichte die offene Dose Aldina. Die runzelte die Stirn, sagte etwas zu Uli, wischte mit der Hand durch die Luft und ging.

In der Dose lagen nur noch die Europakarte und das Feuerzeug. Nicht eine Münze und erst recht kein Schein.

»Wir haben nichts mehr«, sagte Rebecca zu Judith.

Judith leerte ihr Glas mit einem Zug, rieb sich die Augen, ihr Gesicht war gerötet und fremd.

»Gehen wir?«

Uli nickte, hörte aber nicht auf, mit Ytterblom zu reden. Judith erhob sich mit der Langsamkeit von jemandem, der sich unter Wasser bewegt. Rebecca sah zu den anderen Tischen hinüber. Gypsy und die Alten saßen noch da, der bleiche Junge war verschwunden.

Erst am nächsten Morgen stellte Rebecca Uli die Frage, die sie den Abend und die Nacht hindurch beschäftigt hatte: »Wer war der blasse Mann gestern?«

»Wen meinst du?«

»Den, der aussieht wie ein Schwarzweißfoto. Er hat allein getrunken.«

»Denkst du, ich kenne hier jeden?«

Das vernachlässigte Schwimmbad nahm sie für mindestens zwei Stunden in Anspruch: Erde anhäufeln, Unkraut zupfen, Seitentriebe abknipsen, gießen. An einigen Pflanzen bemerkte Uli Schneckenfraß, an anderen Blattläuse. Sie sammelten Schnecken ab (werden wir sie essen?), wuschen die Läuse mit

Seifenwasser von den Blättern. Das Netz, das die Pflanzen im großen Becken vor Ratten und Kaninchen schützen sollte, war verrutscht, eine große Lücke hatte die Nager durchgelassen, und mehrere Stängel waren zerbissen.

»Ich weiß nicht, wie das passieren konnte. Ich befestige das Netz jedes Mal, bevor ich gehe«, sagte Uli.

Rebecca dachte an den kleinen Mann, den sie auf dem Pfad gesehen hatte, erzählte aber nichts.

Uli holte Rattenfallen aus der Umkleide und verteilte sie auf dem Boden des Beckens: »Passt bloß auf eure Füße auf.«

Das war Arbeit für Geld, aber wann Uli sie bezahlen würde, das wussten sie nicht und wagten es nicht zu fragen. Vielleicht, dachte Rebecca, gab es noch andere Wege, die rotweiße Dose wieder zu füllen. Sie dachte an Ytterbloms Angebot, ihm beim Ausmalen seines Objekts zu helfen.

»Warum pflanzt du nicht ein bisschen Gemüse im Schwimmbad?« fragte sie Uli.

Der schüttelte den Kopf: »Lohnt sich nicht.«

Ehe sie gingen, kontrollierte er besonders sorgfältig das Netz.

Es war ein klarer Tag. Die Farben der Bäume am Fluss, die Schiefertöne der Häuser, die verblichenen Reklameaufschriften und der neu aufgemalte Ortsname auf der Stadtmauer leuchteten, dass einem davon die Augen tränten.

»Vila Luminosa ist der richtige Name für diesen Ort«, sagte Judith, »heißt er immer schon so?«

»Keine Ahnung«, sagte Uli.

In den Straßen hatten die Marktleute ihre Stände bereits zusammengeräumt.

»Wir haben lange gearbeitet.« Uli legte jeder von ihnen eine anerkennende Hand auf die Schulter. »Gehen wir auf einen Kaffee zu Aldina.«

»Wir haben kein Geld«, sagte Rebecca.

»Ich aber. Außerdem müssen Leute von hier bei ihr nur so viel zahlen, wie sie können. Feste Preise sind für die Touristen.«

»Und gestern?« Rebecca dachte an Aldinas Stirnrunzeln über ihrer Dose.

Uli antwortete darauf nicht.

Der Platz vor dem Café war gut besucht, alle Tische voll, drei Trommler wie in Trance vor dem Kolonialkriegsdenkmal, ein monotoner Rhythmus, gesenkte Köpfe, als wollten sie die Toten aus ihren Gräbern rufen und die Alpträume aus ihren Spinnennetzen. Auf dem Boden hatten einige Leute Tücher mit Waren ausgebreitet, Schmuckstücke, Souvenirs. Rebecca erkannte die Holzschnitzer und die Frau mit den Strickmützen. Es war Wochenende.

Uli steuerte auf die Cafétür zu, aus der ihm Luna mit einem vollen Getränketablett entgegenkam.

Rebecca hielt ihn am Arm fest: »Da.«

Der Typ in Schwarzweiß stand eben von einem Tisch auf.

»Oh, ein freier Platz.«

Rebecca sah den Schwarzweißen in einer der Straßen verschwinden.

Stimmen in verschiedenen Sprachen zogen über die Tische. Ein Paar mit zwei kleinen Kindern, sie dick, er dünn, die Kinder unauffällig, sprach deutsch. Rebecca und Judith trauten sich nicht zu reden, aus Angst, Neugier auf sich zu ziehen und Fragen. Uli dagegen stand von seinem Platz auf, um den dünnen Mann anzusprechen, leise mit ihm zu verhandeln, dann mit ihm wegzugehen. Es blieb die Frau mit ihren Kindern, die sich nun unvermeidlich den Schwestern zuwandte: »Wohnt ihr hier?«

Rebecca nickte. Judith sagte: »Wir müssen nach Hause.«

Rebecca nahm Judith am Arm und zog sie in die Straße, in der sie den Schwarzweißen hatte verschwinden sehen.

»Was will Uli?«, fragte Judith.

»Keine Ahnung. Hoffentlich nicht uns verpetzen.«

Im Schatten der Häuser war es still. Sie kamen an einem Maler vorbei, der seine überbunten Landschaften zum Verkauf an eine der Mauern geheftet hatte, an zwei alten Männern, die

Wein trinkend und Kekse essend auf einer Türschwelle saßen, an einem Hund, der lang ausgestreckt auf der Straße schlief. Vor einem Eckladen ohne Schild hörte die Straße auf. Von dort sah man hinaus aufs Feld. In den Obstkisten vor der Tür lag nicht Obst, sondern Steine. Drinnen, weiß hinter einer dunklen Theke, stand der Mann aus dem Café.

Rebecca zog Judith am Arm nach drinnen. Um nicht ein Gespräch anfangen zu müssen, sahen die Schwestern alles an, was nicht auf der Theke lag. Im Schaufenster und in den Regalen lagen Steine, Stöcke, Kabel und Stecker, alte Radios, bunte Getränkedosen mit Aufschriften in exotischen Sprachen und unbekannten Buchstaben. An der Wand hingen Bilder, Fotos, die Rückenansicht einer Frau mit Flügeln aus Fett neben einer Zeichnung von betrunkenen Engeln, die über einem riesigen Fass schwebten wie Motten. Wüstenlandschaften, gnadenlose Sonne, Städte, deren Mauern zu schmelzen schienen. Ein Regal mit Büchern war auch da.

»Willst du ein Buch haben?«, fragte der Schwarzweiße auf Englisch.

Rebecca drehte sich um: »Wir haben kein Geld.«

»Die Bücher sind umsonst.«

Auf dem Tresen lagen Treibholzstücke, und ein Brett mit kleinen runden Käsen, die in Blätter eingewickelt waren.

»Frag nach den Käsen«, sagte Judith.

Der Mann hob zwei Finger. Judith schob ihre Hände in die Taschen und tastete nach imaginärem Geld.

Die Bücher hatten so viele Sprachen wie die Getränkedosen. Angeordnet waren sie in der größtmöglichen Disharmonie, grün neben orange, harter Einband neben weichem Einband, groß neben klein, reinweiß neben verblichen, und nie zwei Nachbarn mit der gleichen Sprache. Außerdem stand genau in der Mitte des Regals ein Glas mit Bohnen. Sie wählte ein deutsches Buch mit dem Titel »Das Mädchen, das keiner kennt«. Legte es auf den Tresen, als müsste sie es bezahlen.

»The girl that nobody knows«, sagte der Schwarzweiße.

Sie dachte, er hätte nach ihrem Namen gefragt: »Rebecca.«

»Arthur.«

Auch Judith stellte sich vor.

»Arthur, oder Lazaro«, wiederholte er.

Rebecca sah in die Körnung seines Gesichts, wie auf einem alten Foto, und dennoch bewegte es sich. Sie dachte an die Störche auf den Klippen, an den Sadhu und an ihren verlorenen Dybbuk.

»Bist du neu hier?«, fragte Judith. »Wir haben dich noch nie gesehen.«

»Ich reise viel. Von unterwegs bringe ich meine Ware mit.«

Er machte eine Geste Richtung Ladenraum. Seine Hand war der einzige Teil von ihm, der Farbe hatte, sie war groß und rot, die Haut rissig. So jung er selbst aussah, die Hand war alt, und sie hatte gearbeitet, in der Erde womöglich, wie Judith und Rebecca am Morgen.

»Willst du kein Buch?«, fragte er Judith.

Judith tat einen wahllosen Griff ins Regal.

Rebecca zog ihr Engelsmedaillon aus dem Ausschnitt: »Kennst du die Mondscheinfront?«

»Nichts, worüber du reden darfst.«

Die deutsche Familie hatte den Platz vor Aldinas Café verlassen. Aber Uli war dort, allein an seinem Tisch, vor ihm ein Teller mit den Resten eines Grillhähnchens. Er schob Judith den fast leeren Teller zu, Rebecca sein Glas mit Limonade: »Wo zum Teufel wart ihr?«

»Wir hatten Angst, dass die Deutschen uns ausfragen.«

Von dem Eckladen erzählten sie nichts. Wenn sie etwas gelernt hatten zu Hause, außer Latein und Trinken, dann verärgerten Erwachsenen gegenüber zu schweigen. Aber Ulis Ärger war nur oberflächlich.

»Wir gehen schwimmen«, verkündete er, sobald Judith den letzten Kartoffelwürfel vom Teller gepickt hatte, »du musst es auch lernen.«

Rebecca hätte gern um etwas zu Essen gebeten, traute sich aber nicht. Judith presste die Lippen zusammen, blass in ihrem blassen Gesicht. Verglichen mit der Blässe von Arthur hatte Judiths Blässe einen rosigen Unterton. Rebecca wünschte sich farbige Stifte, oder Wasserfarben, um so etwas festzuhalten. Sobald Uli ihnen Geld gab, würde sie Farben kaufen.

»Ich zeige euch einen neuen Badeplatz«, sagte Uli. »Ihr werdet staunen.«

Am Ende einer staubigen Straße, nach einer Fahrt, die länger war als die zu der kleinen Bucht am Fluss, waren sie die letzten in einer nahezu endlosen Reihe von Autos. Uli fluchte. »Ich hätte daran denken müssen, dass Wochenende ist. Wir können gleich wieder umdrehen.«

Taten sie aber nicht, sondern folgten einem Fußpfad durch Gebüsch, Gras und Bäume und durch ein fast ausgetrocknetes, schlammiges Flussbett. Dann hörten sie Stimmen und Wasserrauschen, fanden sich wieder am Ufer eines tiefblauen Sees, in den ein Wasserfall hinunterstürzte und, ohne kaum die Oberfläche des Sees zu kräuseln, in der Tiefe verschwand.

Rebecca und Judith standen da, als hätte jemand die Zeit angehalten, überwältigt von dem vollkommenen Blau und Grün. Uli, dem der Ort schon vertraut war, nahm vor allem die störenden Elemente an den Rändern des Bildes wahr: Familien mit Picknickkörben und Kühltaschen, Pärchen, Gruppen von Jugendlichen.

»Voll hier.«

»Macht nichts«, sagte Rebecca. Sie warf ihre Shorts und ihr T-Shirt auf den Boden, tastete sich über Steine, wo winzige Fische um ihre Füße strichen, tauchte den Oberkörper ins Wasser und schwamm. Fühlte den Wasserfall auf ihrem Rücken, den Sog nach unten, die Ruhe dahinter, zwischen Wasser und Felsen.

Als sie das erste Mal zum Ufer sah, stand da Uli und winkte, neben ihm eine fremde Frau. Rebecca winkte zurück: keine Sorge, ich kann schwimmen. Uli rief: »Komm raus!«, und hielt in der Hand ihr ungewaschenes T-Shirt.

Rebecca schwamm Richtung Ufer.

»Zieh dich an.«

»Warum?«

Die Frau stand noch immer neben Uli, sie sagte etwas, das Rebecca nicht verstand. Freundlich klang es nicht.

»Nacktbaden ist hier verboten.«

»Ich bin nicht nackt«, protestierte Rebecca.

Judith hielt nicht einmal die Füße ins Wasser. Sie weinte, und keiner verstand warum – nicht einmal sie selbst.

Wasser

Nachts wurden sie von prasselndem Regen auf dem Dach geweckt und vom Ächzen der Bäume im Wind.

Am Morgen regnete es weiter.

Es regnete reichlich und großzügig, Wassermengen, dass das Becken im Garten überfloss und Uli den Kopf schüttelte: »Das Gießen gestern hätten wir uns sparen können.«

Nachdem ihre Kleider einmal durchweicht waren, ließen sie sie im Regen hängen und gingen nackt zum Klohäuschen. Drinnen trugen Judith und Rebecca zum ersten Mal seit langem ihre Schottenröcke. Uli wickelte sich ein Tuch um die Hüften, ein Tuch, zu dem er gleich eine Geschichte erzählte: das Geschenk eines Mönchs aus Sri Lanka.

»Mönche in Tüchern!«, rief Judith, stellte sich ihren Vater vor, Martin-Sie und konnte nicht aufhören zu lachen. Rebecca, die sich das Gleiche vorstellte, lachte mit. Es genügte, dass sie sich ansahen, schon ging es wieder los.

Sie badeten im Gartenbecken und sahen zu, wie der Regen die dreckige Wäsche spülte, die über ihnen in den Zweigen hing. Vor lauter Wolken war es so dunkel, dass man kaum verschiedene Farben ausmachen konnte; allein Judiths gelbes Kleid leuchtete dagegen an.

Sie kochten Nudeln mit Tomaten, Thunfisch aus der Dose und zwei Knollen Knoblauch. Uli brach ein Stück Trockenfisch ab und legte es in Wasser, so dass bald ein kräftiger Fischgeruch durch das feuchte Haus zog.

»Was hast du für ein Buch?«, fragte Rebecca Judith.

»Ein englisches, wollen wir tauschen?«

Uli wollte wissen, wie sie zu den Büchern gekommen waren, und da Rebecca ohnehin in Gedanken oft beim Eckladen war, bei Arthur mit seinen roten Händen und den vielen Steinen, war es ihr ganz recht, davon zu erzählen.

»Lazaro, doch, den kenne ich«, sagte Uli, »das reinste Elend, der Tod auf Latschen.«

»Sehr bleich«, bestätigte Rebecca.

»Den magst du also?«

Rebecca war erstaunt über Ulis Frage: »Mit Mögen hat das nichts zu tun.«

Judiths Buch hatte einen blassgrünen Leineneinband mit goldener Schrift und dunkelgrünen Ornamenten und dünne, eng bedruckte Seiten. Gewählt hatte sie es nicht wegen seines Aussehens, sondern wegen seines Geruchs: wie ein Waldboden nach dem Regen, wie getrocknete Pilze, wie die Haare eines Babys oder eines kleinen Tiers. Rebecca atmete ihn tief ein, schloss die Augen dabei. Lesen konnte sie das Buch nicht, das merkte sie gleich beim ersten Satz. Die hundertjährige Sprache bot ihr keinen Zugang.

Draußen machte der Wind wütende Geräusche.

»Ein Glück, dass ich meine Pflanzen unten in den Becken stehen habe«, sagte Uli, »sonst würden sie mir alle abknicken.«

Er zündete eine Zigarette an, streckte kurz die Hand mit der Schachtel in Rebeccas Richtung, als wolle er ihr anbieten zu rauchen.

»Nach dem Netz müssen wir morgen sehen. Spielst du Monopoly?«

»Was ist Monopoly?«

Uli baute das Spiel auf. Rebecca staunte über den großen Karton: »Das hast du jahrelang mit dir herumgetragen?«

Sie malte sich aus, wie er die Kiste aus dem Rucksack zog, in

Indien oder auf Madagaskar Straßen und Geldscheine auslegte, ein Wahrsager, ein Kartenleser.

»Das war ein Geschenk für meine Tochter. Als sie anfing zu studieren, wollte sie es nicht mehr haben.«

Uli kaufte jede Straße, auf die er trat. Rebecca dagegen wollte sich von ihren Tausendern, Zweitausendern, und besonders dem Zehntausender nicht trennen. Sie kaufte nur einen Bahnhof und gab auf, als sie Ulis erste Hotelrechnung bezahlen sollte. Da hatte Judith ihr Buch schon mehr als halb gelesen und bot an, sie abzulösen. Rebecca blieb sitzen und sah Judith beim Gewinnen zu.

»Wir könnten um echtes Geld spielen«, schlug sie Uli vor, aber der wollte nichts davon wissen.

Der Regen fiel gleichmäßig weiter, unbeeinflusst vom weniger beständigen Wind und dem Übergang des Tages in den Abend. Nachts begleitete sein Tropfen und Rauschen ihren Schlaf. Morgens war er immer noch da. In der Küche saß ein Frosch.

Uli hatte kaum Bücher. Durch ein englisches, an den Ecken schon rund gewordenes Taschenbuch arbeitete Rebecca sich hindurch: *A Guide to Vagabond Globetrotting*. Sie verstand die Hälfte, oder glaubte sie zu verstehen.

Draußen wurde es kälter.

»Komisch«, sagte Judith, »dass Regen traurig macht und Sonne fröhlich.«

»Wäre es dir umgekehrt lieber?«, fragte Rebecca.

Uli wollte sich auf ein Gespräch über Stimmungen nicht einlassen. Lieber erzählte er vom Monsun, von Zyklonen und anderen Katastrophen, gegen die dieser Regen nicht ernst zu nehmen war. Je wilder das Wetter woanders war, um so beruhigender wirkte es, darüber zu reden. Besonders auf Uli selbst. Ihn verfolgte eine Schreckensvision von einem wassergefüllten Schwimmbecken mit faulenden Pflanzen darin.

»Vielleicht werden wir schöpfen müssen, wie in einem undichten Schiff«, dachte er laut.

»Du machst dir Sorgen«, bemerkte Judith und wusste genau warum.

Rebecca war damit beschäftigt, den Frosch zu zeichnen, aus dem Gedächtnis, wobei die Augen recht gut gerieten, das sprichwörtlich breite Maul dagegen ein Witz war, ein schlechter. Und weil sie die Zeichnung in ihr Buch gemacht hatte, konnte sie nicht einmal das Blatt zerknüllen. Sie übermalte den Frosch, eine dicke Graphitschicht legte sie über das Blatt, aus der am Schluss nur noch die Augen heraussahen: der Schatten eines kranken Frosches.

»Tag zwei«, sagte Judith, »sollen wir Kerben in die Tür machen? Wie ein Schiffbrüchiger?«

Trotz ihrer erklärten Traurigkeit war sie munterer und gesprächiger als sonst. Vielleicht bewegte sie sich gerade jetzt in ihrem Element, hatte kein Heimweh mehr nach der Schwermut aus dem Haus des Schweigens. Jetzt, wo sie andere Sprachen kennengelernt hatten, Fisch und saures Gemüse und Kaffee aus der silbernen Kanne, das Meer und Vila Luminosa.

»Erfreuliche Dinge«, schrieb Rebecca neben den Frosch.

»Darf ich sehen?«, fragte Uli.

Rebecca schob ihm das Buch über den Tisch zu.

»Ich habe Lust, in die Stadt zu gehen«, sagte Judith.

»Warte bis morgen, dann regnet es nicht mehr.«

»Tut es doch.«

Judith behielt Recht, es regnete auch am nächsten Tag.

»Ich gehe trotzdem«, verkündete sie, »egal, ob ihr mitkommt.«

Gleich nach dem Frühstück machte sie sich auf den Weg, im Schottenrock. Ihr gelbes Kleid hing nass im Baum.

Rebecca zögerte. Judith hatte sie nicht aufgefordert mitzukommen. Sie hätte sich lächerlich gefühlt ihr hinterherzulaufen. Es regnete weiter, bis zum Abend, und Judith kam nicht zurück.

»In Wahrheit ist SIE das Mädchen, das keiner kennt«, sagte Uli, in der Hand das Buch, das Rebecca eben ausgelesen hatte. »Ich hätte nie gedacht, dass sie alleine losgeht.«

»Das Buch ist doof«, sagte Rebecca. »Wollen wir sie suchen gehen?«

»Was soll ihr schon passieren.«

Rebecca antwortete nicht. Sie hatte Angst um Judith, vielleicht, doch vor allem war sie eifersüchtig auf alles, was diese ohne sie unternehmen würde. Nachts konnte sie kaum schlafen, und als sie endlich schlief, träumte sie einen ekelhaften Traum, in dem ausgetrocknete Wasserläufe vorkamen, Kinder, die singend eine alte Frau erdrosselten, sie selbst nackt, voll Erregung und Scham.

Scham auch am Morgen über das Blut auf der Decke. Sie wusch sie aus unter einem grauverhangenen Himmel, von dem kein Regen mehr fiel. Und sie wünschte sich zum Sadhu auf seiner Nebelklippe, nichts sehen als die nackte Erde, ockerfarben und rötlich, und das ärmliche Gesträuch.

»Ich hatte einen schlechten Traum«, erzählte sie Uli, sobald er hinaus in den Garten kam.

Er ging weiter, Richtung Toilette, als hätte er sie nicht gehört. Aber als er wieder da war, lächelte er sie an: »Wir gehen los und suchen deine Schwester. Ich muss sowieso nach den Pflanzen sehen.«

Rebecca nahm ihr Zeichenbuch mit und das Buch mit dem Mädchen. Auf der Landstraße wateten sie durch Pfützen und Schlamm, es hatte keinen Sinn Schuhe zu tragen. Um Ytterbloms Objekt stand ein See, in dem sich die weißen Mauern spiegelten. Rebecca bat um eine Pause zum Zeichnen: »Es sieht aus wie ein Wasserschloss.«

Mit aufgequollenen Füßen erreichten sie das Café. Sonnenstrahlen zogen zwischen den schweren Wolken über den Platz wie der Strahl einer Taschenlampe. Die Bäume mit den durchnässten Alptraumnetzen waren voller Spatzen, die so laut zwitscherten, als hätten auch sie ein paar böse Geister zu beschwören.

Judith saß allein an einem der Außentische, blass und müde sah sie aus, vielleicht hatte auch sie schlecht, vielleicht hatte sie gar nicht geschlafen.

»Ich habe noch nichts bestellt«, sagte sie zur Begrüßung, »und Geld habe ich auch nicht.«

Lunas Lächeln, ihr vager Blick und drei Gläser dampfender Milchkaffee erschienen an ihrem Tisch.

»Kluge Luna«, sagte Uli.

Die lächelte weiter, ging zurück ins Café, brachte einen Teller mit winzigen Kuchen, wie Puppengebäck.

Judith strahlte: »Ich habe noch nie etwas so Schönes gesehen. Übersetze ihr das.«

»Du bist wohl sehr hungrig«, bemerkte Uli.

»Und trotzdem werde ich nicht dünn.«

Irgendetwas Neues war in der Stimme ihrer Schwester, das fühlte Rebecca. Aber sie fragte nicht nach.

Neu waren auch die Tongefäße voll Wasser unter den Bäumen des Platzes und am Rand der Straße, die sie hinuntergingen zum Fluss. In jedem von ihnen schwamm ein Gedicht, auf mit Wachs versiegeltem Papier geschrieben. Rebecca streckte die Hand ins Wasser.

»Lass sie schwimmen«, sagte Uli.

Er hatte es eilig, wollte fort, den Platz verlassen, den Ort, ehe alle anderen kommen und ihn aufhalten würden.

»Alle anderen?«, fragte Judith spöttisch.

»Alle anderen, ganz genau.«

Der Fluss hatte sich gehörig vergrößert. Das Ufergebüsch stand knietief im Wasser, und sie hörten laut die Frösche quaken. Uli ging so schnell, dass die Mädchen kaum hinterherkamen.

»Deine Pflanzen laufen dir nicht weg«, murmelte Judith, so leise, dass nur Rebecca es hörte.

Die Pflanzen waren da, aber sie faulten, ersoffen, drohten zu verschimmeln. Das kleine Becken glich einem frisch überschwemmten Reisfeld aus dem Erdkundebuch.

»Schöpfen«, keuchte Uli, als wäre er selbst am Ertrinken.

Mit Eimern und Kannen holten sie das erdige Wasser aus dem Becken, verteilten es im hüfthohen Gras und den Dornen, die die frühere Liegewiese bedeckten. Ulis Gesicht war tiefrot, besonders die Augen.

»Egal, was ich mache, es gelingt nie.«

Über dem großen Becken hing schwer das Netz; die Steine, mit denen sie es befestigt hatten, hielten. Es war bedeckt mit Blättern und Stöckchen, in der Mitte nach unten gezogen vom Gewicht einer riesigen Pfütze, eines kleinen Teichs beinahe, den die Blätterschicht daran gehindert hatte, ins Becken abzulaufen.

»Scheiße. Das kriegen wir niemals da runter.«

»Wenn jeder eine Ecke anfasst?«, schlug Rebecca vor.

»Wir müssten zu viert sein«, sagte Judith.

»Niemand weiß von diesem Ort«, sagte Uli, »und niemand soll etwas wissen.«

»Nicht einmal Ytterblom?« fragte Judith.

»Ganz besonders nicht Ytterblom.«

Uli trat gegen eins seiner Steingewichte, dabei hatte er nur Sandalen an.

»Ich würde mit allen teilen«, sagte Judith.

»Wenn ich mit allen teile, bleibt nichts mehr übrig. Und jetzt hebt verdammt nochmal diese Plane hoch.«

Sie zogen und schleppten ihr Netz mit dem Fang aus Regenwasser und Blättern darin. Uli ging voran, auf die Ecke zu, die noch beschwert war. Die Pfütze geriet in Bewegung, ergoss sich mit einem Schwall in Richtung der unbesetzten Ecke.

»Zieht!«, schrie Uli.

Ein Teil des Wassers landete im Becken, das meiste aber daneben, und Uli wurde nass von Kopf bis Fuß. Er kümmerte sich nicht darum. Erst nach einer Runde durch die Reihen seiner Pflanzung zog er T-Shirt und Hose aus und hielt den Gartenschlauch über seine schlammigen Füße.

»Das hätte schlimmer kommen können.«

Wie Fischer nach einer großen Fahrt setzten sie sich hin, um das Netz zu entwirren, zupften schweigend Blätter und Stöckchen aus den Maschen und schichteten einen matschigen

Hügel auf. Rebecca fand eine winzige windzerzauste Vogelschwinge – von einer Schwalbe? Einem Spatzen?

»Ein Hexending«, sagte Uli. »Lass es in der Sonne trocknen, damit es nicht anfängt zu stinken.«

»Welche Sonne?«, fragte Rebecca.

Aber sie legte den Flügel sorgfältig beiseite.

»In ein paar Tagen werden wir sehen, wie viele Pflanzen hinüber sind«, sagte Uli, nachdem sie das Netz wieder ausgebreitet hatten. »Gehen wir zurück und vergessen das Elend.«

»Jetzt will ich mein Buch umtauschen«, sagte Rebecca.

Aber der Eckladen war geschlossen. Zwei Tonkrüge mit schwimmenden Gedichten versperrten die Tür. Rebecca nahm eines der Gedichte aus dem Wasser, legte es in die Tüte zu ihrem Zeichenbuch und dem Schwalbenflügel und versenkte stattdessen *Das Mädchen, das keiner kennt*.

Vor dem Café saß Lazaro, allein. Sie begrüßte ihn, er nickte zur Antwort.

»Ich war bei deinem Laden.«

»Schön.«

»Warst du das mit den Gedichten?«

»Scheiß auf die Gedichte.«

Uli winkte, und Rebecca kehrte dem Schwarzweißen den Rücken. An ihrem Tisch hatte sich die mittlerweile vertraute Runde eingefunden. Als Rebecca hinzukam, war Ytterblom eben dabei, Judith auf die geschlossenen Augenlider zu küssen. An Ulis Gesichtsausdruck erkannte Rebecca, dass ihm das ebenso wenig gefiel wie ihr. Gypsy dagegen, die es nach allem, was Rebecca über Männer und Frauen zu wissen glaubte, am meisten hätte ärgern müssen, rief ihr strahlend entgegen: »The rain has gone«

Auch Anoa saß am Tisch, weniger fröhlich und mit erdschwarzen Händen: Ränder um die Nägel, jede Falte auf den Fingerknöcheln eingefärbt, die Haut rissig, gerötet dort, wo Anoa das Schwarz abgewaschen hatte.

»Guck mal, ihre Hände, sie hat auch Pflanzen«, flüsterte Rebecca Uli ins Ohr, und der trat sie unter dem Tisch auf den Fuß.

Anoa war Rebeccas Blick nicht entgangen. Sie versteckte die Hände unter dem Tisch und fing an, von ihrem Haus zu erzählen, weit außerhalb und gut versteckt, und von den Kräutern, die sie in ihrem Garten pflanzte.

»Ich verkaufe sie nach ganz Europa. Ich bin eine bekannte Kräuterfrau.«

»Eine Hexe«, sagte Ytterblom auf Deutsch.

Anoa redete weiter von ihrem Garten, und Rebecca nickte hin und wieder, um zu zeigen, dass sie verstand. Aber sie verstand nicht. Ihre Augen suchten den blassen Mann, der gekommen war, um ihren Dybbuk zu ersetzen. Ihre Finger strichen über das Gedicht in ihrer Tasche, ein Gedicht, von dem sie nur den Titel verstand – *l'âge d'or*, das goldene Zeitalter. Uli konnte Französisch. Er würde es ihr übersetzen.

Sie dachte an Ulis Verzweiflung vor den überschwemmten Pflanzen, an die Tränen in seinen Augen.

»Warum bist du arm, wenn du so viele Sprachen kannst?«, fragte sie ihn. Es schien ihr ein vernünftiger Gedanke, dass mit Sprachen mehr zu verdienen sei als mit Grünzeug in einem Schwimmbad.

»Sprachen machen nicht reich«, sagte Uli. Er klang abwesend, seine Worte die eines Automaten.

Rebecca hielt Uli das Gedicht hin.

»Später« sagte er nur.

Judith schien im Sitzen zu schlafen, ihre Augen waren geschlossen, der Mund stand halb offen. Arthur-Lazaro legte Münzen neben sein leeres Glas, stand auf und ging. Alles lief verlangsamt ab, Lunas Schritte, als sie das Kleingeld holen kam, Gypsys Hand, die den Zigarettenrauch über den Tisch streichen ließ, das gelbe Licht zwischen den graublauen Wolken – hatte der Tag erst begonnen, oder war er schon vorbei?

»Ich komme dich besuchen«, sagte Rebecca höflich zu Anoa.

»Das ganze Haus ist voller Ameisen«, sagte Anoa.

Aus den grauen, blauen und weißen Schichten am Himmel schälte sich ein Blitz, auch er mit quälender Langsamkeit.

Uli stöhnte auf. Aldina kam und räumte die Tische ab.

Die Gäste, die draußen gesessen hatten, liefen nach drinnen. Der Regen setzte ein, dazu Donner und weitere Blitze.

»Eigentlich trinke ich nicht«, sagte Uli leise.

Luna bedeckte ihre Augen mit den Händen.

Im Fernseher sorgte eine atmosphärische Störung für schnarrendes Grauweiß.

Rebecca legte ihr Gedicht vor Uli auf den Tisch: »Jetzt?«

Judith verlangte nach vinum, sie verlangte ihn von Ytterblom. Der fragte nur: »Weiß oder rot?«

»Rot«, antwortete Gypsy an Judiths Stelle, »was sonst bei diesem Wetter.«

Uli wandte seine Augen nicht von dem Gedicht, seine Lippen waren blass zusammengedrückt.

»Lass die tausend Fragen, wirf das Unglück ins Feuer. Auf Französisch klingt es noch besser«, sagte er und las: »*Vie et laisse au feu l'obscure infortune*. Darf ich es behalten?«

Rebecca nickte: »Ich schreibe es ab, in mein Zeichenbuch.«

Ein kurzer Schreck, als sie in der Tasche den Vogelflügel berührte; den hatte sie schon ganz vergessen.

Luna brachte Wein, Oliven, Käse und Wasser.

»Zeit zum Essen«, verkündete Ytterblom, »alle das Gleiche?«

Ohne ihre Antworten abzuwarten, ging er zu Aldina an den Tresen und bestellte, so leise, dass er vom Tisch aus nicht zu hören war. Auf dem Weg zurück zu seinem Platz sah er Rebecca über die Schulter: »Schöne Schrift.«

Er streckte die Hand nach ihrem Zeichenbuch aus. Da er es ihr geschenkt hatte, musste sie es ihm wohl geben – auch wenn vom Gedicht noch zwei Strophen fehlten.

Ytterblom blätterte durch die Seiten: »Du hast ein hübsches Talent. Kannst du eine Meerjungfrau zeichnen?«

»Warum eine Meerjungfrau?«

»Für mein Objekt.«

»Wohin? In mein Buch?«

»Genau. Und ein paar andere Sachen auch. Komm nachher mit in meinen Laden. Oder lieber morgen früh. Jetzt wollen wir essen und trinken.«

Aldina brachte in Knoblauchöl gebratene Karotten mit grünen Blättern, die aussahen wie Petersilie, aber sehr anders schmeckten. Judith war anzusehen, dass sie den ersten Bissen am liebsten wieder ausgespuckt hätte: »Was ist das?«

»Koriander«, erklärte Uli.

»Siehst du, dass wir keine Zwillinge sind«, sagte Rebecca, »ich mag es, und sie findet es scheußlich. So wie die pisces.«

Uli fragte nicht nach. Aldina war am Tisch stehengeblieben, schien etwas sagen zu wollen. Sagte aber nichts.

»Was ist?«, fragte Ytterblom.

Aldina wies mit den Augen auf Rebecca: »Kann sie uns für nächstes Wochenende die Speisekarte schreiben?«

»Ich habe verstanden«, sagte Rebecca, »also ja.«

»Ich weiß noch nicht, was ich kochen werde. Übermorgen kann sie kommen.«

Uli übersetzte, Rebecca nickte in ihren Teller hinein. Als sie den Kopf wieder zu heben wagte, bemerkte sie Anoas feindlichen Blick. Ytterbloms Worte fielen ihr ein: La Noia, die Hexe.

Ich werde den Schwalbenflügel Judith schenken, dachte sie.

Die Befreiung der Symbole

Rebecca schrieb den Schluss des Gedichts ab, ehe sie sich auf den Weg zu ihrer Verabredung mit Ytterblom machte. Der Himmel war so leer, als hätte es nie geregnet. Judith legte den Schwalbenflügel zum Trocknen auf einen Stein im Garten und setzte sich daneben, um ihn zu bewachen. Die Pfützen um das Objekt waren zu Schlammlöchern geworden, die Rebecca den Zugang zum Inneren der weißen Spirale verwehrten. Sie hatte sie noch einmal ansehen wollen, jetzt, wo sie daran beteiligt sein würde, sie auszumalen.

»Hast du alle diese Steine allein aufgeschichtet?«, waren ihre ersten Worte, kaum dass sie Ytterbloms Ladentür hinter sich geschlossen hatte.

»Wir waren zwölf.«

»Zwölf ist eine magische Zahl. Zwölf Stämme der Israeliten, zwölf Monate ...«

»Zwölf Jünger. Alle Mitglieder der Mondscheinfront.«

»Und ich?«

»Du bist jetzt die zwölfte.«

»Wen ersetze ich?«

Ytterblom hob die Hände, Hände, die Rebecca sich unwillkürlich auf Judiths Körper vorstellte: »Die einen kommen, die anderen gehen. Ich habe alles getan, damit es wie eine glatte Mauer aussieht, dabei sind in ihrem Inneren tausende ungleichmäßige Steine verborgen. Schiefer, wie die Häuser hier. Nur dass ich ihn verputzt habe und weiß gestrichen.«

»War es ein Mann oder eine Frau?«

»Was spielt es für eine Rolle? In das Mauerwerk sind Muster eingearbeitet, alte Symbole, die man unter dem Putz nicht sieht.«

»Wofür braucht man sie dann?«

»Magie. Man spürt sie.«

Er redete vorwiegend Deutsch, wechselte gelegentlich für einen halben Satz ins Englische und sah Rebecca unablässig in die Augen. Rebecca überwand den Impuls zu Boden zu blicken und starrte zurück.

»Du magst mich nicht«, sagte Ytterblom unvermittelt.

»Keine Ahnung«, sagte Rebecca.

»Ich nehme dir deine Schwester nicht weg.«

»Von mir aus kannst du sie haben.«

»Und ich habe Arbeit für dich.«

Er ging um den Tresen herum: »Setz dich. Hast du dein Zeichenbuch dabei?«

Rebecca nickte.

»Du wirst farbige Stifte brauchen.«

Ihm lag etwas daran, von ihr gemocht zu werden, aber warum? Ytterblom verschwand in seiner Werkstatt, er blieb eine Weile fort. Rebecca sah sich seine Schöpfungen an, die Teknica in den Vitrinen, unheimliche kleine Wesen, bei deren Anblick sie an die kaputten Elektrogeräte, die Kabel und Stecker in Arthurs Eckladen denken musste. Mit einer Blechdose voller verschieden langer Buntstifte kam er zurück.

»24 Farben, frisch angespitzt«, sagte Ytterblom.

»24. Zweimal zwölf«, sagte Rebecca, »doppelmagisch.«

»Wasservermalbar, falls es dich interessiert. Ich hole dir einen Pinsel.«

Rebecca überlegte kurz, ein Teknon zu stehlen, rein aus Bosheit, oder um es weiterzuverkaufen, konnte sich aber nicht entschließen. Wer weiß, ob es ihr nicht einen Stromschlag verpassen würde, einen magischen Spindelstich oder zuschnappen wie eine Mausefalle. Stattdessen fing sie an, die Stifte auszuprobieren.

Ytterblom brachte ihr einen Pinsel und einen Becher Wasser: »Kannst du dir eine Meerjungfrau vorstellen?«

»Kann ich die Stifte behalten?«

»Wenn du für mich zeichnest.«

Er blieb einen Augenblick lang neben ihr stehen, die Hand auf ihre Schulter gelegt, was ihr unangenehm war. »Fang am besten gleich an. Ich gehe in meine Werkstatt.«

Rebecca schloss die Augen. Dahinter erschien ein durchaus genaues Bild. Dieses Bild aufs Papier zu bringen war schwieriger. Es brauchte etliche Seiten, bis sie einigermaßen zufrieden war. Ihre Meerjungfrau hatte grüne Haut und spitze Zähne wie ein Raubfisch. Sie hatte keine Nase und einen gegabelten Schwanz, so, wie sie es auf einer Abbildung in ihrem Lateinbuch gesehen hatte. Ihr Oberkörper war flach. Eine vollbusige Gallionsfigur würde Ytterblom von ihr nicht bekommen.

Der erschien in dem Moment, als die Zeichnung fertig war, ganz als hätte er sie durch die Wand beobachtet.

»Sehr wunderbar«, sagte er, »genau das, was ich wollte.«

Er nahm Rebeccas Zeichenbuch und schnitt die Seite mit einem Papiermesser heraus.

»Wir werden sie gemeinsam an die Wand bringen, ich weiß genau wo.«

Rebecca sah hinunter auf ihr Buch, auf die leere Stelle, wo zuvor ihre Zeichnung gewesen war.

»Komm morgen wieder«, sagte Ytterblom.

»Morgen schreibe ich Aldinas Speisekarte.«

»Also danach.«

Er nahm die Meerjungfrau und verschwand in seiner Werkstatt. Rebecca blieb noch ein wenig sitzen und wartete. Dann packte sie ihre Stifte zusammen und ging.

Als sie nach Hause kam, waren beide böse auf sie – Uli, weil sie kein Gemüse vom Markt mitbrachte; Judith, weil sie für Ytterblom zeichnete.

»Trockenfisch ohne alles, guten Appetit.«

»Und, mochte er deine Meerjungfrau?«

»Sehr wunderbar, hat er gesagt. Morgen soll ich wiederkommen.«

»Immer musst du dich vordrängen«, sagte Judith.

Uli rauchte im Garten.

»Ich mache den Weg nochmal«, sagte Rebecca.

»Nicht nötig. Wir können fasten und meditieren. Wie der Sadhu.«

»Ich wäre gern wie er.«

Uli lachte: »Versuch es.«

»Ich habe zu viel Angst vor meinen Träumen.«

Rebecca setzte sich neben Uli auf die karierte Decke, roch die Erde, die in der Sonne dampfte, und den Rauch seiner Zigarette.

»Vor deinen Träumen kannst du nicht weglaufen. Du musst ihnen entgegentreten.«

Am nächsten Tag gingen sie gemeinsam in die Stadt, kauften die doppelte Menge Gemüse und fanden sich zum Kaffee bei Aldina ein.

»Ich habe drei verschiedene Speisekarten für die nächsten drei Tage«, erklärte Aldina und holte drei weiße Papiertischtücher, auf die Rebecca schreiben sollte.

»Das sieht nach Arbeit aus«, sagte Uli leise, »ich gehe nach den Pflanzen sehen.«

»Ich bleibe hier«, sagte Judith.

Judith hatte seit ihrem Streit kein Wort mit Rebecca geredet. Auch jetzt blieb sie stumm und sah zu, wie Rebecca kleine Buchstaben von einem Zettel auf die großen Tücher übertrug. Von Aldina hatte sie einen dicken schwarzen Filzstift bekommen; sie verzierte das, was sie schrieb, mit ihren Buntstiften. Sie ließ sich Zeit dabei, nicht Judiths Ungeduld wegen, eher, weil sie Aldina gefallen wollte, und den Besuch bei Ytterblom hinauszögern.

Sie überreichte Aldina das Freitagsmenu: »Gut so?«

Aldina klatschte in die Hände, Luna gab Küsschen in die Luft. Judith sah aus, als wollte sie sie umbringen.

Rebecca begann, den Samstagszettel abzuschreiben.

»Forellen, hast du gesehen?«, sagte sie zu Judith.

Judith schwieg. Sie sprach erst, als Rebecca beim Sonntag war: »Egal wie du trödelst, ich lasse dich nicht allein zu ihm.«

»Umso besser.«

Ytterblom wartete vor der Tür des *Bazar du Nouveau Siècle* auf sie. »Ortsbegehung«, verkündete er und marschierte voran aufs Feld.

Der Schlamm rund um das Objekt hatte eine Kruste gebildet, die unter ihren Füßen brach wie die dünne Eisschicht auf einer Pfütze.

»Zieht eure Schuhe aus«, sagte Ytterblom, und Rebecca fragte sich, ob es um die Heiligkeit des Ortes ging oder nur um den Matsch.

»Der Besucher bewegt sich von außen nach innen«, verkündete Ytterblom, als sie die weiße Spirale betraten, »zum innersten Kern, zur Wahrheit.« Er pausierte, senkte die Stimme: »Zu Gott.«

Rebecca und Judith verzogen das Gesicht, nicht ganz synchron.

»Wir dagegen beginnen mit unserer Arbeit im Zentrum, das selbstverständlich leer bleiben muss, am Sitz der Erkenntnis, und arbeiten uns nach außen vor. Was also liegt am Anfang?«

»Himmel und Erde«, sagte Judith und bereute gleich, ihm die gewünschte Antwort so gehorsam geliefert zu haben.

»Genau. Daraus leiten wir die vier Elemente ab, die vier Himmelsrichtungen, Luft, Erde, Feuer und Wasser. Jetzt passt auf, was ich herausgefunden habe. Gib mir dein Skizzenbuch.«

Er riss es Rebecca fast aus der Hand.

»Stift?«

Wahllos schlug er eine Seite auf und zeichnete ein Kreuz mit den vier Himmelsrichtungen ein. »Hier sind die Kardinalpunkte. Norden, Süden, Osten und Westen. Aber das ist falsch.«

»Was ist daran falsch?«, fragte Judith.

»Mein Objekt wird an den wahren vier Kardinalpunkten ausgerichtet sein. Nordosten für den Himmel, Südwesten für die Erde, Nordwesten für das Wasser und Südosten für das Feuer.«

Er zeichnete weitere Linien ein und versah sie mit archaisch wirkenden Symbolen.

»Aha«, sagte Judith, dabei verstand sie nichts.

Ytterblom gab Rebecca das Buch zurück.

»Wasser und Erde sind weibliche Gottheiten. Luft und Feuer sind männlich. Das Zentrum …« Er nahm ihr das Buch wieder weg und umkreiste den Punkt, an dem die Linien seiner Windrose sich schnitten. »Das Zentrum hat keine Gestalt und kein Geschlecht. Komplizierter wird es, wenn die Spirale sich ausdehnt. Eine Spirale ist immer unendlich – es ist wie bei einem Farbkreis, wir beginnen mit den reinen Farben, dann fangen wir an zu mischen.«

Er zog ein Schneckenhaus um die Windrose bis zu den Rändern des Blattes.

»In meinem Objekt haben alle Götter aller Religionen und die ganze euklidische Geometrie ihren Platz. Über das, was ihr seht, hinaus, reicht die Energie dieses Ortes, immer weiter.«

»Irgendwas gefällt mir daran nicht«, sagte Rebecca. So leise, dass Ytterblom es nicht hören sollte; so leise, dass auch Judith es nicht hörte.

Das hier war wie ein Schatten jener Macht, die sie jahrelang ans Stille Haus gebannt, zum Schweigen gezwungen hatte und dazu, im Keller Getränke zu mischen, jener Macht, die ihnen als Verbündeten nur den ebenso stummen Flieder gegönnt hatte. Jener Macht, der sie über lateinische Verse und den nackten Hintern von Martin-Sie entkommen waren – mehr Judiths Verdienst als ihr eigener, dachte Rebecca und bereute den Streit mit ihrer Schwester.

»Spürt ihr es?«, flüsterte Ytterblom.

Zurück im Laden wechselte Ytterblom in einen nüchternen Tonfall: »Wir machen erst die Pläne fertig, dann malen wir aus. Im August sollten wir so weit sein. Das bedeutet viel Arbeit bis dahin.«

Er nahm Rebecca bei den Schultern, sah ihr in die Augen. Seine Taktik, dachte Rebecca und hatte schon keine Angst mehr vor diesem Blick.

»Nichts gegen die Arbeit, die es gebraucht hat, um mein System zu entwickeln. Kann deine Schwester wohl auch zeichnen?«

»Nein«, antwortete Judith, zwischen den Zähnen heraus.

»Auch wunderbar. Ich zeige euch meine Entwürfe.«

Er ging ihnen voraus in die Werkstatt, wo er eine große altmodische Zeichenmappe aufschlug. Zuoberst lag Rebeccas Meerjungfrau.

»*Hermosa*«, sagte er feierlich, »als nächstes will ich die Erde mit ihrem Bauch voller Babys. Ein Mann muss die männlichen Götter malen. Das werde ich sein.«

»Was ist mit Uli«, fragte Rebecca, »hat er sich nicht extra dieses Heiligtum angesehen?«

»Uli zeichnet wie ein Kind. Beim Anbringen der Symbole wird er helfen können.«

»So wie du auch, *beloved*«, ergänzte er, indem er Judith demonstrativ an sich zog.

Judith schien in Ytterbloms Griff alle Konturen zu verlieren, sich in eine weiche, formbare Masse zu verwandeln.

»Möchtet ihr einen Blick werfen?«, fragte Ytterblom und wartete die Antwort nicht ab. »Vor euch liegt eine Sammlung von Bildern und Symbolen, geteilt in vier, in zwölf, in achtundvierzig Bereiche, die alle von den ursprünglichen Elementen herstammen.«

»Natürlich zwölf«, sagte Rebecca.

Ytterblom zog einen Stapel Blätter aus seiner Mappe.

»Hier, das Holz, gezeugt vom Feuer und der Luft. Pflanzenwesen, Lebensbäume, Heilkräuter und Gifte.«

Eilig zeigte er ihnen eine Zeichnung nach der anderen, so schnell, dass sie sich nichts von dem merken konnten, was sie sahen. War das Absicht? Fürchtete er einen Diebstahl seiner Ideen?

Ytterblom legte die Papiere zurück in die Mappe, nahm einen neuen Stapel in die Hand.

»Metall. Die Alchimisten ordneten jedem Metall seinen eigenen Geist zu, hier seht ihr sie.« Er zeigte ihnen verschiedene Kombinationen von Kreisen, Kreuzen und Achten. »Metall bedeutet Reichtum, Kampf und Macht. Es entsteht aus der Kopulation von Erde und Feuer.«

Er legte auch diese Blätter zurück in die Mappe.

»Ich brauchte mein ganzes Leben, um das zu verstehen. Kommen wir für heute zum Ende. Zeichne die Mutter Erde für mich.«

»Nein«, sagte Judith.

»Ich kann es versuchen«, sagte Rebecca, »aber es kommt mir schwieriger vor als die Meerjungfrau.«

»Es geht dir um Geld? Bring mir deine Zeichnung, dann sehen wir weiter.«

Judith und Rebecca machten sich auf den Heimweg. Uli war nicht zu Hause. Sie setzten sich auf die Decke im Garten, schlossen die Augen und ließen sich von der Sonne lieben. Uli kam nicht, und Judith meinte schließlich, sie könnten ebenso gut das Essen vorbereiten.

»Sag bloß, du kannst kochen.«

»Wir schneiden alles klein und tun es in den Topf.«

»Und wenn es nicht klappt?«

»Das, was Uli kann, kann ich erst recht.«

Judith hatte Angst, den Gasherd anzuzünden; Rebecca nahm ihr die Streichhölzer aus der Hand.

»Kräuter sind auch gut«, erklärte Judith und pflückte aus dem Garten, was sie für essbar hielt.

»Hoffentlich vergiftest du uns nicht«, sagte Rebecca.

Als selbst die Knoblauchzehen, die sie beide nicht hatten enthäuten wollen, sich aufgelöst hatten, machte Rebecca den Herd wieder aus.

»Uli sitzt bestimmt bei Aldina und bestellt Forelle.«

»Die Forelle gibt es erst morgen.«

»Egal, ich habe Hunger, essen wir ohne ihn.«

Sie nahmen ihre Schüsseln mit in den Garten.

Auch nach dem Essen blieben sie allein – ein Zustand, der ihnen viele Jahre nichts ausgemacht hatte. Es war eine Selbstverständlichkeit gewesen, dass in ihrer Welt niemand anders existierte als sie selbst, Judith und Rebecca. Die Eltern und Rebeccas Dybbuk waren fern, niemand, nach dem man suchte. Ulis Abwesenheit dagegen beschäftigte sie, während der sonnige Tag zu Ende ging und sie auf der Decke im Garten lagen, ohne etwas zu tun.

»Du bist auch schon eine ganze Nacht weg gewesen«, sagte Rebecca zu Judith.

»Und du bei der Mondscheinfront.«

Stille, der abendliche Einsatz der Zikaden.

»Es hat ihn mal jemand zusammengeschlagen.«

»Er hat darüber nicht reden wollen.«

»Er hat Leute kennengelernt.«

»Was für Leute?«

»Welche, die du auch nicht kennenlernen willst.«

Sie holten sich eine zweite Schüssel Gemüse aus der Küche, blieben draußen sitzen, bis es dunkel war.

In der Nacht träumte Rebecca von Ytterbloms Objekt. Sie erkannte in ihm die Spitze eines gewundenen Turms, dessen größter Teil unter der Erde lag, mit einer Armee von winzigen unterirdischen Menschen, die darauf umherliefen und arbeiteten.

Als sie aufwachte, saß Uli in der Küche am Tisch. Sie hatte ihn nicht kommen hören. Ein heller Tag kündigte sich an, der Garten dampfte, noch satt vom Regenwasser.

»Ich werde heute zeitig nach den Pflanzen sehen«, sagte Uli. »Ich würde ungern jemandem begegnen.«

»Ich komme mit.«

Rebecca versuchte Judith zu wecken, die aber zeigte sich unwillig. Uli stand schon vor der Tür, in der Hand eine Zigarette.

Das kleine Pflanzenbecken war voller geschwärzter Stängel und gebleichter Blätter. Andere Blätter hingen braun nach unten, als hätte ein vorzeitiger Herbst sie getroffen.

»Gut«, sagte Uli, »die sind alle hinüber. Reißen wir sie raus.«

Er warf eine Pflanze nach der anderen an den Beckenrand, wo sie bald einen traurigen Haufen bildeten.

»Los, hilf mit«, schrie er Rebecca an, die untätig dastand, hinunter blickte auf den Boden, deren Arme lang am Körper hingen.

»Ich weiß nicht, welche ich ausreißen soll.«

»Alle.«

Tatsächlich blieb im ganzen Becken nicht eine Pflanze übrig.

»Den Haufen da«, sagte Uli angewidert, »den schaffen wir hinter die Umkleide. Hier lockt er nur Viecher an.«

Danach sahen sie sich das große Becken an. Hier waren die meisten Pflanzen gesund. Einige wenige sortierten sie aus, zupften welke Blätter ab. Nach getaner Arbeit waren sie im Gesicht, an Händen und Kleidung schwarz mit Erde verschmiert.

»So können wir nicht in den Ort gehen«, sagte Uli, nachdem sie das Netz wieder ausgebreitet hatten.

Sie machten sich auf den Heimweg, außen um die Stadtmauer herum, mit einem weiten Bogen um den Parkplatz, der voller Autos war. Auf der Landstraße kam ihnen Anoa entgegen. Ohne Rebecca zu beachten, redete sie schnell und in gereiztem Ton auf Uli ein, Rebecca verstand das Wort *policia* und sonst nichts. Ehe sie weiterging, Richtung Stadt, musterte sie Rebecca mit einem kalten Blick, wie einen Gegenstand oder einen Hund. Sie verabschiedete sich von keinem von ihnen.

»Was war mit der Polizei?«

»La Noia glaubt, dass ich Ärger suche. Sie hat gefragt, was ich da für eine Pflanzung habe, und dazu euch beide. Sie will keine Polizei in Vila Luminosa.«

Rebecca antwortete nicht. Sie wollte eine Fortsetzung dieses

Gesprächs vermeiden, um nicht das zu hören, was sie jetzt trotzdem zu hören bekam.

»Wollt ihr nicht bei euren Eltern anrufen? Bestimmt werdet ihr gesucht.«

»Wenn sie uns überhaupt suchen, dann in Italien.«

Rebecca dachte an Judiths Koffer, liegen geblieben im Führerhäuschen eines Lastwagens, zweifellos hinausgeflogen auf eine italienische Autobahnböschung. Eine falsche Spur, auf die sie sich verlassen konnten.

»Was heißt hier überhaupt?«

Anoas Gereiztheit hatte Uli angesteckt. Rebecca fühlte ihre Freiheit bedroht. Vor der Gartentür blieb sie stehen und sagte: »Auf jeden Fall gehen wir nicht zurück.«

Judith war nicht da, also konnte sie ebenso gut für sie mitsprechen.

»Schön«, sagte Uli, nachdem er Hände und Gesicht ins Wasserbecken getaucht hatte, »fahren wir zum Baden. Dann werden wir wenigstens sauber. Oder willst du hier auf deine Schwester warten?«

Sie fuhren an den kleinen Flussstrand. Rebecca spülte Hose und T-Shirt, rieb die Erde mit Kieseln aus dem Stoff, hängte die nassen Sachen ins Gebüsch. Sie schwamm hin und her, hundert Mal, wie ein Fisch im Aquarium. Uli saß am Ufer und sah ihr zu. Er badete erst, als ihr das Wasser zu kalt wurde und sie sich nass und erschöpft auf den Boden fallen ließ, in das Leopardenmuster aus Sonne, das durch die Blätter schien.

»Wirst du uns bei der Polizei anzeigen?«, fragte sie, sobald Uli wieder an Land kam. »Wenn es eine Belohnung gibt?«

Er zögerte. »Sicher ist dir aufgefallen, dass keine Kinder bei uns in der Stadt leben.«

Das war Rebecca nicht aufgefallen; da, wo sie herkam, gab es auch keine Kinder.

»Der Staat interessiert sich für Kinder. Da ist die Schulpflicht. Streit ums Sorgerecht, um Unterhalt. Die Frage, ob ein Kind angemessen untergebracht, gekleidet und ernährt ist.«

»Wieso?«

»Wieso, wieso! Ich habe das alles mitgemacht, glaub mir.«

»Eure Stadt sollte nicht Vila Luminosa heißen, sondern Dorf der Grauhaarigen.«

»Du bist vermutlich intelligent«, sagte Uli, »aber nicht besonders liebenswert.«

»Ich weiß.« *Rebecca la mal-aimée.* »Außerdem sind wir fast erwachsen.«

Dazu gab es nichts mehr zu sagen. Still lagen sie auf der Decke, schauten nach oben, hörten einander beim Atmen zu.

Vor der Stadtmauer parkten sie zwischen den Wochenendtouristen, gingen eine Straße hinauf, die der Schatten der Häuser schon kühlte.

»Wir könnten deine Kinder sein«, sagte Rebecca, »jeder wird das denken.«

»Wohl kaum.«

Ulis Stimme war der Ärger über die verlorenen Pflanzen anzuhören, über die Begegnung mit Anoa, über Dinge, von denen Rebecca ahnte, dass sie mit seiner Tochter und deren Mutter zu tun hatten. Auf dem Platz liefen mindestens zehn Kinder herum, was Ulis Laune nicht besser machte. Umgeben von den Eltern dieser Kinder, redeten Anoa und Ytterblom aufeinander ein, während Gypsy und Judith eine Reihe Spielkarten betrachteten, die sie zwischen ihren leeren und volleren Gläsern ausgebreitet hatten.

»Was gibst du dem Mädchen ständig Alkohol zu trinken?«, fuhr Uli Ytterblom an.

»Aber, aber«, sagte Ytterblom, »Giuditta ist kein Mädchen mehr, sie ist schon eine Frau.«

»Siehst du«, sagte Rebecca. Dann fragte sie ihre Schwester: »Was spielt ihr da?«

Judith wandte den Blick nicht von den Karten: »Wir spielen nicht.«

»Ich bringe ihr das Tarot bei«, erklärte Gypsy, »das ist ein Gewerbe, das seinen Mann ernährt. Ich meine, jeden, der die Gabe besitzt.«

»Welche Gabe?«

Stör mich nicht, sagte Judiths Blick.

Ein mieser Tag, dachte Rebecca. Selbst der Fisch auf ihrem Teller blickte sie missmutig an. Anoa redete weiter auf Ytterblom ein. Gypsy und Judith besprachen, mangels Platz auf dem Tisch, ihre Karten einzeln. Uli und Rebecca wären natürliche Verbündete gewesen in dieser Runde, aber Uli starrte auf seine Forelle, als könne er aus deren Gräten, Kiemen und Eingeweiden ebenso wahrsagen wie Gypsy aus dem Tarot.

Mit einem Mal wurde Anoas Stimme lauter, hoch und schrill. Rebecca erschrak, würde Anoa sie jetzt an die Polizei ausliefern? Judith klammerte sich an Ytterbloms Arm. Anoa stand auf und ging. Eine halb aufgegessene Forelle lag dort, wo sie gesessen hatte.

Vor Gypsy dagegen stand wieder kein Teller.

»Magst du Aldinas Essen nicht?«, fragte Rebecca.

»Sie ist Veganerin«, antwortete Ytterblom an Gypsys Stelle.

Rebecca traute sich nicht zu fragen, was das bedeutete.

Gypsy schrieb Zahlen auf das Papiertischtuch. Sie blätterte durch ihren Kartenstapel, legte Judith ein geheimnisvolles Bild nach dem anderen vor, und die nickte jedes Mal.

»Deine Schwester hat die Gabe«, sagte Ytterblom zu Rebecca.

»Was war los mit Anoa?«, fragte Rebecca.

»La Paranoia«, sagte Ytterblom und lachte.

»Sie will uns loswerden.«

»Sie lebt allein im Wald, sie hat Angst vor Menschen. Sie redet von der Polizei, aber sie fürchtet Menschen ganz allgemein.«

»Und ihr fürchtet sie?«

Uli, der den ganzen Abend nicht gesprochen hatte, wurde laut: »Wir haben Angst vor dieser Hexe? Glaubst du das?«

Gypsy deutete auf eine Karte, die vor Judith auf dem Tisch lag: »Die Eltern dieser Mädchen können lange suchen.«

Uli betrachtete die Karte und schüttelte den Kopf: »Ich habe vielleicht nicht die Gabe, aber deswegen bin ich nicht blöd. Was hat der Eremit mit unseren Freak Sisters zu tun?«

Gypsy packte die Karten ein und holte stattdessen ihren Tabakbeutel aus der Tasche.

»Du rauchst zu viel«, sagte Ytterblom.

»Schlecht für unser Baby, was?«

Ytterblom fuhr zusammen, Gypsy lachte.

Judith riss die Augen auf: »Ihr bekommt ein Baby?«

»Kein Baby, ein Monster«, sagte Gypsy und lachte wieder.

Sie zog eine Karte aus ihrem Stapel, mit der Geste eines Zauberkünstlers und schwenkte sie vor Ytterbloms Gesicht auf und ab, als wolle sie ihm Luft zufächeln.

»Hier, sieh es dir an. Dein Objekt! Ein Federstrich, und es stürzt ein.«

Sie legte die Karte dorthin, wo Ytterbloms Teller gewesen war, ein Dessert für den Meister: Ein brennender Turm, von einer göttlichen Feder zu Fall gebracht, Menschen, die durch die Luft flogen wie selbstmörderische Vögel.

Judith sah zu Boden, unentschieden, wem von den beiden ihre Loyalität gehören sollte. Rebecca sah in die Ferne. Dabei fiel ihr ein grauer, ein schwarzweißer Schatten ins Auge, rauchend zwischen zwei langhaarigen Schmuckverkäufern. Sie stand auf, fixierte den Schatten, damit er ihr nicht davonlief, stieß an die Tischkante, dass die Gläser klirrten, überquerte starren Blickes den Platz.

»Du willst rauchen?«, fragte der Schatten.

Rebecca schüttelte den Kopf.

»Setz dich.«

Einer der Schmuckverkäufer sang leise vor sich hin.

Der andere fragte, ob sie etwas kaufen wollte.

»Ich habe kein Geld.«

»Ich auch nicht«, sagte der Verkäufer.

Rebecca wandte sich Lazaro zu. Neben ihm stand ein abgenutzter Koffer, bleich und grau wie er selbst.

»Du fährst weg?«

»Wenn die Gelegenheit sich bietet.«

»Ich habe auch einen Koffer.«

»Verstehe«, sagte Lazaro und blies Rauch in ihr Gesicht.

»Ich male Bilder für Ytterbloms Objekt.«
»Was ist Ytterbloms Objekt?«
War es möglich, dass er das Objekt nicht kannte?
»Ich zeige es dir.«

Die Schmuckverkäufer schienen nicht einmal zu bemerken, dass sie den Platz verließen. Lazaro ließ seinen Koffer stehen. Rebecca machte einen Bogen um die Gesellschaft am Cafétisch.

Das Objekt leuchtete im Licht der untergehenden Sonne, als stünde es in Flammen wie der Turm auf Gypsys Karte. Zwischen den weißgekalkten Mauern war es kühl.

Rebecca spürte, dass von Lazaros Körper neben ihr eine ähnliche Kälte ausging. Er strich mit beiden Händen über die Wände, las die Blindenschrift der Symbole, während sie den Weg zum Zentrum der Spirale, wo die Götter aller Himmelsrichtungen sich begegnen sollten, mit ihren Schritten ausmaßen.

»Was wirst du malen?«, fragte Lazaro, als sie dort in der Mitte standen.

»Eine Meerjungfrau. Eine Mutter Erde. Mehr weiß ich noch nicht.«

»Was Ytterblom dir sagt also?«

So dicht sie beieinander standen, vermieden sie es peinlich, sich zu berühren; nicht einmal Kleidung streifte Kleidung.

»Hast du ein Messer?«, fragte der Schwarzweiße.

»Ja.«

Er streckte die Hand aus, sie ließ das Messer hineinfallen.

»Lass mich allein, Monsterkind«, sagte er.

»Und mein Messer?«

»Kannst du dir morgen im Laden abholen.«

An der Straße blieb sie unschlüssig stehen. Sie konnte sich auf den Heimweg machen, zu Ulis Haus. Zurück in den Ort gehen, wo die anderen noch am gleichen Tisch saßen. Sie konnte bleiben und auf Arthur warten. Sich an den Wegrand setzen, den Grillen zuhören, in den weichen blauen Himmel sehen, bis er schwarz wurde.

Auf nichts davon hatte sie Lust.

Fast automatisch, ohne darüber nachzudenken umging sie die Stadt, arbeitete sich durch die Dämmerung vor, bis zum Schwimmbad. Dort zog sie die Flügel des Eingangstors auseinander, so weit die Kette es zuließ. Der Spalt, der dabei entstand, schien ihr groß genug, um hindurch zu schlüpfen. Sie versuchte es seitlich, dann mit den Füßen zuerst. Ein kleines Stück fehlte. Am Ende kletterte sie über das Tor. Das ging einfacher, als sie erwartet hatte, sie kam heil hinüber, kein Riss in der Hose. Nur der Rost der Stäbe klebte an ihren Fingern.

Die Umrisse des großen Beckens waren im schwindenden Licht eben noch auszumachen. Sie nahm Anlauf und sprang vom Rand, hinein in die dichten, harzig riechenden Pflanzen.

Es tat nicht weh. Es fühlte sich sogar angenehm an, so angenehm, dass sie es wiederholte, und noch einmal wiederholte, sich auf den Rücken fallen ließ und auf den Bauch und mit angezogenen Knien auf den Hintern, und bald glaubte, nie wieder damit aufhören zu können.

Hin und wieder hörte sie es rascheln zwischen den Pflanzen, eine Ratte? Sie gruselte sich nicht. Das Tier, egal was es für eins war, sollte ihr besser aus dem Weg gehen.

Schließlich machten sich Durst und Müdigkeit bemerkbar. Uli hatte ihnen geraten, nicht aus dem Wasserhahn im Schwimmbad zu trinken, aber sie tat es doch. Tastete sich zurück zum Tor, im Klettern war sie immer schon gut gewesen, die Bäume im Garten, das Schuppendach.

Im Dunkeln nach Hause zu finden war weniger lustig. Nach Hause, dachte sie, dabei war das Ulis Haus, und wenn Uli jemals erfuhr, was sie getan hatte, würde sie dieses Haus nie wieder betreten dürfen. Nach Hause, über unbeleuchtete Wege, bloß nicht durch die Stadt. Ein bisschen Mondlicht gab es, ein schiefer zunehmender Mond, wie von einem linkshändigen Kind gezeichnet. Sie hörte Insekten und Nachtvögel. Im Gebüsch am Straßenrand schwirrten Glühwürmchen. Die sah sie zum ersten Mal in ihrem Leben, erkannte sie nur, weil sie in Büchern vorkamen.

Schau an, sagte sie zu sich, hier erlebst du Dinge, denen du hinterher geträumt hast, seit du lesen kannst.

Das zu begreifen war ein überwältigendes Gefühl. Es trug sie die ganze dunkle Landstraße entlang. Erst am Ende des Weges, als sie Ulis Garten betrat, fing sie an sich zu fürchten, vor der Entdeckung und deren Folgen. Auf Zehenspitzen tastete sie sich durch das hohe Gras zum Wasserbecken, stieg mit ihren Kleidern hinein, zog sie im kalten Wasser sitzend, die Zähne zusammengebissen, aus, rieb blind an ihnen herum. Ebenso an ihren Händen, Armen, Beinen, ihrem Gesicht. Zuletzt hängte sie alles ins Gebüsch und schlich nackt ins Haus, nur die fast leere Blechdose in der Hand.

Niemand war da. Also nahm sie Taschenlampe und Seife und ging nach draußen, untersuchte alles auf Flecken, die Hose, das T-Shirt und ihren Körper. Im Bett brauchte sie lange, um wieder warm zu werden. Sie rollte sich winzig klein zusammen und dachte: Was, wenn Uli es herausfindet?

Morgens zog sie ihren heimischen Schottenrock an und kochte Kaffee, was bisher immer Uli getan hatte. Mit ihrem Zeichenbuch und der Kaffeekanne setzte sie sich in den Garten und fing an, über die große Mutter nachzudenken, die Erdgöttin des Südwestens, die Ytterblom bei ihr bestellt hatte. Sie füllte ein Blatt mit verschiedenen Frauengestalten, dünn mit riesigen Bäuchen, dick mit riesigen Brüsten, keine von ihnen hatte etwas Göttliches, sie wirkten alle obszön. Rebecca war den Tränen nah, freute sich aufrichtig über das Erscheinen von Uli und Judith.

Auch Judith trug Schottenrock.

»Wo ist mein Kleid?«, fragte sie vorwurfsvoll, ehe sie es nass im Gestrüpp hängen sah.

»Ich habe gewaschen«, antwortete Rebecca.

»Netten Abend gehabt mit dem bleichen Geist?«, fragte Uli.

»Nein.«

»Warum nicht?«, fragte Judith.

»Ich habe ihm das Objekt gezeigt, dann wollte er allein sein.«

»Du hättest zurückkommen können. Wir haben Musik gemacht.«

Uli goss sich Kaffee ein, mittlerweile kalt, und seine gute Laune versetzte Rebecca ein schlechtes Gewissen.

»Hat Ytterblom gesungen?«

»Wir hatten ein paar gute Trommler da. Zwei Leute mit Gitarren.«

»Mmh«, sagte Rebecca, »Arthur hat sich mein Messer geliehen. Mal sehen, was er mit dem Objekt gemacht hat.«

»Mit einem Taschenmesser kann er nicht viel anrichten.«

»Gehen wir in die Stadt?«

Judith und Rebecca gingen in nassen Kleidern, die auf dem Weg langsam an ihren Körpern trockneten, denn die Schottenröcke, befand Uli, wären zu auffällig an einem Sonntag mit all den fremden Leuten im Ort.

Rebecca hatte ihre Zeichensachen dabei, Judith das unverständliche englische Buch. An dessen Seitenrändern hatte sie begonnen zu notieren, was Gypsy ihr über die Karten erzählte. Das Buch sah alt und würdevoll aus, ein geeignetes Zubehör für eine Wahrsagerin. Den ursprünglichen Titel hatte sie mit Rebeccas Buntstift geschwärzt.

Im Café wartete Gypsy und gab Judith neue Erkenntnisse aufzuschreiben. Ytterblom war nicht dabei.

»Werde ich nun reich?«, fragte Uli Judith, und es klang spöttisch, aber nicht nur.

Judith ließ ihren linken Zeigefinger durch den Kartenstapel gleiten. Sie zog ein prächtiges Bild heraus mit einer Frau, die einen Falken auf der Hand trug, umgeben von Weinreben und goldenen Münzen.

»Oh ja, sehr reich sogar.«

»Wer ist die schöne Frau?«, fragte Rebecca.

»Er selbst«, sagte Judith und Uli lachte.

Das gefiel Judith nicht.

»Du musst Geduld haben«, fügte sie hinzu und zeigte auf den unteren Rand der Karte, »da vorne ist eine Schnecke. Nur langsam kommst du ans Ziel.«

»Phantastisch,« sagte Uli.

Rebecca stand auf: »Ich hole mir mein Messer wieder.«

Der Eckladen war geschlossen; die Auslage, Kisten voller Steine, stand drinnen hinter der Tür. Rebecca dachte an Lazaros gepackten Koffer: Jetzt ist er weg und mit ihm mein Taschenmesser.

»Was hast du?«, fragte Judith, als Rebecca verärgert zurück an den Tisch kam.

»Guck doch in deine Karten. Wohin ist Uli verschwunden?«

»Er hat nichts gesagt.«

»Gehen wir?«

Judith antwortete nicht. Sie war zu eingenommen von Gypsy und dem Tarot.

Der Anblick der Karten auf der Tischplatte erinnerte Rebecca an die Briefmarkensammlung, die Ewald von seinem Vater geerbt hatte. Nur bunter.

»Die ganze Zeit tust du so, als könntest du kein Englisch«, sagte sie zu Judith, auf der Suche nach Streit.

Aber die schwebte über den Dingen: »Ich verstehe vor allem die Bilder.«

»Scheißbriefmarken.«

»What?« Gypsy malte mit ihrer Zigarette ein Fragezeichen in die Luft.

»Stamps. They look like stamps.«

Gypsy strahlte: »A letter to the future. Very nice.«

»Hört auf mit der guten Laune«, murmelte Rebecca.

Ein kleines grünes Heupferd setzte sich auf die üppige Frau zwischen ihren Weinreben. Ulis Reichtum. Und als hätte das Heupferd ihn angekündigt, kam Uli keine fünf Minuten später zurück.

»Gehen wir Anoa besuchen«, sagte er.
»Warum?« fragte Judith.
»Erkläre ich euch später.«
»Warum besuchen wir Anoa?«, fragte Judith ein zweites Mal, nachdem sie die Stadt verlassen hatten.
»Sie will Ärger mit uns.«
»Nehmen wir das Auto?«
Uli schüttelte den Kopf: »Der Weg zu ihrem Haus ist viel zu schmal.«
Der Weg war so unauffällig, grasbewachsen und selten begangen, dass die Schwestern an Ulis Orientierungssinn zweifelten.
»Bist du sicher, dass wir uns nicht verlaufen?«
Uli antwortete nicht, er ging einfach weiter, und sie folgten ihm: unter Büschen hindurch, über ein brachliegendes Feld voller Kornblumen und Disteln, eine Böschung hinunter und über einen Bach, ein Schritt nur und drumherum Schlamm. Dann kam ein Pinienwäldchen. Die Pinien bluteten ihr Harz in Eimer, die mit Schnüren an den Stämmen festgebunden waren. Uli schnitt sie alle durch, die Schnüre knirschten unter seinem Taschenmesser, klebrige Pfützen liefen auf den Waldboden.
»Anoas Eimer. Weg damit.«
Weiter, eine Wiese, ein trockenes Stück Erde, auf dem, wie ein Gast aus der Ferne, ein uralter Olivenbaum stand. Auch den sah Uli mordlustig an.
Rebecca ging dazwischen, Uli lachte, über sich selbst: was für eine Dummheit.
»Diesen Weg macht Anoa jeden Tag?«, fragte Judith, als der enge, undeutliche Pfad sie wieder zwischen Sträucher und Bäume führte.
»Zwei- oder dreimal die Woche, sonst bleibt sie allein.«
Rebecca bekam Angst. Was, wenn sie mitten in der gleichgültigen Vegetation verlorengingen?

Anoas Haus war nicht mehr als ein Schuppen aus Feldsteinen, ein Unterstand mit einem Bretterdach und zwei glaslosen Fenstern. Es sah unglaublich ärmlich aus, reich dagegen der

Garten, der es umgab, mitten in einer grünen Senke voller Kräuter und Blumen, Mücken und Fliegen. Rebecca und Judith schlugen mit beiden Händen nach den summenden und stechenden Insekten, während sie dem letzten Stück des Pfades folgten, hinunter zu Anoas Tür.

Uli rief, wartete, rief noch einmal. Sie war nicht da.

»Kommt mit«, sagte Uli.

Er verließ den Weg und stampfte, trampelte durch die Kräuter- und Blumenbeete, in Kreisen, im Zickzack und murmelte dabei Verwünschungen in einer Sprache, die weder Rebecca noch Judith jemals gehört hatten. Die beiden folgten zögerlich.

Als sie mit zerkratzten und zerstochenen Beinen, mit kalten zitternden Fingern die Lichtung verließen, waren sie alle erleichtert, jeder aus seinen eigenen Gründen.

»Soll sie verrecken, die Hexe«, sagte Uli, trotzig, als hätte er sich zu verteidigen.

Judith hielt Uli herausfordernd ihren sechsten Finger entgegen: »Mich haben sie auch immer die Hexe genannt.«

»Dann kannst du ja hier einziehen, wenn sie weg ist.«

Der Weg zurück zur Straße war eine ziemliche Quälerei.

»Schön zugerichtet seid ihr«, stellte Uli fest, »ihr habt was bei mir gut.«

»Warum haben wir das getan?« fragte Judith.

»Weil sie uns nicht mag«, sagte Rebecca.

»Sie hat meine Plantage verwüstet, die Schlampe.«

»Deine Plantage?« Rebecca stolperte vor Schreck über ihre eigenen Füße.

»Sie hat alles niedergetrampelt.«

»Woher weißt du, dass sie es war?«, fragte Rebecca, geplagt von schlechtem Gewissen.

»Wer sonst?«

»Ich habe einmal einen kleinen Mann aus dem Schwimmbad kommen sehen«, sagte Rebecca, »als ich mich unten am Bach versteckt habe.«

»Und das erzählst du mir jetzt?«

»Ich wusste ja nicht.«

»Wie sah er aus, dieser Mann?«
»Klein. Mit einem blauen Rucksack.«
»Alt oder jung?«
»Sehr alt.«
Uli fragte nicht weiter, er ärgerte sich, mehr als zuvor.
»Du bist jedenfalls keine Hexe«, sagte er zu Judith, »egal, wie viele Finger du hast. Mein Reichtum, der ist dahin.«
Judiths Antwort kam so verzögert, dass Uli sie gewiss nicht mehr erwartet hatte, um die hundert Schritte später: »Denk an die Schnecke.«

Den Rest des Tages verbrachten sie zu Hause. Sie waren alle in der gleichen schlechten Stimmung, wenn auch jeder aus seinen eigenen Gründen.
Während Uli und Judith einander Straßen verkauften und sich gegenseitig ins Gefängnis schickten, kämpfte Rebecca mit Ytterbloms Muttergöttin.
Erst kurz bevor die Nacht begann, wurde ihre Zeichnung fertig, und die Göttin bekam eine bläuliche Haut, blau wie die Abenddämmerung. Rebecca versuchte, beim Zeichnen jeden Gedanken an ihre eigene Mutter zu vermeiden. Sie machte die Göttin so fremdartig wie nur möglich. Ihr Körper war rund, aber wie aus Stein, und im Bauch trug sie nicht ein Kind, auch nicht zwei, sondern drei. Eins von ihnen war rosa, eins grün, das dritte violett. Jungen oder Mädchen, diese Eindeutigkeit hatte Rebecca schamhaft vermieden, alle drei hielten die Beine eng an den Körper gezogen, zu handlichen Babypaketen arrangiert. Um die Göttin herum standen Kräuter und Wiesenblumen. Alles, was sie in Anoas Garten niedergetrampelt hatten, ließ Rebecca auf dem Papier wieder aufblühen, das beruhigte ihr Gewissen.

»Ich brauche nur die Figur«, sagte Ytterblom, als sie ihm die Zeichnung brachte, »den Rest kannst du dir sparen.«
Er trennte das Blatt mit seinem Papiermesser aus ihrem Zeichenbuch, wie zuvor die Meerjungfrau.
»Die bunten Farben sind gut, die großen Hände und Füße

auch. Nur fehlt mir das Wesentliche. Deine Zeichnung ist oberflächlich. Und ein bisschen erotischer könnte sie wirken.«

Er sah Rebecca direkt in die Augen, als er das sagte. Wenn es seine Absicht war, sie verlegen zu machen, gelang ihm das vollkommen. Rebecca wurde steif und stumm wie ein Trockenfisch. Ytterblom starrte weiter, Rebecca versuchte zurückzustarren, hielt aber nicht durch.

»Mach sie noch einmal«, sagte Ytterblom, »deinen ersten Versuch behalte ich trotzdem. Lass dir Zeit. Alles muss stimmen, wenn wir sie lebensgroß auf die Mauer bringen.«

Rebecca wäre am liebsten aus dem Laden gerannt. Sie tat es allein deshalb nicht, weil Ytterblom zwischen ihr und der Tür stand. Ytterblom, der ihre Zeichnung vom Tisch genommen hatte, ehe sie auf die Idee kam, sie zu zerreißen oder etwas darüber zu kritzeln, etwas Erotisches. Was eigentlich machte eine Frau erotisch? Ihr fielen bei dem Wort nur Männer mit riesigen erigierten Schwänzen ein, die in Profilansicht über antike Vasen liefen. Und die vergleichsweise enttäuschende Rückenansicht von Martin-Sie.

»Ich habe eben keine Ahnung.«

Ytterblom überhörte das: »Komm mit, ich zeige dir meine Entwürfe.«

Ytterbloms Mappe enthielt, von Rebeccas Zeichnungen abgesehen, keine gegenständlichen Darstellungen. Viele Blätter, die er herausholte und eilig wieder beiseitelegte, zeigten die Grundform des Objekts: eine Spirale mit etlichen, an den Himmelsrichtungen orientierten Anmerkungen. Die meisten von ihnen waren englisch notiert, einige schwedisch, manche, zu Rebeccas Verwunderung, auf Latein.

»Die okkulten Wissenschaften«, erklärte Ytterblom, »die Alchimie, all das wurde lateinisch aufgezeichnet.«

»Da wird Judith sich freuen«, sagte Rebecca.

Ytterblom wandte den Kopf, als sei Judith im Raum und er habe sie vergessen.

Es folgten Bögen mit Symbolen, fremden Schriften, groß und detailliert ausgeführt. Die ließ er lange vor Rebecca liegen.

»Je weiter man vom Zentrum des Objekts nach außen schreitet, desto abstrakter werden die Bilder, bis hin zur Befreiung«, erklärte er.

»Befreiung?«

Ytterblom nickte, mit Nachdruck: »Befreiung durch doppelte Erkenntnis, beim Hinein- und Hinausgehen. Die Elemente und Zwischenelemente, alle haben ihre eigenen Zeichen.«

Er strich über den Mappendeckel wie ein satter Mensch über seinen vollen Bauch. Dann holte er vier große Seiten heraus und legte sie nebeneinander auf den Tisch. Vor Rebeccas Augen erschienen Reihen von Zeichen, die aussahen wie ein Text in Geheimschrift – einer sehr uneinheitlichen Geheimschrift. Stark vereinfachte menschliche und tierische Gestalten neben abgemagerten Bäumchen und Wurzeln und Schiffen, Drachen, Figuren mit überzähligen Gliedmaßen, zahnbewehrte Tiefseewesen, Weinranken und Formen, deren Bedeutung Rebecca unbekannt war.

»Feuer, Wasser, Erde, Luft.« Ytterblom sprach es aus wie eine Beschwörung und klopfte jeweils auf eins der Blätter.

Rebecca mühte sich, genauer hinzusehen.

»Ich bin alt, sehr alt im Vergleich zu dir, meine ganze Lebenserfahrung ist darin.«

Rebecca legte den Finger auf etwas Befremdliches. Als sei da eine kleine Flamme auf dem Feuerbogen, die sie löschen konnte. Ein Hakenkreuz. Runen sah sie jetzt auch, überall auf dem Blatt verteilt.

Ytterbloms Blick folgte ihrem Finger.

»Ich befreie die Symbole von ihrer Bedeutung«, erklärte er.

Rebecca nahm den Finger nicht weg.

»Wofür soll ein Symbol ohne Bedeutung gut sein?«, fragte sie.

»Ich führe sie zurück zu ihrer ursprünglichen Macht.«

Seine Stimme hatte einen feierlichen Ton, der in Rebecca Erinnerungen an die Predigten ihres Vaters weckte.

»Ich verstehe, wenn du mit bestimmten Symbolen Schwierigkeiten hast«, fuhr Ytterblom fort, hob sanft ihren Finger von der Zeichnung und setzte ihn auf der Tischplatte ab.

»Ich male keine Hakenkreuze für dich«, sagte Rebecca, »und die Runen mag ich auch nicht.«

»Du verstehst nicht, und du willst gar nicht verstehen.«

»Ich mache nicht mit, wenn du die nicht rausnimmst.«

»Du bist voller Vorurteile.«

Ytterbloms Stimme hatte noch immer ihren Predigerton, aber darunter lag, deutlich zu hören, Gereiztheit, Herablassung, etwas, das Rebecca nicht hätte benennen können, das sie aber stumm machte und ihre Beine unruhig.

Um den Laden zu verlassen, musste sie dicht an Ytterblom vorbei. Ich streiche an ihm entlang wie eine Katze, dachte sie. Doch dann war sie draußen, er hielt sie nicht auf, mit keiner Geste und keinem Wort.

Nächstenliebe

Sie verließ die Stadt durch das Tor in der Mauer, vermied den Platz und das Café. Das Licht draußen machte Lust, einfach weiterzugehen, kilometerweit, stundenlang. Trotzdem hielt sie gleich beim Objekt inne. Es leuchtete wie die Spitze eines magischen Turms, so als ginge es wirklich unter der Erde weiter, wie in ihrem Traum. Rebecca folgte seinen weißen Mauern bis in die Mitte, in Ytterbloms göttliches, gestaltloses Zentrum. Genau dort lag ihr Taschenmesser, achtlos vergessen oder Teil des kunstvollen Ganzen. Sie hob es auf, steckte es ein. Legte ein Blatt aus ihrem Zeichenbuch auf das zerkratzte Weiß der Wand über dem Fundort und fuhr mit dem Bleistift darüber. Mit dem schwarzen Buntstift, als die Spitze des Bleistifts heruntergemalt war. Dann mit dem dunkelblauen Buntstift. Dann spitzte sie den Bleistift mit dem Taschenmesser an. Nach dem ersten Blatt füllte sie ein zweites. Auf dem dunklen Hintergrund erschien eine helle Schrift, wie Spuren auf einem wolkigen Nachthimmel. Sobald Rebecca fertig war, verließ sie eilig das Objekt. Sie fühlte sich wie ein Täter, der nicht ertappt werden will, dabei hatte sie nur ein Gedicht kopiert. Ein Gedicht mit dem Titel *L'Èternité*, die Ewigkeit.

An der Straße stand ein Auto mit laufendem Motor, darin saßen Uli und Judith.

»Wir haben dich gesucht«, sagte Uli.

»Ich wusste, wo du warst«, sagte Judith.

Rebecca setzte sich auf die Rückbank.

»Es ist wegen Anoa«, erklärte Uli, als die Stadt und das Objekt längst außer Sichtweite waren. »Sie tobt, sie ahnt, dass wir es waren. Ich weiß nicht, was daraus wird.«

»Wirst du uns jetzt aussetzen? Wir haben kein Geld«, sagte Rebecca.

»Warum sollte ich? Jetzt gerade nicht.«

Rebecca schaute ihn skeptisch an: »Wir hätten lieber sparen sollen.«

»Sparen ist eine Sünde«, sagte Judith.

»Und wenn Anoa die Polizei ruft?«, fragte Rebecca.

»Dann sind wir nicht da, und meine Pflanzen sowieso kaputt.«

Rebecca nickte, sah sich selbst im Rückspiegel den Kopf senken und wieder heben, um sie herum der helle grüne Tag.

»Ans Meer also«, sagte Judith, und jetzt nickte Uli.

Große Wellen, das Wasser war eisig, hing wie ein Nebel in der Luft über dem Strand. Unterwegs hatte Uli Brot gekauft, Käse, Oliven, eine Tüte Chips. Die Schwestern fielen gierig über die Tüte her.

»Habt ihr noch nie in eurem Leben Chips gegessen?«, fragte Uli amüsiert.

Die Mädchen ignorierten seine Bemerkung und stopften sich den Mund voll.

»Es stimmt also«, sagte Uli.

Rebecca klammerte sich im Schlaf an den leise schnarchenden Uli. Judith grub sich im Sand ein. Sie erwachten noch vor der Morgendämmerung.

»Warum haben wir kein Feuer gemacht?«

»Könnt ihr nachholen.«

Der Himmel über dem Meer hellte auf, am Horizont zogen die Lichter der Fischerboote vorbei.

»Wie lange bleiben wir weg?«, wollte Judith wissen.

Uli schwieg. Das Meer war ruhiger als am Abend. Er zog sich aus und ging wortlos aufs Wasser zu. Keine der Schwestern folgte ihm.

Dann fuhren sie die Küstenstraße entlang, wohin? Uli hängte den linken Arm aus dem Fenster, wedelte den Erdrauch weg: zum Sadhu.

»Warum zum Sadhu?«, fragte Rebecca.

»Er wird sich freuen, dich zu sehen.«

»Ich habe keine Alpträume mehr.«

Was, wenn der Sadhu weiß, was ich getan habe? Wenn er es Uli erzählt? Rebecca wurde übel.

Der Sadhu erwartete sie am Ende der Straße, er hatte ihr Kommen vorhergesehen.

Uli knallte mit der Autotür und breitete die Arme zur Begrüßung aus. Er und der Sadhu redeten viel und schnell auf Italienisch, während sie zwischen den vermauerten Häusern hindurchgingen, an der Kirche vorbei, zur Landzunge über dem Nichts. Unbeeinflusst vom schönen Wetter anderswo, hing der gleiche Nebel über dem Meer wie bei ihrem letzten Besuch. Rebecca und Judith folgten den beiden Männern mit ein paar Schritten Abstand, versuchten zu lauschen, verstanden nichts. Trotz Latein.

Uli und der Sadhu gingen bis an die äußerste Spitze des Kaps. Für einen Augenblick sah es aus, als würden sie weitergehen, ins Leere hinein. Judith und Rebecca tasteten sich näher, setzten sich auf den Boden, um den Schwindel besser zu ertragen, hörten Ulis Redefluss und die sparsamen Antworten des Sadhus.

Lange saßen sie so, bis die beiden Männer sich umdrehten und einen erstaunten Blick für die Schwestern hatten: auch noch da?

Er weiß doch nicht alles, dachte Rebecca erleichtert.

»Gehen wir«, sagte Uli.

Sie kehrten um. Der Sadhu ging neben Judith und legte die Hand auf ihren Kopf. Judith schien ein paar Zentimeter zu wachsen. Sie ging sehr aufrecht und mit fast geschlossenen Augen. Ihr Gesicht sah so friedlich aus, dass Rebecca sie am liebsten in den Arm genommen hätte.

Judith bot dem Sadhu ihren Platz auf dem Vordersitz an und setzte sich hinten neben Rebecca.

Der Sadhu stieg ein, wie er war, halbnackt, nur mit seinem Lendenschurz bekleidet. Rebecca fand, dass er in Ulis Auto unglaublich fehl am Platz war.

Was solls, dachte sie, wir haben schon Jesus auf dem Bahnhof gesehen, warum nicht einen Heiligen im Auto.

»Ich bin nicht heilig«, sagte der Sadhu.

Ich muss lernen, leise zu denken. Der Mann hört alles, dachte Rebecca.

Abends saß der Sadhu an einem der Tische vor Aldinas Café, trank Wasser, rauchte und las allen Besuchern aus der Hand. Vor ihm lag ein wachsender Stapel Geld, Münzen, kleine Scheine, den er nicht berührte.

Rebecca stieß Judith mit dem Ellenbogen in die Seite: »Das kannst du fürs Kartenlegen auch bekommen.«

An einem solchen Abend könnte man die rote Dose vollmachen, mit Kleingeld jedenfalls.

»Dafür brauche ich eigene Karten«, sagte Judith.

Ytterblom und Gypsy waren auch dort.

»Warum hast du Sergio mitgebracht?« fragte Ytterblom.

»Für morgen.«

Rebecca sah sich nach Arthur um, konnte ihn nicht entdecken, stand auf und lief zum Eckladen. Der war geschlossen. Sie überlegte, ihm eine Nachricht dazulassen, riss ein halbes Blatt aus ihrem Zeichenbuch.

Aber was sollte sie schreiben? Schließlich zeichnete sie die Umrisse von Ytterbloms Objekt und ihr Taschenmesser. Setzte darunter den Titel des Gedichts, das sie entdeckt hatte, klemmte den Zettel in den Spalt zwischen Ladentür und Hauswand.

Als sie zurück auf den Platz kam, waren Ytterblom und Gypsy gegangen. Die anderen standen gerade auf. Der Sadhu ließ sein Geld auf dem Tisch liegen, Bezahlung für alle.

Es war schön, gemeinsam über die Landstraße zu gehen, der Mond beinahe voll, die Nachtgeräusche in seinem Licht weniger unheimlich als sonst.

Judith fragte den Sadhu, ob er ihr das Handlesen beibringen könne.

Der lachte nur.

In dieser Nacht hatte Rebecca einen verwirrenden Traum. Sie lebte am Rand einer riesigen Stadt, zusammen mit einer großen hellen Kuh, die ihr die Hand leckte und ihre Nähe suchte wie ein Hund – oder, eher noch, wie ein Mensch. So menschlich wie das Reh im Märchen von Brüderlein und Schwesterlein, ihre Nase ebenso weich und schwarz. Dann rückte die Stadt, die zu Beginn nicht mehr gewesen war als eine Rauchwolke am Horizont, näher an sie heran. Häuser fielen aus einer gigantischen Baumaschine, Fertighäuser in Reih und Glied, und ihr eigener Platz wurde immer enger.

Als sie aufwachte, zog es sie an die frische Luft. Sie stand so eilig auf, dass ihr schwarz vor Augen wurde und sie direkt wieder auf dem Boden landete. Über dem Garten lag eine bläuliche Dämmerung, und mitten darin saß der Sadhu. In dem vagen Morgenlicht sah es aus, als schwebte er zehn Zentimeter über dem Boden. Natürlich schwebt er nicht in der Luft, dachte Rebecca, aber warum kommt es mir so vor? Der Sadhu öffnete die Augen, lächelte sie an und machte eine einladende Geste mit der Hand.

Rebecca verzog das Gesicht und ging in Richtung Klohäuschen. Sie spürte den Boden unter ihren Füßen nicht und fragte sich, ob sie von den übersinnlichen Fähigkeiten des Sadhus etwas abbekommen hatte.

Als sie zurückkam, winkte der Sadhu noch einmal. Sie setzte sich neben ihn. Der freie Raum um sie herum beruhigte sie nach dem beengenden Traum, machte sie schläfrig. Judith sah sie zusammengerollt im Gras liegen, einem Haustier gleich zu Füßen des unbewegt meditierenden Sadhus.

»Heute ist Vollmond« verkündete Uli beim Morgenkaffee. Zu essen gab es nichts, die Vorräte waren fast verbraucht und kein Brot im Haus. Judith trat mit nackten Zehen gegen ein Tischbein. Durch die Tür kroch Nebel, mitgebracht vom Kap.

»Ich darf also heute Nacht allein zu Hause bleiben«, sagte Judith.

Die anderen hatten keine Antwort darauf, und sie trat gleich noch mit dem anderen Fuß zu.

Rebecca spürte heiße Schadenfreude. Ich habe einen bösen Tag heute, dachte sie, gerade richtig für die Mondscheinfront.

Offenbar war der Gedanke ihr anzusehen, denn Uli schüttelte den Kopf: »Ich möchte Versöhnung. Darum habe ich Sergio gebeten zu kommen.«

Die Insekten surrten an diesem Morgen besonders laut, der Geruch der feuchten Straße wehte in den Garten.

»Das Wetter schlägt wieder um«, sagte Uli, »gehen wir nach den Pflanzen sehen.«

»Fragt sich nur, ob es überhaupt lohnt«, fügte er hinzu.

Dennoch gingen sie los, zu dritt. Der Sadhu blieb zu Hause. Rebecca wäre lieber auch geblieben.

»Vielleicht war es dieser kleine Mann, der alles kaputt gemacht hat«, sagte sie, als sie vor der verschlossenen Pforte standen.

Uli öffnete bedächtig das Schloss.

Leid tut es mir schon, dachte Rebecca.

Sie gossen die Pflanzen im großen Becken, die sich teils wieder aufgerichtet hatten, teils zerquetscht am Boden lagen. Sie gossen nur sparsam, rupften nichts aus, breiteten die Plane sorgfältig über das Becken, beschwerten sie doppelt.

»Mal sehen«, sagte Uli, als sie das Schwimmbad verließen, »die sind zäher als ich dachte.«

»Wer hat dich damals eigentlich geschlagen?«, fragte Judith.

Uli tat, als hätte er sie nicht gehört.

»Ich meine nur«, hakte Judith nach.

»Mir egal, was du meinst«, sagte Uli.

Im Café kauften sie Brot, standen unschlüssig auf dem Platz herum.

»Ich gehe bei Jonas vorbei«, entschied Uli schließlich, und sie folgten ihm wie zwei kleine Enten ihrer Mutter.

Uli klopfte an die Tür des Engelladens, sie öffnete sich nur einen Spalt weit. Er ging hindurch, die Schwestern blieben draußen. Sie warteten ohne eine Regung, ebenso war die Straße, sämtliche Häuser verschlossen, der Himmel so müde, dass selbst die Schwalben innehielten. Aus dem Laden hörten sie ein Geräusch, hoben die Köpfe, aber es tat sich nichts. Da setzte Rebecca sich auf die Türschwelle, schlug ihr Zeichenbuch auf, holte den Bleistift aus der Tasche, wo er neben dem Brot lag.

Rebecca fing an zu zeichnen, Judith sah zu.

Rebeccas Entwurf breitete sich über zwei Seiten aus: ein Landgut mit Obst- und Gemüsegarten, Schafstall, Hühnern, einem eigenen Weinberg, mehreren Schuppen, einem Haus für die Käsezubereitung, einem Gästehaus.

»Neuer Auftrag von Ytterblom?« fragte Judith.

Rebecca schlug das Buch zu.

»Ich arbeite nicht mehr für ihn. Er will sein Objekt mit Hakenkreuzen ausmalen, dein Ytterblom.«

»Er ist nicht meiner.«

Rebecca packte ihr Buch zurück in die Tasche, so warteten sie, bis die Tür aufging. Rebecca hielt dem schneeweißen Jonas ihr Medaillon entgegen – für den Fall, dass er sie nicht erkannte. Er beugte sich hinunter und nahm ihre Hand. Judiths Hand nahm er auch. Dann ging er wieder hinein.

Ulis Arme schaufelten ungeduldig die Luft, als hätte er gesessen und gewartet: »Los, los.«

Am Abend wäre Rebecca fast lieber mit Judith zu Hause geblieben. Zugeben würde sie das nicht. Aber sie stieg mit einem so verbissenen Gesicht zu Uli und dem Sadhu ins Auto, dass dieser freundlich etwas sagte, was ungefähr wie »kleiner Soldat« klang.

Uli rauchte, sein Bein wippte nervös auf und ab, sein graues Haar hatte er sich mit Wasser an den Kopf geklebt.

Im verhangenen Mondlicht klopften sie an die Tür des Engelladens und traten in einen Raum, der entschieden dunkler war als die Straße draußen. Jonas hatte kein Licht gemacht. Er führte sie ins Hinterzimmer. Dort standen sie und konnten nicht einmal ahnen, wie viele Mondscheiner bereits anwesend waren.

»Taschenlampe?« flüsterte Rebecca.

Uli zischte sie an zur Antwort.

Sie tasteten nach einem freien Platz. Rebecca berührte einen eiskalten Arm, fuhr zusammen: »Arthur?«

»Ich bins«, antwortete Lazaro.

Rebecca wagte nicht, sich zu bewegen. Ihr Atem wurde schneller. Sie fühlte eine Anziehung, die von Lazaro ausging, und die beinahe unwiderstehlich war. Gleichzeitig ahnte sie, dass seine Kälte sie verbrennen würde, sobald sie ihm zu nahe kam.

Zweimal noch klopfte es an die Tür.

»Alle zwölf sind versammelt«, sagte Jonas.

»Singen wir?«

Das war eine Frauenstimme, rauh und auf Englisch. Gypsy?

Man hörte Flüstern, Stimmenrauschen, auch Rebecca flüsterte, ohne eine Antwort zu erwarten oder zu bekommen: »Ich habe das Gedicht auswendig gelernt.«

Der Sadhu war es, der zu singen anfing, italienische Lieder, die gar nicht heilig waren und die so wenig zu ihm passten wie das Sitzen in einem Auto. *Bandiera rossa* trug er allein vor, oder fast, ein schleppendes Geräusch als Unterstimme klang nach Ytterblom. Dafür sangen beim zweiten Stück alle mit, Rebecca und Arthur ausgenommen.

Bella Ciao, schrien sie, als könnten sie den Raum damit erhellen, und Rebecca flüsterte: »Was bedeutet *âme sentinelle*?«

»Die Seele ist dein Wächter«, antwortete Arthur, als das Lied zu Ende war.

Es wurde still im Raum, und es blieb dunkel. Es gab keine Pläne und keinen Wein wie im Monat zuvor. Man hätte sich schlagen können oder küssen, ungesehen.

Dass nichts dergleichen geschehen war, zeigte sich am Schluss, als Jonas Licht machte. Überall lagen Eier auf dem Boden verteilt, zwei Dutzend rohe Eier, nicht eins von ihnen war zerbrochen, und jeder, der ging, wurde aufgefordert, zwei von ihnen mitzunehmen.

Uli und Anoa blieben vor der Ladentür stehen. Uli machte eine komische Geste (ich könnte dir die Hand schütteln, wenn die Eier nicht wären). Der Sadhu klopfte seine Eier auf und trank sie roh. Anoa beugte sich vor und küsste Uli auf den Mund. Es sah aus wie eine alte Gewohnheit, die man erleichtert wieder aufnimmt.

Daher, dachte Rebecca, kennt er den Weg zu ihrem Haus.

»Schau dir das an«, sagte Ytterblom leise auf Deutsch, »und ich dachte, La Noia ist lesbisch.«

Rebecca verstand nicht, mochte auch nicht nachfragen. Anoa, die zumindest ihren Spitznamen verstanden hatte, löste ihren Mund von Ulis Mund. Aber ihre Blicke blieben verschränkt, und der Sadhu sagte zu Rebecca: »Let's go.«

Er nahm sie sogar am Arm, schließlich hatte er keine Eier mehr in der Hand. Rebecca sah sich nach Arthur um; der war schon gegangen.

Sie balancierte die rohen Eier über die Landstraße, der Sadhu mit leeren Händen an ihrer Seite, der Mond zerquetscht unter Wolken, durch die gelegentlich ein Wetterleuchten fuhr und sie erschreckte. Ein paar schwere Tropfen fielen, vereinzelt, platsch auf die Straße, weich und kühl auf ihren Kopf.

Judith hatte am Tisch gesessen und Karten gelegt. Keine echten Wahrsagekarten, ein gewöhnliches Kartenspiel, das Uli gehörte.

»Enttäuscht?« fragte sie.

»Bitte schön,« sagte Rebecca und legte die zwei Eier vor sie hin, »es gab nicht mal Wein.«

Dass Uli Anoa geküsst hatte, das mochte sie nicht aussprechen. Ohnehin legte der Sadhu gleich mahnend den Finger an die Lippen, alles geheim.

»Praeterea omnia scio«, sagte Judith mit eisiger Arroganz, worauf der Sadhu ihr gelassen die Zunge herausstreckte.

»Unde scis?«, fragte Rebecca im gleichen Ton zurück.

Mit einer Handbewegung umkreiste Judith die Karten, ließ den Zeigefinger auf der Herzkönigin landen.

Rebecca verzerrte ihr Gesicht und machte ein Geräusch, als müsste sie sich übergeben. Judith nickte.

Es prasselte mächtig auf das Dach, es donnerte und blitzte, und Rebecca dachte: Wenigstens sind sie ordentlich nass geworden.

Der Sadhu zog sich in Ulis Zimmer zurück, er legte ihnen zum Abschied väterlich die Hand auf den Scheitel. Judith ging in den Garten, in den Regen hinaus und kam mit einer Flasche vinum zurück.

»Von Aldina«, erklärte sie, »für den Sadhu, aber der hat ihn auf dem Cafétisch stehen lassen.«

Während Ulis Pflanzen ein zweites Mal überschwemmt wurden, Uli und Anoa mitten im zertretenen Kräutergarten übereinander lagen, der Sadhu unsprechbare Träume erschuf, leerten Judith und Rebecca still ihre Flasche Wein. Rot und schwer, wie der, den Rebecca beim letzten Vollmond gekostet hatte. Ein glückliches Gefühl war das, ein Gefühl von Freiheit, wie bei ihrer ersten Nacht draußen auf der Straße. Nur besser.

Was Rebecca auf den weniger angenehmen Gedanken an zu Hause brachte: »Suchen sie uns?«

Judith mischte die Karten, schien wahllos einige davon zu ziehen. »Hier werden sie uns nicht finden.«

»Gut, dass du die Gabe hast«, sagte Rebecca.

Sie nahmen das schweigsame Trinken wieder auf, bis die Flasche leer war und es draußen zu dämmern begann.

Geweckt wurden sie einige Stunden später von Uli: »Ich fahre Sergio zurück, kommt ihr mit?«

Er ließ ihnen keine Zeit sich zu waschen oder umzuziehen, nur eben für das Klohäuschen im Garten.

Schon saßen sie nebeneinander auf der Rückbank. Rebecca starrte auf Ulis Hinterkopf, studierte sein Gesicht im Spiegel, wenn es sich bot, suchte nach Spuren seiner Nacht mit Anoa.

Uli sprach italienisch mit dem Sadhu, wie bei ihrer letzten gemeinsamen Fahrt und ließ sich weder gute noch schlechte Laune anmerken.

»Ich habe Hunger«, klagte Judith, als am Straßenrand der erste Supermarkt angezeigt wurde.

Da sagte Uli, er hätte sie ebenso gut zu Hause lassen können, und Rebecca fühlte sich zu Unrecht mitgemeint.

Wenn Uli nicht redete, summte der Sadhu vor sich hin, unbekannte Melodien, nichts zum Mitsingen. Rebecca schloss die Augen. Sie glitt in einen Wachtraum, Pfade im Wald, verlassene Häuser, Ulis bunte Tempelstadt, bis der Wagen hielt.

»Sind wir da?«

Ein Parkplatz mit einem Stück Strand dahinter.

»Wir gehen baden«, sagte Uli, wandte sich an Judith: »Du wolltest schwimmen lernen.«

Das Wasser wellte sacht vor sich hin. Obenauf trieben eine Menge Algen. Während die anderen sich auszogen, verschränkte Judith die Arme vor der Brust.

»Komm schon«, sagte Rebecca.

»Ich kann nicht schwimmen.«

»Gib mir die Hand.«

Aber Judith wollte nicht.

Der Sadhu schwamm weit nach draußen, löste sich fast auf gegen den diesigen Horizont.

Auch Uli war längst im Wasser. Rebecca und Judith standen da wie vergessen.

»Wenn du nicht gehst, gehe ich auch nicht«, sagte Rebecca.

»Wie du willst.«

Judith stand wie ein Fels, während Rebecca fröstelnd von einem Bein aufs andere hüpfte.

»Komm schon.«

Judith versteinerte weiter. Rebecca geriet außer sich, verpasste ihr kleine wütende Faustschläge, und Judith zeigte keine Regung, weinte nicht, schlug nicht einmal zurück.

Wohin geht die Reise?

Der Wind zerrte an Rebeccas nackter Haut, sie wollte jetzt dort sein, in den Wellen, wo Uli und der Sadhu waren, und Judith hatte noch nicht einmal ihr Kleid ausgezogen.

»Bis zu den Knien«, sagte Rebecca.

»Nein.«

»Du bekommst die Dose. Wenn sie wieder voll ist.«

Judith schüttelte den Kopf.

Rebecca bettelte weiter.

Judith hatte sich in einen harten, toten Gegenstand verwandelt.

»Das wird dir einmal leidtun«, sagte Rebecca.

Sie ging allein in das Meer, das schaumig und leicht war und sich kaum kälter anfühlte als die Luft. Eine kleine Welle schien die andere überholen zu wollen, das gab eine unordentliche Oberfläche; darunter aber fühlte das Wasser sich ruhig an. Rebecca schwamm nach draußen, sie wollte dorthin, wo die beiden Männer waren, fort von ihrer erstarrten Schwester. Immer wieder bekam sie Wasser in die Augen und in die Nase, verschluckte sich. Wollte sich hinstellen und hatte längst keinen Boden mehr unter den Füßen.

Rebecca dachte an all die Fische, die dort unter ihr schwammen, und das beruhigte sie. Sie versuchte, sich auf den Rücken zu legen, wie Uli es ihr gezeigt hatte, aber die nächste Welle schlug ihr von hinten über das Gesicht.

Umkehren?

Sie schwamm weiter, eigentlich war es nicht schwer, sagte sie sich, wie eine Straße entlangzugehen, nicht anders, eine unebene Landstraße im Regen. Bis Uli ihr entgegenkam und sie zurück ans Ufer brachte.

»Ein bisschen weit für eine Anfängerin.«

Judith hatte sich nicht von der Stelle bewegt, ihre Haut schimmerte heller als der Sand, nur ihr Gesicht war rot von der Sonne. Erst als sie im Auto saßen, sprach sie wieder, mit Ulis Hinterkopf: »Ich hätte gern Wahrsagekarten. So wie Gypsy sie hat.«

»Und? Hast du Geld?«

»Was ist mit den Pflanzen? Du wolltest uns bezahlen.«

»Wenn ich jemals selbst etwas verdiene.«

»Ich kann Geld mit den Karten verdienen, jedes Wochenende. Dann zahle ich es dir zurück.«

Eine Tankstelle, ein Supermarkt, ein Straßenrestaurant und viele Schilder kündigten eine Stadt an, hinter der Küste, vor den Bergen, eine Stadt, deren Markthalle nicht mehr Stände hatte als die Straßen von Vila Luminosa. Allerdings war ein Fischstand dabei, und dort kaufte Uli drei Kilo Sardinen, während die Marktfrau an ihm vorbeistarrte auf den nackten Oberkörper des Sadhus.

Seltsam, dachte Rebecca, vom Meer wegzufahren, um Fische zu kaufen. Die Tüte mit den Sardinen lag zwischen ihr und Judith, bis sie an einem anderen Strand Halt machten, der klein und schmutzig aussah. Aber es war wenig echter Müll, der dort lag, hauptsächlich Algen und Treibholz.

»Bitte«, sagte Uli zu Rebecca, »du darfst Feuer machen.«

Er setzte sich in den Sand und rauchte, der Sadhu neben ihm, während Rebecca Holz sammelte.

Judith saß ein wenig abseits auf einem Stück Fels und sah nicht aufs Meer, auch nicht auf die anderen, sie sah ins Leere.

Als Rebecca Uli nach Papier zum Anzünden fragte, wies der mit der Hand auf ihr Zeichenbuch und redete gleichzeitig weiter mit dem Sadhu.

»*Eiectamentum*«, verwünschte ihn Rebecca und zerrieb winzige Stöckchen, um Zunder zu machen.

Sobald das Feuer brannte, holte Uli die Sardinen aus dem Auto, Brot und ein Grillrost. Er reichte die knisternd braun gerösteten Fische herum, ein Stück Brot als Teller. Rebecca sah zu, wie Uli und Sergio es machten: den halben Fisch von der Mittelgräte lösen, ein Bissen, umdrehen. Die Köpfe warfen sie in den Sand.

Judith pflückte kleine Stücke von ihrer Sardine und aß die Haut nicht mit. Seit den pisces, die sie dem Zyklopen vor die Füße gespuckt hatte, war das Fischessen ihr nicht geheuer. Möwen versammelten sich um ihren Platz, schnappten nach den Fischköpfen, riefen mit lautem *aua* mehr Möwen herbei. Uli hatte sein Hemd ausgezogen, der Schweiß lief ihm über den nackten Rücken. Rebecca konnte den Blick nicht davon wenden, konnte nicht anders als sich vorzustellen, wie es wäre, diesen Rücken zu berühren.

»Nur wegen Anoa denke ich das.«

»Was?«, fragte Judith, wie aus dem Schlaf gerissen.

»Nichts.«

»Ich glaube es auch.«

»Was?«, fragte jetzt Rebecca.

»Dass er uns loswerden will, wegen Anoa.«

Das war zwar nicht Rebeccas Gedanke gewesen, erschien ihr aber einleuchtend.

»Redet er deshalb die ganze Zeit Italienisch?«

Uli stand auf, ging zu ihnen herüber, das Rost mit Sardinen in der Hand.

Rebecca streckte ihm ihr Weißbrot entgegen: »Gib mir noch eine. Oder zwei sind auch gut.«

»Für mich nicht«, sagte Judith.

»Verwöhnte kleine Mädchen seid ihr.«

Uli wirkte schlecht gelaunt für jemanden, der eine romantische Nacht hinter sich hatte, fand Rebecca.

»Wir sind nicht verwöhnt. Außerdem gehöre ich zur Mondscheinfront.«

Romantische Nacht – etwas, das mit Küssen und Mondschein zu tun hatte, und Musik, von diesem Debussy zum Beispiel.

Uli drehte ihnen den Rücken zu und bot die restlichen Fische dem Sadhu an.

Etwas aus Büchern und Heften mit vergilbtem Papier, wo an den Seiten die Ecken abbrechen.

»Darf ein Heiliger Tiere essen?«, fragte Judith.

»Natürlich. Jesus isst eine Menge Tiere.«

»Mir kommt es komisch vor.«

»Und denk bloß mal an Martin-Sie.«

»Martin-Sie und ein Heiliger, das sind zwei verschiedene Sachen.«

Das Meer spuckte ein paar trübe Wellen an den Strand, Rebecca warf ihre Fischköpfe hinein, die Möwen schnappten zu, der Sadhu mahnte zum Aufbruch.

Sie erreichten das Kap, als die Helligkeit des Tages schon abnahm. Die beiden Häuserriegel, die Kirche mit ihrer verschlossenen Tür kamen Rebecca diesmal vertraut vor, wie ein Zuhause. Ein Ort, an dem man nur von Seewind leben konnte, transparent werden wie Perlmutt, schwerelos.

»Wie lange bleiben wir?«, fragte Judith.

»Wieso bleiben«, sagte Uli, »wir bringen Sergio nach Hause, das ist alles.«

Der ging auf die im Nebel schimmernden Felsen zu, als wäre er schon allein. Löste sich auf im Rauch, der über die Erde strich.

Es folgten zähe Tage, an denen sie nicht viel sprachen, sich um Ulis Pflanzen kümmerten, einmal zum Baden an den Fluss fuhren. Tage, an denen Uli gelegentlich verschwand und Anoa sich nie bei ihnen zeigte. Sie mieden Aldinas und Lunas Café, die Schwestern hatten kein Geld, Uli wollte keine Menschen sehen. Eines Morgens trat Ytterblom ihnen auf der Landstraße in den Weg, direkt vor dem Objekt.

»Ich habe lange keine Zeichnungen mehr bekommen«, sagte er zu Rebecca.

»Und?«

»Eine Packung Tarotkarten für deine Schwester, wenn du mir wieder etwas entwirfst.«

»Keine Hakenkreuze«, murmelte Rebecca und spürte Judiths sehnsüchtigen Blick.

»In Ordnung, keine Hakenkreuze«, sagte Ytterblom, »Etwas mit Wasser. Schiffe oder Drachen.«

Sie verabredeten sich für den Abend. Uli schwieg.

Rebeccas Skizzenbuch fühlte sich fremd an, als sie es an diesem Nachmittag in die Hand nahm. Seit ihrem Streit mit Ytterblom über die Befreiung der Symbole hatte sie nicht mehr darin gezeichnet. Sie begann mit dem Meer, mit Wellen, mit Nebel wie dem, der über das Kap des Sadhu schwebte, und versuchte dann, Drachen in den Himmel zu setzen und Schiffe auf die Wellen. Mit dem, was herauskam, war sie wenig zufrieden. Die Drachen drohten abzustürzen, die Schiffe zu versinken. Dafür würde Judith keine Karten bekommen. Sie ärgerte sich über den Bleistift, der ihrer Hand nicht gehorchte und aus dem Bild, das vor ihrem inneren Auge stand, eigenmächtig ein anderes machte.

Ytterblom und Gypsy warteten schon, als sie im Abendlicht den Platz vor dem Café betraten. Auf ihrem Tisch standen Wein, Brot, Käse und Oliven.

»Ich zahle nicht für die Mädchen«, sagte Uli, ehe er sich setzte.

Ytterblom griff nach Judiths Hand und zog sie auf den freien Platz neben sich: »No problem.«

Rebecca wäre am liebsten wieder gegangen. Vor dem Kolonialdenkmal sah sie Arthur sitzen, neben ihm das Holzschnitzerpaar, sie rauchten und reichten eine Flasche herum. Aber Ytterblom hielt auch ihre Hand fest.

»Wir haben eine Verabredung. Zeig mir deine Bilder.«

»Sie taugen nichts«, sagte Rebecca.

»Setz dich«, befahl Ytterblom, schlug das Buch auf und begann, ihre missratenen Zeichnungen überschwänglich zu loben, wies Gypsy auf Details hin, auf einzelne Linien, und Rebecca war wie gelähmt. Sie schaffte es nicht einmal, Arthur zuzuwinken.

Luna, die immer fröhliche Luna, stellte einen dampfenden Topf auf den Tisch und küsste die Mädchen auf beide Wangen. Sie tätschelte Rebecca den Rücken und tippte mit einem Finger auf ihr Zeichenbuch, ehe sie wieder ging.

»Sie meint, du kannst mit einer Zeichnung bezahlen«, deutete Judith die Geste.

»Ich zahle«, sagte Ytterblom, hob sein Glas und fügte in feierlichem Ton hinzu: »Auf unsere gemeinsame Arbeit.«

Uli trank nicht, Uli sagte: »Wir sollten die beiden nach Hause schicken.«

Er sagte es auf Englisch, glaubte er etwa, sie würden ihn nicht verstehen?

Rebecca sprang auf.

Ytterblom sagte: »Halt.«

Und, zu Uli gewandt: »Was soll das? Hier ist ihr Zuhause.«

Judith war rot im Gesicht.

»Das sind doch Kinder«, sagte Uli, »14 oder 15 Jahre, älter sind sie niemals.«

»Kannst du gar nicht wissen«, protestierte Rebecca.

»Sie werden Gründe haben«, sagte Gypsy, »wie alt warst du denn, als du abgehauen bist?«

»Neunzehn.«

Gypsy zog wütend an ihrer Zigarette. »Klar, du hast bis neunzehn gewartet, weil du Angst hattest. Also, ich war zwölf. Und ich glaube, den Scheiß hat dir La Noia eingeflüstert.«

Ytterblom schlug mit der Gabel an sein Glas, stand auf, zog die Blicke auch von den umliegenden Tischen an sich. Er hielt eine Rede, wie bei einer Taufe oder einer Hochzeit: »Das Leben des Menschen vollzieht sich in Siebenerschritten. Im Alter von sieben Jahren erwacht das Bewusstsein. Der Mensch, das Kind, nimmt sich zum ersten Mal getrennt von seinen Mitmenschen wahr, ein Individuum mit eigener Bestimmung. Mit vierzehn Jahren ist der Mensch eigentlich erwachsen, fertig, die Kindheit ist vorbei. Er schaut in den Spiegel und erkennt sich nicht. Ein Vierzehnjähriger, und besonders eine Vierzehnjährige kann alles, darf aber nichts. Reine Unterdrückung dieser wunderbaren Energien, die mit 21 Jahren auf ihrem höchsten Punkt stehen. Danach geht es bergab.«

Uli unterbrach ihn mit einem angewiderten Gesichtsausdruck: »Gut, Ytterblom. Die Mädchen können ab jetzt bei dir wohnen.«

Als wären wir nicht da, dachte Rebecca, und spürte kaltes Unglück in ihrem Körper aufsteigen.

»Du hast mir das Schwimmen beigebracht«, sagte sie zu Uli, »du bist mit mir zum Sadhu gefahren, damit meine Träume aufhören.«

Uli tat so, als hörte er sie nicht.

»Natürlich sind es Kinder«, sprach er zur Tischdecke, »ich habe selbst eine Tochter, ich würde wissen wollen, wo sie ist.«

»Als ob«, sagte Gypsy.

Ytterblom ließ sich nicht aus der Ruhe bringen: »Ich werde mehr tun als das. Ich gebe ihnen ein eigenes Haus. Sie werden bleiben, so lange sie wollen.«

Er setzte sich, trank sein Glas mit einem Zug aus und streichelte Judith den Rücken: »Alles wird gut, beloved.«

Aber Uli war anderer Meinung: »Du gibst ihnen ein eigenes Haus? Wie denkst du dir das? Gehört diese Stadt dir?«

»Zwei Drittel der Häuser hier stehen leer, und zu einem von ihnen habe ich den Schlüssel.«

»Hast du?«

»Habe ich.« Ytterblom lächelte sanft und zufrieden.

»Und wenn ich die beiden holen lasse? Von der Polizei?«

»Dann bringe ich dich um«, sagte Judith in einem Ton, der alle zum Schweigen brachte.

Trotzdem gingen die Schwestern mit Uli nach Hause, der milchblasse abnehmende Mond schien noch um Mitternacht, und Rebecca flüsterte Judith ins Ohr: »Ich dachte, du hast Heimweh.«

»Deswegen will ich noch lange nicht zurück.«

Tausend Tode, sieben Leben

Rebecca konnte weder einschlafen noch sich bewegen. Sie hatte Kummer wegen Uli, war wütend auf Anoa, freute sich auf das eigene Haus und fühlte sich bei alldem zugleich, als ginge es sie nicht wirklich etwas an, als sei sie am falschen Platz, wo immer sie sich befand und egal, wohin sie reiste. Sie vermisste ihren Dybbuk. Sollte sie ihn vom Sadhu zurückfordern? War er in irgendeinen der vermauerten Räume am Kap gesperrt wie der Flaschengeist im Märchen?

Die ganze Nacht lag sie so; erst, als sie hörte, wie Uli aufstand, löste sich der Bann. Sie bewegte vorsichtig Arme und Beine, stand ihrerseits auf und begegnete Uli im Garten. Konnte sie noch mit ihm sprechen? Unmöglich.

Aber er sagte: »Kommst du mit zu den Pflanzen?«

Wie an einem gewöhnlichen Morgen.

Es war kühl, auf den Bäumen und Büschen am Straßenrand lag leuchtend der Tau, und Rebecca wünschte sich, alle Worte, die gestern gefallen waren, seien vergessen, nur ein Alptraum gewesen. Still gingen sie nebeneinander her bis zum Schwimmbad, Uli öffnete das Schloss und zog die Tür mit dem Verbotsschild sorgfältig hinter ihnen zu. Sie begannen gelbe Blätter zu zupfen und Seitentriebe abzuknipsen, sie gossen einträchtig die überlebenden Pflanzen. Rebecca fragte sich, wie lange es wohl her sein mochte, dass Wasser in den Becken gewesen war und Rasen drumherum, und es Jungen und Mädchen aus Vila Luminosa gegeben hatte, die im Wasser plantschten, um lange Sommernachmittage herumzubringen, wie sie es nur aus Büchern kannte. Waren die letzten Kinder, die hier gebadet hatten, inzwischen alt, wie Ytterblom oder Uli?

Sie war so vertieft darin, sich die Badenden auszumalen, ihre Decken und Handtücher mit Picknick und Eis, Melonenstücken, Kühltaschen, dass sie nicht hörte, wie Uli sie ansprach. Er stieß sie mit dem Ellenbogen in die Seite: »Ich habe dich was gefragt.«

Rebecca hörte auf, Blätter auszureißen und sah ihn an.

»Weißt du, was Ytterblom mit deiner Schwester macht?«

»Ich kann es mir vorstellen«, sagte sie und konnte ihm dabei unmöglich ins Gesicht sehen, schaute seitlich an ihm vorbei, dahin, wo die Umkleiden gewesen waren.

In Wahrheit konnte sie es sich nicht genau vorstellen, obwohl sie gesehen hatte, wie Martin-Sie mit Judith das unternahm, was er die *fornicatio* nannte.

»Möchtest du, dass Ytterblom das Gleiche mit dir tut?«, fragte Uli weiter.

»Du spinnst«, sagte Rebecca.

»Er wird es versuchen, wenn ihr bei ihm wohnt.«

»Wir wohnen nicht bei ihm, wir bekommen ein eigenes Haus. Mit einem Schlüssel.«

Sie bearbeiteten schweigend die übrigen Pflanzen, und Rebecca dachte, jetzt wird Anoa bei Uli einziehen, mit ihm Kaffee auf der karierten Decke trinken und zum Schwimmen an den Fluss fahren.

»Außerdem mag Ytterblom mich nicht besonders«, sagte sie später, auf dem Rückweg in die Stadt.

An der bunt bemalten Mauer lehnte Judith und wartete auf sie.

»Was ist?«, fragte Rebecca.

»Ich habe Angst, allein in den Ort zu gehen.«

Hinter der Mauer war alles wie sonst, die Straßen fast leer, die meisten Häuser verschlossen, ein paar Alterchen, die Gemüse verkauften, im Café die üblichen Besucher, und Arthur am gleichen Platz wie gestern, als hätte er dort vor dem Denkmal auf sie gewartet mit seiner Weinflasche und seiner Pfeife, die mit ihrem dünnen Stiel aussah wie Spielzeug, aus der aber echter Rauch kam.

Rebecca, durch Judiths Angst mutig geworden, ging auf ihn zu, setzte sich neben ihn, streckte die Hand aus und bekam die Flasche gereicht. Den Geschmack erkannte sie.

»Anarkos-Wein?«

Arthur bejahte.

»Wir ziehen in die Stadt«, erzählte sie, »vielleicht werden wir Nachbarn.«

»Vielleicht gehe ich bald«, antwortete der Schwarzweiße.

»Wohin?«

»Sehr weit weg.«

Rebecca gab ihm die Flasche zurück, die Berührung seiner Hand war wie Stein.

»Ich wünschte, du würdest bleiben«, sagte sie in angetrunkener Vertrauensseligkeit, »ich habe keine Freunde. Es gab mal einen Jungen namens Flieder, aber den haben sie weggebracht.«

»Ich bin immer da«, antwortete Arthur und schluckte den Anarkos-Wein.

War das eine Freundschaftserklärung?

Rebecca schüttelte den Kopf, dass die Wirbel knacksten, etwas in ihrem Hals klemmte schmerzhaft ein, und als der Schmerz vorüberging, war Arthur aufgestanden. Die leere Flasche ließ er dort und verschwand selbst vom Platz, als wäre er, entgegen seinem Versprechen, nie da gewesen.

Rebecca nahm die Flasche mit an den Tisch, wo Judith und Uli saßen. Ihr war schwindelig, der Wein fühlte sich heiß an in ihrem leeren Magen: Sie schaffte es nicht, das Glas mit dem Milchkaffee, das dort auf sie wartete, sicher an den Mund zu führen. Der Kaffee schwappte über, sie bekleckerte sich, und Uli sah sie an wie etwas Garstiges, das man auf der Straße gefunden hat. Stimmt ja auch, dachte sie.

Ulis Blick ließ nicht von ihr ab, bis Ytterblom erschien, als guter Geist mit einem strahlenden Lächeln im Gesicht, ein Lächeln, das andeutete, es gebe keine Probleme in der Welt, und falls doch, könne er sie lösen.

Er kam allein.

»Wo ist Gypsy?«, fragte Judith.

»Wartet zu Hause auf euch«, sagte Ytterblom und sein Lächeln explodierte geradezu.

»Der Weihnachtsmann ist da, wie schön. Ich kann gehen«, sagte Uli.

»Du wolltest die Mädchen doch loswerden.«

»Ich wollte sie zurück zu ihren Eltern bringen.«

»Lieber tot sein«, sagte Rebecca. Sie spürte, wie ihr Gesicht heiß und rot wurde und schämte sich dafür.

Judith spielte mit ihrem sechsten Finger und lächelte vor sich hin. Ihr Lächeln war klein und schmal in ihrem runden Gesicht.

Jetzt habe ich nur noch sie, dachte Rebecca, warum bloß habe ich meinen Dybbuk weggegeben.

Ytterblom trank einen sehr kleinen, sehr schwarzen Kaffee mit viel Zucker. Aldina brachte ihn an den Tisch und blieb dort stehen, drehte ein Stück Papier zwischen den Fingern, sagte etwas, das Rebecca nicht verstand.

»Sie möchte, dass du ihr die Speisekarte fürs Wochenende malst«, sagte Uli mit offensichtlichem Widerwillen, auch sein Übersetzeramt schien er nicht mehr zu wollen.

Rebecca nickte, nahm das Papier entgegen, bedankte sich. Aldina gab ihr drei Küsschen.

»Gehen wir«, sagte Uli.

Ytterblom malte mit dem Zeigefinger Spiralen in die Milchkaffeepfütze auf dem Tisch. Seine Tasse hatte er mit einem Schluck geleert, nur in Rebeccas Glas war noch etwas. Sie fürchtete, wieder zu kleckern. Sich lächerlich zu machen. Überhaupt war ihr der Mut, den sie gehabt hatte, als sie den Schwarzweißen ansprach, abhandengekommen. Selbst auf das neue Haus freute sie sich nicht mehr. Als sie schließlich gingen, war sie die letzte in der Reihe hinter Ytterblom, hinter Uli, hinter Judith.

Das Haus war winzig, eine Tür, zwei Fenster mit verschlossenen Läden, mehr nicht, sie waren schon oft daran vorbeigekommen, ohne es zu bemerken. Als Ytterblom mit einem großen eisernen Schlüssel die Tür öffnete, begrüßte sie ein Geruch nach alten Steinen, Staub und Feuchtigkeit. Es roch wie ihr geheimer Keller, in dem sie Yvonnes Getränke gemischt hatten, nur besser. Dann machte Ytterblom sich an die Fensterläden. Im Licht war der Raum weniger anheimelnd. Viel Staub, alte Zeitungen, Bretter, übereinandergeworfen wie Mikadostäbe. Ein Bett ohne Matratze, zwei Plastikstühle, ein Tisch mit einer gemusterten, vom vielen Abwischen erbleichten Plastiktischdecke.

»Gibt es Küche und Bad?«, fragte Judith.

»Im Hof«, sagte Ytterblom und öffnete eine Tür am anderen Ende des Zimmers. Sie fanden ein Wasserbecken, zwei Bretterhäuschen, einmal Klo, einmal Küche, und ein Stück Erde mit verwelkten Pflanzen.

»Ein Garten«, rief Rebecca, und aller Kummer des Tages war vergessen, »wir werden unser eigenes Gemüse pflanzen!«

»Wie sollen die beiden da wohnen«, sagte Uli zu Ytterblom, auf Deutsch, damit die Schwestern es ja verstanden, »es ist dreckig und verwahrlost.«

»Das Dach ist noch richtig gut, drinnen ist alles trocken.«

»Mir gefällt das nicht«, beharrte Uli.

»Dann behalt die beiden bei dir. Gypsy bringt Putzzeug mit, sie sollte eigentlich schon da sein, wir machen das hier wie neu.«

Hoffentlich geht der Geruch vom Putzen nicht weg, dachte Rebecca.

Aber als Gypsy kam, hatte sie ohnehin nur eine Flasche Wein dabei und eine dicke, gewebte Decke, die sie statt einer Matratze über das Bettgestell legte, ohne sich um die dicke Schicht Staub auf dem Holz zu kümmern.

»Und? Gefällt es euch?«, fragte Ytterblom.

Judith und Rebecca schwiegen.

»Das ist die Hauptsache.«

Sie setzten sich auf das Bett, zu viert, und reichten Gypsys Wein hin und her. Nur Uli blieb stehen.

»Ganz dicht kann das Dach nicht sein. Man riecht die Feuchtigkeit.«

Keiner antwortete.

»Modrig riecht das hier.«

Sie hörten die Schwalben vor den Fenstern, die Flasche war bald leer, Ytterblom und Gypsy gingen. Rebecca, Judith und Uli schwiegen sich an.

»Ich stehe hier schon ein bisschen lange rum«, sagte Uli schließlich, »wenn ihr wollt, könnt ihr noch eine Nacht bei mir schlafen. Ihr habt keine Decken und nichts, ihr friert euch ja tot.«

»Geht schon«, sagte Judith.

»Und keine Kerzen.«

»Doch«, sagte Rebecca, »ich habe zwei von dir mitgenommen.«

Als Uli gegangen war, machten sich Rebecca und Judith an die Erkundung des Hofes. Sie ließen Wasser aus dem Hahn am gemauerten Becken laufen und jagten drei Spinnen und eine Fangheuschrecke in die Flucht. Das Wasser war braun und roch nach Eisen, wurde mit der Zeit aber klarer. Im Küchenhäuschen fanden sie einen alten Herd ohne Gasflasche und ein Spülbecken, in dem eine dreckige Tasse stand, ein dreckiger Teller, daneben ein Messer, eine Gabel.

»Ich würde abwaschen, ehe ich ausziehe«, sagte Judith.

Rebecca schloss die Augen, hörte draußen im Hof das Wasser laufen, atmete die Einsamkeit der unbrauchbaren Küche, strich mit der Hand über den warmen Türrahmen.

»Wofür?«

Judith hob einen Eimer vom Boden auf, holte Wasser, goss es in den dunkelgrau schmutzigen Spülstein. Unter dem Abfluss war kein Rohr, nur ein Stück Schlauch, durch das es direkt auf den Boden lief und weitere Spinnen aufscheuchte.

Auch die Toilette ließ sich mit einem Eimer spülen, ein nacktes, ebenfalls grau verfärbtes Becken.

»Unser erstes Zuhause.«

Die Schwestern sahen sich an und lachten. Sie tranken das Wasser aus dem Rohr im Hof. Schliefen im ungeputzten Zimmer hungrig ein.

Rebecca wachte davon auf, dass die Tür ging, ganz leise. Judith lag neben ihr und regte sich nicht. Sie setzte sich im Bett auf. Warum haben wir nicht abgeschlossen? Das Mondlicht zeichnete einen Schatten. Drei Schritte bis zu ihrem Bett. Rebecca zählte mit.

»Keine Angst«, flüsterte der Schatten.

Seine Stimme kam ihr bekannt vor, und auch wieder nicht, wie der Wolf, der im Märchen Kreide frisst.

Judith bewegte sich: »Was ist?«

Ein Streichholz flammte auf, die Kerze in der leeren Weinflasche vom Nachmittag.

Vor ihrem Bett stand Ytterblom, in kurzen Hosen, eine Wolldecke um die Schultern, der magere Oberkörper darunter nackt.

Fast hätte Rebecca gelacht.

»Was willst du hier?«, fragte sie.

Ytterblom antwortete nicht, sein Gesicht im Kerzenlicht verzerrt von einer Grimasse der Freude, nahm er die Decke von den Schultern und legte sie zwischen Judith und Rebecca.

Judith griff mit beiden Armen nach Ytterbloms Körper, ein lieber Gegenstand, etwas, auf das sie ein Anrecht geltend machen wollte.

Du Verräterin, dachte Rebecca, so laut sie konnte.

Sie stand auf.

Ytterblom griff von unten nach ihrem Bein.

»Bleib«, sagte seine Kreidestimme.

Rebecca machte drei Schritte zur Tür. Die Straße draußen war grau und kalt, die nächste Straße genauso. Was nun? Sie dachte zuerst an Uli, der einsame Weg dorthin aber schreckte sie ab, und mehr noch die Angst, Uli könne sie wegschicken. Mit klappernden Zähnen, Mangel an Wärme und Mangel an Mut, ging sie stattdessen zum Dorfplatz. Hoffte, dass Aldinas Café noch geöffnet wäre, obwohl die feuchte Kälte in der Luft dagegen sprach, auf eine Stunde hindeutete, zu der niemand mehr wach sein sollte.

Niemand von den Lebendigen. Grau und farblos wie die Nachtluft saß Lazaro an einem Tisch vor dem dunklen Gebäude, alle Stühle waren hochgeräumt, nur seiner nicht. Er trank nicht, aß nicht, saß einfach nur da. Rebecca setzte sich wortlos dazu.

»Was hat dich aus dem Haus getrieben?«, fragte der Schwarzweiße.

»Ytterblom. Und dich?«

»Ein paar Tode zu viel, und man tut sich schwer mit dem nächtlichen Schlaf.«

Mein Dybbuk hat mich auch immer nachts geweckt, dachte Rebecca.

»Frierst du nicht?«, fragte sie.

»Nein.«

»Die Luft ist so nass.«

Arthur sagte nichts dazu.

»Ich weiß nicht, wohin ich gehen soll.«

Arthur nickte. »Der Süden ist trostlos, der Norden ist trostlos. Du kannst gehen, wohin du willst; es macht keinen Unterschied.«

Ihr Atem bildete kleine Wolken wie im Winter, und der Tau lag in dicken, platten Tropfen vor ihnen auf der Tischplatte.

»Warum haben alle Männer in diesem Dorf graue Haare?«, fragte Rebecca.

»So ist es mit Haaren. Sie werden nie grün oder rot.«

Rebecca merkte nicht, wie sie einschlief, auch die Kälte merkte sie nicht mehr. Sie erwachte von einer Hand auf ihrer Schulter. Lunas Hand. Luna sagte nichts, zog sie ins Innere des Cafés.

Da begann es schon hell zu werden, aber das Licht war blass, die Farben noch nicht in die Straßen des Ortes zurückgekehrt, kein Vogelzwitschern, nur Lunas Schritte in der Küche, Wasser, das lief, Porzellan, Glas, Metall, die gegeneinander stießen, leise und vorsichtig, wie um die Gegenstände selbst nicht zu wecken. Luna brachte ihr eine Schale mit heißem Milchkaffee, eine französische Schale, und Rebecca in ihrem halbschläfrigen Niemandsland hielt das Gesicht in den Dampf, trank besonders langsam und wünschte, dieser friedliche Zustand möge nicht vorbeigehen.

Er endete, als Aldina erschien, müde und gereizt sah sie aus und stellte Rebecca Fragen, von denen sie nichts verstand.

»Soll ich aufstehen?«, fragte Rebecca zurück, auf Deutsch. Englisch und Latein waren ihr abhandengekommen.

Aldina hob die Augenbrauen. Rebecca fühlte sich kalt und fremd, und sie stieß laut gegen die Tischplatte, als sie ihren Stuhl zurückschob, um zu gehen.

In ihrem Rücken hörte sie Aldinas Stimme, aber sie drehte sich nicht um. Vor ihrer Haustür zögerte sie.

Dann schlug sie mit der Faust gegen das Holz. Drinnen antwortete keiner. Die Tür war nicht abgeschlossen, sie gab nach, schleifte über den Boden, quietschte in den Angeln, ließ Rebecca ein.

Judith lag allein im Bett, sicher tat sie nur, als ob sie schlief. Wusste sie, wer da kam? Dachte sie an einen Geist, einen Einbrecher? Einen zweiten Besuch von Ytterblom?

»Steh auf«, sagte Rebecca, »wir gehen.«

Judith stand nicht auf, sie setzte sich nicht einmal, hielt sich an ihrer Bettdecke fest wie an einem rettenden Geländer.

»Ich will nicht gehen.«

Ihr Ton verriet Rebecca, dass sie Judith ebenso wenig zum Gehen bewegen konnte wie zuletzt zum Schwimmen im Meer, aber sie versuchte es trotzdem weiter. »Wir wollten nach Rom reisen, oder nicht?«

»Mir gefällt es hier.«

»Ich kann allein gehen, dann sehen wir uns nie wieder.«

Judith überhörte das. Rebecca stand vor ihr, zornig und unschlüssig zugleich.

»Ich will mein Bett nicht mit Ytterblom teilen.«

Judith lächelte, entschuldigend und doch zufrieden – hatte sie diese Nacht genossen, genoss sie ihre Überlegenheit?

»Suchen wir uns wenigstens ein anderes Haus.«

»Wie soll das gehen?«

»Die halbe Stadt ist unbewohnt. Wir nehmen irgendeins.«

»Sehr komisch«, sagte Judith.

Das Bett roch unvertraut. Aber das hatte es auch getan, ehe Ytterblom darin gelegen hatte. Besser, dachte Rebecca, als zwischen Flaschenhälsen und Zigarettenkippen am Straßenrand, schlechter als bei Uli, besser als zu Hause, und sie schlief ein.

Judith war nicht da, als sie aufwachte, war weder im Zimmer noch im Hof, und keine Nachricht von ihr. Für einen Augenblick packte Rebecca die absurde Angst, die Schwester sei jetzt an ihrer Stelle verschwunden, ihr im Ausreißen zuvorgekommen und habe sie zurückgelassen. Gleich danach fiel ihr ein, dass ihr Zeichenbuch noch bei Uli lag. Sie beschloss, erst das Buch zu suchen und dann Judith, die Hexe. Auf der Landstraße huschte eine gelbe Schlange vor ihr über den Asphalt und verschwand im Gestrüpp. Der Himmel war milchweiß bewölkt, die Vögel schwiegen.

Bei Uli war niemand zu Hause. Rebeccas Zeichenbuch lag auf dem Küchentisch, daneben die Stifte, die sie von Ytterblom bekommen hatte. Rebecca setzte sich an den Tisch und zeichnete den großen Topf auf dem Herd, die Gasflasche darunter, die Regalborde mit den Bechern darauf, den Kaffeekocher, den Spülstein. An der Wand hingen Kräuter, die vorher nicht da gewesen waren, und ein Büschel Zwiebeln. Die zeichnete sie nicht.

Dann ging sie nach draußen und versuchte, den Garten auf das nächste Blatt zu bringen. Der aber kam ihr so groß und weit vor, dass sie nur das Wasserbecken zeichnete und den Baum daneben. Sie fühlte sich als Eindringling und machte sich eilig auf den Weg zurück, sobald sie mit ihrer Zeichnung fertig war. Weißer als das Weiß des Himmels leuchtete Ytterbloms Objekt ihr entgegen, wie eine Lichtspiegelung, etwas Unwirkliches. Etwas, das Ytterblom verschlingen und ihn in der Anderswelt verschwinden lassen könnte, über ein Loch im Zentrum der Spirale.

Rebecca ging hinein und ertastete mit ihren Fingern das Gedicht, das Arthur in den Putz geritzt hatte. Sie lehnte sich an die Wand, sah nach oben. Der Himmel war mit einem Mal grau und die Luft schwerer als sonst. Sie drückte von allen Seiten auf Rebeccas Körper, wie ein zu enges Kleidungsstück.

Zurück im Ort trank sie lange aus dem Brunnen, machte Gesicht und Haare nass, roch den kühlen Stein der vom Wasser ungleich tief ausgehöhlten Becken. Aber wieviel sie auch trank, gleich fühlte ihr Mund sich wieder trocken an. Sie tat ein paar Schritte über den Platz, mit gesenktem Blick, ließ sich auf die Stufen vor dem bunt bemalten Denkmal fallen. Niemand wartete dort auf sie, weder Menschen noch Geister. Sie schloss die Augen. Würde sie es jetzt immer so machen? Die Nächte wachen, in der Sonne schlafen?

Aber die Sonne schien nicht, und mit einem Mal stand Judith vor ihr: »Komm mit.«

Judith nahm Rebecca an der Hand, wie damals, als sie das erste Mal den Flieder besucht hatten. Sie führte sie die Straße hinauf zum Laden mit den Engelstrachten. Jonas öffnete schweigend die Tür. Im Hinterzimmer wartete Uli.

»Danke, dass ihr gekommen seid«, sagte Uli.

Er hatte Schatten unter den Augen, die vorher nicht dagewesen waren.

»Was willst du?« fragte Rebecca.

»Es brennt, die ganze Gegend brennt. Riecht ihr nicht den Rauch?«

»Und?« Judith sah Uli böse an.

Jonas war in der Tür stehen geblieben, so weiß wie einer von den Engeln, deren Trachten er verkaufte.

»Wenn das Feuer hier ist, müssen wir alle die Stadt verlassen.«, sagte Uli. »Ich könnte euch jetzt schon wegbringen.«

Er bekam nur Schweigen zur Antwort – kein freundliches Schweigen.

»Was, wenn die Feuerwehr kommt und die Polizei?«

Rebecca fragte sich kurz, ob Uli das Feuer nicht erfunden hatte.

»Du willst uns nicht haben», sagte sie.

»Sie werden eure Ausweise sehen wollen.«

»Sie werden uns gar nicht ansprechen. Wir haben jetzt unser eigenes Haus«, sagte Judith.

Uli lachte, ein künstliches Lachen: »Euer Haus, na klar.«

Rebecca spürte die Wut, die sich in ihrem Inneren ausbreitete, wie ein zu heißes Getränk.

»Du wolltest uns immer loswerden», schrie sie Uli an, »jetzt hast du es geschafft, also lass uns in Ruhe!«

Uli redete leise und langsam weiter.

»Ihr solltet an einem Ort leben, wo Kinder in eurem Alter sind. Ihr solltet unter Menschen sein und zur Schule gehen.«

Rebecca drehte ihre Mondscheinmedaille zwischen den Fingern. Ihre Wut war flüchtig gewesen und vorbei. Sie wünschte sich, weit weg zu sein, aber nicht von irgendjemandem dorthin gebracht zu werden. Am allerwenigsten von Uli.

»Ich gehe ins Café«, sagte Judith, »ich sehe mir die Brände im Fernsehen an.«

Sie sagte *ich*, nicht *wir*, und sie fragte Rebecca nicht, ob sie mitkommen wollte.

Jonas begleitete Judith nach draußen. Rebecca blieb, Uli auch. Er streckte eine Hand nach ihrem Arm aus, die Rebecca mit dem Skizzenbuch verjagte.

»Ich weiß, wie Ytterblom ist. Ich kenne ihn seit Jahren.«

»Du wohnst seit Jahren in seiner Stadt.«

»Es ist unsere Stadt.«

»Was ist mit deinen Pflanzen? Brauchst du unsere Hilfe nicht mehr?«

Die Engelsflügel rauschten, als Jonas in den Laden zurückkam. Rebecca musste an das Gutenachtlied denken: von Englein bewacht, und sie fragte ihn: »Schläft man gut in diesem Laden?«

Jonas schüttelte den Kopf.

»Wenn du eine neue Bleibe suchst«, sagte Uli, »keiner wird dir eine geben.«

»Was ist mit den Pflanzen?«, beharrte Rebecca.

»Wahrscheinlich verbrennen sie auch.«

Es war ein erstickendes Gefühl, durch die rauchverhangenen Straßen zu gehen, der Himmel dämmerig wie im Winter. Uli folgte ihr wortlos, während sie den einzigen Weg nahm, der ihr einfiel, den Weg zum Café.

Im Fernsehen brannten Wälder, flogen Löschhubschrauber und Flugzeuge, sah man Feuerwehrleute und Anwohner reden. Der Ton war abgestellt. Gypsy stand von ihrem Tisch auf, als sie sie kommen sah, und rief: »Hier wird es nicht brennen.«

»Das kannst du nicht wissen«, sagte Uli.

»Die Karten wissen es. Heute Nacht gibt es Regen. Das Feuer bleibt da, wo es ist.«

Eine Menge Leute hatten sich versammelt, um die Bilder zu sehen. Vor allen außer Gypsy standen Teller mit Fleisch und Bohnen.

»Den Wein hat Argentino mitgebracht«, sagte Gypsy.

»Argentinien?«, fragte Rebecca.

Uli zeigte auf den Schöpfer des Anarkos-Weins. Der wies auf einen freien Platz neben sich und stellte ein Glas Rotwein vor sie hin.

Rebecca fühlte sich als Teil einer festlichen Versammlung – ein Fest aus einem dunklen Anlass. Und Hunger fühlte sie auch. Wann hatte sie zuletzt etwas gegessen? An ihrer anderen Seite saß die Holzschnitzerin. Uli schob seinen Stuhl zwischen sie beide. Rebecca bemerkte Anoa in der Runde. Aber Uli und sie beachteten einander nicht. So wenig wie Judith, die zwischen Ytterblom und Gypsy hockte wie ein Tierbaby in seinem Nest, Rebecca beachtete.

Rebecca war froh, dass niemand mit ihr reden wollte. Sie vermied es, irgendjemanden am Tisch direkt anzusehen. Der Fernseher zeigte nicht mehr das Feuer, sondern stumpfsinnige Volkstänze. Rebecca war satt. Sie fragte sich, wo sie heute Nacht schlafen und ob jemand das Essen für sie bezahlen würde. Mit Ytterblom unter einem Dach würde sie es auf keinen Fall aushalten.

Ausgerechnet er stellte sich hinter ihren Stuhl und legte ihr von oben die Hand auf die Schulter.

»Du bist zu dünn«, sagte er, »du musst ordentlich essen.«

»Ich habe kein Geld.«

»Ich hole dir noch einen Teller«, sagte Ytterblom, ging aber nicht und nahm auch nicht die Hand weg.

Rebecca konzentrierte sich auf die Tänzer, auf die Nachrichtensprecherin, die die Tänzer ablöste, auf den Fußballschal an der Wand.

»Du hast dein Zeichenbuch dabei?«

»Ja.«

»Sieh dir das Feuer gut an. Ich möchte, dass du mir etwas dazu malst. Etwas wie den Magier aus dem Tarot.«

»Was, wenn es hier in die Stadt kommt?«

»Hörst du den Wind nicht? Es zieht vorbei.«

Von draußen war ein geisterhaftes Geräusch zu hören, wie schleppende Schritte, Gewänder, die über den Boden schleiften.

»Heute Nacht gibt es Regen«, sagte Ytterblom.

Er beugte sich zu ihr hinunter und flüsterte: »Macht. Reinigung. Transformation. Die Qualitäten des Feuers. Daran musst du denken.«

Kurz darauf wanderte die Karte mit dem Magier darauf von Hand zu Hand um den Tisch, zu Rebecca hin. Sie nahm ihr Buch und fing an, sie abzuzeichnen. Zog Konturen mit dem Bleistift, malte farbig aus, rot, orange, gelb, während auf dem

Bildschirm an der Wand wieder das Feuer erschien und vor der Tür Blätter über die Pflastersteine kratzten, kleine böse Wirbel bildeten und wieder verschwanden. Der vornehme Herr von der Tarotkarte verwandelte sich unter Rebeccas Händen in einen garstigen rotgesichtigen Gnom. Sie durchkritzelte ihre Zeichnung, begann eine neue. Derselbe Gnom erschien ein zweites Mal. Sie knallte ihr Zeichenbuch auf den Tisch, dass der Weinmacher neben ihr zusammenzuckte. Ich bin wie taub heute, dachte sie, und blind bin ich auch, denn ich kann nicht mal eine Karte abzeichnen. Sie schob den zweiten Teller, den Luna ihr brachte, weit von sich, da hielt Argentino ihre Hand fest. Er lächelte ihr mit blauverschleierten Augen zu: »*Calma, menina.*«

Sie ließ es sich gefallen, dass er ihr Glas nachfüllte. Dazu sagte er leise irgendwelche Dinge. Der Klang seiner abgenutzten Stimme beruhigte sie. Sie leerte ihr Glas und verließ den Raum.

Der Platz wirkte wie eingefroren im grauen Abendlicht. Der Wind hatte sich gelegt. Sie sah sich nach Arthur um, doch er war nicht da. Auch sonst kein Mensch. Aber Gypsy folgte ihr, aus dem Café. Sie wirkte müde, ihre Schritte schleifend wie zuvor der Wind.

»Meine Karte«, sagte sie.

Rebecca begriff erst, als Gypsy ihren Finger auf das Zeichenbuch legte. Sie gab ihr den Magier zurück und den durchgestrichenen Gnom gleich dazu. Gypsy bedankte sich, als wäre das wirklich ein nettes Geschenk und gab ihr einen Rat mit auf den Weg: »Schließ einfach die Tür ab.«

»Und Judith?«

»Die kannst du ja reinlassen.«

Aber Judith kam nicht. Rebecca schlief allein. Kein Pochen an der Tür störte sie dabei, nur das unermüdliche Klopfen des Regens auf den Dächern und Straßen der Stadt, wie Gypsy es ihnen versprochen hatte.

Neue Ufer

Am Morgen roch die Stadt nach kalter Asche. Rebecca öffnete vorsichtig die Haustür – konnte man wissen, ob davor jemand saß? Sie nahm ihr Zeichenbuch, die Stifte, die rotweiße Dose. Sie war entschlossen, die Stadt für immer zu verlassen.

Auf der Brücke, wo die Straße den Fluss überquerte, kam ihr der Gedanke, ein paar von Ulis Pflanzen mitzunehmen, um sie unterwegs zu verkaufen. Sie lief den Fluss entlang bis zum Schwimmbad, musste nicht klettern, das Tor war offen. Am großen Becken stand Uli und hielt die regennasse Plane in den Händen.

»Was machst du hier?«

Rebecca hob die Schultern.

»Latein hin oder her«, sagte Uli, »manchmal denke ich, ihr seid einfach dumm.«

»Was hat Latein mit Dummheit zu tun?«

»Komm, fass mit an.«

Sie schütteten gemeinsam das Regenwasser von der Plane, stiegen ins Becken und knipsten Seitentriebe ab.

Ich hätte wissen müssen, dass er da ist, dachte Rebecca.

Während sie arbeiteten, ohne einander anzusehen, begann Uli zu reden, auf Englisch, wie er es bei ihren gemeinsamen Autofahrten getan hatte. Rebecca gab keine Antworten, ließ sich nicht einmal anmerken, dass sie zuhörte, empfand den Fluss der Wörter aber beruhigend, wie kühles Wasser.

Dabei beklagte sich Uli: »Hier gibt es nur Bäume, Insekten und alte Leute. Den einzigen Menschen, der mir etwas bedeutet, meine Tochter, sehe ich einmal im Jahr. Nach ein paar Tagen schickt sie mich weg und drückt mir Geld in die Hand wie einem Bettler. Mit diesen Pflanzen hoffe ich etwas zu verdienen, und was passiert? Das Wetter zerstört sie oder ein böswilliger Mensch. Anoa schwört, sie war es nicht. Aber einen Unbekannten kann es hier nicht geben. Ein kleiner Alter mit Rucksack, ich sehe nicht, wer das sein könnte.«

»Und doch habe ich ihn gesehen«, sagte Rebecca in die Pflanzen hinein.

Uli richtete sich auf, streckte die Arme über den Kopf, in der rechten Hand die Gärtnerschere, beugte sich nach hinten, ließ die Schere fallen.

»Ich hätte euch nicht hierherbringen sollen. Ich war einfach in Sorge, dass ihr an die falschen Leute geratet.«

»Und warum bist du hier?« fragte Rebecca.

»Ich habe die Welt satt. Weltflucht, verstehst du, wie ein Mönch. Ich habe es schon mit einem buddhistischen Kloster versucht, aber dort darf man nicht rauchen. Ich bin wohl eher ein Wandermönch.«

»Du? Ein Mönch? Was ist mit Anoa?«

Uli lachte: »Die Kirche macht zu viele sinnlose Verbote. Ich bin kein Asket wie Sergio. Der kann alles, was ein Guru können muss. Er findet mich lächerlich mit meinen Versuchen Geld zu verdienen. Ein Bettelmönch wird nicht reich, sagt er.«

Uli stieg aus dem Becken, klopfte Erde und Pflanzenteile von seiner Kleidung. »Ich glaube, dass Geld mir Ruhe verschaffen könnte. Ich kann nicht ruhig sein, solange ich nichts habe.«

Rebecca musste an ihre Mutproben im Garten denken, unter dem Baum mit den gelben Pflaumen, wo sie im vergorenen Obstgeruch gestanden hatten und die betrunkenen Wespen auf sich herumkrabbeln ließen. Wer hielt am längsten still? Judith hatte immer gewonnen, sie schien die hysterischen Tiere auf ihren Armen und Beinen nicht einmal zu spüren.

»Ich arbeite mit dir weiter, wenn du willst«, sagte sie. »Wie lange dauert es bis zur Ernte?«

»Am Ende des Sommers, zur Tag-und-Nacht-Gleiche. Dann wirst du nicht mehr hier sein.«

»Warum nicht?«

Sie deckten die Plane über das Becken, räumten das Gartenwerkzeug in die Umkleideräume. Rebecca dachte, dass sie gern wieder bei Uli einziehen würde. Wie nett war es gewesen, morgens auf der Wolldecke zu sitzen und Kaffee zu trinken oder gemeinsam Gemüse und Kartoffeln in einen Topf zu schneiden.

»Ytterblom möchte, dass ich das Objekt ausmale.«

»Ich weiß.«

»Wird er mir dafür Geld geben?«

Sie gingen am Fluss entlang, Richtung Stadt. Uli sah immer wieder unruhig nach beiden Seiten des Weges, blieb mehrmals stehen und drehte sich um, ob hinter ihnen jemand sei.

»Das musst du ihn selbst fragen.«

»Ist Ytterblom reich?«

»Sicher ist er das.«

Rebecca hätte gern den weiteren Tag mit Uli verbracht, aber er wollte zurück nach Hause.

Aldina fragte nach der gemalten Speisekarte. Die hatte Rebecca vergessen. Nicht schlimm, beruhigte Aldina sie, es gab Änderungen. Außerdem waren keine Besucher in der Stadt.

»Das Feuer«, erklärte Aldina und wies auf den Fernseher, wo stumm die Hubschrauber über brennende Wälder und Felder zogen. Sie reichte Rebecca einen Zettel und eine Papiertischdecke. »Ich koche jetzt einen Eintopf, der hält länger.«

»Das Feuer kommt nicht hierher«, sagte Rebecca, »es hat doch geregnet.«

»Wenn es so ist, wissen die Leute es nicht.«

Rebecca schrieb und zeichnete, dann ging sie nach Hause. Judith war nicht dort. Nur eine einsame Fliege summte an einem der Fenster. Rebecca schloss die Tür nicht ab. Sie setzte sich an den Tisch und zog wackelige Linien über ihr Zeichenpapier. Feuer. Der schöne Mann von der Karte, der ihr wieder zum ungestalten Zwerg geriet. Um ihn herum Eidechsen und Schlangen. Flammen in orange, gelb, blau und grün. Zwischen den Flammen Sterne und Sonnen. Die Sterne formierten sich wie von selbst zu Bildern, Helden und Tieren und abstrakten Mustern.

Als die Zeichnung fertig war, fühlte Rebecca sich so erschöpft, dass sie rücklings aufs Bett fiel und einschlief. Sie erwachte mit trockener Kehle und dem Geschmack von Rauch im Mund. Stolperte hinaus auf den Hof, drehte das Wasser auf. Das Licht war gedämpft wie am Tag zuvor, sie hörte kein Geräusch, keine Menschen, nicht einmal die Schwalben.

Was, wenn das Feuer doch gekommen ist, und sie haben mich hier vergessen? Sogar die Fliege hatte das Haus verlassen.

Rebecca packte ihre Zeichensachen und die rotweiße Dose. Würde sie jetzt allein die Landstraße hinuntergehen, wie sie es schon am Morgen vorgehabt hatte? Ohne ihre Schwester?

Doch sie fand Judith auf dem Dorfplatz, in einer Gruppe von Leuten, von denen Rebecca einige nie zuvor gesehen hatte. Leute aus der Umgebung, die sich versammelt hatten, um gemeinsam die Nachrichten über das Feuer zu verfolgen, gemeinsam die Gegend zu verlassen, falls es nötig sein sollte. Keiner wollte sich allein auf der Straße in einer Rauchwolke eingeschlossen finden. Auch Anoa nicht, die neben Uli saß und Rebeccas bösen Blick nicht zu spüren schien.

Judith sah blass aus, blasser als sonst. Niemand sprach laut, es hing nur ein Murmeln über den Tischen, auf denen weder Getränke noch Essen standen.

Drei uniformierte Männer in hohen Stiefeln betraten den Platz, verärgert, dass ihr Auto zu breit war für die Straßen der Stadt. Uli winkte Rebecca und Judith zu sich an den Tisch. Anoa, der in diesem Szenario die Rolle der Mutter zufiel, starrte widerwillig auf die ungleichen Schwestern. Die Uniformierten gaben Befehle, die Rebecca nicht verstand, und gingen hinein, um sich an der Bar ein Getränk zu holen – vergeblich, denn drinnen war niemand.

»Was haben sie gesagt?«, fragte Rebecca.

»Wir sollen auf der Wiese hinter der Stadtmauer warten. Sie wollen uns nicht zu Fuß abholen kommen, falls der Ort evakuiert wird.«

»Evakuiert?«

Das klang nach Büchern über den zweiten Weltkrieg, nach Tod und Bomben und blutigen Bahngleisen.

»Keine unmittelbare Gefahr, sagen sie. Wir sollen uns aber bereithalten.«

Es sah aus wie ein großer Picknickausflug. Rebecca war zufrieden, wieder auf Ulis karierter Decke zu sitzen, die bedrückte Stimmung der Menschen um sie herum berührte sie nicht. Auch nicht Judiths müdes und verschlossenes Gesicht. Sie hörte Gypsy und Ytterblom leise miteinander reden. Ytterblom hatte keine Feuertasche dabei, er verließ sich auf Gypsys Voraussagen. Seine Entwurfszeichnungen und die magischen Schmuckstücke lagen sicher verschlossen im Laden. Nur seine Gitarre hatte er mitgenommen. Die hängte er sich um den Hals und stand auf. Er profitierte von der Situation, um ein Konzert zu geben, zog Gypsy am Arm, damit sie mitmachte. Gypsy wollte nicht, das sah man ihr an. Trotzdem bemühte sie sich, ihre rauchige Stimme an den schleppenden Gesang Ytterbloms anzupassen.

Rebecca dachte an die mütterliche Kritik, die sie und Judith zu hören bekommen hatten, wenn sie im Musikunterricht den Ton nicht trafen.

»Hat ihm nie jemand gesagt, dass er schlecht singt?«, fragte sie Uli.

Sch, machte Uli und blickte zu Boden. Wie die meisten anderen auch. Ytterblom klang wie der Kassettenrekorder ihrer Eltern, als er kaputtging und die Stimmen nur noch langsam und verzerrt wiedergab.

Rebecca sah sich um nach den Mitgliedern der Mondscheinfront. Uli, Anoa und sie selbst. Ytterblom, Gypsy, Aldina, die beiden Holzschnitzer, der Weinmacher. Jonas fehlte und Arthur auch.

»Wenn wir evakuiert werden, wo trifft sich dann LUAR?«

Uli antwortete nicht.

»Beim Sadhu?«

Uli schüttelte abweisend den Kopf. Rebecca beschloss, lieber still zu sein, um nicht von der karierten Decke verbannt zu werden. Ausgerechnet Anoa lächelte ihr freundlich zu und zog eine Grimasse in Richtung Ytterblom. Judith kaute auf den Fingernägeln. Der Himmel war weiß und unbeweglich.

Schließlich war Ytterbloms Repertoire erschöpft. Er legte die Gitarre ab und setzte sich. Rebecca ging mit ihrem Zeichenbuch zu ihm hinüber.

»Nicht hier«, sagte Ytterblom.

»Warum nicht?«

»Nicht hier«, wiederholte Ytterblom, »komm in meinen Laden, wenn dieser Spuk vorbei ist.«

Gegen Abend begann es zu regnen, und das Picknick löste sich auf. Schweigend erhob sich einer nach dem anderen, um nach Hause zu gehen oder in Aldinas Café; an das Kommen des Feuers glaubte niemand mehr. Fast hätte es aber bei Aldina gebrannt, die vergessen hatte, den Herd auszustellen, auf dem ihr Eintopf köchelte. Qualm kam ihr und ihren Gästen entgegen. Sie drehte eilig das Gas ab. Topf und Inhalt waren schwarz verkohlt. Luna stieß einen Schrei aus, Aldina sagte nichts. Sie öffnete alle Fenster, griff zu einem Küchenhandtuch und warf den Topf mitten auf den Dorfplatz. Er zerbrach, durch die Hitze spröde geworden, und glich einem Denkmal für das Feuer, wie er da vor dem Denkmal für die Toten lag.

Bis Aldina Tür und Fenster schloss, blieben die Schwestern an Ulis Seite. Sie waren die letzten, die ihren Platz verließen. Anoa hatte sich verabschiedet, noch ehe es dunkel wurde. Es war so still, dass man das Quaken der Frösche unten am Fluss hörte.

»Also«, sagte Uli.

Rebecca hätte gern gefragt, ob sie wieder bei ihm wohnen könnte, ein paar Tage wenigstens, aber sie brachte kein Wort heraus.

Als sie auf dem Heimweg an Arthurs Eckladen vorbeikamen, lag in seinem Schaufenster, groß und dunkel, ein neues Objekt: ein verkohlter Baumstamm.

»Die Leiche eines Baumes«, murmelte Judith, griff nach Rebeccas Hand und ließ es zu, dass sie die Haustür von innen verschloss.

Am Morgen wollte Rebecca nicht ohne Judith zu Ytterblom gehen. Doch Judith weigerte sich, überhaupt aufzustehen. Rebecca war enttäuscht.

Ytterblom erwartete sie vor der Tür seines Ladens.

»Ehe ich mir ansehe, was du mitgebracht hast, will ich dir selbst etwas zeigen«, sagte er.

Sie verließen den Ort in Richtung Fluss. Rebecca vermutete, er würde sie zu Ulis geheimer Plantage führen, aber sie bogen nicht auf den Pfad am Wasser ab, folgten weiter der Landstraße.

Schließlich erklärte Ytterblom, wohin es ging: »Die Brände haben nicht weit von hier angehalten. Du wirst verbrannte Erde sehen, verbrannte Bäume und Sträucher. Du wirst sehen, wie es ist, wenn das Feuer nichts zurücklässt.«

Sie gingen eine ganze Strecke bergauf. Dann öffnete sich der Blick auf ein Stück Land, aus dem alle Farbe, alles Leben verschwunden schien. Es war schwarz, grau und bräunlich, rußige Steine, bis auf den Stumpf niedergebrannte Bäume, umgestürzte Stämme. Am Rand des toten Gebietes der Fluss, in dessen dunkelgrünem Wasser verkohlte Pflanzenteile schwammen.

»Zeichne das«, sagte Ytterblom, »dann vergisst du es nicht.«

»Es ist hässlich.«

»Zeichne es.«

Zwei Feuerwehrautos standen unten an der Straße im verbrannten Tal. Rebecca machte sich widerwillig daran, die Leere festzuhalten, die darüber lag. Sie fühlte sich unbehaglich, allein mit Ytterblom und der zerstörten Landschaft, und mit dem

Gedanken, dass einer der Feuerwehrleute in sein Auto steigen, die Straße hinauffahren und nach ihrem Ausweis fragen könnte. Vielleicht ist das eine Falle, dachte sie. Eine Falle, die er mir gestellt hat, um mich loszuwerden. Dann hat er Judith für sich allein.

Ytterblom schien ihr den Gedanken anzusehen. Er lächelte und sagte: »In gewisser Hinsicht bist du mir viel wichtiger als deine Schwester.«

Rebecca konnte nicht anders, sie fühlte sich geschmeichelt. Zwar sagte sie sich, dass Ytterblom falsch war, erinnerte sich an Ulis Warnungen, an Judiths Selbstverlorenheit, an die sonderbaren Schmuckstücke, die Ytterblom bastelte. Trotzdem war es ein befriedigendes Gefühl, Judith auszustechen, und sie sagte sich den Satz auf dem Rückweg vor wie ein Gebet.

Judith wartete vor der Ladentür.

»Beloved«, sagte Ytterblom mit seiner sanftesten Stimme. Judith schmiegte sich an ihn, als er den Schlüssel im Schloss drehte, einen großen alten Schlüssel, ebenso alt wie der Bazar du Nouveau Siècle.

Auf dem Tisch im Hinterzimmer schnitt Ytterblom sorgsam die Blätter aus Rebeccas Buch: den Magier, die Sternbilder, die Tiere. Ihre letzte Zeichnung, die verbrannte Landschaft, nahm er nicht.

»Warum sind wir dort hingegangen«, fragte Rebecca, »wenn du das Bild nicht willst?«

Ytterblom klopfte mit seinem Federmesser auf ein Blatt, das er neben Rebeccas Zeichnungen gelegt hatte: »Die Sonnensymbole. Darunter das, was du nicht malen wolltest.«

»Ich male es nicht. Auch keins von denen, die so ähnlich aussehen.«

»Du bist wirklich etwas Besonderes.«

Diesmal machte Ytterbloms Kompliment Rebecca Angst. Es kümmerte sie nicht einmal, welche Wirkung diese Worte auf Judith hatten. Sie wollte nur weg.

»Warte«, sagte Ytterblom, »ich habe einen Auftrag für dich.«

Rebecca riss die Tür auf.

»Warte«, rief eine andere Stimme, als sie die Straße hinaufeilte, beinahe rannte. Es war Judith.

Rebecca sah sich nicht um, aber sie ging langsamer. Vor Arthurs Schaufenster mit dem verkohlten Baumstamm blieb sie stehen. Sie drückte gegen die Ladentür: geschlossen. Sie trat mit dem Fuß dagegen; die Tür öffnete sich nicht.

»Er ist verreist«, sagte Judith.

»Woher willst du das wissen?«

»Von Gypsy.«

»Findest du ihn nicht eklig?«

»Wen?«

»Du weißt wen.«

»Lass mich in Ruhe.« Judiths Augen waren wässrig, und Rebecca dachte: selbst schuld.

»Gibt er dir wenigstens Geld?«

»Ich soll ihn nach Geld fragen? Das kannst du tun, du bist doch seine ergebene Künstlerin.«

Judith trat gegen Rebeccas Schienbein. Rebecca riss Judith am Kragen. Judith krallte sich mit beiden Händen in Rebeccas Arme, Rebecca stieß Judith gegen die Ladentür. Sie schlugen aufeinander ein, bis Judith schrie: »Schluss, oder ich zerreiße dein Zeichenbuch.«

Rebecca ließ los: »Wie konnte ich es nur mit dir in einem Bauch aushalten.«

»Und ich mit dir und deinem Dämon.«

»Mein *Dybbuk* ist weg. Wenigstens habe ich nicht sechs Finger, du Hexe.«

»Wo ist er hin, dieser Dybbuk?«

»Ich weiß nicht. Vielleicht wohnt er beim Sadhu.«

Fast unbewusst hatten sie sich nebeneinander auf die Türschwelle gesetzt.

»Trotzdem haben wir Glück, dass wir zusammen in diesem Bauch gewesen sind«, sagte Judith, »sonst wären wir jetzt allein.«

»Sollen wir irgendwohin gehen, wo mehr Menschen sind?«

Judith schüttelte entschieden den Kopf: »Wir machen das Objekt weiter und Ulis Pflanzen und warten ab.«

»Die Pflanzen brauchen bis zum Herbstanfang, sagt Uli. Er sagt, danach ist das Dorf tot.«

»Tot? Warum?«

»Eben tot. Hoffentlich füttert Aldina uns durch bis zum Herbst.«

Judith hob stolz den Kopf: »Gypsy hat mir meine eigenen Karten gegeben. Ich werde wahrsagen für unser Essen.«

Judith ließ sich im Schatten der Markise nieder und breitete ihre Karten aus. Rebecca stellte sich daneben.

»Soll ich lieber weggehen?«

»Nein, so ist es gut.«

Tatsächlich kam eine Kundin: Anoa. Sie scheuchte Rebecca mit einer ungeduldigen Bewegung weit weg von Judiths Tisch. Rebecca setzte sich vor das Gefallenendenkmal und malte mit den Zehen Kringel in den Staub. Eine dicke Schicht Staub, der aus den brennenden Wäldern in die Stadt getrieben war. Er sah so matt aus, so tot, kaum zu glauben, dass dies der Rest war von leuchtenden Flammen, von Pflanzen, Tieren und Häusern. Vielleicht, dachte Rebecca, scheint hier drin gleich ein Funke auf, der alles verändert. Sie versuchte ernsthaft daran zu glauben, aber nichts geschah.

Judith bekam in ihren Karten mehr zu sehen als Rebecca in der Asche. Sie redete, die Hände fest auf die Tischplatte gedrückt, als könnten sie sonst davonfliegen. Sie blickte nicht Anoa an, mit der sie sprach, sondern die Bilder, die sie für sie ausgelegt hatte. Als Anoa wieder aufstand, sah sie noch wütender aus als zuvor. Rebecca kehrte an den Tisch zurück und fragte: »Welche Sprache hast du mit ihr gesprochen?«

»Ein bisschen alle«, sagte Judith. »Sie hat mich verstanden, aber gefallen hat es ihr nicht.«

Rebecca beobachtete Judith, die eilig und in sich gekehrt ihren Essensteller leerte. Sie strahlte eine Gesetztheit und Selbstsicherheit aus, die Rebecca hilflos machte, ihr die Tränen in die Augen trieb. Mit einem Mal erschien Lunas Gesicht auf der anderen Seite des Tisches: »Schmeckt nicht?«

Luna sprach langsam, jedes Wort für sich, als müsste sie gut über die Laute nachdenken, ehe sie artikulierte.

Rebeca sah hinunter auf ihren Teller, ein unbekanntes Gericht guckte zurück. Sie hatte den Geschmack ihres Essens überhaupt nicht wahrgenommen.

»Warum isst du nicht«, sagte Luna und setzte sich neben Judith.

Rebecca staunte über die Ähnlichkeit zwischen Judith und Luna, die ihr nie zuvor aufgefallen war, über die ihnen gemeinsame helle Gesichtsfarbe, die braun-blonden Locken und grünlichen Augen. Lunas Gesichtszüge wirkten deformiert, wie von einem Faustschlag zusammengequetscht. Judiths Gesicht dagegen eine scharfe Zeichnung auf weichem Grund. Die Hand Gottes, dachte Rebecca, hier schmiert sie, da kratzt sie. Hungrig und appetitlos leerte sie ihren Teller. Luna räumte ab und tätschelte Rebecca im Vorbeigehen den Rücken.

»Gehen wir», sagte Rebecca zu Judith.

Da landete ein breit grinsender Frosch auf ihrem Tisch, ein ungewöhnlich menschlich aussehender Frosch aus Holz.

Der zwölfte Mann der Mondscheinfront

Dem Frosch folgte eine Frau im blauen Overall, ein Stirnband in den langen Haaren und die Hände voller Narben.

Sie stellte sich vor: Sofia, fragte dann: »Sprecht ihr Englisch?«

Rebecca nickte.

»Du liest aus den Karten?«

Jetzt nickte Judith.

»Nimmst du den Frosch als Bezahlung?«

Judith nahm die Schnitzerei in die Hand wie ein Stück Fleisch, dessen Gewicht es abzuschätzen gilt.

»Essbar ist der nicht«, sagte Rebecca auf Deutsch.

»Wir haben ein Problem mit unserem Nachbarn«, erklärte Sofia, »mit unserem einzigen Nachbarn. Wir leben in einem verlassenen Dorf. Als wir gekommen sind, war er der letzte Bewohner.«

Judith stellte den Frosch auf den Tisch zurück und begann ihre Karten zu mischen.

»Er spricht nicht mit uns. Er hat fünf Jahre lang so getan, als ob wir nicht da wären.«

Judith drehte eine Karte um. Einen krummen, beinahe zwergenhaften Dieb, der hinter einer Mauer aus goldenen Kelchen davonschlich.

»Ein kleiner alter Mann, der sich herumtreibt«, sagte sie.

»Wir haben unser Haus nie verschlossen, wir haben einen Hund, der jedem die Hand leckt.«

Judith runzelte die Stirn, kniff die Augen zusammen: »Er stiehlt, nein, er zerstört. Er nimmt Dinge weg, um sie zu verstecken. Ihr habt Angst, dass er Feuer legt.«

Sie hat tatsächlich diese verdammte Gabe, dachte Rebecca. Ich wüsste zu gern, was sie Anoa erzählt hat.

»Tomás«, rief die Holzschnitzerin, und noch einmal: »Tomás«, bis ihr Freund von einem der anderen Tische hinüberkam. Ihr Freund, der mit dem gleichen blauen Overall, den gleichen langen dunklen Haaren und abgearbeiteten Händen ihr Bruder hätte sein können. Sie fasste leise und eilig zusammen, was Judith in den Karten gesehen hatte. Tomás nickte, sagte nichts, blieb neben Sofias Stuhl stehen.

»Er ist ein zorniger kleiner Mann und ein bisschen verrückt«, fuhr Judith fort, »er wird bald nach Vila Luminosa kommen. Aber nicht, um Feuer zu legen.«

»Warum dann?«

»Er ist einer der zwölf.«

»Aber was können wir tun?«, fragte Sofia.

»Wenn er euren Hund nicht fürchtet, braucht ihr einen anderen Wächter. Einen Engel vielleicht.«

»Einen Engel?«

Sofia glaubte an ein sprachliches Missverständnis, ihr Gesicht verriet es deutlich.

»Einen Engel«, bestätigte Judith und zog eine Karte mit einer streng blickenden geflügelten Frau aus dem Stapel.

Die Holzschnitzer wirkten verstimmt.

»Erzähl mir nicht, du kannst einen Engel beschwören«, sagte Tomás, »das glaube ich nämlich nicht.«

»Wozu gibt es Jonas' Laden«, antwortete Judith, als ginge es beim Kauf eines Engels um eine Selbstverständlichkeit.

Die Holzschnitzer verabschiedeten sich.

»Den Frosch können wir als Wächter benutzen«, sagte Rebecca zu Judith, »gegen Ytterblom. Ich habe den Alten übrigens gesehen. Unten am Bach.«

»Ich dachte, das hättest du dir ausgedacht.«

»Ich streite mich nicht nochmal mit dir. Nimmst du den Frosch mit?«

»Wohin?«

»An den Fluss natürlich, wohin ein Frosch gehört.«

Judith zog resigniert die staubige, aschensatte Luft ein. Auch sie wollte nicht mehr streiten.

Die Straße, die hinunter zur Stadtmauer führte, war leer, keine Bewohner, keine Besucher, nur Judith, Rebecca und ihr Frosch.

»Ich habe letzte Nacht geträumt, ich würde ein Kind bekommen«, sagte Judith, während sie die Wiese überquerten, auf der man noch die Abdrücke derer sah, die am Tag zuvor dort gesessen und gewartet hatten.

»Du? Ein Kind?«

»Es war in meinem Bauch. Ich hatte Angst.«

Über dem Grün der Wiese lag ein grauer Schleier.

»Wir sind doch selbst Kinder. Sagt Uli immer.«

»Was versteht Uli schon von Kindern.«

»Ich würde gern nochmal von vorn anfangen, mit anderen Eltern. Schwimmen gehen, verreisen, Freunde haben – wie die Kinder in den Büchern.«

»Am Ende ist das auch nur gelogen«, sagte Judith.

»Wie meinst du das?«

»Warum sollten die Bücher die Wahrheit sagen.«

Sie lehnten sich gegen die bunt bemalte Stadtmauer, die leuchtenden neuen Farben über der verblichenen alten Reklame, unter der noch ältere Reklame lag.

»Die Mauer hier«, sagte Rebecca.

»Was ist mit der?«

»Die bemalen wir.«

Judith nickte, mit dieser erwachsenen Bedächtigkeit, die sie neuerdings an sich hatte.

»Ich kann nicht gut malen«, sagte sie. »Aber ich weiß, wo Farben sind.«

Sie gingen weiter, über die Brücke, bogen in den Weg ein, der zum Schwimmbad führte. Rebecca zog Judith ins Gebüsch, hinunter ans Ufer. Eine Stelle, wo große flache Steine im Wasser lagen, auf die man treten konnte, und sich den Bach über die Füße rieseln lassen.

»Genau hier habe ich ihn gesehen«, sagte Rebecca.

»Wen?«

»Na, den Alten. Was meintest du, als du gesagt hast, er ist einer der zwölf?«

»Das solltest du besser wissen, du gehörst schließlich dazu. Ich nicht.«

»Die zwölf Jünger der Mondscheinfront. Das bringt mich auf eine Idee für unser Bild.«

Judith verstand gleich, worauf Rebecca hinauswollte: »Du meinst das letzte Abendmahl.«

»Die lange Tafel, und alle gucken geradeaus. Wie zu Hause in der Küche.«

Judith setzte den Frosch auf einen Stein. Er sah echt aus, wie er da grinste.

Sie blieben im Wasser stehen, bis ihnen die Füße schmerzten. Nichts passierte und niemand kam vorbei. Nur das Licht, das durch die Blätter fiel, wanderte über den Fluss, änderte seine Farbe, erst weiß, dann gelb; sie sahen, wie es auf die Wasserläufer an der Oberfläche schien und auf die kleinen Fische darunter, wie das Grün des Flusses dunkler und tiefer wurde, als wollten die Schichten von toten Pflanzen und Tieren im Schlick an seinem Grund zum Abend hin an die Oberfläche drängen. Neben ihnen harrte schweigend der hölzerne Frosch aus. Die echten Frösche sahen ihn misstrauisch an und waren auf einmal so still wie er. Die Schwestern schlugen nach den Mücken, den kleinen Stechfliegen, die in Wolken über dem Ufer hingen, packten ihren Frosch ein und folgten dem Pfad zurück zur Brücke, der Landstraße zurück zur Stadt, blieben vor der Mauer stehen und nahmen mit den Augen Maß: Morgen. Auf der Wiese hinter der Mauer pflückten sie Schafgarbe, um dem Frosch daraus sein Nest zu bauen.

Nachts klopfte es an ihre Tür, an ihr Fenster, aber sie öffneten nicht.

»Warum habt ihr mir nicht aufgemacht?«, fragte Ytterblom, als sie morgens in seinen Laden kamen.

»Wir haben geschlafen«, sagte Judith.

»Ihr hättet nicht abschließen müssen.«

»Wir hatten Angst, vor dem Feuer«, sagte Rebecca.

»Ihr haltet mich für doof«, sagte Ytterblom.

»Nein, gar nicht«, sagte Rebecca.

Rebecca hatte ein paar Zeichnungen von ihrem Frosch gemacht, die wollte sie Ytterblom zeigen, während Judith im Hinterzimmer Wandfarben für die Stadtmauer stahl. Aber Ytterblom war nicht abzulenken, er sah immer nur Judith an, vielleicht in Gedanken an die verpasste gemeinsame Nacht.

»Also, was wollt ihr?«, fragte er sie, nachdem Rebecca alle Frösche gezeigt hatte.

»Wir wollen ein großes Bild malen.«

»Und?«

»Wir brauchen Farben«, sagte Judith.

»Ist mir neu, dass du malen kannst.«

Judith wurde rot.

»Egal. Solange ihr mir nicht das Objekt versaut, könnt ihr malen, wo ihr wollt.«

Er nahm sie mit ins Hinterzimmer, holte einen Eimer weiße Farbe, füllte farbiges Pulver in Gläser ab, erklärte ihnen, wie sie es anmischen sollten. Packte alles in eine große Tüte und legte zwei Pinsel dazu.

»Das ging so einfach.«

Rebecca trug die Tüte mit den Farben, sie hatte es eilig, wegzukommen, ehe Ytterblom es sich anders überlegte.

»Siehst du, er ist nett«, sagte Judith.

»Ich mag ihn trotzdem nicht.«

»Du bist ungerecht«, sagte Judith, »unsozial.«

Ein Wort, das Rebecca zu Hause oft zu hören bekommen hatte.

»Ich weiß nicht mal, was unsozial bedeutet«, sagte Rebecca, »so schlimm kann es nicht sein.«

Sie fühlte sich nahezu unverwundbar mit der Aussicht, eine Jahrhunderte alte Stadtmauer anzumalen – was sollte ihr da Ytterblom?

Als sie angekommen waren, wurde ihnen klar, was sie bei ihrem stummen Ausmaß am Abend zuvor vergessen hatten. Ohne Leiter würden sie nur bis zur halben Höhe der Mauer reichen. Sollten sie zurückgehen und Ytterblom um eine Leiter bitten?

»Wir setzen alle auf den Boden«, entschied Rebecca.

Sie nahm ihr Zeichenbuch und begann, mit Bleistift einen Entwurf von dem zu machen, worüber Judith und sie sich geeinigt hatten.

»Kreide zum Vorzeichnen wäre gut.«

»Nimm ein Stück Kohle«, sagte Judith und ging los, um eins zu holen, während Rebecca weiter in ihr Buch zeichnete, was bald jeder sehen sollte, der nach Vila Luminosa kam: Zwölf Männer und Frauen, Ytterblom und Engelstrachten-Jonas in der Mitte, daneben Uli, Anoa, Gypsy, Aldina, der Weinmacher, die beiden Holzschnitzer und Arthur-Lazaro. Rebecca und sie selbst an einem Ende der Reihe, der kleine Alte, dessen Gesicht sie nicht kannte, an dem anderen. Im Zentrum des Bildes thronte ein riesiger Fisch, daneben zwölf Eier, eine Gitarre und über allem die Inschrift LU.A.R.

»Wo ist der Sadhu?«, fragte Judith.

Rebecca legte Kohlestriche auf antikes Blassblau und Blassrot.

»Der Sadhu ist die Dreizehn, die Sache geht nicht auf. Vielleicht täuschst du dich mit dem Alten?«

»Die Karten täuschen sich nicht.«

Einige Minuten lang starrten sie ratlos die Mauer an, Rebecca ließ die Hand sinken, dann kamen sie gleichzeitig auf die Lösung des Problems. Sie ließen den Sadhu von der Seite einfliegen, in eine Wolke von Vögeln gehüllt. Schön sah das aus, sehr viel schöner und passender, als hätten sie ihn in ein

Auto gesetzt. Rebecca trat einen Schritt zurück, betrachtete das Ganze.

»Und? Fangen wir an?«

»Ich mache die einfachen Sachen«, sagte Judith, »die Eier zum Beispiel.«

Nicht viel später wurden sie unterbrochen: »Was zum Teufel?«

Es war Uli auf dem Heimweg von seiner Plantage. Rebecca dachte, er hätte ihre Mitarbeit vermisst.

»Ich wusste nicht, ob ich heute kommen soll.«

»Nein«, sagte Uli, »Ihr braucht gar nicht mehr zu kommen. Wenn es so weitergeht, bringt mir das Ganze überhaupt nichts ein, erst recht nicht für drei. Wahrscheinlich könnte ich mehr verdienen, wenn ich das verdammte Schwimmbad wieder aufmachen und Eintritt nehmen würde.«

»Oh ja«, sagte Rebecca.

Uli seufzte: »Ihr seid wirklich blöd, völlig weltfremd seid ihr.«

»Weltfremd«, sagte Judith, »ein schönes Wort.«

»Irgendwie heilig«, meinte Rebecca.

»Ich möchte wissen, was ihr da treibt.«

Uli wurde laut, er schrie sie mehr oder weniger an.

»Wir bemalen die Stadtmauer«, erklärte Rebecca, »hier die Versammlung der Zwölf. Der Sadhu kommt einzeln dazu, darum, weil es nicht dreizehn sein sollen.«

»Es müssen nicht unbedingt zwölf Jünger sein«, ergänzte Judith, »es gibt auch die zwölf Ritter der Tafelrunde. Ich weiß nicht, ob es möglich ist, jemanden auszuschließen, aber wenn …«

Uli brachte sie mit erhobener Hand zum Schweigen.

Ehe er reden konnte, sagte Rebecca: »Ytterblom hat uns die Farben gegeben. Wir dürfen alles bemalen außer seinem Objekt.«

»Denkt Ytterblom, ihm gehört diese Stadt? Genau genommen gehört ihm nicht einmal das Objekt.«

»Warum nicht?«

»Was glaubt ihr, wie viele Leute daran gearbeitet haben und Steinchen auf Steinchen gesetzt? Man hätte auch Betonquader nehmen können, weil nachher sowieso alles glatt verputzt wurde, aber nein, seine Idee war anders. Er versteht es, Leute für sich einzuspannen, im Tausch gegen ein Abendessen und ein Glas Wein.«

»Den kleinen Alten auch?«, fragte Judith.

»Wen?«

»Den«, sagte Rebecca und zeigte auf die Kohlezeichnung am Bildrand.

Uli schüttelte den Kopf und verschwand.

»Die Eier sind fertig«, war das Erste, was Judith nach Ulis Weggang sagte, »was mache ich jetzt?«

»Am besten die Gewänder. Nimm nicht zu viel Rot und Blau, damit es nicht wie die zwölf Jünger aussieht.«

»Wenn es nicht nach den Jüngern aussehen soll, wäre es besser, allen normale Kleidung zu geben, Hosen und Hemden und den Holzschnitzern ihren Overall.«

Rebecca, die damit beschäftigt gewesen war, die Vogelwolke auszumalen, in der der Sadhu schwebte, ließ den Pinsel fallen.

»Du hast Recht. Ich muss alles umzeichnen. Scheiße.«

Sie trat gegen den Farbeimer. Der fiel um und hinterließ eine weiße Pfütze auf dem Boden vor der Mauer.

»Ist doch egal«, sagte Judith.

Aber Rebecca nahm die Kohle zur Hand, zeichnete mit der Rechten, wischte mit der Linken alte Konturen aus. Allein Uli behielt sein langes Gewand.

»Mal es orange. Wie in dem Kloster, von dem er erzählt hat.«

Der Sadhu war nackt, nur mit seiner Vogelwolke bekleidet.

»Werden wir heute fertig?«, fragte Judith.

»Niemals. Wir brauchen mindestens eine Woche.«

Abends brachten sie die Farben in ihr eigenes Haus, wo der Frosch sie bewachte, während sie sich auf dem Platz herumtrieben, mit Arthur und zwei blassen Ausländerinnen, die sie zuvor nie gesehen hatten, Wein tranken und sich nicht trauten, bei Aldina um eine Mahlzeit zu betteln.

»Ich lege den beiden die Karten«, sagte Judith, halb zu sich selbst, »dann können wir bezahlen.«

Unlustig, aber hungrig sah sie die Besucherinnen an, legte eine Reihe Karten aus, und fragte, zunächst auf Latein, dann auf Deutsch und zuletzt auf Englisch, ob sie ihnen einen Blick in die Zukunft anbieten könne. Die aber antworteten nicht, starrten sie an mit unhöflichem Unverständnis; keine guten Aussichten für ihr Abendessen.

»Wo hast du diese Barbarinnen gefunden?«, fragte Rebecca Arthur.

»Oben in den Bergen, wo die Luft kalt und sauber ist und nach lila Blüten riecht.«

»Sie sind blöde«, sagte Judith.

»Sie kommen von weit her«, sagte Arthur, »und morgen wandern sie weiter.«

Die Schwestern wurden schnell betrunken, spürten ihre Beine nicht mehr, und ihre eigenen farbfleckigen Hände sahen sie an wie fremde Lebewesen. Rebeccas Zunge, enthemmt, verriet Arthur: »Ich freue mich, dass du wieder da bist.«

Aus dem Lichtkreis drüben beim Café, so fern gerückt, schien niemand sie zu vermissen.

Am nächsten Morgen fühlten sie sich unerträglich flau.

»Arbeiten kann ich so nicht«, sagte Judith, und Rebecca war dankbar, dass nicht sie ihre Schwäche zugeben musste.

»Was wird aus unserem Bild?«

»Erst essen.«

»Wir haben nichts zum Essen.«

»Ich gehe zu Lazaros Laden.«

Darauf hätte ich auch kommen können, dachte Rebecca.

Judith brachte eine Dose Sardinen und einen in Blätter gewickelten Schafskäse: »Er gibt uns Kredit. Aber er hat kein Brot.«

Es reichte, um Mut zu fassen; satt waren sie nicht.

An der Stadtmauer malte Rebecca Gesichter und Judith Kleider. Sie war schnell fertig mit ihrer Aufgabe.

»Was mache ich jetzt? Den Fisch?«

»Du kannst die Schrift ausmalen. Rot.«

Es war der Geruch, ein widerwärtiger Geruch nach totem Tier, der Rebecca irritierte, und nach dem sie sich umdrehte. Keine drei Meter entfernt stand der kleine Alte mit dem Rucksack. Er sah aus, als wollte er in die Stadt zum Einkaufen, und ihr Bild habe ihn aufgehalten. Er war lautlos gekommen und sagte auch jetzt, wo Rebecca ihn ansah, nichts. Rebecca ebenso wenig, was hätte sie sagen sollen?

Judith war vollkommen auf die Schrift konzentriert und bemerkte den Alten nicht. Sorgfältig malte sie das große rote L, L wie lutte, wie liberté, wie luminosa. Der Mann tat einen Schritt auf sie zu, einen zweiten, Kiesel knirschten, und eine rote Blutspur lief vom L über die Mauer auf Arthurs weißes Hemd.

»Scheiße« sagte Judith.

»Böses Wort«, sagte Rebecca, »kein Nachtisch heute.«

Der Mann streckte die Hand aus wie ein altmodischer Bettler. Er stand so dicht vor der Skizze seines Ebenbilds, dass in Rebecca die absurde Hoffnung erwachte, er möge gleich mit der Mauer verschmelzen.

Was er nicht tat.

»Er stinkt«, flüsterte Judith.

»Was will er hier«, flüsterte Rebecca zurück und sagte laut: »Wir haben nichts.«

»Non habemus pecuniam«, übersetzte Judith, jedes Wort eine Mutprobe, »no money.«

Rebecca schrie auf, als der Alte, mit seinem Gestank wie tausend tote Ratten, näherkam und ihr den Pinsel aus der Hand riss.

Hilflos sahen die Schwestern zu, wie er begann, ihr Werk zu übermalen, mit seinem eigenen Portrait beginnend; wie die Hautfarbe auf Rebeccas Pinsel mit dem Blau, Grün und Orange der Kleidung, dem Braun der Vögel, dem Rot der Schrift zu einem grautönigen Matsch verschmolz, aus dem nur die Eier weißlich hervorleuchteten. Sobald das Bild unkenntlich war, ließ der kleine Alte den Pinsel fallen, achtlos oder verächtlich, wandte ihnen den Rücken zu und ging hinauf in die Stadt.

»Kein Wunder, dass die Holzschnitzer Angst vor ihm haben«, sagte Judith, etliche Minuten später, als auch der Gestank sich verflüchtigt hatte.

Rebecca heulte vor Wut.

Uli kam, auf seinem Rückweg von der Schwimmbad-Plantage, sah die verschmierte Malerei und die verwischten Tränen: »Ich habe euch gewarnt.«

»Uns egal, wir werden es neu malen«, hielt Judith dagegen.

»Werden wir?«, fragte Rebecca.

»Ganz bestimmt.«

Sie ließen die Farbtöpfe stehen und folgten zu dritt dem Übeltäter in den Ort hinein.

Ytterblom saß an seinem großen alten Kassentisch und bog mit einer spitzen Zange Silberdraht in Form. Er hatte niemanden gesehen, schien aber zu wissen, von wem Judith sprach, als sie den zerstörerischen Alten erwähnte, schloss die Ladentür ab und folgte ihnen auf den Platz.

Dort fanden sie ihn nicht, auch nicht im Café, wo Ytterblom Milchkaffee für alle bestellte.

»Warum suchen wir ihn überhaupt«, fragte Rebecca, »er ist widerlich.«

»Weil wir nicht wissen, was er vorhat«, sagte Uli.

»Judith meint, er gehört zur Mondscheinfront.«

»Natürlich!«, rief Ytterblom. »Er muss bei Jonas sein.«

Er goss sich im Stehen seinen Kaffee in den Hals, legte ein paar Münzen auf den Tisch.

»Also gehört er wirklich zur Mondscheinfront?«

»Deine Schwester hat die Gabe, so viel steht fest.«

»Ich habe ihn dort nie getroffen«, sagte Uli.

»Es ist eine alte Geschichte«, erklärte Ytterblom, »ich wohne länger hier als du. Sehr viel länger sogar.«

Er schob seinen Stuhl beiseite und ging, mit großen Schritten, als wäre es ihm egal, ob sie mitkamen. Jetzt, wo Ytterblom die Führung übernommen hatte, schien es plötzlich um etwas anderes zu gehen, nicht mehr um die Sorgen der Holzschnitzer oder das zerstörte Bild, und auch nicht um eine Gefahr für Ulis Pflanzen. Vielleicht, dachte Rebecca, hat er Angst um sein Objekt.

Der Engelstrachtenladen war verschlossen, das Schaufenster nicht beleuchtet. Flügel und Diademe hingen leblos von Haken und Bügeln, als wäre Gott in den Ferien – oder Jonas abgereist, als das Feuer kam.

»Niemals«, sagte Ytterblom, »er ist da.«

Er schlug mit der Faust an die Tür.

Von drinnen kam kein Laut.

Ytterblom schlug noch einmal und gab der Tür anschließend einen Tritt.

»Er verlässt nie seinen Laden. Außerdem sind Nummer 12 und er alte Freunde.«

»Nummer 12?« Uli lachte: »Klingt nach James Bond.«

»Was ist James Bond?«, fragte Judith.

»Ich habe vergessen, wie er heißt«, sagte Ytterblom, »irgendein gewöhnlicher Name, Miguel oder Antonio oder José.«

»Und warum Nummer 12 nicht mehr zur Mondscheinfront kommt, weißt du das?«, fragte Uli.

»Allerdings.«

Ytterblom trat ein zweites Mal gegen die Tür.

»Ich kann mir überhaupt nicht vorstellen, dass Jonas Freunde hat«, sagte Rebecca, »und schon gar nicht so einen.«

»So einen?«

»Einen, der böse ist und stinkt.«

»Jonas!«, rief Ytterblom.

Hinter der Tür bewegte sich nichts.

»Und wenn er Jonas etwas tut?«, fragte Rebecca.

»Warten wir ab«, schlug Uli vor und ließ sich auf der Türschwelle nieder. »Erzähl du uns so lange die alte Geschichte.«

»Soll ich?« Ytterblom sah auf Uli hinunter, legte den Arm um Judiths Schultern, streckte den anderen Arm Richtung Rebecca aus. Die trat einen Schritt zurück. »Es war einmal vor langer Zeit …«

»Ehrlich jetzt, bitte.« Uli war gereizt, scharrte mit den Füßen vor der Türschwelle, als wäre er dort angebunden.

»Es ist ehrlich lange her. Nummer 12 hat schon immer hier gewohnt, anders als alle anderen von uns.«

»Dann müsste er eigentlich Nummer 1 heißen«, bemerkte Judith.

»Argentino ist wohl auch von hier«, sagte Uli.

»Bitte, wenn ihr meint, ihr wisst es besser.«

»So? Meinen wir?«

Uli dachte an seine zertrampelten Pflanzen, an das Bild auf der Mauer und die beiden Mädchen allein in ihrem Haus, er war Ytterblom nur dankbar, wenn der ihm einen Anlass zum Streiten gab.

Rebecca legte den Finger an die Lippen, die Hand ans Ohr – bewegte sich drinnen nicht etwas?

»Ach was«, sagte Uli, »wir sind hier wegen einer vagen Vermutung. Nur weil du behauptest, diese beiden seien Freunde.«

Ytterblom lächelte sein taktisches Lächeln: »Ich könnte euch den Grund erzählen. Aber das wollt ihr ja offenbar nicht.«

»Wollen wir doch«, sagte Judith.

»Good girl. Du vielleicht. Aber was ist mit den anderen beiden?«

»Du kannst nicht erwarten, dass ich dir jedes Wort glaube«, sagte Uli.

»Und warum nicht?«

Keine Antwort.

»Warum sollte ich lügen?«

Rebecca klopfte beharrlich an die Tür. Sie versuchte, einen Rhythmus zu treffen, guter Mond, du gehst so stille. Sie erwartete nicht, dass jemand öffnete. Ihr Klopfen war ein Selbstzweck mit verborgenem Sinn, wie das Klopfen Flieders auf dem Küchentisch, wie das Pochen der Spechte an der Baumrinde, wie die Morsezeichen in den Büchern. Schön ist die Welt, drum Brüder, lasst uns reisen.

»Hör auf«, sagte Uli, »das nervt.«

»Soll es auch.«

Uli stand auf und wandte sich wieder an Ytterblom: »Wenn du zum Beispiel erzählst, Argentino sei nicht von hier. Da waren wir stehengeblieben. Das glaube ich dir nicht.«

»Argentino ist ein rich kid aus Lissabon.«

Die Tür zum Laden öffnete sich, so leise und langsam, dass nur Judith und Rebecca es merkten. In der Tür stand Jonas, bleich und müde, und schaute sie fragend an.

Uli und Ytterblom stritten weiter, bis Judith Ytterblom mit dem Finger in die Seite stieß: »Jonas will wissen, warum wir hier sind.«

»Als ob er das nicht wüsste«, antwortete Ytterblom, noch ehe er Jonas in der Tür stehen sah.

Er ging auf ihn zu, ergriff seine Hand, die wie ein schlapper Engelsflügel am Körper herabhing. Jonas sah ihm in die Augen, aber ganz so, als sähe er ihn nicht, während Ytterblom sich für die Störung entschuldigte, um dann nach Nummer 12 zu fragen. Jonas bat sie mit einer Geste in den Laden. Dort roch es nach Weihrauch und Staub, wie immer. Ein bisschen nach Zigaretten, ein bisschen nach der Abwesenheit von Sonne, aber auf keinen Fall nach totem Tier.

Jonas durchquerte seinen Ladenraum, für jeden Schritt brauchte er eine besondere, abgemessene Zeit. Er hielt bei einer Kleiderstange an, schob die weißen Gewänder, die dort hingen, auseinander, griff nach einer der geflügelten Trachten.

»Meine einzige Nummer 12«, sagte er.

Sein Gesicht blieb vollkommen ausdruckslos, so dass Ytterblom nicht einmal wagte, ihm zu unterstellen, dass er sich über ihn lustig machte.

»Diese Nummer 12 meinte ich nicht.«

Jonas nannte ungerührt den Preis.

»Antonio. Miguel. Der kleine Alte.«

Jonas wiederholte den Preis. Ytterblom bezahlte. Jonas packte das Engelskleid in braunes Packpapier und band es mit einer Kordel zu. Ytterblom reichte das Paket Rebecca: »Das kannst du anziehen.«

»Das ist mir zu klein.«

Aber sie behielt das Paket in der Hand.

»Und? Wo ist er jetzt?«, fragte Ytterblom Jonas.

»Ich weiß es nicht.«

»Er ist in der Stadt, er ist dein Freund.«

Jonas sagte schnell und leise etwas, das Rebecca nicht verstand. Judith schien gar nicht hinzuhören. Aber nachdem Jonas fertig geredet hatte, sagte sie zu Rebecca: »Er hat ihm ein besonders hübsches Kleid verkauft, mit Rosen auf der Brust«, und forderte Ytterblom auf: »Frag ihn, wie der Alte heißt.«

»Was?«

»Den Namen von Nummer 12.«

Sie wirkte so selbstsicher, dass Ytterblom ohne Zögern tat, wozu sie ihn aufgefordert hatte.

»João«, antwortete Jonas.

»Siehst du, ein ganz gewöhnlicher Name«, sagte Ytterblom zu Judith.

»Trotzdem ein Name. Und keine Nummer.«

»Wenn er nicht hier ist, wo suchen wir ihn dann?«, fragte Uli.

»Hier ist der einzige Platz, wo er sein kann.«

»Er kann überall sein, diese Stadt ist voller leerer Häuser.«

Jonas hatte sich auf den einzigen Stuhl im Ladenraum gesetzt, entschlossen, dort zu warten, bis sie gingen oder noch etwas kauften, ein Unbeteiligter. Er sah keinen von ihnen an, seine Finger spielten mit einem Rosenkranz.

»Betet er?«, flüsterte Judith.

»Ganz sicher nicht«, sagte Uli.

Rebecca stand vor der Kleiderstange, das Paket in der Hand, im Rücken die anderen Gewänder, ein Schwarm Motten, der sich jederzeit erheben könnte. Das Schaufenster war so zugehängt, dass die Straße von drinnen nicht zu erkennen war.

Man ahnte nur den Flug der Schwalben, die in einer langen Nesterreihe am Haus gegenüber wohnten, ihre Schatten, die vorbeizogen und die Gewänder hinter der Scheibe für einen Augenblick zu beleben schienen.

Sie dachte an den Sadhu und seine Vogelträume, an die Vögel, die morgens durch die Kirche geflogen waren; was würde er aus diesem Laden machen? Konnte sie die Zeit, die sie hier ausharrten und warteten, nutzen, um selbst etwas zu versuchen?

Träume eine Schwalbe.

Vögel sind leicht, hatte der Sadhu gesagt.

Gerade war er hier gewesen, um Streit zwischen den Mitgliedern der Mondscheinfront zu schlichten, und schon kamen neue Feindseligkeiten auf; zwischen Uli, Ytterblom und Jonas; zwischen ihnen allen und der Nummer 12.

Träume eine Schwalbe.

Sie konnte sich nicht konzentrieren, das Einzige, was sie sah, war die Fremdheit dieser Leute um sie herum. Jeder für sich und alle zusammen waren sie fremd, und Judith verschmolz mit ihnen, war wie sie, obwohl sie einander nicht glichen. Rebecca versuchte, nur an den Schwalbenflug dort vor dem Schaufenster zu denken und fühlte sich zunehmend unbehaglich, hörte gequetschte Stimmen in einer unverständlichen Sprache. Die Luft im Raum drückte ihr Rücken und Brust zusammen wie in einer eisernen Presse, deren Schraube man Stück für Stück nachzieht. In ihrem Keller hatte so eine gestanden, unweit von Yvonnes rettenden Flaschen. Eine Saftpresse? Eine Bücherpresse? Fragen stellte man nicht, erst recht nicht über Dinge, die sich an einem Ort befanden, wo man nicht sein durfte. Während die Presse sich um Rebecca schloss, die Stimmen der anderen immer undeutlicher wurden, traten die Farben aus dem Halbdunkel des Ladens so schmerzlich hervor wie im Licht vor einem Gewitter.

Judiths gelbes Kleid.

Ulis rotes T-Shirt.

All die Schattierungen von Weiß.

Laufen, ehe sie ganz in einem wachen Alptraum versank.

Anders als bei einem echten Alptraum kam sie von der Stelle, sie war schnell bei der Tür, drückte die Klinke und stand draußen auf der Straße. Sie sah die Schwalbennester, eine ganze Siedlung von Schwalben, dann wurde ihr schwarz vor Augen.

Als Rebecca wieder zur Besinnung kam, sah sie Ytterblom, Judith und Uli, die von weit oben auf sie herunterstarrten. Sie schloss die Augen wieder, wünschte sich weit weg.

»Wann habt ihr zuletzt was gegessen«, hörte sie Uli sagen.

»Versuch sie zu wecken.«

Das war Ytterbloms Stimme. Judith zog an ihrem Arm: »Steh auf.«

»Hör auf mich zu ziehen«, sagte Rebecca. Sie schob sich an der Wand hoch.

»Wir gehen zu Aldina«, sagte Uli, »wenn du überhaupt gehen kannst?«

»Natürlich kann ich.«

Auf dem Weg hatte Rebecca das Gefühl, als schliche ihnen jemand nach. Aber wenn sie den Kopf drehte, war keiner da. Vor dem Café wartete Gypsy auf sie.

»Ich wusste, dass ihr kommt. Habt ihr ihn gefunden?«

Sie schob Rebecca einen Stuhl zurück: »Blass siehst du aus. Du musst essen.«

»Das hat Uli auch gesagt.«

Als Luna den Brotkorb brachte, aß Rebecca ein Stück nach dem anderen, beinahe ohne zu kauen, bis Uli ihr kopfschüttelnd den Korb wegnahm.

»Du schuldest uns die Geschichte, die alles erklärt«, sagte er zu Ytterblom,

»Nummer 12«, begann Ytterblom, »war immer schon klein und alt.«

»João«, verbesserte Judith.

»Vor zwanzig Jahren sah er fast genau aus wie jetzt. Nur den Gestank hatte er noch nicht an sich. Die Mondscheinfront traf sich im Engelladen, bei Jonas, wie heute.«

»Also war Jonas auch immer schon da«, sagte Rebecca.

»Habt ihr zwei eigentlich gar keine Erziehung? Jonas war nicht immer da. Ich erinnere mich gut, wie Jonas' Vorgänger zu Tode kam.«

Auf dem Tisch erschienen Tontöpfe mit Hähnchen in Knoblauchsoße, und lenkten sie für eine kurze Zeit von der Geschichte ab, so dass keiner nach diesem toten Vorgänger fragte.

»João lebte auch damals allein. Er hatte für mich immer etwas von einem gestrandeten Seemann, das gegerbte Gesicht, der Blick in die Ferne, und darauf habe ich ihn angesprochen. Aber er erzählte mir, dass er in dem Dorf, wo er lebt, geboren ist und niemals versucht hat, es zu verlassen. Viele seiner Generation sind ins Ausland gegangen, so viele, dass er schließlich allein war mit ein paar ganz alten, die jetzt längst nicht mehr leben. Er freute sich, dass er Gesellschaft bekam. Von uns.«

»Dir und Gypsy?«

»Wir waren viel mehr Leute, fünfzehn, zwanzig, das schwankte ein bisschen. Einer von denen, die hin- und herfuhren, hat Gypsy mitgebracht.«

»Ich bin ein runaway, so wie ihr.«

»Wir hatten diesen Ort ausgesucht, um eine Lebensgemeinschaft zu gründen. Spirituell, versteht ihr?«

Rebecca und Judith verstanden nicht.

»Daher weiß ich«, sagte Ytterblom zu Uli, »dass Argentino ein *rich kid* aus der Stadt ist. Er gehörte damals zu uns.«

»Für ein *rich kid* macht er guten Wein.«

»Exzellenten Wein«, bestätigte Ytterblom, »er hat hier seine Berufung gefunden. So wie ich auch; und La Noia mit ihren Kräutern. Alle anderen sind wieder verschwunden«

»Was ist mit Gypsy?«, fragte Judith.

»Gypsy wird nie zwanzig Jahre am selben Platz ausharren. Sie kommt und geht. Wir wollten die Wunden des Landes und die Wunden der Menschen heilen.«

»Er predigt«, zischte Rebecca, aber Judith hatte kein Ohr dafür.

»João hörte uns zu, kam zu unseren Versammlungen. Wir fanden es gut, dass ein *local* sich uns anschloss. Er lernte sogar etwas Englisch. Dabei glaube ich nicht, dass er jemals zur Schule gegangen ist.«

»Wie wir«, sagte Rebecca.

»Jonas' Vorgänger hatte einen schrecklichen Unfall, das war ein Grund, warum Jonas seinen Laden von Anfang an ungern verlassen hat. João brachte ihm Lebensmittel von seinem Hof, Obst, Gemüse, Eier, Kartoffeln. Dann saßen sie drinnen und redeten, ich weiß nicht worüber. Oder tranken Schnaps. Nummer 12 hatte da einen brutalen Selbstgebrannten, den er auch zu unseren Treffen bei Vollmond mitbrachte.«

Judith goss sich ihr zweites Glas Wein ein und griff nach Ytterbloms Hand. Uli schenkte ihr einen missbilligenden Blick. Ytterblom legte Judiths Hand auf seinem Bein ab, um sich mit Gypsys Tabak eine Zigarette zu drehen.

»João begann Engel zu sehen, Lichtwesen, die ihm Rat und Trost gaben. Diese Engel wohnten an bestimmten Orten, in Bäumen und Quellen und dort, wo Wege sich kreuzen. João brachte ihnen Geschenke, Wein, Münzen und Zigaretten. Die Quellen schmückte er mit Blumen, hängte Bänder aus Stoff in die Bäume. Ungefähr die Hälfte von uns glaubte ihm. Einige fingen selbst an, Briefe in die Engelbäume zu hängen und an Wegbiegungen Opfer zu hinterlassen. Die anderen hielten ihn für einen verrückten Wichtigtuer. An manchen von den alten Häusern hier gibt es Seelenschreine, kleine Mauernischen, wie Nistkästen für Seelen. Auch in denen sah er Engel.«

Judith starrte, traumverloren, in ihr Weinglas: »Stell dir vor, da wohnt ein Engel drin.«

»Das kann ich mir schon vorstellen. Nur nicht, dass ausgerechnet dieser stinkige Alte ihn sehen würde«, sagte Rebecca.

»Tut er auch nicht mehr«, sagte Ytterblom.

»Schluck, das war der Engel«, Judith kicherte betrunken.

»Eine Frauengeschichte hat ihn blind gemacht.«

»Was sonst«, sagte Uli.

»Ich erinnere mich nicht an ihn, wie er damals war«, sagte Gypsy langsam, »und an die Engel auch nicht.«

Ytterblom wechselte aus dem Englischen ins Deutsche: »Die Frau, die er sich ausgeguckt hatte, kam aus Holland, blond und üppig, einen Kopf größer als er. Sie glaubte an Engel und an die freie Liebe und nannte sich Anasha. Nummer 12 fing an, ihr nachzuschleichen, auf dem Weg vor ihr aufzutauchen, immer still und leise, wie ein Geist. Sie beschwerte sich darüber, bei ihm, bei allen anderen, aber er hörte nicht auf. Schließlich verschwand sie und kam nicht wieder. Von da an war es vorbei mit den Engeln. João hat sich auf seinen Hof zurückgezogen, er lässt sich in der Stadt nicht mehr blicken.«

»Heute schon«, sagte Rebecca.

»Wäscht er sich nicht mehr, seit er keine Engel mehr sieht?«, fragte Judith.

»Warum hat er unser Bild kaputt gemacht?«

Uli stand vom Tisch auf: »Wir können ihn suchen, meinetwegen. Auf keinen Fall möchte ich, dass ihr beiden heute Nacht allein in eurem Haus schlaft. Kommt mit zu mir.«

Rebecca traute sich nicht zu zeigen, wie sehr sie sich freute.

»Machen wir noch eine Runde durch den Ort«, sagte Ytterblom.

Arthurs Laden war verschlossen. »Kein Käse heute« stand in fünf verschiedenen Sprachen an seiner Tür. Sie klopften, riefen seinen Namen, nichts geschah.

»Glaubst du, Nummer 12 versteckt sich bei Lazaro?«, fragte Uli Ytterblom.

»Unwahrscheinlich. Die beiden konnten sich nicht ausstehen.«

Sie machten einen weiteren Besuch bei Jonas, der in dem Moment öffnete, wo sie anklopfen wollten.

»João ist seit Jahren nicht mehr hier gewesen. Ich möchte wissen, warum ihr ihn sucht.«

»Er hat etwas vor«, sagte Ytterblom, »und wir wüssten gern, was.«

»Seine Nachbarn haben Angst vor ihm«, sagte Judith.

»Er hat unser Bild übermalt Die Stadtmauer sieht hässlich aus jetzt.«

»Vielleicht möchte er fortgehen. Davon träumt er seit Jahrzehnten. Alle anderen sind gegangen, nur er ist geblieben.«

»Warum?«

»Fragt ihn selbst, wenn ihr ihn findet.«

Jonas stand in der Türöffnung, bleich wie der Mond, und er bat sie nicht hinein.

Sie gingen auf das Feld, zu Ytterbloms Objekt, Gegenstand seiner Sorge. Es schimmerte unberührt; sollte der Alte dort gewesen sein, so hatte er keine Spuren hinterlassen, keine Farbe, keine Fußabdrücke, keinen Geruch. Die Nachmittagssonne strahlte von den weißen Wänden zurück, dass es sich anfühlte, als stünden sie im Inneren eines Feuers.

»In zwei Monaten wird es Herbst«, sagte Ytterblom, »werdet ihr dann noch hier sein? Wir sollten bald mit dem Ausmalen beginnen«

»Erst bringen wir die Stadtmauer wieder in Ordnung«, sagte Rebecca.

»Wir bleiben, Herbst oder nicht«, sagte Judith.

Sie hörten leise eine Grille den Abend ankündigen, und dann Uli: »Das ist mein Nachhauseweg, wir gehen.«

Ytterblom blieb alleine stehen, im Zentrum seines Objekts.

»Tausende von Schieferbrocken«, war das Erste, was Uli sagte, als sie die Landstraße betraten. Winzige Fliegen kamen in Wolken aus dem Gebüsch an ihrem Rand, aus den Schafgarben und den Disteln, deren Blüten waren wie geballte Fäuste. »Ein Riesenpuzzle, das wir gemeinsam zusammengesetzt haben, dieses Objekt. Er hat mir nie etwas von Nummer 12 erzählt.«

»João«, verbesserte Judith.

Ulis Haus war unverändert, die Plastikplane auf dem Dach, der verwilderte Garten.

»Wie schön«, sagte Rebecca.

Uli sah sie fragend an.

»Das hier.«

Sie gingen hinein, Uli setzte die Kaffeekanne auf die Gasflamme.

»Ihr schlaft in eurem gewohnten Zimmer.«

Sie saßen auf der Decke im Gras und sahen in den satten, stillen Abend hinaus.

»Ich wünschte, es könnte immer so sein«, sagte Rebecca.

Uli und Judith antworteten nicht.

Ich bin also die Einzige, die sich das wünscht, dachte sie. Gleich schmeckte der Abend weniger gut. Heiß war es außerdem.

»Wenn wir zum Schwimmen fahren, helfe ich dir morgen mit den Pflanzen. Ohne Geld.«

»Es ist schon spät.«

»Nicht nur morgen. Alle Tage, wenn du willst.«

Uli lachte: »Ist es dir so wichtig? Du solltest ans Meer ziehen.«

Er stand auf, klopfte sich Grashalme, Blüten und Ameisen aus den Kleidern.

»Also ja?«

»Ja, aber schnell.«

Sie saßen im Auto, das Licht nahm schon ab und die Luft wurde feuchter. An der Badestelle hörten sie die ersten Frösche quaken.

»Wir werden schön zerstochen werden«, sagte Uli und kratzte sich am Bein. Dann fragte er Judith: »Wirst du heute schwimmen lernen?«

»Ich habe Angst vor den Fischen.«

»Die Fische sind winzig.«

»Sie beißen in meine Füße.«

»Sie knabbern höchstens.«

Während Uli versuchte, Judith zu überzeugen, war Rebecca schon im Wasser, schwamm ans andere Ufer und wieder zurück, vergaß alles, über der Kälte, dem erdigen Geruch des Flusses, vergaß, dass sie überhaupt etwas zu vergessen hatte.

Judith kam nach, langsam, an Ulis Hand. Sie sah aus wie ein kleines, dickliches Kind, ihr weiblicher Busen wirkte unpassend, eine Verkleidung. Rebecca schwamm auf sie zu, Judith wich zurück: »Spritz mich nicht nass!«

»Komm rein, es ist schön.«

»Nur, wenn du weggehst.«

Rebecca schwamm wieder auf die andere Seite. Die Badestelle war nicht größer als eins von den Becken in Ulis Schwimmbad, rechts und links von ihr wurde es flacher und steinig, sie musste unweigerlich wieder zurück, dorthin, wo Judith schon den ersten Fuß ans Ufer setzte.

»So wirst du es nie lernen«, rief Rebecca ihr zu.

»Ich will es auch gar nicht. Du kannst es sowieso besser.«

Judith zog sich an, das gelbe Kleid auf den nassen Körper, Handtücher hatten sie nicht mitgenommen in der Eile. Uli sah wütend aus.

Rebecca versuchte zu lächeln. Wie hatte ihre Mutter immer gesagt, freundlich den Leuten in die Augen sehen – nicht, dass sie viele Leute zum Üben gehabt hätten.

»Das Wasser riecht gut«, sagte sie.

»Deine Schwester nervt mich.«

Sie schwammen gemeinsam hin und her. Judith war gegangen, als sie zurück ans Ufer kamen. Sie wartete beim Auto. Der Mücken wegen, behauptete sie, aber das nahm Rebecca ihr nicht ab. Schob sie weg, als sie ihren Platz auf dem Vordersitz einnehmen wollte. Judith stieg wortlos hinten ein, beklagte sich aber, kaum, dass sie losgefahren waren: »Mir ist übel.«

Ein paar Kurven weiter rief sie: »Halt! Ich muss spucken.«

»Es stimmt leider«, sagte Rebecca, »als sie das erste Mal pisces gegessen hat, hat sie dem Zyklopen seinen Lastwagen versaut.«

Uli fuhr an den Straßenrand, die Schwestern tauschten ihre Plätze. Bleich wie Judith aussah, hatte sie doch ein feines Lächeln auf den Lippen. Rebecca war versucht, ihr von hinten an den Haaren zu ziehen oder sie in den Nacken zu kneifen. Aber wenn Judith Uli das Auto vollkotzte, würde der sie bestimmt nie wieder zum Schwimmen fahren.

»Was ziehst du denn für ein Gesicht?«

Uli musste sie im Rückspiegel beobachtet haben, und jetzt drehte er sich mitten im Fahren zu ihr um.

»Ist dir etwa auch übel?«

»Nein.«

»Was sonst?«

»Ich musste an mein Bild denken«, log Rebecca.

»War vielleicht keine gute Idee, dieses Bild.«

»Doch, und ich male es wieder.«

Am nächsten Morgen, sie saßen noch im Garten und tranken Kaffee, erschien Ytterblom, stand vor ihnen, schwenkte aufgeregt beide Arme: »Kommt mit!«

»Wir haben zu tun«, sagte Rebecca, die an Ulis Pflanzung dachte, aber Uli schüttelte den Kopf und Ytterblom wiederholte: »Ihr müsst mitkommen und sehen, was aus eurem Bild geworden ist.«

»Wieso? Hast du weitergemalt?« fragte Judith.

»Nicht ich.«

Rebecca und Judith standen auf. Uli blieb sitzen: »Wir sehen uns.«

Auf dem Weg in die Stadt wollte Ytterblom nichts erzählen, jedenfalls nicht über ihr Bild. Stattdessen erkundigte er sich nach ihrem Schlaf, berichtete, dass noch am Abend zuvor ein Auftrag für mehrere Teknica bei ihm eingegangen war. »Eine reiche Erbin auf der Suche, sie besitzt ein Schloss aus dem 18. Jahrhundert, das sie zu einem Biohotel umgebaut hat.«

»Was sucht sie?«, fragte Rebecca.

Ytterblom sah sie an, mit diesem blauen Blick, der sein Gesicht leblos machte, ein bloßer Hintergrund für die Augen, schüttelte leicht den Kopf und wandte sich an Judith: »Ein paar Tage im Luxushotel, wie würde dir das gefallen?«

Rebecca kickte Steine vom Weg, mit der Spitze ihrer Sandalen, konzentriert darauf, sich nicht die Zehen anzuhauen.

»Wir sollten bald mit dem Ausmalen beginnen. Wir alle werden die Ernte einfahren«, sagte Ytterblom.

Sehr kleine Schmetterlinge flogen aus den Schafgarben auf, Kornblumen lächelten Rebecca zu, auf allem lag noch der Morgentau, und ihre Beine wurden nass, sobald sie die Pflanzen berührten.

Auf der Stadtmauer, neben der blassen alten Reklame und der bunten Schrift, hielten zwölf Gespenster eine Sitzung. Über ihnen leuchteten blutig die Buchstaben LUAR. Grob gemalt war das, mit wütenden Strichen und mit einer unheimlichen Treffsicherheit. Mondbleiche Eier auf mageren schwarzen Körpern, Stockmenschen. Elf saßen und einer flog.

»Warst du das?«, fragte Judith Ytterblom.

»Ich bin euer Freund, beloved, schon vergessen?«

Er lächelte, als hätte sie einen Witz gemacht, aber einen, der ihm nicht gefiel.

Rebecca kniff die Augen zusammen: »Aber wer?«

»Vermutlich Nummer 12.«

»João«, sagte Judith, »und aus welchem Grund?«

»Er ist verrückt, das ist Grund genug. Er hat euer Bild übermalt, von ihm wird auch das hier sein.«

»Ich gehe ihn besuchen«, sagte Rebecca, »ich begleite die Holzschnitzer, wenn sie das nächste Mal hier sind, und dann besuche ich ihn.«

»Hast du keine Angst?«

Rebecca überlegte: »Ich glaube, er ist nicht stärker als ich.«

»Oder als wir beide«, sagte Judith.

»Du kommst mit?«

»Ich habe auch keine Angst vor ihm.«

Rebecca strich mit dem Finger über die kaum noch feuchte schwarze Farbe, versuchte, sich den kleinen Alten vorzustellen, wie er in der Nacht gemalt hatte. Ytterblom verabschiedete sich: »Holt mich heute Abend im Laden ab.«

Judith und Rebecca nahmen die andere Richtung, zum Schwimmbad.

»Was macht ihr denn hier?«, fragte Uli, ganz als erinnerte er sich nicht an ihr Versprechen vom Abend zuvor. »Ich bin fast fertig.«

Er ließ sie aber doch Kompost anhäufeln und Blätter zupfen.

»Wenn du reich wirst«, fragte Judith, »gehst du fort von hier?«

Uli verneinte, den Kopf Richtung Erde, die Haare fast am Boden. Er begann mit einer englischen Erzählung aus seinem Leben, wie auf ihren Autofahrten, aber er redete leise und verschluckte ganze Sätze, dass man begriff, es ging um etwas Trauriges, das er sagen wollte, ohne es mitzuteilen.

Rebecca befremdete das. Traurigkeit war kein erwachsenes Gefühl. Erwachsene lebten in einem Panzer, erstarrt in Gewohnheiten, Schweigen und Langeweile; Traurigkeit hatte so wenig Platz dort wie Übermut. Die hängenden grauen Haare, hinter denen Ulis Stimme hin und her irrte, sprachen von seinem Alter, höher als das ihrer Eltern, es musste eine vergangene Traurigkeit sein, von der er erzählte.

Sie richteten jede einzelne Pflanze her wie zum Verkauf, so sauber zurechtgeschnitten, so hübsch in Erde verpackt, und räumten das Gelände gründlich auf. Kein abgeschnittenes Blatt blieb liegen.

»Jetzt weiß ich, warum er Anoa mag«, sagte Judith leise zu Rebecca, auf dem Weg am Fluss, wo Uli ihnen ungeduldig voranging, »sie beide sind Gärtner. Was hat er erzählt?«

»Ich habe nicht zugehört. Eine Geschichte von früher.«

An der Straße hinauf zum Platz standen zwei Marktfrauen, neben ihnen ein Mann, der Kirschen verkaufte. Die Holzschnitzer waren nicht da.

»Holen wir Gemüse«, sagte Uli, »bis diese Sache geklärt ist, wohnt ihr bei mir.«

»Ytterblom lädt uns alle zum Essen ein.«

»Ich koche für uns.«

»Er hat mehrere Teknica verkauft.«

Uli zögerte.

»Nimm lieber Kirschen«, bat Rebecca, von den roten und schwärzlichen Haufen verführt, »und wir warten auf heute Abend.«

»Vielleicht habe ich nicht den ganzen Tag für euch Zeit.«

»Wir sehen nach unserem Haus«, entschied Judith, nahm Rebecca beim Arm, und es gab keine Kirschen.

Im Haus war alles unverändert. Judith legte sich mit einem Buch aufs Bett, beim Käsekaufen mitgenommen aus Arthurs Regal. Neben ihrem Kopf stand der Wächterfrosch. Rebecca blieben der Stuhl, der Tisch und ihr letztes religiöses Heftchen, wo ein Junge in Indien an Lepra erkrankte und bei der Missionsstation die rettende Medizin bekam. Das Heftchen war schnell ausgelesen. Es war mit Abstand die langweiligste von den tragischen Geschichten.

»Wovon handelt dein Buch?«, fragte sie Judith.

Die knurrte nur zur Antwort, und ihr Buch war dick.

»Ich gehe raus.«

Judith knurrte noch einmal, zum Abschied.

Rebecca ließ sich im Schatten des Gefallenendenkmals nieder. Sie hatte ihr Zeichenbuch und einen Bleistift dabei, aber ihre Hände waren zu schwer, um irgendetwas anzufangen. Sie wollte die Mittagsstunden verschlafen, in einem Wachschlaf, den sie aus Indianerbüchern kannte und bisher nie ausprobiert hatte: wie eine Schlange, die nicht einmal blinzelt. Das übte sie, bis ein zweiter Schatten sich zu dem ihrem gesellte. Arthur, der immer zu rauchen schien und ihr seine Pfeife reichte, von der sie entsetzlich hustete, sich noch entsetzlicher schämte, Arthur, dessen grobe Knochen, Kind vom Lande, längst keine Materie mehr waren.

»Was treibt ihr zwei?«, fragte er.

»Gestern haben wir ein Bild gemalt, heute ist ein anderes da.«

Rebecca skizzierte beides in ihrem Buch, das, was Judith und sie begonnen hatten, das, was daraus geworden war.

»João hat unser Bild übermalt, der stinkende Alte. Kennst du ihn?«

Arthur nickte, ein netter Junge in Schwarzweiß, der vor zweiundzwanzig Jahren schon mit João in der Mondscheinfront gekämpft hatte.

»Ytterblom sagt, von João ist auch das neue Bild.«

»Glaubst du ihm?«

»Ist João böse?«

»So gemein, wie die Welt eben ist.«

Rebecca starrte auf ihre Zeichnung.

»Das wundert dich?«

Sie ließen den Tag vorbeiziehen, in Lazaros Mund die Pfeife, die längst nicht mehr rauchte, das aufgeschlagene Zeichenbuch der Sonne ausgeliefert.

Als Judith kam, stand Arthur auf. Rebecca wollte ihn festhalten und griff ins Leere.

»Bist du fertig mit deinem Buch?«

»Nein, ich hatte Hunger.«

»Und?«

»Ytterblom sagt, es ist noch zu früh. Er bastelt an seinen Drähten herum und will dich sprechen.«

»Mich?«

»Geh schon, ich warte hier.«

Ytterblom wollte neue Zeichnungen und hielt ihr eine feierliche Rede dazu: »Es ist ein Wagnis, das wir miteinander eingehen, Rebecca.«

Es ging um die Herrscherin, die große Mutter, und dass ihr dazu nichts einfiel, dass sie keine Ahnung hatte, wie dieses Bild ihr gelingen sollte, das ließ er nicht gelten.

»Ich brauche noch Zeit.«

»Ich habe dir genug Zeit gegeben.«

»Erst die Stadtmauer.«

Ytterblom schlug vor, mit dem Ausmalen des Objekts zu beginnen, auch wenn noch Entwürfe fehlten, ermahnte sie, ihren Auftrag ernst zu nehmen, gab ihr die Hand. Sie verließen gemeinsam den Laden.

In der Zwischenzeit war Uli auf dem Platz eingetroffen. Kaum, dass sie an ihrem Tisch saßen, kam auch Anoa, die nur mit einem Nicken grüßte. Sie nannte Judith verfressen, als die sich vor den anderen Brot und Käse nahm. Riss Rebecca die Karaffe mit dem Wein aus der Hand.

»Ich lade hier ein«, sagte Ytterblom, »du kannst gehen, La Noia«.

Doch La Noia blieb, bis alle Teller leer waren, nur den Kaffee ließ sie aus.

Rebecca liefen die Tränen aus den Augen, je mehr sie versuchte, sie zu unterdrücken, desto mehr wurden es.

»Komm schon, was hast du denn«, sagte Uli, der die Mahlzeit schweigend hinter sich gebracht hatte, um nicht Partei ergreifen zu müssen.

»Sie mag uns nicht«, schluchzte Rebecca, »und Nummer 12 mag uns nicht, niemand hier kann uns leiden.«

»Quatsch«, sagte Uli.

»Unsinn«, bestätigte Ytterblom.

Judith gab sich abwesend, lauschte auf eine ferne Stimme, die nur sie hören konnte.

Baby go wild

Am nächsten Morgen lag ein Haufen Kleider auf der Landstraße vor Ulis Haus, und mitten darin Argentino der Weinbauer.

»Was machst du hier?«, fragte Judith.

»Besuche«, hauchte Argentino zwischen Blümchendecke, Pullover und Jacke, seine Kopfhaut und das wenige Haar vom Tau bedeckt, »Besuche.«

»Hast du Wein dabei?«

»Alles ausgetrunken, mein Kind, mit Madame dort oben.«

Uli kam nach ihnen aus der Gartenpforte, aus dem Kleiderhaufen streckte sich ihm eine Hand entgegen, knorrige Finger und rissige Nägel, ein Gruß, den Uli ignorierte.

»Schämst du dich nicht?«

»Sie hat Gräten, die Madame, richtig stachelig ist sie.«

»Ich könnte kotzen«, sagte Uli auf Deutsch.

»Ich möchte nicht Madame sein«, flüsterte Judith Rebecca zu, »hast du seine Hände gesehen?«

Rebecca kaute noch an ihrem Kummer vom Abend, ihr war es egal.

Zu dritt standen sie eine Weile vor dem Anarkos-Weinmacher, und der lächelte trunken, als wäre ihm ganz wohl.

»Kommst du mit in die Stadt?«, fragte Uli schließlich.

»Später.«

Da ließ er Argentino liegen, ging so eilig die Straße hinunter, dass Rebecca Schwierigkeiten hatte, mit ihm Schritt zu halten und Judith es gar nicht erst versuchte.

»Warte«, bat Rebecca.

»Heul doch.«

Rebecca tat die Sache leid. Argentino war freundlich zu ihr gewesen, er hatte ihr von seinem Wein zu trinken gegeben, sie mochte ihn.

»Heul selber.«

»Mehr Grund als du hätte ich jedenfalls.«

Uli ließ die Wörter im Gehen fallen, wie Kiesel, die Rebecca aufheben musste. Sie fiel hinter ihn zurück, dachte nach über Ulis Gründe, über ihre eigenen, und das Leben fühlte sich unfreundlich an. Judith holte sie ein, ging an ihr vorbei wie an einem Straßenschild oder einem Gebüsch. Rebecca hob ein Steinchen auf, ein echtes diesmal, und warf es Judith zwischen die Schulterblätter: »Warte, du Ratte.«

Judith blieb stehen.

»Was kann Uli für Gründe zum Heulen haben?«

»Anoa. Seine Tochter. Die Mutter seiner Tochter.«

»Was weißt du von der Mutter seiner Tochter?«

»Viele Tränen«, orakelte Judith.

Die Stadt war belebt, der Platz voller Menschen. Da waren die Großmutter mit den Häkelwaren, eine Gemüsefrau, der Mann mit den Kirschen, Sofia und Tomás. Arthur saß allein vor einem Glas mit einer milchig gelben Flüssigkeit. An einem anderen Tisch des Cafés frühstückten Deutsch sprechende Touristen, ein Ehepaar in Funktionskleidung mit zwei Söhnen, auf deren Gesichtern eine weiße Schicht Sonnencreme lag. Im ersten Augenblick meinte Rebecca, dieselbe Familie vor sich zu sehen, die ihr vor Wochen Angst vor der Polizei gemacht hatte. Aber nein, die andere Familie war langhaariger gewesen, nachlässiger gekleidet, und ihre Kinder waren laut zwischen den Tischen herumgetobt. Diese Kinder saßen still wie kleine blonde Gespenster.

Uli stand drinnen am Tresen. Durch die offene Tür sahen sie ihn mit Aldina sprechen. Rebecca wollte zu ihm, aber Judith hielt sie an der Rückseite ihres lange nicht gewaschenen T-Shirts fest: »Cave Germanos.«

»Vero, vero«, murmelte Rebecca.

So gesellten sie sich zu den Holzschnitzern, keine Aussicht auf Kaffee, oder darauf, das gelbliche Getränk von Arthur zu probieren.

»Veniamus cum vobis«, verkündete Judith.

Die beiden sahen sie an, unsicher, wie sie reagieren sollten. Es klang nach Kirche, was die kartenlegende Hexe da sagte – ein Zauberspruch?

Rebecca wiederholte das Gleiche auf Englisch.

»Wir wollen mit dem Alten reden«, erklärte sie.

Da wurde sie von Sofia umarmt und Judith von Tomás, eine Flasche aus einem Rucksack gezogen, Anarkos-Wein statt Kaffee. Rebecca versuchte zu erzählen, wo und in welchem Zustand sie Argentino an diesem Morgen gefunden hatten. Die Antwort war Lachen und herzliches Schulterklopfen und die Flasche zwischen ihren Händen.

Irgendwann erschien Uli, um sie an die deutsche Familie zu erinnern: »Trinkt um Gottes Willen nicht so auffällig.«

Von ihrem Plan war er nicht begeistert, warnte sie vor Nummer 12, nahm den Holzschnitzern das Versprechen ab, Judith und Rebecca nicht aus den Augen zu lassen.

»Sie haben mehr Angst vor ihm als wir«, wandte Judith ein, aber das ließ Uli nicht gelten.

»Versprecht es«, sagte er und hielt dabei Sofias Arm fest.

»Schon gut«, antwortete Tomás, »wir bringen sie morgen heil zurück.«

»Es wäre besser, ihr verschwindet gleich, ehe die Spießer da drüben auf unsere runaways aufmerksam werden.«

»Sind doch deine Babys«, sagte Sofia und lachte.

Uli berührte ein zweites Mal ihren Arm: »Take good care of my babies.«

Er sang fast so schlecht wie Ytterblom.

Trotz Ulis Bitten blieben sie auf dem Platz, so lange bis die deutsche Familie verschwunden war, so lange bis die Marktleute einpackten und ihnen großmütig Gemüsereste und Kirschen brachten.

»Wieder nichts«, sagte Sofia beim Einpacken, Tomás antwortete mit einem gereizten Blick, war das der Beginn eines Gesprächs, das sie häufiger führten?

Diesmal redeten sie nicht weiter, setzten ihre Rucksäcke auf wie zwei uralte Hausierer und gingen in Richtung Stadtmauer. Judith und Rebecca hatten erwartet, dort ein Auto stehen zu sehen, einen landwirtschaftlichen Kleinlaster, einen Oldtimer ohne Versicherung; aber nichts dergleichen. Sie gingen zu Fuß.

»Ist es weit?«, fragte Judith, nachdem sie den Ort verlassen und die Brücke überquert hatten.

Die beiden schüttelten ihre Köpfe, ohne sich dabei umzudrehen, keine Umarmungen mehr, kein Schulterklopfen, verstimmt waren sie, der Wein ausgetrunken, ein erfolgloser Tag.

Sie bogen ab in eine Seitenstraße, festgetretene Erde und Schotter, Grasbüschel wuchsen in der Mitte. Die Straße roch nach Minze, sie war feucht und führte zurück zum Fluss.

Sofia und Tomás bewohnten ein kleines flaches Haus aus Schiefer, ähnlich wie das von Uli, nur hatten sie Dachziegel statt einer Plastikplane, einen Garten mit Kräuter- und Gemüsebeeten und drei Hühner hinter einem Maschendrahtzaun.

»Gehen wir direkt zu João«, schlug Judith vor, aber die Holzschnitzer bestanden darauf, erst etwas zu essen, schnitten die unvermeidliche Kartoffel- und Gemüsesuppe zusammen und zeigten ihnen anschließend ihre Badestelle. Sie war nicht besonders breit und nirgendwo so tief, dass man nicht stehen konnte, aber doch ein kühles Flussbecken, ein Platz zum Schwimmen, und Rebecca erklärte mit Überzeugung, dass sie sofort hier einziehen würde.

»Siehst du«, sagte Tomás zu Sofia und streichelte denselben Arm, nach dem zuvor Uli gegriffen hatte.

Judith aber wurde unruhig: »Los jetzt, so lange er zu Hause ist.«

Woher sie wissen wollte, wann Nummer 12 zu Hause war, danach fragte keiner, als sie sich auf den Weg machten, vorne Tomás, hinten Sofia, dazwischen die Schwestern, die sich an den Händen hielten, wie damals, als sie den Flieder besucht hatten.

João saß vor seiner Tür, auf einer alten Autorückbank, umrahmt von Sprungfedern und Füllmaterial. Sie grüßten, er nicht. Ein paar Ziegenschädel auf Spießen im Boden und eine liebevoll gestopfte Vogelscheuche im Spitzenkleid bewachten seine Gartenbeete. Sein Haus war größer als das der Holzschnitzer, doch statt sie hineinzubitten, stand er auf und schloss die Tür von außen. Sein Garten roch gut, nach Minze, Flusswasser und Honig; er selbst stank wie immer. Er setzte sich wieder auf den gleichen Platz und wartete ab.

Judith hielt ihm ihren sechsten Finger entgegen: »Wir haben keine Angst vor dir.«

»Warum auch«, sagte Rebecca, »wir wollen nur hören, warum du unser Bild übermalt hast.«

João kratzte sich geräuschvoll am Kinn.

»Kannst du überhaupt sprechen?«, fragte Judith.

»Vielleicht lügt Ytterblom. Vielleicht kann er kein Englisch.«

Als er den Namen Ytterblom hörte, zog etwas über Joãos Gesicht, aber den Mund öffnete er nicht.

»Warum hast du unser Bild kaputtgemacht?«

Die Holzschnitzer waren ein Stück zurückgetreten, fluchtbereit.

»Er tut nichts«, murmelte Judith auf Deutsch, als ginge es um einen zweifelhaften Hund.

»Du sollst sie in Ruhe lassen. Du sollst uns alle in Ruhe lassen.« Rebecca redete auf João ein wie auf einen Gegenstand, wie auf etwas, das gar nicht existierte.

Judith setzte sich dicht vor dem Autositz auf den Boden. Ohne ein Wort zu sagen, holte sie ihre Wahrsagekarten aus der Tasche, mischte, hob ab und legte eine Reihe grausamer Bilder aus.

Alle starrten auf ihre Hände, kleine fleischige Hände mit abgebissenen Fingernägeln, Kinderhände, die selbst nichts Unheimliches hatten und doch diese Bilder heraufbeschworen. Als zehn Karten dort lagen, auf einem Stück staubiger Erde, sah sie zu dem Alten auf.

»Comprehendisti?«, fragte sie.

Aus Joãos Kehle stieg ein Jammer, eine Litanei unverständlicher Klagelaute. Er sah sie an mit einem Blick, der voller Abneigung war, aber sich besiegt gab, erst Judith, dann die anderen drei, wobei der Jammer unaufhörlich aus ihm strömte. Sehr langsam erhob er sich, öffnete die Tür, ging ins Haus und schloss sie wieder, man hörte es scharren, ein alter Riegel, ein Möbelstück, und hinter den Mauern klagte er weiter.

Judith sammelte ihre Karten ein, klopfte sie sorgfältig ab und wischte mit ihrem Kleid darüber, ehe sie sie in die Tasche zurücksteckte.

Zu Rebeccas Verwunderung zeigte Judith nicht die geringste Lust, sich für ihren Sieg feiern zu lassen. Sie machte ein unverändert mürrisches Gesicht, rührte den Wein, den die Holzschnitzer ihr servierten, kaum an und ging früh zu Bett. Rebecca wollte sie begleiten, aber Judith wehrte sie ab wie ein aufdringliches Tier. Also blieb sie, leerte die Flasche mit den beiden, die ihre Dankbarkeit nun stellvertretend ihr entgegenbrachten, wortreich und nicht immer verständlich.

Obwohl Judith lange vor ihnen schlafen gegangen war, lag sie am Morgen da wie eine Tote.

»Hexerei ist harte Arbeit«, erklärte Rebecca; die anderen nickten.

Sie zogen sich mit ihren Werkzeugen zurück und ließen Rebecca allein, allein mit ihrer leeren Kaffeeschale und der Holzmaserung auf dem Küchentisch, wo sie wartete und sich fragte, was genau Judith gesehen, was sie dem stinkigen João gezeigt hatte. Würde Judith es ihr überhaupt erzählen?

»Guten Morgen«, sagte Judith förmlich und setzte sich an den Tisch.

»So früh schon wach?«

»Nein, ich schlafe noch. Du siehst nur meinen Geist, und er hat Hunger.«

Rebecca schnipste einen Brotkrümel über die dicke Holzplatte. »Hier. Guten Appetit.«

Ehe Judith handgreiflich werden konnte, kamen Sofia und Tomás aus ihrer Werkstatt zurück. Sie machten Judith Frühstück. Danach sollte sie eine Skulptur auswählen, zum Dank für ihre Hilfe.

»Ein zweiter Frosch wäre gut«, sagte Judith.

Da sie keinen fand zwischen den Gnomen, Echsen, Schlangen und Vögeln, gab sie ihn in Bestellung.

»Gehen wir jetzt nach Hause?«, fragte Rebecca.

»Auf jeden Fall. Und das Bild fertig malen.«

Rebecca tat es fast leid um die Gespenster, als sie mit ihren Farbtöpfen vor der Mauer standen.

»Irgendwie ist es schade, sie zu übermalen.«

»Lass doch João Gespenst bleiben.«

»Gute Idee. Und das Blut an der Schrift lasse ich auch.«

Am Abend flog der Sadhu wieder mit seinen Schwalben, Jonas war ein wenig blasser als zuvor, Sofia und Tomás trugen rosige Gesichter über ihren blauen Overalls.

»Morgen werden wir fertig.«

»Ich weiß nicht, ob ich morgen noch mitmache. Ich bin nicht mal drin in der Mondscheinfront.«

»Nächstes Mal frage ich, ob sie dich aufnehmen.«

Judith verzog zweifelnd das Gesicht.

»Versprochen«, sagte Rebecca und nahm Judiths Hand, »ich schwöre es.«

Ihr Haus fühlte sich fremd an nach drei Nächten außerhalb. Sie versuchten es mit einer Unterhaltung im Dunkeln und kamen gegen die Stille nicht an. Am Morgen flohen sie früh aus den eigenen Wänden.

Während sie weitermalten an der Versammlung der Zwölf, kamen Sofia und Tomás, auf ihrem Weg in die Stadt, und brachten den zweiten Frosch. Sie bewunderten das Bild, erkannten sich wieder, verabredeten sich bei Aldina. Wann? Wenn das Bild fertig ist. Sie würden ihre Figuren auf dem Platz verkaufen und die beiden kommen sehen. Die beiden machten weiter, wurden schwindelig, sie hatten nicht daran gedacht, sich eine Flasche Wasser mitzunehmen, helle und dunkle Punkte tanzten vor ihren Augen, und die Konturen auf ihrem Bild bewegten sich langsam hin und her wie Pflanzen unter Wasser.

Am Ende blieben zwei Gespenster übrig. Eins war João, aber das andere?

»Wen habe ich vergessen?«, fragte Rebecca.

»Dich selbst.«

Nein, sie saß neben Arthur, etwas zu klein und zu dunkel geraten vielleicht.

Sie begannen, die Mitglieder der Mondscheinfront aufzuzählen, und fanden alle auf der Mauer wieder.

»Gut,« entschied Rebecca, »wenn keiner fehlt, malen wir dich dorthin.«

So fand Judith ihren Platz neben Nummer 12, den sie mit einem zugleich strengen und melancholischen Blick zu bändigen schien.

»Ich sehe blöd aus«, beklagte sie sich, »ich habe Augen wie eine Kuh.«

»Jetzt bist du dabei, und gleich beschwerst du dich.«

Sie brachten die Farben nach Hause, in ihren Hinterhof, ließen sich das kalte Wasser aus dem Schlauch über Kopf und Nacken laufen, tranken, bis ihnen übel wurde. Helden der Arbeit. Setzten den Frosch zu seinem Gefährten und gingen zum Platz. Ytterblom war dort und bestellte ihnen gleich das versprochene Essen. Luna riss die Augen auf und strich sich mit den Fingern über ihr Gesicht.

»Was ist?«

»Rot seht ihr aus«, sagte Ytterblom.

»Willst du nicht unser Bild anschauen?«

»Es ist schon spät.«

»Wir sehen es uns auf dem Heimweg an«, sagte Sofia. Sie hatten Geld verdient, sie waren zufrieden, Tomás hielt ihre Hand, während sie mit der anderen rauchte. Mehrere Besucher von auswärts saßen an den Tischen um sie herum.

»Warum sind die nicht an uns vorbeigekommen?« fragte Judith.

Ytterblom ließ den Löffel an seinem Weinglas klingeln: »Die erste Besuchergruppe bei meinem Objekt.«

Er hob das Glas und intonierte etwas Unverständliches.

Die Besucher hoben ebenfalls ihre Gläser.

»Es ist unser Objekt«, verbesserte Rebecca, ohne Beachtung zu finden.

Judith packte Ytterblom am Arm: »Diese Leute beobachten uns.«

»Keine Angst, beloved.«

Er löste Judiths Finger, Stück für Stück und begann, ihre Hand zu streicheln, auf eine zerstreute Art, wie einen Hund.

»Ich würde euch lieber die Mauer zeigen«, sagte Rebecca.

»Morgen, mein Kind.«

Wer aber morgens an ihre Tür klopfte, war nicht Ytterblom, sondern Uli.

»Was ist?«

»Kommt mit.«

»Schlimmer Sonnenbrand«, bemerkte er noch und sagte dann nichts mehr, bis sie vor der Mauer standen, ihrem Werk.

»Was habt ihr euch eigentlich dabei gedacht?«

Rebecca und Judith sahen sich an.

»Das Bild verrät nichts«, sagte Rebecca, »wenn wir die Schrift wegnehmen, verrät es gar nichts mehr.«

Das blutrote LUAR übermalen, durch eine Gewitterwolke ersetzen – warum nicht. Sie würde wissen, was hinter der Wolke war, und die anderen Mondscheiner auch.

»Stellt euch nicht blöd. Ihr wisst genau, was ich meine.«

Was meinte er?

Judiths Portrait, das nicht in die Runde gehörte?

Uli schlug mit der Faust gegen das Gespenst, das neben ihr saß: »Wenn Anoa das zu sehen kriegt, könnt ihr euch gleich verabschieden, dann geht's zurück in die Schule.«

»Wir waren nie in der Schule«, sagte Judith, »das weißt du doch.«

»Wieso Anoa?«, fragte Rebecca.

»Wieso Anoa? Möchtest du gerne so gemalt werden?«

Er verpasste dem Gespenst einen zweiten Schlag.

»Das ist nicht Anoa, das ist Nummer 12.«

»Niemand zwingt euch, sie zu mögen. Aber das geht zu weit.«

»Wir haben Anoa vergessen.«

»Glaube ich euch nicht.«

»Wir malen sie dazu.«

»Dann macht lieber schnell.«

Am Mittag thronte Anoa wie eine Sirene aus dem Lateinbuch halb neben Uli, halb auf seiner Schulter, halb Frau, halb Vogel. Die Schrift war hinter einer unheilvollen Wolke verschwunden, aus deren Dunkelgrau hier und da rote Flammen aufschienen, wie ein Spiegel für die brennend roten Gesichter der Schwestern.

»Er hat geredet wie irgendein blöder Erwachsener«, sagte Rebecca.

Nachts kam Ytterblom zu ihnen ins Haus; durch die Froschwächter ließ er sich nicht abschrecken. Rebecca nahm ihre Decke, legte sie um die Schultern und ging. Nachtgraue, leere Straßen. Auf dem Platz stapelte Luna die Caféstühle. Arthur würde vielleicht noch wach sein. Rebecca ging zum Eckladen, klopfte an die Tür. Was, wenn er nicht aufmachte? Zurücklaufen und Luna bitten, sie ins Café zu lassen? Sie klopfte ein zweites Mal. Wartete, klopfte wieder, wollte es nicht einsehen.

Als Arthur nach Hause kam, lag sie schlafend auf der Türschwelle. Er stieg vorsichtig hinüber, ging hinein, ohne sie zu wecken.

Der Morgentau war es, von dem sie aufwachte, kalt wie Eis. Sie lief nach Hause und schlug dabei mit den Armen auf ihren steifen Körper. Von hinten sah sie Ytterblom, wie er die Straße hinunterging. Der hatte sicher nicht gefroren. Sie hasste jeden Zentimeter von ihm. Im Bett hing sein fremder Geruch, fast unmöglich schien es ihr, wieder einzuschlafen. Sie hielt sich die Nase zu, bekam nicht genug Luft, atmete wieder den Geruch ein.

Uli hat Recht, dachte Rebecca, im Winter hierbleiben ist eine Unmöglichkeit. Ich würde da draußen erfrieren.

Sie träumte von großer Dunkelheit, als sie schließlich einschlief, wie sie sich einen lichtlosen Pfad am Fluss entlangtastete, die Form eines Bootes, grau und flach, das sie nicht zu nehmen wagte, das Bewusstsein einer Verfolgerin in ihrer Nähe, einer unscheinbaren Frau mit glattem, braunen Haar, unscheinbar wie sie selbst. Sie fing an, laut zu singen, um sich Mut zu machen und erwachte mit einem Brennen auf der Haut, als wäre sie in das kalte Wasser des Flusses gesprungen. Das Lied aus dem Traum leierte in ihrem Kopf weiter, den Traum abzuschütteln würde ihr nur gelingen, wenn sie aufstand, das wusste sie und fühlte sich nicht in der Lage dazu. Ich will Leben, ich will Licht, sang es banal und melodielos wie aus dem Autoradio des Zyklopen. Der Platz neben ihr war leer, ihr Nicht-Zwilling draußen auf der Straße, im Café, in Ytterbloms Laden, statt ihr zu helfen. Ihr die Hand zu reichen oder ein Getränk.

Sie zog die Decke fester um den Körper. Ihre Arme und Beine brannten weiter, ihre Augen konnte sie nicht offenhalten, und sie merkte, wie sie in den Alptraum zurückglitt, so, als rutschte sie einen Abhang hinunter ohne jeden Halt an seinen Rändern.

Sie wachte ein zweites Mal auf. Judith saß auf dem Stuhl vor dem Fenster, unbeweglich, wie ein Ding, das zu ihrem Leben nicht mehr gehörte. Ein massiges Ding, trotz der vielen Tage mit wenig Essen.

»Was ist?«, fragte das Ding.

»Ich bin fast erfroren.«

»Gehen wir einen Kaffee trinken. Eine Suppe essen. Wir können bestellen, was wir wollen.«

»Ach ja?«

»Wir haben Kredit, sagt Aldina.«

Judiths Hand war weich und verschwitzt, als sie Rebecca aufhalf.

»Ist es warm draußen?«

»Sehr sogar.«

Rebecca ging barfuß, sie fühlte den heißen Stein der Straße unter ihren Sohlen, doch die Hitze gelangte nicht weiter hinauf, ihre Beine blieben kalt und schwer. Der Weg zu Aldina reichte, um sie zu erschöpfen, sie ließ den Kopf auf die Tischplatte fallen, während Judith drinnen Kaffee bestellte.

Luna rüttelte an ihrer Schulter.

»Alles gut«, sagte Rebecca, trank den heißen Milchkaffee und fühlte sich besser.

Luna war neben ihr stehengeblieben, sie sah besorgt aus, verwirrt.

»Alles gut«, wiederholte Rebecca.

Den Fluss entlangziehen, wie in ihrem bösen Traum, ohne zu wissen, wohin der Weg führte und warum. Aber musste sie nicht erst ihre Schuhe holen?

»Warum stehst du auf?«, fragte Judith.

»Ich will gehen.«

»Bleib hier.«

Bis nach Hause kam sie.

»Ich bin müde.«

Judith schloss die Tür auf: »Dann schlaf.«

Rebeccas letzter Gedanke vor dem Einschlafen galt dem Sadhu, und ihre Träume waren voller Vögel. Eine geraume Zeit verbrachte sie so, mit Schwalben, Storchen und Möwen. Als sie aufstand, war sie leer wie ein Ballon, aber sie war gesund. Neben ihrem Bett stand ein Glas Wasser. Judith war nicht zu Hause.

Rebecca setzte sich mit ihrem Skizzenbuch auf die Bettkante. Hatten Vögel Gesichter? Sie wollte die Bewegungen ihres langen Schlafs festhalten, Flügel, Federn in schwarz und weiß und grau. Versuchte, die Leichtigkeit des Flugs wiederzugeben, indem sie die unteren zwei Drittel des Blattes frei ließ. Oben drängte es sich. Wie an der Decke der Kirche, als sie dort übernachtet hatten. Sie machte drei Zeichnungen, dann bekam sie Hunger. Dachte an den Kredit bei Aldina und verließ das Haus.

Im Café war kein Mensch. Es schien die verkehrte Tageszeit, um hungrig zu sein, aber sie bekam einen Teller Suppe und Maisbrot dazu, bekam auch einen zweiten Teller und aß, bis ihr der Bauch wehtat. Aldina versuchte sich mit ihr zu unterhalten, doch Rebecca hatte keinen Sinn für Sprachen jetzt, war zu benommen, wie entrückt. Bis auf den Hunger und das Sättigungsgefühl, die waren reell, auch der Durst auf Wein, den sie langsam und bedächtig stillte. Wo sind alle anderen, hätte sie gern gefragt, aber sie bekam den Satz in ihrem Kopf nicht zurecht und würde Aldinas Antwort bestimmt nicht verstehen. Vinum. Anarkos-Wein. Und warten. Das war besser. Einfach sitzen bleiben, nicht nach der Mauer sehen, nicht nach Ytterbloms Laden, nicht nach dem Schwimmbad.

Sie schlug das Buch auf. Zeichnete Krähen und zusammenbrechende Häuser an der schiefen Straße ihrer Herkunft. Böse sah das aus, aber nicht großartig böse, schäbig, und der wütende Stift in ihrer Hand machte ein schwarzes Knäuel, aus dem die vertraute, eisige Stimme sie anschrie: *Sei still.*

Luna brachte Oliven, füllte Rebeccas Glas und verzog das Gesicht ob des schwarzen Knäuels. Rebecca schloss eilig ihr Buch. *Zwei Sonnen am Himmel* schrieb sie auf die Tischdecke, das hatte sie irgendwo gelesen, gehört und wollte es behalten, für Ytterbloms Objekt, für die Große Mutter, die er bei ihr bestellt hatte. Der müde Zug um Aldinas Mund, wie sie da in ihrer Tür stand, keine Gäste zu bedienen und der Tag wie gelähmt – auch den würde sie sich merken. Den Brunnen mit den beiden Quellen, die eine tröpfelnd, die andere floss.

Während sie so dasaß und alles, was sie sah, mit einer Schärfe vor ihr erschien, die großartig und schmerzlich zugleich war, war ihr, als wenn sie selbst sich immer mehr verflüchtigte, sie spürte ihre Arme und Beine nicht mehr und nicht, ob es heiß war oder kalt.

Diesen Zustand hatte sie das erste Mal nach ihrem Tag im Kindergarten kennengelernt, dem ersten von zweien. Damals hatte sie geglaubt, davonfliegen zu können. Sie war in den Garten gegangen, um es zu versuchen, war vom Schuppendach gesprungen und von den Bäumen, die sich zum Klettern eigneten; die aufgeschlagenen Knie taten nicht einmal weh.

Jetzt, wo sie ans Fliegen nicht mehr glaubte, hielt sie sich an Wein und Oliven fest, die aromatischer waren als alles, was sie je zu sich genommen hatte. Am liebsten hätte sie Argentino gesehen, um ihm für den köstlichen Wein zu danken, mit dem er sie beschenkte. In Argentinos Abwesenheit dankte sie Luna. Die strahlte, beugte sich über Rebeccas Stuhl und umarmte sie. Rebecca sah von ihr weg zu den Schwalben, die über den Platz flogen. Sie blickte von außen in die Zeit wie in einen Tümpel hinein, ein unbewegliches Gewässer, und glaubte zu verstehen, wie es sein konnte, dass jemand in einer Höhle einschlief und hundert Jahre später unverändert erwachte.

»Bist du wieder gesund?«

Vor ihr stand Judith, zu ihrer Rechten Ytterblom, zu ihrer Linken Gypsy. Gypsy strahlte Munterkeit aus, die Frische der Reise haftete an ihr.

»Ich habe euer Bild an der Mauer gesehen. Es ist phantastisch.«

Rebecca wusste vor Verlegenheit nichts zu antworten.

»Ich habe mich sofort darauf erkannt. Alle anderen auch, nur das Gespenst nicht, aber das hat Ytterblom mir erklärt. Wir müssen feiern.«

Sie bestellte bei Luna, alles, was es gab, und Getränke dazu. Ytterblom und Judith sahen weniger fröhlich aus, soviel bemerkte Rebecca, ehe ihr hellsichtiger Zustand sich, durch Essen und Wein befördert, in einen schläfrigen verwandelte.

»Diese Mädchen sind gefräßig wie Schnecken«, sagte Ytterblom leise zu Gypsy.

Hatte Judith die Bemerkung gehört? Ihr Gesicht war unbewegt, und als Rebecca sich Judith zuwandte, tat das auch Gypsy: »Giuditta, beim nächsten Vollmond kommst du mit.«

Judith lächelte wackelig.

»Leicht zu begeistern bist du nicht«, bemerkte Ytterblom.

Da stand Judith auf und ging – nach Hause, vermutete Rebecca, die sitzen blieb. Sie selbst würde nicht aufstehen, ehe der Wein und die Teller nicht leer waren. Ytterbloms jetzt unbeschäftigte Hand malte Spiralen in die Brotkrümel auf dem Tischtuch.

»Morgen«, sagte er, »geht es los.«

Rebecca nickte.

»Hol mich im Laden ab.«

Gypsy hob feierlich ihr Glas: »Wie lange haben wir auf diesen Moment gewartet.«

Ihre Begeisterung hing über dem Tisch wie etwas Fremdes, bis die Karaffe leer war. Rebecca war nicht mehr sicher auf den Beinen, sie eilte los, den Blick auf den Boden gerichtet, wo ihre Füße keine gerade Linie ziehen konnten. Sie blieb nicht stehen, bis sie vor ihrer Haustür angekommen war. Die war verschlossen, und sie musste Judith wecken, mit Schlägen gegen das Holz, mit lauten Rufen durch die leere Straße.

Die Große Mutter

Auf dem Weg zum Objekt sangen sie, in der Hand die Farbeimer und die Pinsel. Gypsy trug Ytterbloms Mappe mit den Entwürfen, Uli eine Leiter. Sie sangen »Bella Ciao«, das hatte Uli vorgeschlagen, er kannte den Text, die anderen hielten sich an den Refrain. Sie waren eine alberne und feierliche Truppe, aber niemand war da, um über sie zu lachen, als sie das Feld überquerten und ihre Aufgabe ins Auge fassten.

Die Außenseiten der Spirale sollten makellos weiß bleiben, darauf hatte Ytterblom bestanden, nichts an ihnen auf die Bilder hinweisen, die den Besucher im Inneren der Struktur überwältigen würden.

»Kein Klecks«, sagte er, »kein Fingerabdruck, keine Kritzelei.«

Sie drängten sich zu fünft im Zentrum. Es war nicht genug Platz, um die Entwürfe auszulegen, also hielt Gypsy sie in die Luft, einen nach dem anderen, und Ytterblom machte mit einem Stück Kohle Markierungen an die Wände.

»Jetzt zeichne du vor«, sagte er zu Rebecca.

Die stieg unsicher auf die Leiter, Ytterblom reichte ihr die Kohle.

»Deine Meerjungfrau.«

Er wandte sich an die übrigen drei: »Es wird ein bisschen eng hier. Wollt ihr euch nicht um die Verpflegung kümmern?«

Gypsy streckte wortlos die Hand aus, er reichte ihr eine Rolle Geldscheine, mit einem Gummiband zusammengehalten: »Nimm, was du brauchst.«

Rebecca und Judith sahen sich an und dachten das Gleiche: Wie gern hätten sie diese Scheine in ihre rotweiße Dose gesteckt.

Gypsy dagegen nahm das Geld entgegen, als berühre sie es nur ungern, zupfte einen Schein aus der Rolle, einen zweiten, und gab Ytterblom den Rest zurück.

»Ein Picknick hier auf der Wiese?«, fragte Uli. »Es wird sehr sonnig werden.«

»Sonne ist Energie. Bringt Decken mit.«

Dann war Rebecca mit Ytterblom allein. Er stand ruhig da und beobachtete sie beim Zeichnen. Vor sich auf der obersten Stufe der Leiter hatte sie ihren Entwurf liegen, wie sollte sie das nur auf die Mauer übertragen? Ytterblom hatte ihr den Platz dafür abgegrenzt, drei mal drei Meter, riesig im Vergleich zu dem kleinen Stück Papier mit ihrer Zeichnung darauf.

Erst geriet der Kopf der Meerjungfrau zu groß, dann war er zu klein, die Arme verschieden lang, sie wischte, verschmierte ihre Hände und die Wand mit Kohle, und schließlich saß ihr Wassergeist, winzig und zehnmal überzeichnet, in der rechten oberen Ecke.

»Ich schaffs nicht.«

Sie griff nach ihrer Zeichnung, um sie zu zerknüllen, zerreißen, ihr alles Böse anzutun, was man einer Zeichnung antun konnte. Aber Ytterblom war schneller. Er hatte das Blatt schon in der Hand. Sobald sie von der Leiter herunter war, stieg er hinauf, holte eine kleine Bürste aus der Tasche, so eine, mit der sie zu Hause ihre Fingernägel reinigen mussten, weil Nagelreiniger nicht wirklich sauber machen, und bürstete damit ihre Zeichnung von der Wand. Rebecca hätte am liebsten die Leiter umgestoßen, aber so hoch stand Ytterblom nicht, dass sie damit ernsthaften Schaden angerichtet hätte.

»Außerdem habe ich nicht mal den Mut«, sagte sie zu sich selbst, und zwar laut, denn sie bekam eine Antwort.

»Kein Grund gleich aufzugeben. Woher solltest du es können, wenn du es noch nie gemacht hast?« Er nahm ein Stück Kohle, maß mit den Augen ihre Zeichnung aus: »Du setzt dir Orientierungspunkte.«

Rebeccas Wut schien er gar nicht zu bemerken.

»Hier, der Kopf. Nicht ganz in die Mitte, ein Stück nach rechts. Auf diese Höhe die Schultern. Meistens macht man den Kopf zu groß und den Hals zu lang, bei Menschen jedenfalls.«

Er lächelte.

»Deine Meerjungfrau darf auch andere Proportionen haben. Wenn ich aber deiner Zeichnung folge …«

Als wäre nichts dabei, markierte er die Breite der Schultern, die Position der Hände, die Hüften, setzte die fischschwänzige Göttin ins Fadenkreuz, und schon hatte er sie an die Wand genagelt, mit einer Linie hier und einer Linie da.

»Woher kannst du das?«

»Ich habe es gelernt.«

Rebecca sah auf den Boden, um Ytterbloms Blick zu vermeiden. Am Rand der Mauer wuchsen winzige blaue Blumen, die sie nie zuvor bemerkt hatte. Sie ballte die Fäuste, kniff die Lippen zusammen. Die Zornestränen kamen trotzdem.

»Sehr schön. Ich verschwinde.«

Ytterblom verstellte ihr den Weg: »Was ist?«

»Du hast dich über mich lustig gemacht, die ganze Zeit. Als ob du meine lächerlichen Bilder brauchst. Du kannst hundertmal besser zeichnen als ich.«

Sie versuchte, an ihm vorbeizukommen, er hielt sie an den Handgelenken fest.

»Lass mich durch. Ich mache dein Objekt kaputt, ich schwöre es.«

»Hör mich erst an. Wenn du dann immer noch gehen willst, ich hindere dich nicht.«

Er ließ ihre Hände los. Sie fixierte die blauen Blumen.

»Ich habe dir schon einmal gesagt, wie wichtig du mir bist, Rebecca. Ich beherrsche das Handwerk, aber das ist nicht alles. Ich brauche deine Augen. Du siehst und fühlst alles zum ersten

Mal – das Meer, das Feuer, die Liebe. Das ist unschätzbar für unser Projekt.«

»Ich fühle keine Liebe«, sagte Rebecca.

»Es ist ein Wagnis, das wir hier miteinander eingehen, ich kann es nicht oft genug wiederholen. Ein großer Erfolg, wenn dieses Wagnis gelingt. Ich kann auf dich nicht verzichten und du nicht auf mich. Wer sonst wird dich bezahlen für deine lächerlichen Bilder, wie du sie nennst? Wer sonst gibt dir eine solche Gelegenheit?«

Er trat zur Seite, wie um ihr den Weg freizugeben, und strich dabei zärtlich über die jungfräuliche Wand hinter der Kohlezeichnung.

»Deine unmittelbare Erfahrung, die brauche ich.«

Damit war Rebecca gebannt. Das Wort von der Gelegenheit hatte sie festgehalten. Sie konnte nicht anders, als Ytterblom zu glauben.

»Wird das Objekt einen Namen bekommen?«, fragte sie.

»Ich weiß nicht. Wir werden sehen. Hier sind die Farben, deine Zeichnung steht, du kannst anfangen.«

Rebecca tauchte ein in Blau und Grün, es war leicht, wie das Bemalen der Stadtmauer es gewesen war. Ytterblom ließ sie allein, zeichnete anderswo etwas an die Wand, sie sah ihn nicht, hörte nur das leise Kratzen der Kohle, die Vögel aus den Bäumen hinter der Straße, und schließlich die Stimmen der anderen, die vom Einkauf zurückkamen.

Der Weg von ihrer gemalten Zuflucht unter dem Meer, aus den weißen Mauern in die Sonne schien weit. Uli und Judith hatten schweißnasse Gesichter, Gypsy blies den Rauch ihrer Zigarette in die Hitze. Sie hatten eine riesige Melone mitgebracht, grün und blutrot, Brot und Oliven, in Feigenblätter gewickelten Käse, Mandeln. Und Trauben, die ersten in diesem Jahr.

»Das passt zu meiner Zeichnung«, sagte Ytterblom.

»Wieso?«

Rebecca verstand so wenig wie die anderen. Sie hatte Ytterbloms Werk nicht beachtet, als sie daran vorbeikam. Also mussten sie noch einmal in das Objekt hinein, wo Ytterblom ihnen das Bild eines Mannes zeigte, dessen Körper mit Weinranken und Trauben bedeckt war.

»Wein gibt es allerdings nicht«, sagte Uli.

Aber Kaffee hatten sie, eine blaue Emaillekanne voll Kaffee, der fast kälter war als die Luft.

Anschließend malte Gypsy bei Rebecca mit, Judith bei Ytterblom. Uli räumte Farben und Pinsel hin und her und erzählte von den bunten Tempeln in Italien, dem Berg voller Götterhöhlen.

»Warum redest du nur?«, fragte Judith.

»Ich habe zwei linke Hände, ich würde alles verderben.«

Das ist nicht wahr, dachte Rebecca. Uli konnte Ohrringe basteln, er konnte kochen und Pflanzen hochziehen. Er musste einen anderen Grund haben. So geheim wie die dunklen Fische an den Rändern ihres Bildes mit ihren vielen Armen und den riesigen Augen, so geheim wie der Hass, der sie gelegentlich überfiel, auf die eigene Schwester, die dort Weintrauben bläulich rot anmalte, dicht an dicht mit Ytterblom, das spürte sie durch die Wand hindurch, es kroch durch die unsichtbaren Lücken zwischen den Steinen, durch die Luftlöcher im Verputz.

Rebecca rief sich selbst mit der Stimme ihrer Mutter zur Ordnung: *Was hat sie dir getan?*

Sie hatte auf diese Frage nie eine Antwort gewusst, auch jetzt nicht.

Denk an dein Bild, Rebecca.

Gypsy arbeitete ihr so still, beinahe unmerklich zu, dass nichts sie daran hinderte, wieder im gemalten Wasser zu versinken. Ehe es dunkel wurde, war die Meerjungfrau fertig, mit allem, was dazugehörte.

»Große Sache«, sagte Uli, »vielleicht werden wir damit reich.«

»Was willst du tun, wenn du reich bist?«

»Keine Ahnung. Vielleicht lasse ich mir die Zähne machen.«

»Ich fahre nach Rom.«

»Wir«, verbesserte Judith.

»Nein, wir bleiben alle zusammen«, erklärte Gypsy bestimmt. »Wenn wir uns trennen, passieren schlimme Dinge.«

Sie packten ihre Sachen, trugen alles in Ytterbloms Laden und gingen auseinander: morgen wieder. Als die Schwestern aber vor ihrer Tür standen, wollte Judith nicht hinein.

»Was ist?«, fragte Rebecca, müde und vorab schon genervt, was immer die Schwester haben mochte.

»Erinnerst du dich an DAS GETRÄNK?«

»Welches Getränk?«

Dabei wusste sie es genau.

»Was willst du mit dem Getränk? Vinum ist viel besser.«

»Verstehst du nicht«, sagte Judith. Sie sah wütend aus, auf diese unterschwellige Art, bei der ihr Gesicht sich kaum veränderte.

»Was soll ich verstehen?«

»Es ist wegen der Regel.«

Ich kann unmöglich nochmal nachfragen, dachte Rebecca.

»Deshalb hat sie es jeden Monat getrunken«, sagte Judith, »wusstest du das nicht?«

»Ist mir egal. Aber ich weiß, was drin war. Gin, Wodka, weißer Rum, Tequila. Dazu das blaue Zeug mit dem komischen Namen. Wo willst du das alles herbekommen?«

»Aldina?«

»Ich frage sie nicht«, sagte Rebecca.

Aber sie tat es doch, in dem fast leeren Café, wo Judith die Zutaten schon wieder vergessen hatte oder jedenfalls so tat. Abwechselnd nickte Aldina und schüttelte den Kopf, ersetzte die fehlenden Getränke durch andere – etwas Scharfes für den Tequila, etwas öliges Gelbes für das Blaue. Sie gab Rebecca das Glas, die reichte es weiter.

»Zwei?« fragte Aldina.

»Lieber Wein«, sagte Rebecca.

»Doch zwei«, sagte Judith, »sicherheitshalber.«

Sie trank eilig beide Gläser aus, mit einem Blick, dass man Angst kriegen konnte, und sie drängte Rebecca, mit ihr nach Hause zu gehen, ehe die noch ihr Glas Wein bekommen hatte. Auf eine Art, dass Rebecca nicht zu widersprechen wagte. Nur einen Einwand hatte sie: »Vielleicht hilft es gar nicht, mit den falschen Zutaten drin.«

Aber es half. Judith stöhnte neben ihr im Bett, während Rebecca sich schlafend stellte, und lief hinaus auf den Hof. Morgens sah sie die Blutspur, die sich durch ihr Zimmer zog wie ein roter Wollfaden.

»Wunderbar« sagte Rebecca.

Judith schien trotzdem schlechte Laune zu haben; aufstehen wollte sie auch nicht.

Rebecca nahm ihr Zeichenbuch, sie hatte ein Gefühl bekommen, mit einem Mal, für die Erdmutter, die Ytterblom von ihr wollte. Ließ sie auf einem Stein thronen, überall tätowiert und selbst wie ein Felsen, drei Kinder in ihrem Bauch, die einander die Hände gaben, während zwischen ihren Beinen rote Bäche auf die Wiese flossen, und sich zu ihren Füßen verästelten, als wären allein sie es, die dort unten die Blumen blühen ließen.

Als die Zeichnung fertig war, beugte sie sich über die träge im Bett liegende Judith: »Jetzt habe ich Hunger. Komm.«

Judith zog den Kopf ein, bei ihrem Gang auf den Hof hinterließ sie eine zweite Spur, und Rebecca nahm noch einmal den roten Buntstift zur Hand.

Ytterblom stand ungeduldig vor seiner Ladentür, neben ihm Farbtöpfe, Pinsel und Leiter. Uli war noch nicht erschienen. Und Gypsy?

»Wartet im Café.«

Dort wurden sie von Luna mit Frühstück versorgt, mit einer Kanne voll Kaffee zum Mitnehmen.

»Ich habe eine Zeichnung gemacht«, sagte Rebecca zu Ytterblom.

»Warum hast du mir die nicht im Laden gezeigt?« Aber dann schlug er doch ihr Skizzenbuch auf. Er wurde blass, nickte, sagte nichts.

»Gefällt es dir nicht?«, fragte Rebecca.

Ytterblom lächelte, dieses große überzeugende Lächeln, ob es nun echt war oder nicht.

»Stark«, sagte er, »du hast Talent.«

Uli kam nicht, keiner wusste warum. Schließlich gingen sie ohne ihn. Judith verbrachte den längsten Teil des Tages auf einer Decke liegend im Gras. Rebecca brachte ihr Feuerbild an die Wand, mit dem Kohleskelett, das Ytterblom ihr gezeigt hatte, sie kratzte verbissen über die weiß gestrichenen Steine. Heute würde sie nichts aus der Hand geben, weglaufen würde sie, falls Ytterblom noch einmal versuchte, ihre Zeichnung für sie zu machen. Wie die Kohle an der Wand kratzte, so kratzte sie zugleich in ihrem Hals. Nachts hatte sie graue Klumpen gehustet, während Judith mit ihrem Erwachsenenleiden beschäftigt war. Gedemütigt fühlte sie sich durch das, was Judith ihr voraushatte; einen Raum hatte sie betreten, den sie selbst nur von außen erahnen konnte. Wie ein Blick durch ein staubiges Fenster war das.

Daraus ein Bild machen.

Sie arbeitete weiter, ohne einen anderen Gedanken als den an Pinsel, Farbe und die angemessene Linie. Als Ytterblom sie zum Essen holte, ärgerte sie sich. Dann überfielen sie Hunger, Durst und Müdigkeit, alle auf einmal, sie stopfte sich den Mund voll, dass sie einen Schluckkrampf bekam, trank Wasser, trank Wein, und der Wein machte, dass ihr die Augen zufielen.

Als sie aufwachte, war das Licht schon warm und gelb, wie eine Muschel schimmerte das Objekt, und Gypsy stand mit gepackten Taschen vor ihr. Ytterblom aber saß da und sah sie auf eine Art an, dass sie sich fragte, ob er gerade einen Traum von ihr eingefangen hatte.

Hatte sie geträumt?

Sie erinnerte nichts, nur eine farblose Erschöpfung.

Judith wollte nicht mit ins Café. Rebecca fühlte sich, neben Ytterblom und Gypsy, wie ein Kind mit seinen Eltern. Sie ging zu Arthurs Tisch hinüber.

»Warum sitzt du immer allein?«

»Es ist mir lieber so.«

Der Schwarzweiße nahm sein Glas und trank, als wäre sie gar nicht da.

»Was trinkst du?«

»Pastis.«

»Darf ich probieren?«

»Du bist lästig«, antwortete er, und es fühlte sich an, als hätte er ihr eine Freundlichkeit gesagt.

»Ich bestelle mir selbst einen.«

Luna nickte das ab, aber dann kam Aldina an ihren Tisch, und das weißgelbe Getränk nicht: »Du bist zu jung für so ein Zeug.«

»Gestern hast du uns so ein Zeug gegeben.«

»Das war Medizin. Und wenn du so weiterredest, gebe ich es euch nie wieder.«

Rebecca schluckte. Würde Judith jetzt regelmäßig das Getränk verlangen, würde sie aus jeder Monatsblutung ein Schauspiel machen müssen?

Dann brachte Luna Hähnchen im Tontopf, die Fleischstücke schwammen in einer öligen Tomatensoße, und Rebecca dachte an all die Tiere, die sie gegessen hatte und die einmal lebendig gewesen waren. Sie versuchte sich vorzustellen, wie es wäre, wenn sie in ihrem Bauch wieder zum Leben erwachten.

»Was ist, hast du keinen Hunger mehr?«

Rebecca fuhr zusammen, unsanft aus ihren Gedanken gerissen.

»Pack den Rest für deine Schwester ein.«

Die lag zu Hause im Bett, schlief aber nicht und biss in das Hühnchen, als habe sie seit Wochen nichts zu essen bekommen.

»Warum machst du das bloß?«, fragte Rebecca.

»Was?«

»Das mit Ytterblom.«

Judith antwortete nicht, und Rebecca sagte: »Ich gehe nochmal raus.«

»Heute Nacht kommt er bestimmt nicht.«

»Nicht deswegen.«

Warum sonst? Weil sie den Platz im Dunkeln sehen wollte, den Brunnen anhören und die Frösche am Fluss.

Auf dem Platz saß, wie sie gehofft hatte, Lazaro, und der Anarkos-Weinmacher neben ihm. Die beiden hatten eine Flasche zwischen sich stehen. Rebecca griff danach, ohne zu fragen. Es war etwas Eisiges darin, kalt brannte es den ganzen Weg in den Magen hinunter.

»Habt ihr auch vinum?«

Vinum hatten sie nicht, also nippte Rebecca hin und wieder an der Flasche, wenn man so höflich war und sie ihr reichte, tat so, als tränke sie, und lauschte auf die Nacht. Die Männer redeten nicht, das hatte etwas Feierliches, ihr war warm und glücklich zumute. Als sie ausgetrunken hatten und Argentino sich verabschiedete, ging sie mit Arthur nach Hause.

»Neulich habe ich hier auf dich gewartet«, sagte sie, als er die Hand auf die Türklinke legte.

»Du hättest reinkommen können. Ich schließe selten ab.«

Sie streckte die Hand aus, um ihn zu berühren, ein ungeschickter Versuch, an die Erfahrungen ihrer Schwester anzuknüpfen. Eiskalt war er, kälter als das brennende Getränk.

Ein ungewaschener Engel

Von da an verliefen ihre Tage so gleichförmig wie das Leben eines Büroangestellten. Die farbigen Flächen im Inneren des Objekts breiteten sich aus, Rebecca übermalte Ytterbloms Hakenkreuze, bis er aufgab und eine abgerundete Form fand. Ein baskisches Kreuz nannte er es. Nachts hustete Rebecca und gefiel sich darin, den edlen Gestalten in den alten Jugendbüchern und religiösen Heften zu gleichen, die an der Schwindsucht dahingesiecht waren. Schwindsucht, das klang nach Auflösung, unsichtbar werden, keinen Platz in der Welt einnehmen wollen.

Die nächsten Zeichnungen, die Ytterblom von ihr verlangte, sollten das Element Luft zeigen.

»Luftgeister? Götter?«

»Was du willst.«

Sie dachte an den Sadhu, die geträumten Vögel.

»So bald wird es vielleicht nichts. Schließlich malen wir den ganzen Tag.«

Da arbeiteten sie das erste Mal gemeinsam, Hand in Hand, malten die Trauben an Ytterbloms Weinmenschen aus in allen mischbaren Tönen von Blau und Violett, beinahe rot und beinahe schwarz, und Ytterblom bemerkte: »Mit Wein kennst du dich immerhin aus.«

Hinter den Mann wollte Ytterblom eine Stadt aus Gold und Silber setzen, mit Türmen und Villenhäusern und einem Hafen voller Schiffe. Er hatte Metallpigmente besorgt, die ihm aber zu matt erschienen, sobald sie aufgetragen waren.

»Ich will etwas Transparentes«, erklärte er, »ein durchscheinendes Licht, so dass man nicht weiß, ist die Stadt Illusion, bis man sie betritt.«

Am Abend übermalten sie die Gebäude weiß, am Morgen begannen sie von neuem. Rebecca hatte die Idee, die goldenen und silbernen Pigmente nicht in den gleichen Binder zu mischen wie die anderen Farben.

»In was dann?«, fragte Ytterblom.

»Keine Ahnung, in etwas, das durchsichtiger ist. Du musst das wissen.«

»Ja, ich sollte. Machen wir Schluss für heute. Ich gehe in meinen Laden und denke nach.«

Er verabschiedete sich so knapp, dass es Rebecca schien, sie habe ihn verärgert. Statt mit ihm zurück in die Stadt zu gehen, folgte sie der Straße in die entgegengesetzte Richtung, und Judith, nach einem Moment der Unschlüssigkeit, folgte ihr.

»Wo willst du hin?«

Nach Ulis Haus sehen wollte sie. Sechs Tage war er nicht in der Stadt erschienen und nicht beim Objekt, weggefahren, ohne Bescheid zu sagen, das glaubten sie alle, aber was, wenn das nicht stimmte? Wenn er doch zu Hause war?

Sein Auto war fort, die Tür verschlossen.

»Ich mag seinen Garten«, sagte Rebecca.

Judith streckte sich lang im Gras aus, Käfer und Fliegen krochen über ihre Beine, und einer dieser kleinen blauen Schmetterlinge setzte sich auf ihr Kleid.

»Vielleicht kommt er nicht wieder.«

»Wieso glaubst du das?«

»Er hat uns nicht einmal gebeten, uns um seine Pflanzen zu kümmern.«

Rebecca setzte sich neben Judith, verscheuchte mit beiden Händen die Insekten: »Wir können zum Schwimmbad gehen und nachsehen.«

»Ich will nicht.«
Sie einigten sich auf den kommenden Tag.

Als sie aufstanden, war der Ort vollkommen still und die Luft wie Eis. Über dem Fluss lag ein blasses Licht, der Pfad am Ufer fühlte sich besonders einsam an. Am Tor hing die Kette, unverschlossen, wie vergessen.

»Es ist feucht hier«, flüsterte Rebecca, »vielleicht geht es den Pflanzen gut.«

»Wenn er sie nicht mitgenommen hat.«

Leise näherten sie sich dem großen Becken, als ginge es darum, ein schlafendes Tier nicht zu wecken. Rebecca deckte die Plane auf, zunächst nur ein Stück weit. Sattes Grün strahlte ihr entgegen. So intensiv stach es aus dem grauen Frühlicht wie die Farben auf einer nachkolorierten Schwarzweißphotographie, sattes Grün und ein fremdartiger Geruch.

»Sind das die Pflanzen, die so riechen?«, fragte sie Judith.

»Was sonst.«

»Hilf mir, die Plane abzunehmen.«

Gemeinsam legten sie das Becken frei und standen davor mit einem Staunen, als hätten sie einen Schatz ausgegraben.

»Die sehen besser aus als vorher.«

»Wir brauchen nur zu gießen, dann werden wir reich.«

»Das mit dem Verkaufen hat er uns nicht erklärt.«

»Wir finden es heraus.«

Schaufeln und Gießkannen warteten an ihrem Platz in der Umkleide, auch ein Eimer mit Komposterde stand da. Die Schwestern hatten sich in ihrem Leben nicht oft angelächelt – meistens sahen sie einander gar nicht erst ins Gesicht – aber jetzt taten sie es. Rebecca nahm zwei Kannen mit Wasser, Judith den Komposteimer und die kleinen Schaufeln. Es fühlte sich an wie ein wunderbares, unverhofft gewonnenes Spiel.

Und wie bei jedem wunderbaren Spiel gab es auch hier einen Spielverderber.

Auf halbem Weg zurück zum Becken blieb Judith stehen.

»Ich weiß nicht, es riecht schon wieder so komisch.«

»Der Kompost vielleicht.«

Judith schnupperte an ihrem Eimer und schüttelte den Kopf.

»Dann sind es doch die Pflanzen.«

Es war ihnen mit einem Mal unheimlich zumute, und dabei wurde es ein heller Morgen.

Judith hielt die Nase in den Wind, legte die Hand vor die Augen, tat blind ein paar Schritte. Sie blieb stehen, zog die Luft tief in die Nase, witterte wie ein Tier, das Aas gerochen hat. Dann nahm sie die Hand weg und zeigte: »Da stinkt es.«

Neben dem Einmeterbrett stand João, die Nummer 12.

Rebecca kreischte laut vor Schreck, und das hätte sie auch getan, wenn er nicht das Jagdgewehr in der Hand gehabt hätte. Sie ließ die Gießkannen fallen. Judith stellte den Komposteimer sanft auf den Boden. Ihren sechsten Finger am ausgestreckten Arm vor sich haltend wie einen Abwehrzauber, ging sie langsam auf den Alten zu.

Rebecca, die lieber weggerannt wäre, blieb stehen, in einer Pfütze aus Gießwasser. Nummer 12 schien etwas sagen zu wollen, er ließ den Gewehrlauf sinken und machte schließlich eine müde Handbewegung Richtung Tor.

»Eximus«, sagte Judith, drehte sich um und ging ebenso ruhig fort, wie sie auf Nummer 12 zugegangen war.

Rebecca machte ein paar Schritte rückwärts, dann drehte auch sie sich um und lief. Erst kurz vor der Brücke blieb sie stehen, um auf ihre Schwester zu warten. Die kam den Pfad entlang, als wäre nichts gewesen.

»Ich habe noch nie ein echtes Gewehr gesehen.«

Wie aufgezogene Puppen gingen sie weiter Richtung Stadtmauer. Falls Ytterblom sie verändert fand, ließ er es sich nicht anmerken. Er sprach über nichts anderes als über die Maltechniken, die er an seiner goldenen Stadt ausprobieren wollte.

»Eigelb und Wasser, so einfach könnte es sein«, sagte er, »wir werden es versuchen.«

»Dann wäscht der nächste Regen deine Stadt weg.«

»Nein, es trocknet langsam, aber dann ist es wasserfest, es hält Jahrhunderte lang.«

Ytterblom teilte die Stadt in drei Sektoren auf, um drei verschiedene Mischungen zu erproben, mit denen er die metallischen Farben zum Leuchten bringen wollte.

»Wir übermalen heute nichts«, ordnete er an, »wir bewerten nichts, wir malen nur und sehen morgen, wie es wird.«

Bei der zweiten Mischung, er hatte dem Ei und dem Wasser etwas Öl hinzugefügt, glänzten die Häuser so, wie er es sich vorgestellt hatte. Er vergaß seinen eigenen Entschluss, noch nichts zu bewerten und dachte laut darüber nach, die ganzen restlichen Wandbilder in Eitempera auszuführen, statt mit dem schnöden Industrieprodukt, das sie bisher benutzt hatten.

»Es ist so viel spiritueller, mit einem lebendigen Medium zu arbeiten, findest du nicht?«

»Morgen«, sagte Rebecca, »morgen entscheiden wir.«

Sie brachte keinerlei Interesse für Ytterbloms Farben auf, auch für ihre eigenen Bilder nicht und für das Objekt als Ganzes, sie fühlte sich so unbeteiligt, dass sie nicht glaubte, das Interesse würde jemals wiederkommen. Sie war ganz bei der Erinnerung an Nummer 12, an sein Gewehr, bei der Frage, ob Uli ihn als Wächter bestellt oder ob der Alte sich die Plantage einfach angeeignet hatte. Woher wusste er von Ulis Abwesenheit? Weil er herumschnüffelte, wie die Holzschnitzer sagten. Ein einsamer Plänemacher.

»Wir gehen in den Engelladen«, flüsterte Rebecca Judith zu, als sie ihre Mittagspause auf der Wiese hielten.

»Was willst du im Engelladen?«

»Mit Jonas reden.«

Ytterbloms dritte Mischung bestand aus weißem Käse und Kalk, und ihre Wirkung missfiel ihm vom ersten Pinselstrich an. Blass, matt und verträumt geriet das letzte Drittel der Häuser.

»Ich übermale sie gleich.«

»Abwarten bis morgen hast du gesagt.«

Rebecca gefielen diese Farben, die etwas Unwirkliches hatten, schon im Auftragen verblichen wirkten.

»Den Rest von dem Zeug werfe ich jedenfalls weg.«

»Vielleicht brauche ich es für mein Luftbild.«

»Hast du es schon gezeichnet? Diese Mischung hält nicht länger als zwei Tage.«

»Für mein Wasser.«

»Für dein Wasser nimmst du besser diese hier.«

Gemeinsam legten sie mit Eitempera eine Schicht leuchtendes Blau und Grün über das Wasser und um die Meerjungfrau. Auch Judith und Gypsy machten mit, und Gypsy fragte: »Werden wir jetzt alles neu malen müssen?«

»Nein«, rief Rebecca, »nein, bloß nicht!«

Die anderen drei sahen sie an, als hätte sie etwas Unschickliches getan. Vor ihnen auf den Boden gepinkelt, direkt dorthin, wo Arthurs Gedicht gestanden hatte. Die Wände mit Blut beschmiert. Der Meerjungfrau einen Schnauzbart gemalt. Etwas so Taktloses, dass man es besser überging.

»Ich brauche noch Zeit in der Werkstatt«, erklärte Ytterblom, zurück in Vila Luminosa, »zwei Stunden ungefähr. Ich muss an meinem Auftrag arbeiten.«

»Danach treffen wir uns zum Essen?«, fragte Judith.

Ytterblom fasste sie mit beiden Händen an den Oberarmen, zog sie zu sich hin, als wolle er sie küssen.

»Gefräßig wie die Schnecken«, sagte er langsam und spöttisch und hielt Judith noch ein wenig fest, kostete die Wirkung seiner Worte aus, ehe er sie losließ.

Judith heulte, laut und feucht, den ganzen Weg nach Hause. Rebecca tat so, als bemerke sie das nicht. Was sie beschäftigte, waren: Nummer 12, die Pflanzen im Schwimmbad, der Mann im Engelladen.

»Schnecken sind hübsche Tiere, reg dich mal ab«, sagte sie schließlich, als sie in ihrem Zimmer saßen, Judith auf dem Bett, Rebecca am Tisch, und Judith in Tränen verschwamm.

»Nacktschnecken nicht.«

»Niemand hat dich eine Nacktschnecke genannt.«

Rebecca schlug ihr Zeichenbuch auf und verzierte die Große Mutter mit sechs Schnecken, die von allen Seiten auf sie zukrochen, nur die sechste nicht, die saß auf ihrer Schulter.

In ihrem kleinen karierten Koffer lag, säuberlich eingepackt mit Papier und Kordel, das Engelsgewand in Größe 12. Sie löste den Knoten, schlug das Papier auf, hielt das Kleid mit der Rosenbordüre vor sich in die Luft.

»Viel zu klein«, stellte sie fest, »sonst hätte ich es dir geliehen. Eine Schnecke mit Engelsflügeln gibt es wohl nicht.«

Sie zog ihre eigenen Kleider aus, ging nach draußen zum Waschtisch, ließ Wasser über Hose und T-Shirt laufen. Eine graue Brühe trat aus dem Stoff. Sich selbst zu waschen, darauf verzichtete sie, zwängte ihre dreckigen Arme in die Puffärmel des Engelkleids und zog es sich über den Kopf. Kurz und eng klebte es an ihrem Körper.

»Du siehst aus wie ein ziemlich schäbiger Engel«, bemerkte Judith.

Einen Spiegel hatten sie nicht, und Rebecca war unsicher, ob sie ihrer Schwester glauben sollte. Hätte sie sich sehen können, einem Teufelchen gleich, das im Begriff ist, aus einem Engelskokon zu schlüpfen, mit knochigen Gliedern, wilden Augen und wilden Haaren, mit einer Kriegsbemalung aus Staub und Farbklecksen, sie wäre nicht unzufrieden gewesen.

Es fühlte sich komisch an, so verkleidet durch die Straßen zu gehen, und Rebecca hielt eisern den Blick gesenkt, bis sie vor Jonas' Tür standen. Der legte bei ihrem Anblick die Hände vor die Brust und rief die Muttergottes an. Dann zupfte er mit spitzen Fingern an dem Kleid, um es vorteilhaft an Rebeccas Körper zu verteilen.

Erfolglos.

»Was wollt ihr?«, fragte er auf Englisch.

Ja, was wollten sie?

Sie machten ein paar Schritte durch den Laden bis zur Hintertür. Jonas öffnete die Tür, dort standen die Stühle, wie an ihren Mondscheintreffen. Die Nähte des Engelskleides knirschten, als Rebecca sich setzte.

»Uli ist verreist, wusstest du das?«, fragten die beiden, so einstimmig, als hätten sie vorher geübt.

»Mir hat er nichts gesagt.«

Sie saßen da und schwiegen, bis Jonas aufstand, mit der eindeutigen Absicht, Judith und Rebecca zur Tür zu begleiten.

»João«, sagte Judith, »hat er dir nichts erzählt?«

»Was erzählt?«

»Dass Uli weg ist. Dass er ihn vertritt.«

Jonas schüttelte verständnislos den Kopf.

»Hat er es dir erzählt?«, beharrte Judith.

»Fragt ihn selbst. Warum fragt ihr mich?«

»Wegen dem Gewehr.«

Gewehr, das englische Wort dafür fiel Rebecca nicht ein, also sprach sie deutsch und formte die Hand zum Revolver, *peng peng*.

Es war Jonas anzusehen, dass er den schießenden verdreckten Engel auf seinem Stuhl ziemlich lästig fand.

»Arma«, erklärte Judith, »iste habet arma.«

Jonas wurde noch ein wenig blasser, und auch sein Englisch verließ ihn, denn er antwortete auf Portugiesisch. Alles, was Rebecca heraushören konnte, war *lua cheia*, Vollmond, dann scheuchte er sie aus dem Laden.

»Na wunderbar«, sagte Judith, »können wir jetzt essen gehen?«

»Schnecke«, zischte Rebecca, aber das brachte Judith kein zweites Mal zum Weinen.

Zu Hause lagen ihre Sachen klatschnass auf dem Waschtisch, sie hatte sie nicht einmal aufgehängt. Engelskleid tragen oder Schottenrock?

Ebenso gut ein Engel bleiben.

Ehe sie gingen, machte sie, obwohl Judith drängte, eine kleine eilige Schwalbenzeichnung, in Erinnerung an die Schwalbenkolonie vor Jonas' Haus, der Beginn für ein Luftbild.

Gypsy und Ytterblom saßen schon da, bei Wein und Brot, und klatschten in die Hände, als sie Rebecca sahen. Gypsy strich lächelnd über den glänzend weißen Stoff ihres Kleides, so wie man eine Katze streichelt, ein Kleid mit niemandem drin. Judith setzte sich neben Ytterblom.

»Vierundzwanzig Teknica«, sagte der, »eine ganze Schulklasse.«
»Eine Schulklasse Teknica? Darf ich sie sehen?«
Das klang nach Puppenhaus, nach kleinen Tischen und Bänken, nach etwas zum Spielen.
»Sieben habe ich fertig. Kommt nachher mit in meine Werkstatt, dann zeige ich sie euch.«
»Sieben kleine Teknica. Wie die sieben Zwerge.«
Ytterblom drückte Judiths Arm so fest, dass man rote und weiße Flecken sah: »Sei nicht albern, beloved.«
Es war leer auf dem Platz an diesem Abend, kein anderer von den Terrassentischen besetzt, nur drinnen saßen ein paar Männer und starrten auf den Fernseher.
»Fußball«, sagte Ytterblom, »ich gehe auch mal rein.«
»Und wir?«
»Esst einfach ohne mich«
»Er ist abgespannt von der Arbeit«, erklärte Gypsy, nachdem Ytterblom den Tisch verlassen hatte, »die Sache braucht viel Energie.«
Aldina kam nach draußen und drückte Rebecca einen Zettel mit dem Wochenendmenu in die Hand. Der Brunnen rieselte und plätscherte, und die Schwalben taten, was sie konnten, um ihn zu übertönen.
»Was ist los mit euch beiden?«, fragte Gypsy.
Unmöglich konnten sie von der Schwimmbadplantage und Nummer 12 erzählen. Sie schüttelten bloß den Kopf.
Damit fand Gypsy sich nicht ab. »Irgendwas habt ihr doch.«
»Wir wissen nicht, wo Uli ist.«
»Ja und?«
»Wir wissen auch nicht, ob er wiederkommt.«
Gypsy nickte: »Ich kann es euch sagen.«
Sie legte ihre Wahrsagekarten auf den Tisch, mischte, deckte sechs von ihnen nacheinander auf.
»Hier, der Mond. So einfach ist es manchmal.«
»So einfach?«
»Zu Vollmond kommt er zurück«, erklärte Judith an Gypsys Stelle.

»Vielleicht macht ihr euch nicht ohne Grund Sorgen«, fuhr Gypsy fort, »Uli scheint sich etwas übernommen zu haben. Ich sehe hier den Teufel, unter anderem.«

»Nummer 12?«, fragte Rebecca.

»Natürlich nicht«, sagte Judith.

Gypsy wandte sich Judith zu: »Du hättest selbst die Karten befragen können. Wenn du die Gabe hast, solltest du sie auch nutzen.«

Ytterblom kam aus der hell erleuchteten Tür des Schankraums.

»Morgen ruht das Objekt. Ich darf meinen Auftrag nicht vernachlässigen.«

Es war dunkel geworden. Sie konnten die Bilder auf den Karten, die immer noch vor ihnen auf dem Tisch lagen, kaum mehr erkennen. Rebecca schob Aldinas Zettel in den Ausschnitt ihres Kleides – Taschen hatten Engel nicht.

»Morgen ruht also das Objekt«, sagte sie, »und wie viele Tage sind es bis zum Vollmond?«

Ytterblom blickte schulterzuckend gen Himmel.

»Fünf«, sagte Gypsy.

Die Nacht, die auf diesen heißen Tag folgte, war so kühl, dass Rebecca mehrmals aufwachte – hustend, damit weckte sie Judith.

»Wir waren gar nicht in Ytterbloms Werkstatt«, sagte sie einmal.

Und, ein andermal: »Glaubst du, er ist wieder in Italien?«

Judith antwortete einsilbig und uneindeutig.

Morgens dampfte das Haus, die Feuchtigkeit der Nacht hing wie Nebel in ihrem Zimmer.

»Was machen wir mit dem Tag?« fragte Judith.

»Wir gehen in den Bazar du Nouveau Siècle. Ich mache mir Gedanken um die Malmittel.«

»Ich nicht«, sagte Judith, aber sie kam mit.

»Ytterblom hat dich lange nicht mehr besucht.«

»Du weißt warum.«

Ytterblom saß am Tisch vorne in seinem Laden, in der Hand eine spitze Zange und ein in sich gedrehtes Gebilde aus silber- und kupferfarbenem Metall. Auf der Tischplatte lagen weitere metallene Kreaturen, fertig oder unfertig, verschiedene andere Zangen, Pinzetten und ein Lötkolben.

»Hast du keine Angst, dass die lebendig werden?«, fragte Rebecca.

»Die sind lebendig«, sagte Ytterblom.

»Deine Schafskäsefarbe verdirbt. Die Eitempera auch.«

»Das wird man morgen sehen.«

»Ich möchte sie jetzt.«

»Das Objekt ruht, habe ich gesagt.«

Er redete betont ruhig und langsam, wie ein Erwachsener mit einem störrischen Kind.

»Ich zeige euch kurz, was ich hier mache, ich erkläre euch die Teknica, die schon fertig sind, dann könnt ihr wieder gehen.«

»Wohin?«

»Genießt die Sonne oder was ihr wollt.«

»Ich will höchstens schwimmen gehen«, sagte Rebecca, »und das kann man hier nicht.«

Judith, die kein einziges Wort gesprochen hatte, seit sie im Laden angekommen waren, griff mit gleichmütiger Miene nach einem der Teknica, nahm es vom Tisch, schloss ihre Finger darum, hatte keine Tasche, in die sie es stecken konnte, so wenig wie Rebecca, die wieder das Engelskleid trug, dessen weiße Farbe anfing zu vergilben.

»Wenn du uns die Farben gibst, könnten wir die Seelenschreine anmalen.«

»Die Seelenschreine?«

»Die mit den Engeln drin. Welche Farbe mögen Engel, außer weiß?«

»Frag doch Nummer 12«, Ytterbloms Stimme verlor ihren geduldigen Ton, »der wird sich freuen.«

»Nummer 12«, sagte Rebecca, »ja. Hast du ihn in den letzten Tagen gesehen?«

»Glücklicherweise nicht.«

Ytterblom wandte sich seinen Metallobjekten zu, und falls ihm auffiel, dass eines fehlte, ließ er sich nichts anmerken. Er hatte seine begonnene Arbeit schon wieder in der Hand und wies mit der Zange auf die fertigen Teknica, hielt ihnen einen Kurzvortrag: Dies repariert die Aura, dies stärkt das Immunsystem, dies transformiert Gedanken, dies fördert das Pflanzenwachstum, dies gleicht Herz und Verstand aus, und dieses hier lenkt deine Träume.

»Ich gebe Kräften, die zwischen den Dimensionen leben, einen Körper.«

»Warum hast du das genommen?«, fragte Rebecca, kaum dass sie draußen waren.

Ohne es vorher abgesprochen zu haben, gingen die Schwestern in Richtung Stadtmauer. Sobald sie den Ort hinter sich gelassen hatten, fragte Rebecca ein zweites Mal: »Was willst du damit?«

»Wollte es einfach nur haben. Mal sehen, wozu es gut ist.«

»Gib her.«

Hübsch war das Gebilde nicht, fand Rebecca. Als hätte der liebe Gott für Insekten geübt.

»Dafür kriegt er also Geld. Und die schönen Farben lässt er vergammeln.«

Auf der Brücke blieben sie stehen.

»Wir gehen durch den Fluss weiter«, sagte Rebecca, »habe ich schon einmal gemacht.«

Sie zogen ihre Schuhe aus und tasteten sich von Stein zu Stein, bis sie auf der Höhe des Schwimmbads angekommen waren. Sie spähten durch die Büsche, warteten darauf, João heraus- oder hineingehen zu sehen, oder ihn überhaupt zu sehen, die Becken aber lagen zu weit vom Eingang, und nichts passierte, nicht in ihrem Gesichtsfeld.

Judith ließ ihr geklautes Teknon baden wie ein Püppchen. Ein Püppchen mit Korkenzieherarmen und einem walzenförmigen Kopf.

»Sieht aus, als könnte man sehr kleine Weinflaschen damit öffnen«, sagte Rebecca.

»Unsinn, es repariert die Aura.«

»Was ist die Aura?«

»Keine Ahnung.«

Judith schüttelte den Kopf, das Püppchen drehte sich im Kreis dazu. Sie hob es aus dem Wasser und spähte zwischen seinen Armen hindurch.

»Es hat keinen Sinn, ewig hier zu warten.«

»Doch«, sagte Rebecca, »ich übe versteinern.«

So weit kam es nicht, es erschienen Menschen auf dem Weg, die Holzschnitzer mit ihren Rucksäcken voller unverkaufter Figuren. Rebecca und Judith stiegen aus dem Bach und gingen den beiden entgegen, barfuß.

»Habt ihr uns gesucht?«, fragte Sofia.

»Nehmt ihr uns mit zu eurer Badestelle?«

»Der Alte ist fortgezogen«, sagte Tomás.

»Glauben wir.«

»Wir haben ihn ewig nicht mehr gesehen.«

Judith und Rebecca nickten dazu, am Boden lächelten lila Blumen und Schafgarbe, es roch nach Pfefferminz.

Ruhig und freundlich wirkte das Haus der beiden, befreit von Joãos Nähe.

Sofia baute ihre Schnitzereien auf der einen Seite des Küchentisches auf, die eingekauften Lebensmittel auf der anderen.

»Den Weg zum Wasser findet ihr allein? Dann machen wir Essen, bis ihr wiederkommt.«

»Ich habe keine Ahnung, wo dieser Weg ist«, sagte Rebecca zu Judith, als sie den Garten hinter dem Haus durchquerten, Tomatenpflanzen, Wildwuchs und vier selbstgezimmerte Bienenstöcke. Judith behauptete, sich zu erinnern: einfach da entlang, wo das Gras weniger hoch ist. Wenn ein Weg hier war, wohin sonst sollte er führen als zum Fluss?

Allerdings zeigte der Pfad sich bald tückisch, mit kratzigem Gestrüpp an seinen Rändern, er querte einen schlammigen

Graben, der so dicht bewachsen war, dass sie ihn übersahen und mitten hineintraten, er wurde schmaler, und dann, als sie schon umkehren wollten, wieder breiter.

Vor allem war der Weg zu weit.

Zuletzt gabelte er sich, führte links bergauf zu einem verlassen wirkenden Haus, rechts hinunter ins Ungewisse.

Wo sich die Wege trennten, stand eine Flasche Wein, geöffnet, aber voll. Vier Zigaretten, nur eben angebrannt, drei rote Nelken und etliche Münzen waren in einem säuberlichen Kreis darum angeordnet. Rebecca streckte die Hand nach dem Kleingeld aus.

Judith schrie: »Lass das!«

»Gehen wir rechts?« fragte Rebecca.

»Wir kehren um.«

»Du hast dich getäuscht.«

»Du wusstest es auch nicht besser.«

Sofia stand hinter ihrem Haus, sie winkte und rief. Ihr Hund lief den Schwestern entgegen, leckte ihnen zur Begrüßung den Schlamm von den Füßen.

»Ich war am Fluss und habe euch nicht gefunden.«

»Wir haben uns verlaufen.«

Sofia lachte und schüttelte den Kopf.

Der Weg zur Badestelle war nicht nur breiter als der Pfad, den sie genommen hatten, er war auch zehnmal kürzer. Judith saß am Ufer und weinte, sie wollte sich nicht einmal ausziehen, während Rebecca sich durch das eiskalte Wasser wie betäubt und von allen widrigen Stimmungen befreit fühlte.

»Es ist kälter als sonst«, sagte sie zu Sofia.

»So ist es immer an heißen Tagen.«

Im Haus hatte Tomás gemischtes Gemüse gekocht, ganz wie Uli es machte.

»In vier Tagen ist Vollmond«, sagte Rebecca.

Sofia und Tomás nickten synchron mit dem Kopf.

»Ich bringe Judith mit.«

Judith sah abwesend aus, als könne nichts in der Welt sie bewegen, an diesem Gespräch teilzunehmen.

Vielleicht ist das die Sache mit der Aura, die Ytterblom ihr angehext hat, dachte Rebecca und sagte: »Gib mir das Teknon.«

Judith schien sie nicht zu hören.

»Gib schon her.«

Sofia erklärte, sie müssten jetzt in ihre Werkstatt gehen, an die Arbeit.

Was machten sie bloß mit all den Figuren, die sie nicht loswurden? Rebecca ahnte, dass die Frage unhöflich war, und sprach sie nicht aus.

Auf dem Heimweg spielte Judith mit ihrem Korkenzieherpüppchen, ließ es von einer Hand in die andere wandern. Rebecca gab sie es nicht.

»Bestimmt hat Ytterblom das extra für dich gemacht. Du denkst nur, du hättest es geklaut.«

»Ist mir egal«, sagte Judith.

Kurz vor dem Eingang zum Schwimmbad blieben sie stehen.

»Jetzt wohnt er wohl hier.«

»Tag und Nacht.«

»Kann er uns von drinnen sehen?«

Sie rannten an der verschlossenen Pforte vorbei, nur ein Stück weit, sie waren verschwitzt und durstig.

»Dieser Stinker.« Judith spuckte aus.

»Mit seinem stinkigen Gewehr.«

»Wir sollten ihn verfluchen.«

»Vielleicht hat ihn schon jemand verflucht.«

Judith nickte: gut möglich. »Wenn nicht, dann tu ichs.«

Sie gingen an den alten Reklameaufschriften, dem bunten Ortsnamen und ihrem eigenen Bild an der Stadtmauer vorbei, ohne innezuhalten, als gälte es, eine Begegnung zu vermeiden mit denen, die sie da festgehalten hatten, damit sie ihrerseits verbleichen konnten, unleserlich werden, eine farbige Spur wie die hundertjährigen Werbebotschaften.

Zu Hause setzte Judith das Teknon zwischen die hölzernen Frösche. Rebecca zog sich um, warf ihr Engelkleid auf den Boden. Sie stritten sich um den Platz am Tisch, Rebecca, weil sie Aldinas Speisekarte schreiben, Judith, weil sie die Tarotkarten auslegen wollte.

Judith siegte, mit Tränen.

»Du bist ziemlich weinerlich seit der Sache mit dem Getränk«, sagte Rebecca.

»Stimmt nicht«, behauptete Judith, legte die Karten und weinte noch mehr.

»Das sind die Karten von João«, bemerkte Rebecca, »du wolltest ihn selbst verfluchen, also was juckt es dich?«

Allerdings sahen die Bilder auf dem Tisch ziemlich düster aus, ob man nun die Gabe hatte oder nicht.

»Gut«, Judith räumte die finsteren Botschaften zusammen, »du kannst den Platz jetzt haben. Ich lege mich hin.«

Rebecca ersetzte Tod, Teufel und Schwerter durch grüne Bohnen mit Knoblauch, gebratenen Fisch und Kaninchen in Rosmarin. Hin und wieder drehte sie den Kopf, um einen Blick auf Judith zu werfen, die auf bedrückende Weise an ihre eigene Mutter erinnerte, wie sie leidend auf dem Bett lag.

Nie will ich so werden, beschloss Rebecca, aber will ich überhaupt irgendwie werden? Lieber verschwinden. Ich habe nicht einmal mehr meinen Dybbuk. So ähnlich muss Nummer 12 sich gefühlt haben, als er seine Engel nicht mehr sehen konnte.

Sie begann, die Ränder der Speisekarte mit Engeln zu verzieren, heraus kamen Vögel mit Menschenköpfen, die nichts Engelhaftes hatten, und sie riss die Ränder ab, mit einer sauberen Kante, kaum sichtbar. Diese missratenen Engel waren höchstens etwas für ihr Luftbild. Sie strich die zerknüllten Papierstreifen wieder glatt, musterte sie eingehend und zerknüllte sie endgültig. Dann setzte sie ein Pärchen von ihnen in ihr Zeichenbuch.

»Engel: nisten in Seelenschreinen«, schrieb sie darunter und fand, es war Zeit, aus dem Haus zu gehen. Judith schien zu schlafen, doch Rebecca war sicher, dass sie nur so tat.

»Kommst du?«

Sie öffnete die Haustür, Judith stand auf. Nahm ihr Korkenzieherpüppchen mit und seufzte: »Ich habe nicht mal Hunger.«

Aldina nahm die Speisekarte entgegen und bot an, ihnen genau das Menu zu servieren, das darauf stand. Ytterblom und Gypsy kamen dazu, als sie schon die winzigen gebratenen Fische knabberten. Auf dem Tisch lag das Teknon, nicht zu übersehen.

»Du hast es doch für mich gemacht?«, fragte Judith.

Ytterblom lächelte: »Aber sicher. Du solltest es um den Hals tragen, damit eure Frequenzen sich verbinden.«

Luna erschien, die Bestellung aufzunehmen, zeigte Hasenohren an für das Hauptgericht.

»Für mich nur Wein«, sagte Gypsy, »und Oliven.«

Luna streichelte Gypsy die Wange. Ytterblom nahm das Teknon vom Tisch. Als Luna zurück ins Café gegangen war, stand er auf, trat hinter Judiths Stuhl und tastete in ihrem Kleid nach dem Band, an dem der sechste Finger hing.

»Stop«, sagte Judith.

Ytterblom ließ seine Hand auf ihrer Schulter liegen.

»Fass meinen Finger nicht an.«

Rebecca lachte. Sie fand es lustig, dass es einen Körperteil von Judith gab, den Ytterblom nicht anfassen durfte. Keiner von den anderen lachte mit.

»Ich hole dir ein anderes Band«, sagte Ytterblom und entschwand mit eiligen Schritten in Richtung seines Ladens.

Luna kam wieder, mit mehr Gläsern und mehr Wein und mit Gypsys Oliven. Auch Rebecca griff in die Schale, spuckte Kerne über den Platz: nach den Schwalben schießen. Sie ärgerte sich, dass Judith ihr gestohlenes Teknon nun so feierlich vermacht bekam, und obwohl sie es sich kaum zugeben mochte, hätte sie auch gern eins gehabt.

Gypsy schien es ihr anzusehen: »Calma, Rebecca. Ich halte nichts von diesen Teknica.«

Rebecca nickte.

»Du ahnst nicht, wie viele Ytterblom für mich gemacht hat. Eine echte Manie.« Gypsy sprach schnell, denn Ytterblom betrat schon den Platz: »Ich habe sie alle weiterverkauft. An Leute, denen ich die Karten gelegt habe.«

Rebecca lachte, Judith schüttelte den Kopf. Ytterblom, an ihrem Tisch angelangt, holte Judiths Teknon aus der Tasche, es hing nun an einem Lederband.

»Hier, Giuditta, ich binde es dir um.«

Mit steifem Nacken ließ Judith das über sich ergehen. Dann brachte Luna ihr Essen, und über das Teknon wurde nicht mehr gesprochen. Erst als nur noch Kaninchenknochen auf den Tellern lagen, bemerkte Ytterblom: »Danke sagen kannst du auch nicht.«

Judith dachte nach, man sah es ihr an.

»Nein«, sagte sie dann, »kann ich nicht.«

New Morning

Zum Schlafen hatte Judith das Teknon abgenommen und es einem der Frösche umgelegt. Rebecca sah es dort hängen, als sie morgens die Augen öffnete, und bekam unmittelbar schlechte Laune.

Drei Tage bis Vollmond, dachte sie.

Und der stinkende João in ihrer Schwimmbadplantage.

Sie nahm das Teknon vom Frosch, ließ es vor Judiths Nase baumeln.

»Schlechte Zeiten«, orakelte sie, »Fieber, Überschwemmungen, Heuschrecken und Dürre.«

»Geh weg«, sagte Judith.

»Ich nehme dein Püppchen mit.«

Judith richtete sich auf, zu müde, um sich ärgern zu lassen, einen Abdruck der Bettdecke im Gesicht.

Den Seelenschrein gegenüber vom Engelsladen, dachte Rebecca, den male ich an. Blutrot. Oder albern, mit Punkten. Mit Mondgesichtern. Egal, ob Ytterblom seine Farben dafür hergeben will; ich nehme mir was mit. So wie Judith ihr Püppchen.

Judith hatte, wie so oft, ihre Gedanken aufgefangen.

»Dieses Opfer am Weg«, sagte sie, »der Wein, die Blumen.«

»Meinst du, das war für die Engel?«

»Für irgendeine Seele.«

»Für wen möchtest du eins machen?«

»Für João.«

Rebecca erinnerte sich an Judiths Tränen, an die mörderischen Orakelkarten: »Meinetwegen.«

Da sie weder Wein noch Geld noch Zigaretten hatten, konnten sie nur ein paar Blumen pflücken gehen.

»Das sieht kindisch aus«, sagte Rebecca.

Judith nahm die Blumen wieder aus dem Schrein und streute sie über den Weg.

»Wir suchen andere Sachen. Gypsy hat Zigaretten.«

»Blöder Plan, Gypsys Zigaretten zu klauen, um sie Joãos Seele zu opfern.«

Sie machten sich auf den Weg zu Ytterbloms Laden. Vor der Tür des geschlossenen Cafés trafen sie den Anarkos-Weinmacher. Über seiner Schulter hing ein Bündel Kaninchen, an den Hinterläufen verschnürt, mit hängenden Ohren und toten Augen.

Er grüßte, Judith grüßte zurück.

»Vinum?«, fragte sie.

Er lachte und tätschelte seine Kaninchen.

Die Luft war dunstig, der Tau der Nacht lag auf den Häusern. Trotzdem wartete Ytterblom ungeduldig auf sie.

»Wo ist Gypsy?«, fragte Judith.

Ytterblom antwortete nicht. Stattdessen zeigte er auf die Gefäße mit Farben, Pinseln und Malmitteln: »Alles ist noch gut. Sogar die Käsefarbe für Rebecca. Ich habe sie im Hof in den Schatten gestellt, unter dem Waschtisch.«

»Wo ist Gypsy?«, beharrte Judith.

»Sie schläft.«

Gypsy erschien beim Objekt, als die Sonne fast senkrecht in dessen Zentrum schien. Sie sah verändert aus, fand Rebecca, etwas in ihrem Gesicht stimmte nicht, ihre Augen blickten so leer und weit wie die von Argentinos Kaninchen. War es höflich, danach zu fragen? Sicher nicht.

Gypsys Stimme war noch rauer als sonst: »Ich habe Kaffee mitgebracht.«

Sie hielt die blaue Emaillekanne hoch wie einen Gewinn.

»Und *pão de deus*. Gottesbrot.«

»Was?«, rief Rebecca entsetzt.

Ihr Schrecken war nicht gerechtfertigt, das Gottesbrot nichts weiter als süße Hefebrötchen aus Aldinas Küche. Trotzdem vermischte sich das, der Gedanke an Gott, an das vage Unglück, das Gypsys Gesicht zugestoßen war, an Uli mit blutender Nase auf dem Parkplatz, so dass Rebecca ihr Brötchen an Judith weitergab.

Die Farben taten ihr Übriges, denn wenn Ytterblom auch erklärt hatte, seine Malmittel seien einwandfrei, erinnerte der Geruch des Käsebinders an ein altes Pflaster, das man eine Woche lang auf dem Knie gehabt hatte, und die Eitempera schien eine Ahnung von Tod mit sich zu tragen. Judith hatte sofort nach dem gewohnten industriellen Binder verlangt, und Ytterblom ließ sie feurige Hintergründe damit auftragen. Rebecca nannte ihre Schwester eine Mimose und kämpfte mit der Übelkeit.

»Eins weiß ich«, sagte sie, als sie im orangegelben Nachmittagslicht ihre Farben zusammenpackten, »ich kann heute unmöglich Kaninchen essen.«

Keiner hörte ihr zu. Ytterblom sprach leise auf Judith ein. Gypsy rauchte mit abwesendem Blick, die Zigarette hing ihr von der Lippe wie eine weiße Zunge, während sie Pinsel abwischte und Gläser mit Pigmenten zuschraubte.

»Na gut«, sagte Rebecca. Sie bekam Lust, ihnen allen vor die Füße zu spucken – allein, es fehlte die Entschlossenheit.

Sie trennten sich wie gewohnt am Eingang zur Stadt. Hübsch eigentlich, eine Stadt, die so sauber abgegrenzt ist, dass man sie mit einem Schritt verlassen und betreten kann, nicht zerfasert wie die Stadt, in die sie als Kinder zum Einkaufen gefahren waren, oder wie die Orte an den großen Straßen.

Judith hielt Rebecca ihre geöffnete Linke entgegen, zwei Zigaretten lagen darin: »Gehen wir noch einmal hin?«

Rebecca ärgerte sich, dass sie nicht daran gedacht hatte, etwas von den Farben mitzunehmen. »Meinetwegen.«

Doch am Seelenschrein war ihnen jemand zuvorgekommen. Da hingen eine tote Schwalbe und ein toter Fisch nebeneinander an einem Mauerhaken. Judith schauderte, Rebecca fasste den Haken an, gleich oberhalb des Fischkopfs, der im Flug die Schwalbe überholt hatte.

»Der Haken war heute Morgen nicht da.«

»Er ist alt.«

»Trotzdem. Gibst du mir die Zigaretten?«

Sie legte die Zigaretten kreuzförmig übereinander, den toten Tieren zu Füßen.

»Hätten wir sie nicht anbrennen müssen?«, fragte Judith auf dem Heimweg.

»Geh zurück, wenn du willst.«

»Gib mir das Feuerzeug.«

Rebecca zog die Blechdose aus ihrer Hosentasche. »Ich warte hier auf dich.«

Judith wirkte verschwitzt, als sie zurückkam, sie hielt ihren sechsten Finger umfasst, und Rebecca bemerkte, dass das Teknon nicht mehr daneben hing.

»Ich habe es dazugelegt«, sagte Judith.

»Du bist blöd. Wir hätten Geld dafür bekommen können.«

Wenn es morgen noch daliegt, fügte sie in Gedanken hinzu, dann hole ich es wieder.

Zu Hause gingen sie auf den Hof, wuschen den Farbstaub ab und den Schweiß, und Judith wusch auch ihr Kleid.

»Willst du das Engelskostüm haben?«

»Ich gehe nicht mehr raus.«

Judith meinte es ernst, sie ließ sich nicht bereden, Hunger hatte sie nicht und nicht mal Durst auf Wein.

Rebecca ging allein, an Arthurs Laden vorbei, der verschlossen war wie seit Tagen schon. Die Schieferplatten auf dem Weg verbrannten ihr fast die Füße, sie blieb extra alle paar Schritte stehen, um die Hitze auszukosten, bis sie unerträglich wurde. Beim Café war sie die Erste, nur ein unbekanntes Paar saß draußen an einem Tisch.

»Es ist leer«, sagte sie zu Aldina.

»Du kommst früh.« Aldina gab ihr ein Glas Wasser. »Wo ist deine Schwester?«

»Zu Hause.«

Fußball flackerte über den Fernseher, davor erkannte Rebecca den Anarkos-Weinmacher, seinen Nachbarn kannte sie nicht. Sie wollte sich dazusetzen, aber Aldina hielt sie über die Theke hinweg am Arm fest: »Geh nach draußen. Luna bringt dir Brot und Oliven.«

Da saß sie, und niemand kam.

Rebecca hüpfte über den Platz zum Brunnen, spritzte sich Wasser über Gesicht und Hals, hielt ihre Hände unter den Strahl, der da seit Jahrhunderten unbeirrt aus seiner Rinne lief, lang genug, um den Stein auszuhöhlen, tief auf der einen, flacher auf der anderen Seite. Ein Zwillingsbrunnen, dachte Rebecca, aber keine echten Zwillinge. So wie wir.

Sie hatte das Gefühl, etwas falsch zu machen, ohne zu wissen, was das war. Was sollte sie tun? Verschwinden? Sie hob mit ihren nackten Zehen kleine Steinchen vom Boden auf, ließ sie wieder fallen. Sah den Schwalben zu, die über den Platz flogen und dachte an die tote Schwalbe in der Mauernische, dachte an die toten Kaninchen in Argentinos Hand und hätte gerne sorgfältig mit Bleistift festgehalten, was ihr durch den Kopf ging.

Jetzt wegfliegen können. Welche Demütigung für die tote Schwalbe im Seelenschrein, dass man sie unter einen Fisch gehängt hatte. Wer tötete überhaupt eine Schwalbe? Beide hatten sie an Nummer 12 gedacht, sie hatten gar nicht darüber reden müssen. Aber konnte das nicht ebenso gut eine kindliche Grausamkeit von Luna sein – der einzigen Person im Ort, die überhaupt etwas Kindliches hatte? Oder eine Drohung von Ytterblom an den kleinen Alten?

Man sollte die Schwalbe da rausholen und begraben, dachte Rebecca. War ein Platz in der Erde gut für eine Schwalbe?

Ohne es selbst recht zu bemerken, hatte sie die Augen geschlossen, sie sah nichts mehr, niemanden, auch nicht den Menschen zu der Stimme, die ihren Namen sagte.

Vor ihr standen zwei Leute, mit denen sie noch weniger gerechnet hatte als mit Arthur oder Ytterblom oder sogar Nummer 12. Ein ungleiches Paar, die Frau tiefbraun und kurzhaarig, der Mann mit längeren Haaren und einem Gesicht wie offenes Fleisch. Beide ergraut, wenn man nach Gemeinsamkeiten schaute.

»Ihr kommt drei Tage zu früh«, sagte Rebecca.

»Zwei«, sagte Uli, »Vollmond ist übermorgen. Komm mit zu Aldina, ich habe Hunger.«

Die beiden setzten sich mit ihr an den Tisch.

Rebecca streckte die Hand nach Ulis Gesicht aus, der schreckte zurück.

Luna und Aldina erschienen, so schnell, als hätten sie nur auf Uli gewartet. Aldina und er redeten ein schnelles, leises Portugiesisch miteinander. Luna schien, ihrem Gesichtsausdruck nach, ebenso wenig zu verstehen wie Rebecca.

»Was ist mit den anderen?«, fragte Anoa auf Englisch, als Aldina gegangen war und Luna langsam Staub und Brotkrümel von der Tischplatte wischte.

»Ich warte auf sie.«

»Wir können trotzdem schon essen.«

Als das Essen aufgetragen wurde, stellte Rebecca fest, dass sie selbst in diesem »wir« nicht enthalten gewesen war. Auch von dem Wein, einer kleinen Karaffe, bekam nur Anoa etwas eingeschenkt. Rebecca bediente sich, ohne zu fragen. Auf das geschmorte Kaninchen konnte sie verzichten. Uli und Anoa schwiegen beharrlich, als wären lauter Geheimnisse zwischen ihnen, die ihnen auf die Zunge geraten könnten, sobald sie nur den Mund aufmachten.

Als Anoa aufstand und nach drinnen ging, zur Toilette, Zigaretten kaufen, ungestört trinken, nahm Rebecca ihren Mut zusammen, sah Uli in sein verbranntes Gesicht und fragte: »Wieso hast du João geschickt, um auf die Pflanzen aufzupassen?«

»Habe ich das?«

»Er hätte uns fast erschossen.«

»Es ist kompliziert, Rebecca, ich weiß nicht, wie ich es dir erklären soll.«

Anoa kam wieder, Rebecca leerte ihr Glas und ging, ohne sich zu verabschieden.

Im Bazar du Nouveau Siècle brannte Licht. Ytterblom saß am Tresen und bastelte. Rebecca drückte gegen die Tür. Die war abgeschlossen. Sie klopfte mehrmals, bis Ytterblom aufsah und ihr öffnete.

»Was willst du?«

»Ich habe auf euch gewartet.«

»Gypsy geht es nicht gut. Wir kommen heute nicht.«

Ytterblom schob sie aus der Tür und schloss gleich wieder ab.

Zu Hause saß Judith am Fenster und las in der Dämmerung den deutschen Roman aus Arthurs Laden.

»Du verdirbst dir die Augen«, sagte Rebecca mit der Stimme ihrer Mutter.

»Wohl kaum.«

»Du hast was gewusst.«

»Sind sie nicht gekommen?«

»Sie nicht. Aber Uli und Anoa.«

»Schon?«

»Vollmond ist übermorgen, sagt Uli.«

»Ytterblom hat gesagt, in drei Tagen.«

»Vielleicht will Ytterblom nicht, dass wir dabei sind.«

Rebecca schloss das Fenster, das Zimmer wurde dunkel. Sie nahm das Feuerzeug aus der Dose und zündete eine Kerze an. »Wir kommen trotzdem.«

Blau in Blau

In der Nacht träumte Rebecca von Explosionen in der Ferne, regelmäßig wie der Auftakt zu einem Feuerwerk, von einer hohen Rauchsäule, die über der Stadt aufstieg. Sie sah in den Rauch und die Flammen, bis diese verschwanden, und irrte durch die Straßen, die ihr groß und unübersichtlich vorkamen, um zu erfahren, was geschehen war. Doch alle Leute trugen schwarze Anzüge und Totenkopfmasken, und sie wagte nicht, einen von ihnen anzusprechen.

Sie wachte auf, als es gerade ein wenig hell wurde, und verließ das Haus, ohne Judith zu wecken. Die kalten, feuchten Steine unter ihren Füßen fühlten sich unwirklich an, sie selbst war leicht wie Nebel. Mit geballten Fäusten lief sie die Straße hinunter, einmal links, zweimal rechts, bis zum Seelenschrein.

Der war leer. Keine toten Tiere mehr, kein Korkenzieherpüppchen. Und Jonas' Laden hing voller Gespenster. Sie rannte hinunter zum Platz, stieß sich die nackten Zehen, rutschte aus, fing sich wieder. Hielt den Kopf unter den Brunnen und bemerkte erst dann, dass neben dem Denkmal einer saß. Ihr Dybbuk, Gefährte ihrer schlechten Träume. Lazaro, Arthur. Er winkte ihr zu. Rebecca setzte sich neben ihn.

»Glaubst du an Engel?«

Er gab ihr ein trauriges Lachen zurück.

»Auch nicht an Engel, die tote Tiere essen?«
»Und Wein trinken und rauchen? Nein.«

Sie sahen dem Tag dabei zu, wie er, vom Fluss kommend, seinen Weg durch die Straßen des Ortes nahm und schließlich anhielt, vor ihnen, auf dem Platz.

»An der Landstraße wartet der Lieferwagen, mit Brot und Käse. Ich muss gehen.«

»Warte.«

Arthur, der schon aufgestanden war, der ihr den Rücken zukehrte und weiter nichts wollte als loslaufen, fragte: »Was ist?«

»Zum Vollmond, kommst du da?«

»Ja.«

Er verschwand, schnell wie ein Geist.

Kurz darauf trat Aldina aus dem Café und lief ebenfalls Richtung Stadtmauer, sie trug einen geblümten Bademantel und sah Rebecca nicht. Die streckte sich, gähnte, machte ein paar Schritte über den Platz, holte Stühle von den Tischen und ließ sich dort nieder, wo sie gestern vergeblich auf ein Abendessen gewartet hatte. Lazaro kam nicht zurück, Aldina schon, einen braunen Brotsack aus Packpapier unter dem Arm. Sie zeigte keine Verwunderung über Rebeccas Anwesenheit, brachte ihr Kaffee und ein Croissant, und als Rebecca wieder ging, war noch niemand anders gekommen.

Arthurs Laden blieb geschlossen, hatte aber eine neue Schaufensterauslage, eine Anordnung aus Steinbrocken, leeren Flaschen mit fremdartigen Aufschriften, großen Tonscherben und Teilen elektronischer Geräte. Oben darauf stand eine kleine Figur, ein Bergsteiger, der seinen Sieg über den Gipfel feierte: das verlorene Teknon.

Judith saß im frisch gewaschenen Kleid auf der Türschwelle und hielt die weißen Beine in die Morgensonne.

»Wo warst du?«

»Schlecht geträumt.«

»Der Sadhu hat wohl etwas übersehen«, sagte Judith.

»Was macht die neue Zeichnung?«, fragte Ytterblom Rebecca zur Begrüßung, als sie wenig später bei ihm im Laden standen.

»Nichts. Morgen vielleicht.«

Ytterblom sagte nichts dazu, legte stattdessen eine Hand in die Kuhle über Judiths Schlüsselbein, tastete nach etwas, das dort nicht mehr hing. Judith krümmte sich. Ytterbloms Hand rutschte ein Stück nach unten.

»Es wurde gestohlen«, flüsterte sie.

»Ja, von dir selbst.«

»Ich habe es im Café vergessen, auf dem Tisch.«

»Fragen wir Aldina«, sagte Ytterblom mit seiner sanftesten Stimme.

»Ich gehe schon.«

Judith konnte nicht wissen, dass das Teknon aus dem Seelenschrein verschwunden war, oder doch?

»Warte, wir gehen zusammen dorthin.«

»Gypsy auch?«

»Gypsy ist krank.«

Es klang vorwurfsvoll, wie er das sagte, es weckte Schuldgefühle in den Schwestern, auf die gleiche Weise, wie die mütterliche Migräne oder die väterliche Melancholie es getan hatten.

Luna stand hinter dem Tresen und polierte Gläser.

»Hol Aldina«, sagte Ytterblom zu ihr.

Aldina hörte sich Ytterbloms Fragen mit sichtlichem Desinteresse an, um dann Rebecca mit in die Küche zu ziehen. Dort stand eine Styroporkiste voll mit blassgrauen Schalentieren.

»Ein Geschenk«, erklärte Aldina.

Sie wollte, dass Rebecca ein Schild für sie malte, jetzt gleich. Rebecca fragte, ob sie eins der Tiere mitnehmen könne, zum Abzeichnen.

»Mach das lieber hier.«

Rebecca verließ die Küche mit einem Zettel, einem Stück Pappe, einem schwarzen Filzstift und einer Riesenkrabbe.

»Kein Teknon«, sagte sie, »nur sowas hier.«

Sie hielt mit spitzen Fingern das graue Tier in die Luft.

Judith und Ytterblom schwiegen sich an. Wegen des Korkenziehermännchens, das Judiths Aura hatte schützen sollen.

Einmal fragte Judith: »Wenn Gypsy krank ist, muss ich mich heute allein ums Essen kümmern?«

»So ist es wohl«, sagte Ytterblom.

Dann schwiegen sie weiter.

An diesem Tag malte Rebecca große Krabben, ihr graues Modell fing schon an zu stinken, und geflügelte Fische. Ytterblom arbeitete an einem Muster ineinander verschlungener Symbole, wie eine Geheimschrift. Judith hielt sich an blaue Hintergründe, eine Schicht Blau über der anderen, bis Ytterblom sie gegen Mittag aufforderte zu gehen.

»Und was soll ich holen?«

»Schafskäse«, sagte Rebecca. Mochte sie selbst entdecken, was in Arthurs Schaufenster auf sie wartete.

Als Judith zurückkam, sah Rebecca ihr gleich auf den Hals, aber da hing nichts außer ihrem Hexenfinger. Sie packte Obst und Teigtaschen aus, in denen rosa Stücke der Krustentiere schimmerten. Ytterblom schien Judith vergeben zu haben, seine Hand lag wieder auf ihrem Knie.

Der Tag war länger in Gypsys Abwesenheit, er hatte eine Schwere, die jeden Handgriff, das Eintauchen des Pinsels, das Anmischen der Farben, die Striche an der Wand, zu belasten schien. Schließlich verdunkelte sich der Himmel mit regenschweren Wolken. Sie packten eilig zusammen und liefen im Gewitter die Landstraße entlang, in die Stadt hinein, unter die schützende Markise des Cafés.

»Hoffentlich ist nicht alles hinüber, was wir heute gemalt haben.«

Ytterblom wirkte niedergeschlagen, er erwiderte kaum Lunas Begrüßung, bestellte einsilbig Wein und starrte vor sich hin.

Auch Rebecca sah gebannt in den Regen. Der schien ihr ein Versprechen mitzutragen, eines, das sie nicht ganz fassen konnte, und wäre sie allein gewesen, hätte sie sich nackt hineingestellt, in den Pfützen gebadet, wie manchmal als Kind im Garten, wenn keiner sie sah.

Das Geräusch des Wassers auf den Dächern, sein Fließen zwischen den Steinen am Boden, dazu der Wein, sehr deutlich in ihrem Mund, das Gewicht des Tages verflüssigte sich.

Hinein in die Pfützen.

Draußen auf dem Feld konnte sie das, wer würde dort sein, um diese Zeit, bei diesem Wetter?

Sie tat einen vorsichtigen Schritt hinaus auf den Platz, zog am Rand der Markise, dass ein Wasserguss laut nach unten fiel.

»Komm zurück«, rief Ytterblom, »willst du krank werden?«

Alt sah er aus und mager, da seine grauen Locken nass nach unten hingen und er sein Lächeln nicht trug.

Rebecca setzte sich wieder. Sie blieben gemeinsam dort, auch als der Regen nachließ, unschlüssig, was zu tun sei. Alle Steine der Stadt waren schwarz vom Wasser, und der Boden um das Objekt hatte sich bestimmt in einen Sumpf verwandelt.

»Leg uns die Karten«, sagte Ytterblom zu Judith.

»Das ist kein Spiel.«

»Ich will wissen, was aus uns wird.«

»Uns allen?«

Das hatte Ytterblom nicht gemeint, er schüttelte den Kopf, Judith aber legte einen Kreis aus zwölf Karten auf den Tisch und eine dreizehnte in die Mitte. Sie zögerte, die Karten aufzudecken, ließ sie so liegen, die Rückseiten nach oben und sah auf sie hinunter, als sagte ihr das schon genug. Dann ließ sie ihren linken Zeigefinger um den Kreis wandern: »Das bist du, das bin ich. Das ist Gypsy.«

Rebecca fand sich gegenüber von Judith wieder, zwischen Arthur und Argentino. In dem Augenblick, als Judiths Finger ihre Karte berührte, stellte sie ihr halbleeres Glas darauf ab: »Besetzt.«

»Das ist kein Spiel«, wiederholte Judith.

»Ich meine es ernst.«

Rechts von Arthur lag Aldina, daneben Anoa, daneben Uli.

»Bestimmt haben Uli und Anoa die Gambas mitgebracht«, sagte Rebecca und kostete das neue Wort auf der Zunge.

Judith und Ytterblom sahen einander in die Augen, Freund oder Feind, das war schwer zu erkennen.

Rebecca stand auf, nahm ihre Karte mit, ging nach drinnen. Sie wollte sich auf der Toilette einschließen, ungestört das Bild betrachten, das Judith für sie gezogen hatte, um es dann bei ihrer Rückkehr im Stapel mit den restlichen Karten verschwinden zu lassen. Diesen Plan vergaß sie sofort, als sie am Tresen Gypsy stehen sah, rauchend und trinkend, im Gespräch mit Aldina.

»Bist du wieder gesund?«

Gypsy lächelte, ihr Gesicht sah immer noch verkehrt aus.

»Mehr oder weniger.«

»Judith hat draußen einen großen Wahrsagekreis ausgelegt. Du bist auch darin.«

»Und du?«

»Ich habe meine Karte weggenommen.«

»Ich will meine auch nicht sehen. Ein Glas Wein für die Kleine, Aldina.«

Sie tranken gemeinsam im Stehen, wie Verbündete – gegen wen?

»Kommst du mit raus?«

Gypsy schüttelte den Kopf.

»Dann bleibe ich auch.«

Aldina stellte Oliven und Lupinenkerne zwischen ihre Gläser. Gypsy kaute auf ihrer Zigarette herum. Rebecca wusste nichts zu sagen, ihre Hände suchten nach Beschäftigung. Sie verschob Olivenkerne, malte in Weinpfützen, zerpflückte Gypsys Zigarettenkippen. Die Tüte mit ihrem Zeichenbuch und den Stiften hing draußen an einer Stuhllehne. Sie kratzte Farbe von ihren Fingerknöcheln, sah von der Seite auf Gypsy, dachte an die Kinder in den Büchern, von denen sie so viele gelesen hatte, die mit ihren Freunden wunderbare Abenteuer erlebten. Vielleicht waren solche Freunde nur eine Idee, etwas, an das man glauben musste, obwohl es nicht existierte, so wie Gott. Trotzdem blieb ein Zweifel. Immerhin hatten sie Jesus leibhaftig gesehen; er hatte sie sogar vor der Polizei gerettet.

Die Erinnerung an Jesus brachte sie auf den Sadhu, dem sie so leichtsinnig ihren Dybbuk überlassen hatte. Ihr kam der Verdacht, er habe sie übervorteilt, sie mit Absicht betrogen.

Eine Hand berührte ihre Schulter: »Träumst du?«

Uli und Anoa standen hinter ihr, Ulis Gesicht mittlerweile in Fetzen. Wie ein Kriegsopfer sah er aus.

»Ich habe an den Sadhu gedacht.«

»Er kommt morgen.«

Uli hatte Deutsch gesprochen, Anoas Blick verlangte nach einer Übersetzung. Er tat ihr den Gefallen nicht und begrüßte Aldina, die gleich auf ihn einzureden begann. Jetzt verstand Rebecca nichts mehr. Sie tauchte wieder ein in ihre düsteren Gedanken, farblos wie das Jenseits der Antike.

»Kommt mit raus«, sagte Uli auf Englisch.

Gypsy schüttelte den Kopf.

Rebecca tat es ihr nach, aber Uli fasste sie am Handgelenk, und Gypsy blieb allein zurück.

Ehe sie sich draußen auf den letzten freien Platz zwischen Judith und Anoa setzte, griff sie nach Weinkaraffe und Glas.

»Du ziehst dir ein Paar richtige kleine Alkoholikerinnen heran«, bemerkte Uli zu Ytterblom.

»Kümmere dich lieber um deine eigene Tochter.«

»Meiner Tochter geht es gut. Sie arbeitet, sie studiert. Ich kann ihr nichts besseres wünschen.«

»Na dann«, sagte Ytterblom und goss den Schwestern die Gläser so voll, dass eine kleine rote Pfütze auf dem Tisch entstand.

Uli sah zu Anoa, unendlich hilflos mit seinem verletzten Gesicht, er suchte nach Unterstützung. Anoa aber wirkte so abwesend, dass Rebecca sie für diesen Augenblick fast sympathisch fand. Ytterbloms Finger machten Wellen auf Judiths Arm. Luna brachte das Essen.

»Reis mit Meeresfrüchten«, sagte Uli und schien erleichtert über die Gelegenheit, das Gesprächsthema zu wechseln, »die Meeresfrüchte haben wir mitgebracht, ganz frisch.«

Ein schönes Wort, dachte Rebecca, als wäre das Meer ein großer Garten.

Judith schien das weniger zu interessieren, sie war in Gedanken bei ihrem Kartenkreis oder auch bei den wunderbaren Geschichten, an die Rebecca eben gedacht hatte, denn sie fragte, ohne einen aus der Runde dabei anzusehen: »Seid ihr Freunde?«

»Sicher sind wir Freunde«, sagte Ytterblom eilig, wie um eine andere Antwort zu verhindern, »wir alle sind Freunde.«

Vollmond

Dem nächsten Tag ging eine schlaflose Nacht voran.

Ytterblom hatte sie nach Hause begleitet und Rebeccas Platz im Bett eingenommen. Rebecca, zu müde, um auf die Straße hinauszugehen, hatte sich mit ihrer Decke in den Hof begeben, sich einen Platz gesucht, der trocken war und nicht stank, aber nicht reichte, um sich auszustrecken. Sie hatte in die Sterne geschaut und dann, als dieser aufging, in den Mond. Wie damals in ihrem Gitterbett.

Sie bekam nicht mit, wie Ytterblom das Haus verließ, er war leise gewesen, oder sie hatte doch ein wenig geschlafen. Als die Kälte vor dem Morgengrauen sie nach drinnen trieb, war er nicht mehr da. Starr lag sie im Bett, hielt die Luft an, wenn ein Hustenanfall ihr den Hals heraufkroch, stand mit Judith zusammen auf.

Den Vormittag über fühlte sie sich nicht einmal schläfrig. Sie zeigte Ytterblom ihre Luftwesen, halb Frau, halb Vogel.

»Aber wer steht im Zentrum?«, fragte Ytterblom.

»Weiß nicht. Vielleicht der Sadhu. Er kann Vögel träumen.«

Ytterblom war nicht überzeugt: »Der Sadhu ist einfach nur ein Mensch.«

»Ein Heiliger ist kein gewöhnlicher Mensch.«

»Sergio ist kein Heiliger.«

»Warum nicht?«

Darauf bekam sie keine Antwort.

Sie besserten alle Stellen aus, wo der Regen am Tag zuvor die Farbe verwaschen hatte. Dann begann Ytterblom, vor seine golden schimmernde Stadt eine Flotte von Schiffen zu setzen, bei denen man nicht recht erkennen konnte, in welchem Element sie sich fortbewegten: Luft, Wasser oder Feuer.

Während des Picknicks am Mittag fielen Rebecca einige Mal die Augen zu. Sie hoffte, dass die anderen nichts davon bemerkten. Es war ein heißer Tag; als sie nachmittags einpackten, hatten sie rote Gesichter und kein Trinkwasser mehr.

»Verrückt, bei dieser Sonne zu arbeiten«, sagte Gypsy, »nur Nordeuropäer kommen auf solche Ideen.«

In ihrer Stimme lag ein Hauch Verachtung, die an den Nerven riss und beiden Schwestern die Tränen in die Augen trieb.

Sie trennten sich früh an diesem Abend, nach einem hastigen Essen ohne Wein. Kein Wort über die Mondscheinfront, nicht von Ytterblom und nicht von Gypsy, auch von Aldina nicht. Überhaupt war es am Tisch so schweigsam wie im stummen Haus viele Kilometer nordöstlich. Rebecca hielt Ausschau nach Arthur, doch der zeigte sich nicht.

»Weck mich, falls ich einschlafe«, sagte sie zu Judith, »wir müssen los, wenn der Mond aufgeht.«

Sie setzte sich an den Tisch und las in jenem Buch, das Judith aus Lazaros Laden mitgenommen hatte, erst im Halbdunkel, dann bei Kerzenlicht, stand alle paar Seiten auf, sah aus dem Fenster, wartete auf den Mond.

»Ich komme nicht mit«, erklärte Judith, als es von draußen endlich blass nach drinnen schien, »ich bin nicht eingeladen.«

»Ich soll allein hingehen?«

»Bleib auch hier.«

»Auf keinen Fall.«

Rebecca zog ihre Aluminiummedaille aus dem Ausschnitt und hielt sie Judith direkt vors Gesicht: »Du wolltest in die Mondscheinfront, vergessen?«

»Die anderen wollen mich da nicht.«

»Unsere Stadtmauer, vergessen?«

Judith versteinerte, nichts konnte sie rühren. Rebecca versuchte es mit Bitten und mit Drohungen, ahnte aber von Judiths erster Weigerung an, dass sie verloren hatte. Sie ging schließlich allein. Anders als die Male zuvor gab es niemanden, der sie mitnahm oder abholte.

Die Straßen waren still und hell, das Mondlicht verlieh ihnen etwas Feierliches. Aus dem Engelladen drang nicht ein Laut. Rebecca zweifelte kurz am Datum, sah zum Mond hinauf. Der beschien, auf der Straßenseite gegenüber, den Seelenschrein, in dem neben sumpflila Blüten das Teknon lag. Ganz als wäre es niemals fortgewesen. Sie nahm es an sich und öffnete leise die Tür zu Jonas' Laden.

Drinnen saßen sie, vollzählig. Mit dem Weihrauchduft des Engelladens mischte sich der verwesungshafte Geruch eines Mannes, der sich sehr lange nicht gewaschen und ebenso lange seine Kleider nicht gewechselt hatte. Ytterblom sang mit gedämpfter Stimme. Alle drehten sich zu Rebecca um, die unschlüssig in der Tür zum Hinterzimmer stehen blieb. Die Blicke verrieten, dass sie nicht willkommen war, und der einzige freie Stuhl stand zwischen João und Jonas. Auf Joãos anderer Seite saß der Sadhu – eben doch ein Heiliger? Rebecca konnte sich nicht überwinden, sich auf diesen Platz zu setzen. Der Anarkos-Weinmacher gab ihr ein Zeichen mit der Hand. Freundlich sah er sie nicht an, eher grimmig, aber er rückte ein Stück zur Seite, so dass zwischen ihm und Gypsy ein freier Platz auf dem Boden entstand.

Die Hände in den Hosentaschen, das Korkenziehermännchen umklammert, den Blick gesenkt ging Rebecca durch den Raum. In ihrer anderen Hand fühlte sie die Karte aus Judiths Wahrsagekreis, deren Bild sie noch immer nicht betrachtet hatte. Ytterblom zog leise die Töne in die Länge, als befände er sich in einer Art umgekehrtem Wettlauf mit Rebecca und dürfe mit seinem Lied auf keinen Fall fertigwerden, ehe sie ihr Ziel erreichte.

Hielt ihr Kommen die Versammlung bei etwas auf?

Argentino ließ eine Flasche herumgehen, nicht bei Rebecca beginnend, sondern bei Anoa, und die Flasche war leer, ehe sie die Runde gemacht hatte.

Wie wäre es, dachte Rebecca, die Karte aus ihrer Hosentasche auf den freien Stuhl zu legen? Als Nummer 13? Sie zählte die Anwesenden durch, die versammelten Mitglieder der Mondscheinfront und begriff, dass sie selbst die Nummer 13 war, der dreizehnte Stuhl für sie bestimmt, obwohl niemand sie eingeladen hatte.

Selbst die, die ihr sonst vertraut erschienen, Uli, die Holzschnitzer, Arthur, wirkten mit einem Mal abweisend und gefährlich. Gypsy, neben ihr, sah so entschieden von ihr weg wie nur möglich, den Kopf seitlich verdreht, um nicht versehentlich ihrem Blick zu begegnen. Wenn sie selbst geradeaus schaute, hatte sie Nummer 12 und den leeren Stuhl in ihrem Gesichtsfeld.

Judith hat das gewusst, dachte sie, Judith hat mich nicht einmal gewarnt. *Bleib auch hier*. Mehr nicht.

Die Tatsache, dass sie auf dem Boden saß und die anderen auf Stühlen, mindestens einen halben Meter über ihr, machte es nicht besser.

Sie tippte an Argentinos Knie: »Vinum?«

Der zuckte bei ihrer Berührung zusammen, seltsam mutete das an, als wäre er es, der Angst hatte. Er holte eine zweite Flasche unter seinem Sitz hervor, diesmal ging sie in Rebeccas Richtung. Und einen Sinnspruch bekam sie gratis dazu. Argentino beugte sich zu ihr hinunter und sagte leise, während sie trank: »Du kannst sterben. Wenn du Wein hast, merkst du es nicht.«

Rebecca behielt die Flasche so lange, bis Gypsy sie ihr, ohne hinzusehen, aus der Hand nahm. Nummer 12, ihr gegenüber, saß völlig unbeweglich; klein und schäbig sah er aus im Vergleich zu allen anderen in der Runde. Ytterblom begann ein neues Stück zu singen, und nun bewegten sich Joãos Lippen beinahe unmerklich mit. Es war ein portugiesisches Lied, das Rebecca nicht kannte, und das den Anarkos-Weinmacher neben ihr veranlasste, unwillig zu schnauben, so dass sie sich fragte, ob er sich über das Stück selbst ärgerte oder über Ytterbloms Vortragsweise.

War die Stimmung vor ihrer Ankunft weniger düster, weniger angespannt gewesen? Lag es an ihr, dass alle mit fest geschlossenen Lippen vor sich hinstarrten, dass niemand lachte, niemand sprach?

»Vinum?«, fragte sie Argentino ein zweites Mal.

Der zögerte gar nicht, er reichte ihr direkt die dritte Flasche und tätschelte ihr mit der anderen Hand die Schulter.

»Ich bin Nummer 13«, flüsterte sie.

»Sh«, machte Argentino.

Diesmal dauerte es länger, bis Gypsy ihr die Flasche wegnahm. Rebecca fühlte etwas wie eine zuversichtliche Betäubung, eine Sicherheit, die ihr erlaubte, es ihr geradezu zur Pflicht machte, in diesem Kreis auszuhalten.

Jonas stand auf und hielt eine Rede. Er sprach so, dass sie nichts verstand, ein Wort ging in das andere über. Sie fragte sich, ob Uli folgen konnte? Oder Ytterblom? Sie suchte mit den Augen nach Arthur, ihrem einzigen Freund, wenn sie überhaupt einen hatte, das hätte sie ihm gern gesagt, aber er saß so ungünstig, dass sie nur ein schwarzweißes Bein in ihrem Gesichtsfeld hatte.

Dann wurde sie schläfrig.

Den Kopf an Argentinos Knie gelehnt wachte sie auf. Sie hatte einen angenehmen Geruch nach Tabak und Hefe in der Nase, noch ehe sie sich schämen konnte, und als sie wach genug war, um sich zu schämen, dachte sie, es wäre das Beste, so zu tun, als schliefe sie noch.

Ein Jaulen und Jammern wie von einem gefangenen Tier erfüllte den Raum, sie musste gleich an den Fisch und den Vogel im Seelenschrein denken – Unsinn natürlich. Dies klang eher wie eine Katze. Katzen, die nachts über die Dächer liefen und schlimme Geräusche machten, die hatte sie als Kind manchmal gehört und für Gespenster gehalten, so lange, bis die selten gehörte Stimme ihres Vaters aus dem Fenster gerufen hatte: »Diese verdammten Katzen!«

Aber was taten diese verdammten Katzen hier im Engelladen?

Sie kniff die Augen zusammen. Nicht hinschauen. Weiterschlafen. Ihre Nase fing an zu jucken, ihre Augen auch, und sie hob eine Hand, um sich zu kratzen. Eine andere Hand hielt sie fest, eine raue, trockene Hand, die Argentino gehören musste. Also sollte sie nicht aufwachen?

Sie sah Jonas, der mit dem Rücken zu ihr stand. Er verdeckte den Blick auf Nummer 12. Alle anderen saßen unbewegt.

Jonas tat einen Schritt zur Seite und hob die Hand. In der Hand hielt er eine brennende Zigarette. Jetzt sah Rebecca João, der an seinen Stuhl gebunden war, mit einem weißen Tüllband, das nicht wirkte, als könne es jemanden wirklich festhalten, nicht einmal einen kleinen Alten. Jonas drückte seine Zigarette an Joãos Hals. Dann hatte sie wieder nur Jonas' Rücken vor Augen. Das Wimmern und Klagen begann von neuem. Rebecca schloss die Augen.

Auf keinen Fall bewegen, auf keinen Fall blinzeln.

Warum sahen sie alle sich das an? Warum sagte Uli nichts, auf dessen Schwimmbadplantage João aufgepasst hatte? Und der Sadhu, der beinahe ein Heiliger war? Und war Jonas nicht Joãos einziger Freund?

Rebecca spürte, wie ihr sämtliche Mitglieder der Mondscheinfront zuwider wurden. Ich trete aus, beschloss sie. Niemand darf merken, dass ich wach bin. Sie hörte immer die gleichen Geräusche. Schließlich eine schwache, fast leblose Stimme. Stühlerücken und Schritte.

Kurz war es still, dann fühlte sie eine Hand auf ihrer Schulter. Widerwillig öffnete sie die Augen. Vor ihr stand Aldina.

»Let's go home«, sagte sie.

»Wo sind die anderen?«, fragte Rebecca.

»Let's go home.«

Aldina und Argentino begleiteten sie bis vor ihre Tür, die Tür, hinter der Judith lag und schlief. Rebecca war erleichtert, dort zu sein, die leise schnaufenden Atemzüge ihrer Schwester zu hören, sie hatte kein Bedürfnis mehr, sie zu wecken, keine Wut. Aber einschlafen konnte sie nicht, sie lag wach auf dem Rücken und dachte an das, was in diesem Augenblick irgendwo draußen geschehen mochte, in der Stadt, außerhalb der Stadt.

Schließlich setzte sie sich auf, zündete die Kerze an, legte Judiths Teknon zwischen die Wächterfrösche, neben das Teknon ihre Mondscheinmedaille und sah sich die Karte an, die so lange schon in ihrer Hosentasche steckte. Ein junger Mann mit grünen Haaren, der kopfüber an einem Baum hing. Gefesselt, aber nicht unzufrieden – überlegen wirkte er. Als wüsste er ein Geheimnis, das sonst niemand kannte.

Nummer 13

Ich kann unmöglich aufstehen, dachte Rebecca am nächsten Morgen. Ich kann nicht hingehen und mit Ytterblom und Gypsy weiter am Objekt malen.

»Ich weiß, dass du wach bist«, sagte Judith und riss die Fensterläden auf.

Warmes, sommerliches Licht erfüllte den Raum.

»Ich bin die Nummer 13«, sagte Rebecca, »wusstest du das?«

»Vielleicht.«

»Und den Rest? Den auch?«

Judith gab keine Antwort, stattdessen nahm sie die Karte in die Hand, die zwischen Wächterfrosch und Teknon klemmte, hielt sie gegen das Licht, als wollte sie ihre Echtheit prüfen: »Aha, der Gehängte.«

Rebeccas Wut kam zurück: »Du hast genau gewusst, warum du nicht mitkommen willst. Du hast mich allein in diese Scheiße laufen lassen.«

»Scheiße sagte man nicht.«

Rebecca verpasste Judith einen Schlag in die Magengrube, von unten nach oben. Es fühlte sich sehr weich an, wo sie hin traf.

Judith haute nicht zurück. Sie setzte sich auf die Bettkante, die Karte mit dem Gehängten fest in der Hand, und ihre Augen füllten sich langsam, wie verzögert mit Tränen.

»Es geschieht dir recht«, sagte Rebecca.

»Ich kann nichts dafür, wenn du unbedingt da hinwillst.«

»Du Hexe.«

»Nicht meine Schuld«, beharrte Judith, »Ytterblom wird sich wundern, warum du nicht kommst.«

»Sag ihm, ich muss mit dem Sadhu sprechen. Ich hatte einen schlechten Traum.«

Judith wischte sich mit dem Handrücken die Tränen aus dem Gesicht.

»Einen sehr schlechten Traum sogar.«

Rebecca sagte das, um eine Ausrede zu haben; sie hatte keineswegs vorgehabt, das Bett zu verlassen. Doch als Judith gegangen war, blieb der Gedanke an den Sadhu, bis sie zu dem Schluss kam, dass sie ihn tatsächlich sehen wollte. Also verließ sie das Haus, eilig, denn sicher würde er nicht länger als nötig in Vila Luminosa bleiben wollen.

Aldinas Café war geschlossen, die Tische leer. Auf dem Platz saßen nur die Alte mit den Strickwaren und Arthur, allein rauchend vor dem kolonialen Denkmal. Sie machte einen Bogen um sie beide, verließ den Ort in Richtung Landstraße, um den Sadhu bei Uli zu finden, und spürte, wie dieses Treffen ihr mit jedem Schritt wichtiger wurde.

Was sie nicht bedacht hatte, war, dass die Landstraße sie unvermeidlich am Objekt vorbeiführen würde, dass sie in die Begegnung hineinlief, der sie mit ihrer Ausrede hatte entkommen wollen.

»Rebecca!«

Ytterblom lief ihr über den Acker entgegen, er allein, Gypsy und Judith waren nicht zu sehen. Auch Rebecca lief, Steinchen zwischen den Zehen und in den Sohlen ihrer nackten Füße, von Ytterblom weg, in Richtung von Ulis Haus.

»Rebecca!«

Sie hustete, ausgerechnet jetzt, konnte nicht weiterlaufen, krümmte sich und würgte, und schon stand Ytterblom neben ihr und klopfte ihr sanft zwischen die Schulterblätter. Nun verkrampfte ihr Körper sich auch aus Angst: die Zigarettenglut an Joãos Hals, der bleiche Engel Jonas.

»Warum läufst du weg?«
»Ich muss den Sadhu sehen.«
»Bestimmt ist er nach Hause gefahren.«
»Ich glaube, er ist bei Uli.«
»Ich begleite dich.«
Die leichte Berührung seiner Hand auf ihrem Rücken war wie eine Fessel. Er fragte nicht, was sie vom Sadhu wollte.
Auf der Straße lag eine tote Schlange. Ein toter Raubvogel. Eine tote Schlange.
»Ist dir jemals aufgefallen, wie sehr Mensch und Vogel sich ähneln?«, fragte Ytterblom.
Rebecca antwortete widerwillig und kurzatmig: »Ja, es gibt diese Bilder. Vögel mit Menschenköpfen, die habe ich selbst gezeichnet.«
Die Luft umflimmerte die Gebüsche am Straßenrand, die gelben Krallen des Bussards, der dort lag.
»Engel«, sagte Ytterblom.
»Ich glaube nicht an Engel.«

Ulis Haus kam in Sicht. Wäre es nicht so heiß, und bekäme sie nur etwas mehr Luft, sie wäre noch einmal gerannt. Gleichzeitig ahnte sie, dass sie kein Glück haben, dass der Sadhu schon fort sein würde.
Anoa trat aus der Tür, kaum dass sie am Gartentor angekommen waren. Sie sah ihnen entgegen, hob schweigend die Hand, Gruß oder Abwehr.
»La Noia«, rief Ytterblom, und sie sagte leise: »Keiner ist da außer mir.«
»Ich suche den Sadhu«, sagte Rebecca.
»Uli fährt ihn nach Hause.«
»Aber ich muss ihn sehen.«
Anoa ignorierte sie, wandte sich stattdessen an Ytterblom: »Du schickst jetzt schon Kinder vor?«
»Ich laufe ihnen hinterher.«
Ytterblom neben Jonas neben dem dreizehnten Stuhl neben João.

»Sie haben lauter Tiere überfahren«, sagte Rebecca, »Raubvögel und Schlangen.«

Jetzt lächelte Anoa: »Straßenopfer.«

»Ein Schluck Wasser aus dem Brunnen, wäre das zu viel verlangt?« fragte Ytterblom.

Anoa machte eine müde Handbewegung dahin, wo die Quelle lag.

»Eine schöne Quelle«, sagte Ytterblom, nachdem er getrunken hatte, »beinahe das Beste an Ulis Hof. Er könnte mehr aus diesem Garten machen. Früher haben hier Bauern gewohnt, die waren praktisch autark.«

Autark? Lohnte es sich, nach diesem Wort zu fragen? Rebecca entschied sich dagegen. Sie dachte an Ulis anderen Garten, aus dem sie zuletzt von João vertrieben worden war, mit dem Gewehr. Sah Anoa an, versuchte, ihren steinharten Augen standzuhalten, rutschte ab wie an einer Wand, blieb bei ihrem mächtigen Busen hängen: »Warum hat Uli dich nicht mitgenommen?«

»Warum denkst du, dass ich mitwollte?«

Rebecca tauchte ihren Kopf in das kalte Wasserbecken; wie weit kann ich zählen, bis ich auftauchen muss?

»Gehen wir«, sagte Ytterblom, »La Noia hat zu tun.«

Beinahe wäre sie auf den toten Bussard getreten, barfuß. Mit den Blicken suchte sie nach einer Möglichkeit zu entkommen und fand sie nicht. Ytterblom führte sie geradewegs zurück zum Objekt. Dort warteten Judith und Gypsy. Keine von beiden schien begeistert über ihr Kommen, und keine von ihnen schien überrascht.

»Was ist jetzt mit deinem Traum?«, fragte Judith

»Der Sadhu war schon weg.«

Es war eine ziemliche Quälerei, so am Objekt weiterzuarbeiten, und das Schlimmste war, dass Rebecca sich beobachtet wusste, bei jeder Linie, die sie zog, jedem Hintergrund, den sie füllte, jedem Symbol, dem sie Farbe gab.

»Ich denke, jetzt weißt du, was du malen musst für das Element Luft«, bemerkte Ytterblom, während sie einpackten, verschwitzt, den Geschmack von Farbstaub im Mund.

»Den Engel mit dem Schwert.«

Ytterblom nickte: »Weiter.«

»Mit einem Fuß zertritt er die Schlange, mit dem anderen den Raubvogel.«

»Morgen will ich sie sehen, die Zeichnung.«

Rebecca sagte ja und zitterte dabei.

Dann kamen der Abend und eine mondhelle Nacht. Aldinas Café war geöffnet, in den Platanen, die den Platz umstanden, sangen die Zikaden, und die Alptraumspinnennetze fingen ihre Töne auf, den Rauch der Zigaretten von den Tischen, den Geruch von Schweiß und Wein. Alles wirkte auf Rebecca intensiver als sonst, ihre Wahrnehmung vielfach gesteigert – weil sie auf der Hut sein musste. Vor allen.

Vor allen außer Luna vielleicht, die mit der gleichen Arglosigkeit wie immer Essen und Getränke servierte. Ausgerechnet Hähnchen gab es, plattgedrückt vom Grill, Hähnchen wie die Vogelmenschen ihrer ausstehenden Zeichnung, und Luna küsste ihre farbbeschmierte Hand: »Viel viel Arbeit.«

Luna streichelte ihr die Wange.

Luna ging erst, als sie zu essen und zu trinken begann.

Sie dachte an diese Träume, in denen sie fliegen konnte, nie aber in die Höhe, die sie erreichen wollte. An die Vögel, die beim Sadhu durch die Kirche zogen, an die Störche in ihren Höhlen am Strand. An das Huhn, dessen Knochen sie in der Hand hielt; wie es gewesen war, als es noch Federn hatte, einen Kopf und einen Schnabel.

Da erschien, aus der Straße, in der sein Geschäft lag, Arthur-Lazaro, überquerte den Platz, eine staubige Flasche in der Hand, hielt Rebecca mit den Augen fest und setzte sich neben sie. Wortlos, indem er die Flasche hinstellte, den lose aufgesetzten Korken herauszog, ihn über die Tischplatte rollen ließ.

Gypsy legte ihre Hand auf den Korken und schüttelte den Kopf, ganz leicht. Ytterblom griff nach der Flasche. Er trank, reichte sie an Gypsy weiter, die reichte sie weiter an Judith.

»Du nicht, Rebecca?«, fragte Arthur.

»Ich mag keinen Schnaps.«

»Essen magst du auch nicht?«

»Es ist heiß.«

Sie fand es rührend und komisch, dass ausgerechnet der Schwarzweiße sich auf diese Art um sie sorgte, der doch selbst aussah, als sei er schon mehrfach gestorben und eben wieder auf dem Weg dorthin.

»Du erlaubst?« Arthur streckte die Hand nach ihren Hähnchenresten aus.

»Ich habe dich noch nie essen sehen«, sagte Gypsy.

»Gewöhnlich genügen mir Steine und Erde.«

»Bitte«, sagte Ytterblom, beugte sich hinunter und griff in den Staub unter dem Tisch, streute ihn über Rebeccas Teller, über den Brotkorb und, versehentlich bestimmt, in sein eigenes Glas: »Gern geschehen.«

Arthur stand auf, sein Hühnerbein noch in der Hand, verstimme nicht die Geister, und blies von oben in den Staub auf dem Tisch. Ohnehin war er groß, jetzt wirkte er riesig. Rebecca hoffte, er werde eine seiner großen roten Hände heben, die mit dem Fleisch darin oder die leere, und Ytterblom damit auf die Nase hauen. Doch das tat er nicht. Er nahm nur die Flasche vom Tisch und ging, suchte sich einen neuen Platz, auf dem er ihnen den Rücken zukehrte.

Neue Feindseligkeiten, dachte Rebecca, schlug ihr Skizzenbuch auf und zeichnete das halb abgegessene Skelett des Hähnchens, um das Bild von Nummer 12 mit seinem schmerzverzerrten Gesicht loszuwerden, ergänzte das fehlende Bein aus der Erinnerung, malte dem Skelett einen Menschenkopf, strich alles wieder durch, mordete das Hähnchen mit dem Bleistift ein zweites Mal.

Keine Luft

Der bleiche Engel der Gerechtigkeit wachte über die Abwesenheit Ulis und des Sadhus, über das Verschwinden Joãos, verblasste unter zwei Gewittern noch weiter, ehe er trocknen konnte, und gefiel Rebecca nicht. Es beruhigte sie keineswegs, dass Ytterblom ihr Bild ohne weitere Kommentare akzeptierte. Judith füllte die Wand im Hintergrund mit einem kalten Blau, eine Seite hell, eine dunkel, vor dem sie ihre menschenköpfigen Vögel fliegen lassen würde. Keinen von ihnen so hoch, dass er außer Reichweite des Engels mit dem Schwert geriet.

»Nicht einmal Uli«, sagte Rebecca laut zu sich selbst.

»Was?«, fragte Judith.

»Nicht einmal Uli kann einfach verschwinden.«

Judith sagte nichts mehr, erst abends, zu Hause, kam sie auf Uli zurück: »Wir müssen im Schwimmbad nachsehen.«

Rebecca verzog zur Antwort das Gesicht.

»Wer soll dort sein?«, sagte Judith, »João jedenfalls nicht.«

Woher weißt du das, dachte Rebecca, du warst nicht dabei, an Vollmond, als sie ihn gefesselt haben, und was später geschehen ist, weiß auch ich nicht.

»Gut, also wann?«

»Morgen früh.«

Judith hatte die gleiche Bestimmtheit, mit der sie im Zug einfach sitzen geblieben, mit der sie am Ufer stehen geblieben war, unmöglich dagegen anzukommen. Dennoch war es Rebecca, die am Morgen aufwachte, noch ehe es hell wurde, und ihre Schwester weckte.

Wortlos gingen sie durch die schlafenden Straßen der Stadt, an der Mauer vorbei, dem Bild mit der Mondscheinfront, zwölf und ein Gespenst, das Rebecca jetzt am liebsten selbst übermalt hätte, über die Brücke. In ebenso wortloser Übereinstimmung nahmen sie den Weg durch das eisige Wasser des Bachs. Die aufgehende Sonne warf hellgrüne Lichtreflexe zwischen die Blätter der Büsche und Bäume am Rand, vor ihren Füßen hüpften die Frösche von den Steinen, zitterte der Bach unter den strichdünnen Beinen der Wasserläufer.

»Keine Menschen«, sagte Rebecca leise, da legte Judith gleich den Zeigefinger an die Lippen, als bestünde die Gefahr, dass sie mit ihren geflüsterten Worten jemanden herbeirief.

Rebecca rutschte ab von dem Stein, auf den sie treten wollte, sackte mit ihrem Fuß im Schlamm ein, warm und schleimig fühlte der sich an, Schichten toter Tiere, die dort lagen, erschienen vor ihrem inneren Auge, wie auf dem Erdölentstehungsbild im Geographiebuch zu Hause. Ein altes Buch aus der Schulzeit ihrer Mutter, die Seiten weich vom vielen Blättern. Das unfassbar langweilige Kapitel über Hochöfen, das sie durchgenommen hatten an dem Tag, als Martin-Sie vor ihrer Tür erschien. Nichts davon schien wirklich zu sein, jetzt, in diesem morgendlichen Bach, und doch verlor sie sich ein bisschen darin.

Das Tor zum Schwimmbad stand offen, die Kette war nicht mehr da, nur das Schild: Schwimmbad geschlossen, Becken leer, Baden verboten. Sie setzten vorsichtig die Füße auf den Weg, duckten sich, versuchten, unsichtbar und geräuschlos der Antwort auf ihre Frage näher zu kommen.

Die Antwort war deutlich genug. Pflanzenstümpfe, abgeschnittene Strünke standen leblos in den Becken, schwärzlich verwittert schon, als hätte jemand modellhaft eine vom Feuer verwüstete Landschaft nachgestellt.

Rebecca schrie auf vor Wut, kein Grund mehr, leise zu sein, auch wenn Judith »pst« machte, den Finger erhoben wie eine Lehrerin. Trat gegen ein unschuldiges Gebüsch am Beckenrand. Sie hätte dem abwesenden Uli gern ein vernichtendes Schimpfwort hinterhergeschickt, aber ihr fiel nichts schlimmeres ein als »dieses Schwein«. Das schrie sie umso lauter.

Judiths Gesicht blieb still, wie das einer Unbekannten schien es Rebecca.

»Unser Geld ist weg. Ist dir das egal?«

»Mich interessiert eher, was aus Nummer 12 geworden ist.«

»João, sagst du selbst immer.«

Judiths leblose Ruhe ging langsam auf Rebecca über, kälter als das Wasser im Bach. Sie verließen das Schwimmbad, zogen sorgfältig die Pforte zu. Diesmal vermieden sie den Weg nicht, gingen eilig zurück in die Stadt, standen bald vor Ytterbloms Tür, wie an einem gewöhnlichen Morgen: Alltag.

Ytterblom saß hinter der Ladentheke und arbeitete an zwei übereinanderliegenden Spiralen, verbunden durch eine aus Kupfer- und Silberdraht gedrehte Leiter.

»Mein Auftrag«, erklärte er, »dies hier verbreitet Freude. Wo trägst du dein Teknon?«

»Ich trage es gar nicht«, sagte Judith, »es hütet das Haus.«

»Dafür war es nicht gedacht.«

»Dann mach mir ein anderes.«

»Weißt du, was ein einziges von ihnen kostet?«

Judith antwortete nicht, sie fixierte mit zusammengekniffenen Augen die freudespendenden Spiralen.

Ytterblom knipste mit der Schmuckzange ein überstehendes Drahtende ab und brachte das Teknon in sein Hinterzimmer. In Begleitung von Gypsy kam er zurück.

Auf dem staubig braunen Acker, wo ein paar letzte Kornblumen das Blau des Himmels spiegelten, leuchtete makellos das Objekt.

»Der nächste Vollmond ist im September, da möchte ich fertig sein.«

Ytterblom sprach Deutsch, sollte Gypsy ihn nicht verstehen? Nein, es war eben ein Auftrag an sie, Rebecca.

»Werden wir bezahlt, wenn wir fertig sind?«

»Ihr werdet bezahlt, sobald wir Geld verdienen.«

Das klang, als ob es schiefgehen könnte; aber hatten sie überhaupt eine Wahl? Weggehen, ehe der Winter kommt, wie Uli gesagt hatte? Daran war nicht mehr zu denken, das hatte er allein für sich wahr gemacht.

»Glaubst du, Anoa weiß, wo er ist?«, fragte sie leise und setzte den ersten Schwalbenkörper ins helle Blau hinein.

Judith machte ein unbestimmtes Geräusch.

»Erst bringt er uns her, und jetzt lässt er uns einfach zurück.«

Judith trat ihr auf den Fuß. Ytterblom hatte sich von seinen verschlungenen Symbolen entfernt und stand in ihrer Nähe, an einen unbemalten Teil der Mauer gelehnt, als müßiger Beobachter. Schweigend malten sie weiter, Schüler unter Aufsicht.

»Sprich Latein«, flüsterte Rebecca.

»Odi et amo, quare id faciam«, begann Judith mit wenig Begeisterung.

»Non poema.«

»Quid ergo?«

»Iste homen qui fugit. Quid pensas de illo?«

Judith überlegte. Rebecca bemerkte, aus dem Augenwinkel, Ytterbloms verärgertes Gesicht.

»Penso ut restat apud sanctum, in capella eremitis. Ve in palatine suo.«

»In palatine suo?«

Rebecca begriff nicht – ein Palast? Erst später verstand sie, wovon Judith redete, nachdem Ytterblom gefragt hatte: »Was soll das?«, nachdem Judith zur Antwort deklamiert hatte: »Vivamus, Lesbia mea, atque amemus.«

Da erinnerte sie sich an den Halt auf ihrer Reise mit Uli, ehe sie nach Vila Luminosa gekommen waren, an den verfallenen Kurpalast mit den heißen Quellen. Vielleicht würde er ihn neu herrichten, ein Dach einsetzen mit dem Geld aus dem Verkauf von hunderten von Pflanzen.

»Lesbische Liebe, aha«, sagte Ytterblom, »wisst ihr überhaupt, was das ist?«

»*Lesbia*«, sagte Judith, als gelte es, eine mündliche Prüfung zu bestehen, »Geliebte des Catull, erstes Jahrhundert vor Christus, bei der es sich vermutlich um Clodia handelt, eine verheiratete Patrizierin, deutlich älter als der Dichter.«

Ytterblom entfernte sich kopfschüttelnd. Erst als Gypsy ihnen das Essen brachte, verließ er seinen Arbeitsplatz wieder.

»Wir kommen voran«, stellte er fest und schnitt dabei einen Käse in Scheiben, »wer hat euch eigentlich diesen Unsinn beigebracht?«

»Unsere Mutter«, antwortete Judith, ehe Rebecca etwas von Martin-Sie verraten konnte.

»Hoffentlich hat es euch nicht geschadet, beloved.«

Gypsy rauchte und schwieg, die Speisen, die sie aus dem Ort geholt hatte, rührte sie nicht an. Ytterblom wechselte ins Englische: »Weißt du noch, als du so alt warst wie diese zwei? Als wir uns kennengelernt haben?«

»Könnte ich unmöglich vergessen.«

»Die Zeit ist gnadenlos«, sagte Ytterblom, »nie erlaubt sie uns einen Schritt zurück.«

Gypsys Erinnerungen schienen in eine andere Richtung zu führen: »Weißt du noch, Jonas' Vorgänger? Der dir den Laden verkauft hat?«

»Carlos meinst du.«

»Er tut mir bis heute leid.«

Ytterblom gab Gypsy einen ungeschickten Kuss auf die Wange: »Lange her.«

Während Rebecca weitermalte, dachte sie über Uli nach. Wenn Judith Recht hatte – sicher hatte sie Recht – und er beim Sadhu war, konnten sie ihn vielleicht einholen. In seinem Palast sicher nicht. Ihn einholen und Geld für ihre rotweiße Dose von ihm fordern. Und wenn er ihnen nichts gab?

»Weißt du, wie das Kap heißt, wo der Sadhu wohnt?«, fragte sie Judith.

»Frag jemand anderen.«

Dann musste sie sich wohl auf ihre Europakarte verlassen.

»Was sagst du?«, fragte sie in Gedanken den Engel mit dem Schwert.

»Jeden ereilt es«, sagte der Engel.

Wie ein Echo hörte sie den Namen, Carlos, den sie aus Ytterbloms und Gypsys Gespräch behalten hatte, und spielte in ihrer Vorstellung alle Grausamkeiten durch, die ihm widerfahren sein mochten. Das, was sie aus Büchern kannte – wie fühlte es sich an, wenn es einem wirklichen Menschen zustieß?

Weiß. Blau. Graubraune Federn, einen Hauch Blau in das Braun gemischt.

Sie fing an, darüber nachzudenken, was in den Bereich der Einbildungskraft gehörte, und was in ihr echtes Leben, und fand, dass es nichts Verwirrenderes gab. So weit verlief sie sich in ihren Gedanken, dass sie es schließlich für möglich hielt, die Augen zu öffnen und in einer Lateinstunde zu erwachen, in ihrem Zimmer im Pfarrhaus mit der abblätternden rosa Farbe in der Wand, und wenn sie die Augen wieder schloss, erwachten hinter der rosa Farbe die Monster. Sie vertiefte sich in die Striche einer Vogelfeder, hoffte, sich daran festhalten zu können.

Als sie eine Hand in ihrem Nacken spürte, schrie sie auf. Keine Wut, nur Angst.

Die Hand gehörte Gypsy, einer so durchsichtig wirkenden Gypsy, dass ihrer Existenz nicht unbedingt zu trauen war.

»Rebecca, was ist los?« Ein Gypsy-Gespenst, wie das Lazaro-Gespenst, wie João, gekrümmt auf seinem Stuhl. »Wir gehen.«

Gypsy war dabei gewesen, sie hatte gesehen, was passiert war, vielleicht hatte sie mitgemacht, später, nachdem man Rebecca nach Hause gebracht hatte.

Die Luft flimmerte vor Rebeccas Augen; schwarze und bunt leuchtende Flecke huschten über die weißen Mauern. Sie hörte das Blut in ihren Ohren rauschen, es erinnerte sie an die Geräusche des Zuges, mit dem sie von zu Hause fortgefahren waren.

»Du hast zu wenig getrunken.«

Das war Judiths Stimme, hart und erwachsen.

Wasser gab es nicht mehr. Rebecca spürte den Durst nicht einmal, aber die Flecken ließen sich nicht wegblinzeln, hingen in der Luft über der Landstraße, umschwebten den Brunnen, wo sie trank und begleiteten sie zu Aldinas Tisch.

»Verschwindet«, murmelte Rebecca.

Vinum und Weißbrot schmeckten ihr nicht; sie ging allein nach Hause. Dort schloss sie die Fensterläden, legte sich aufs Bett und starrte nach oben, die Flecken tanzten im Halbdunkel um die Risse in der Decke, müde war sie und verdrossen, schaffte es nicht, sich die Zähne putzen zu gehen, biss sich auf den Fingern herum, fühlte der Leere nach.

Judith kam nach Hause, roch nach Wein und Fleisch, setzte sich mit leisem Stöhnen auf die Bettkante.

»Es kommt mir sinnlos vor, was wir hier machen«, sagte Rebecca.

»Was willst du? Wir haben ein eigenes Haus, wir essen jeden Tag im Restaurant.«

Rebecca drehte sich zur Wand. Ja, was wollte sie?

Am Morgen ging sie die Landstraße hinunter, bis sie die erste tote Schlange fand. Sie lag genauso da wie am Tag zuvor, kein anderes Tier hatte sie fressen wollen. Der Raubvogel dagegen war verschwunden, nur ein Schatten auf dem Weg, vor dem sie umdrehte. Sie legte die Schlange in die Tüte zu ihrem Zeichenbuch, ging zum Objekt, wo die anderen warteten.

»Wen hast du gesucht«, fragte Ytterblom, »Uli oder den Sadhu?«

Rebecca ballte die Faust um die Tüte mit der Schlange darin.

Zu Hause, nach der Arbeit, zog sie ihr knapp sitzendes Engelsgewand an. Judith fragte nicht, was sie vorhatte, nicht einmal, als sie hinaus auf die Straße ging. Es war die müde Stunde des späten Sommernachmittags, wo alles auf den Abend wartet, der Tag seine Luft verbraucht hat, und die Menschen ihre Tatkraft.

Niemand war auf den Straßen, sie bewegte sich durch eine ausgestorbene Stadt, hin zum Seelenschrein, wo sie ihre Gabe ablegen wollte. Vorsichtig nahm sie die Schlange, zog sie aus der Tasche. Sie war ganz steif, lehnte halb aufrecht an der Rückwand des Schreins und roch merkwürdigerweise nach Fisch.

Ein paar Blumen fehlen, dachte Rebecca. Morgen vielleicht. Rote Blumen.

Sie drehte sich um und blickte direkt in Jonas' Augen, sehr dunkel in seinem weißen Gesicht, als hätten sie alle Farbe, die in ihm war, an sich gezogen. Schnell sah sie von ihm weg, hinunter in den sonnenwarmen Staub. Sie hätte laufen können, aber sie tat es nicht. Sie zupfte an ihrem Engelkleid, unter diesem prüfenden Blick, der, das spürte sie, unbewegt an ihr festhielt.

Er hatte in der Tür seines Ladens gestanden, nun tat er einen Schritt auf Rebecca zu. Halb erwartete sie, er würde sich im Sonnenlicht zu Staub auflösen, unmittelbar verbrennen, die Farbe wechseln. Ein zweiter Schritt, sie wich zurück an die Mauer. Jonas streckte den Arm aus, griff nicht nach ihr, griff in die Nische und hielt die vertrocknete Schlange in der Hand.

»Komm mit«, sagte er so leise, dass das Schwirren der Schwalbenflügel unter dem Dach ihn beinahe übertönte.

Rebecca schüttelte den Kopf.

»Komm«, wiederholte Jonas ebenso leise, er sah die Schlange dabei an und nicht sie, und ohne einen Versuch wegzulaufen, folgte sie ihm in das Halbdunkel seines Geschäfts, zwischen die weißen Engelstrachten.

Ich passe hier wunderbar hinein, dachte sie und kämpfte mit einem unpassenden Bedürfnis zu lachen.

Jonas öffnete eine Schublade und legte die Schlange zwischen Diademe und weiße Schleifen aus Tüll. Er tat das langsam und bedächtig, vielleicht wollte er Zeit gewinnen vor dem nächsten Schritt, aber welcher Schritt konnte das sein? Er hatte nichts mehr gesagt, seit sie den Laden betreten hatten. Rebecca starrte auf die Schublade, eine von vielen in den altmodischen hölzernen Ladenschränken und fragte sich, was die anderen enthalten mochten.

Träume, dachte sie, in jeder Schublade sind Träume.

Jonas glättete die tote Schlange mit der Hand, und die Schublade schloss sich geräuschlos. Er sah zu Rebecca hin, Rebecca sah aus dem Fenster. Wolken von Engelsflügeln, die das Licht aussperrten. Weihrauchduft. Das Geräusch eines Streichholzes, das über die Reibefläche gezogen wird: Jonas zündete sich eine Zigarette an.

»Warum bist du gekommen?«

»Für die Engel.«

Jonas nickte. Er schien darauf zu warten, dass sie mehr sagte. Seine Zigarette nahm er nicht in den Mund, die Glut brannte ungeraucht zwischen seinen weißen Fingern. Am Fenster summte eine einzelne Fliege.

»Warum sind Engel immer weiß?«, fragte Rebecca.

Jonas hob die Hand mit der Zigarette darin, ließ sie wieder sinken, runzelte die Stirn, wandte den Blick von Rebecca zur Fliege, irritiert.

»Sie könnten doch bunt sein, wie Vögel. Oder Schmetterlinge. Oder sogar Schlangen.«

Jonas antwortete mit einer wegwerfenden Geste, zog einen Feuerstreifen durch die Luft, leuchtete winzige Staubkörnchen an. Rebecca hatte ihre Frage in einem Gemisch aus vier Sprachen gestellt – wer hätte das verstehen sollen? Höchstens Lazaro.

»Warum weiß?«, fragte sie noch einmal auf Portugiesisch.

Jonas öffnete die Tür und warf seine abgebrannte Zigarette auf die Straße. Rebecca wollte hinterher. Jonas schloss die Tür von innen ab.

»Setz dich.«

Mit einem Kopfnicken wies er auf den Stuhl hinter dem Ladentisch, und Rebecca gehorchte so schnell und widerspruchslos, dass ihre Eltern eine wahre Freude daran gehabt hätten.

Nun saß sie in der Enge, zwischen Tisch, Regal und Wand, ein schmaler Gang nur führte hinaus, von einem Menschen leicht zu versperren. Jonas zog den Schlüssel aus dem Türschloss und ging ins Hinterzimmer.

Kaum war Rebecca allein im Raum, war es, als fiele ein Bann von ihr ab. Sie stand auf und lief zur Tür, riss an der Klinke, vergeblich. Sollte sie das Schaufenster eintreten? Das wagte sie nicht. Aber etwas suchen, was sie hineinwerfen konnte, im Notfall, denn vielleicht wollte Jonas ihr ja nichts Böses, etwas suchen, womit sie im Notfall nach ihm schlagen konnte. Sie riss eine Schublade auf, ausgerechnet die mit der Schlange und den Schleifen. Eine zweite Schublade. Stangen mit Zündschnüren lagen darin, Sylvesterknaller, wie ihre Eltern sie nicht kauften, wie sie zu Neujahr im Dorf herumlagen, bis sie sich langsam in Matsch verwandelten. Eine dritte Schublade. Medaillen, Amulette aus goldenem und silbernem Blech. Eine vierte. Da schimmerte es schwarz unter einer Lage von weißem Seidenpapier. Rebecca hielt den Atem an: echte Waffen. Keine Spielzeugpistolen, wie sie noch in dem Moment geglaubt hatte, als sie die erste berührte. Schwere, kalte, echte Waffen. Sie nahm eine heraus, das Seidenpapier raschelte, schlich zurück an ihren Platz hinter dem Ladentisch, legte die Hände in den Schoß, unter den Händen die Pistole. Sie zitterte innerlich, biss die Zähne aufeinander, Weihrauch und Staub kratzten ihr in der Kehle. Sie war versucht, nach Jonas zu rufen, einfach, um die Sache zu Ende zu bringen.

Er blieb lange fort. Sie fühlte sich durstig und benommen, der Engelsstaub machte sie schläfrig – wäre die Angst nicht gewesen. Vielleicht hatte er sie vergessen? Schlief selbst auf einem der Stühle im Hinterzimmer?

Endlich öffnete sich die Tür. Rebecca hätte Jonas fast nicht erkannt, glaubte im ersten Augenblick, einen Verwandten oder Freund von ihm zu sehen. Er trug ein langes rotes Samtkleid mit goldenen Litzen und regenbogenfarbene Flügel dazu. In der Hand hielt er einen kleinen metallenen Gegenstand. Keine Waffe, nur ein Medaillon.

Rebecca war sicher, dass etwas Schreckliches passieren würde, und dass nichts und niemand sie davor bewahren könne, auch die Pistole in ihren Händen nicht. Bis auf das mühsame Geräusch von Jonas' Atem war es im Raum vollkommen still. Nicht einmal die Fliege hörte man mehr.

Zur Tür gehen, schnell, ehe er ihr den Weg versperrte.

Ihre Beine fühlten sich nutzlos an, wie in einem schlechten Traum.

Sie stand auf, er stand ihr gegenüber, auf der anderen Seite des Ladentisches.

»Mädchen«, sagte er, *menina*, kannte er ihren Namen nicht?

Rebecca hob die Pistole mit zwei zitternden Händen.

»Was hast du da? Leg es weg.«

»Nein.«

Jonas legte das Medaillon auf den Tisch. Er lächelte: »Für deine Schwester.«

Rebecca drückte den Abzug der Pistole.

»Das ist kein Spielzeug«, sagte Jonas ruhig, streckte die Hand aus und umfasste den kalten Lauf, sorgfältig jede Berührung mit Rebeccas Händen vermeidend: »Lass los.«

»Lass mich erst raus«, sagte sie.

Jonas, ein trauriger, buntgekleideter Engel, schüttelte sanft den Kopf: »Natürlich, warum nicht?«

Rebecca riss am Griff der Pistole, Jonas' schmale weiße Hand löste sich nicht.

»Mach die Tür auf!«

»Für dich immer, meine Liebe.«

Sie hatte geschrien, er sprach leise. Schob mit der freien Hand die Medaille für Judith über den Kassentisch. Rebecca nahm sie nicht, sie hielt mit aller Kraft, die sie hatte, ihre Waffe fest. Jonas hatte nicht einmal seine zweite Hand zur Hilfe genommen.

Halt durch, bis jemand kommt.

Warum ließ ihre Schwester sie schon wieder im Stich?

Die untergehende Sonne leuchtete die Gewänder im Fenster rosig an, da tat es drei trockene kleine Schläge gegen die Scheibe.

Jonas fuhr herum, entriss dabei Rebecca die Pistole.

Sie rannte am Ladentisch vorbei, sprang in die Schaufensterauslage, wickelte ein Engelsgewand um ihre Hand und schlug mit der Faust in das Glas.

Von der anderen Seite kam der nächste Aufprall. Und noch einer.

Es waren die Schwalben aus der Kolonie am Haus gegenüber, die in einem selbstmörderischen Elan gegen das Fenster flogen, Dutzende von ihnen, genarrt durch das Licht, durch einen Schwarm kleine Stechmücken, und nun tot oder halbtot auf der Straße liegenblieben.

Das Fensterglas, alt und halb blind wie es war, hatte Rebeccas Schlag ebenso wenig nachgegeben wie den kleinen Vogelkörpern.

Sie holte ein zweites Mal aus. Jonas, die Pistole in der einen Hand, das Medaillon in der anderen, kam auf sie zu. Alles lief verlangsamt ab, wie unter Wasser, während die Schwalben weiter gegen die Scheibe flogen, gleichgültig wie Regentropfen, und Rebecca fragte sich, ob sie weitermachen würden, bis ihre Nester leer waren.

Hatte sie das zu kümmern, jetzt, wo ihr jemand gleich den Schädel einschlagen würde?

Der Jemand aber ging an ihr vorbei zur Tür, ließ die Pistole fallen, um aus einer Tasche im roten Samtgewand den Schlüssel zu ziehen und mit den Armen wedelnd auf die Straße zu treten.

Rebecca stürzte hinterher. Sie lief davon, Richtung Dorfplatz, zu Aldinas rettendem Café, sah sich nicht danach um, wie Jonas versuchte, die Schwalben davon abzuhalten, sich an seinem Fenster umzubringen.

Sie alle waren da, Judith, Ytterblom, Gypsy und Anoa.

Judith fragte: »Was ist los?«

Die anderen drei schienen ihr Kommen kaum zu bemerken.

Rebecca fühlte sich wie ein Geist, der Welt der Schatten durch einen glücklichen Zufall entronnen. Sie wollte erzählen, nichts dringender, doch dann kam ihr die Erinnerung an den letzten Vollmond.

»Ich war beim Seelenschrein«, hatte sie schon begonnen, und unterbrach sich selbst: »*Postea.*«

»Engelchen«, sagte Ytterblom zärtlich, »du hast zu viel Phantasie.«

Es stand kein Essen mehr auf dem Tisch, doch er winkte Aldina herbei und bestellte für sie.

Sie aß mit Heißhunger, ohne etwas zu schmecken, trank den schweren Wein wie Wasser, während das Grau der Dämmerung in Schwarz überging und schließlich nur die Lichter des Cafés den Platz erhellten.

Auf dem Nachhauseweg hielt sie Judiths Kleid fest. Sie fürchtete sich vor den Straßen und der Dunkelheit, vor den leeren Häusern, fürchtete sich auch drinnen in ihrem eigenen Haus, obwohl sie die Tür verschloss und die Fensterläden. Am liebsten wäre sie wieder losgegangen, auf der Suche nach einem sicheren Ort. Aber nicht allein.

Judith wusste nichts, sie ahnte höchstens, und sie verlangte nach Rebeccas Erzählung.

»Die Schwalben haben dich gerettet, weil wir uns um den Schrein gekümmert haben«, behauptete sie danach.

»Das ist mir egal, er hat Waffen, richtig viele, wir müssen hier weg.«

»Er hatte eine Medaille für mich.«

»Hätte ich dir die mitbringen sollen?«

»Vielleicht gehe ich hin.«

»Du bist verrückt. In seinen Schubladen sind Pistolen und Böller und was weiß ich. Wir müssen verschwinden, jetzt gleich.«

»Warum hast du Angst vor ihm, er geht doch nicht aus dem Haus.«

»Vor jedem Scheiß fürchtest du dich, nur nicht dann, wenn es drauf ankommt.«

Judith saß auf der Bettkante und bürstete sich die Haare, während sie miteinander redeten. Rebecca lief im Zimmer hin und her – wie hatte sie im Café überhaupt stillsitzen können?

»Zwei Orte wüsste ich«, sagte sie und bemühte sich, ruhig und erwachsen zu klingen.

»Nämlich?«

»Ulis Haus. Er ist weg. Er kommt nicht wieder.«

»Und?«

»Und das Schwimmbad.«

»So dumm ist Jonas nicht. Wenn er dich sucht, kommt er schon darauf.«

»Also? Was sagst du?«

»Wir bleiben.«

»Ulis Haus gefällt mir aber.«

Rebecca zog sich das Engelskleid über den Kopf und bekam es nicht vom Körper; unter den Armen hielt es sie fest, mit einem richtigen Klammergriff.

»Hilf mir doch mal.«

Judith ließ sich Zeit damit, die Bürste wegzulegen, um dann mit einem solchen Ruck an Rebeccas Kleid zu ziehen, dass mehrere Nähte rissen.

Wie es nun auf dem Boden lag, erinnerte es an einen abgestürzten Vogel.

»Ein feines Opfer für den Seelenschrein«, fand Judith.

»Da gehe ich nie wieder hin.«

»Du solltest dich wenigstens bei den toten Schwalben bedanken.«

Rebecca antwortete nicht.

»Außerdem, was ist mit dem nächsten Vollmond?«

»Da sind wir nicht mehr hier.«

Judith hob das zerrissene Gewand auf und faltete es ganz klein.

»Ich dachte immer, eure Mondscheinfront ist bloß Spielerei. Aber wenn sie echte Waffen hat …«

»Du bist schon aufgenommen.«

Rebecca nahm Judith das Engelskleid aus der Hand und warf es zurück auf den Boden.

»Schlaf jetzt. Ich passe auf«, sagte Judith.

»Du?«

»Ich lege mich vor die Tür.«

Sie wickelte sich in ihre Decke und legte sich zusammengerollt auf den Boden, wie ein Hund.

Rebecca glaubte, niemals einschlafen zu können. Doch die Augen fielen ihr zu, kaum, dass sie im Bett lag. Sie träumte nicht einmal. Sie schlief regungslos, wie ein Gerät, das man abgeschaltet hat. Alles Böse, das in der Nacht durch den Raum zog, blieb von ihr unbemerkt. Wie Schmetterlinge setzten die kleinen Nachtmahre sich auf ihr nieder, wie Mücken saugten sie an ihr, und sie spürte es nicht.

Regentag

Als Rebecca morgens aufwachte, lag Judith neben ihr im Bett, vor der Tür nur das weiße Kleid, das sie als Kissen benutzt hatte. Die Geräusche des Sommers drangen gedämpft durch die Fensterläden. Sie fühlte sich wie befreit. Ihr war danach, barfuß auf die Straße zu laufen, ihr war, als liege gleich hinter der nächsten Ecke das Meer und warte darauf, dass sie schwimmen kam. Sie öffnete die Fenster, um das Sonnenlicht hereinzulassen. Statt in den klaren Himmel, den sie erwartet hatte, schaute sie in einen diesigen, verhangenen Tag.

Sie gingen zu Ytterblom, so beschloss es Judith, der aber schickte sie gleich wieder weg: »Es gibt Gewitter heute. Ich bleibe in der Werkstatt.«

»Wir sollten ans Meer fahren«, sagte Rebecca, im Bann ihrer morgendlichen Vision.

Judith lachte sie aus.

Einen Augenblick blieben sie vor dem Bazar du Nouveau Siècle stehen, bedachten die Möglichkeiten, die der Tag ihnen bot, bis die Gewohnheit sie zu Aldinas Café führte.

Auf dem Platz saßen zwei blasse Holzschnitzer und boten dem ebenso bleichen Himmel ihre Skulpturen an; denn andere Kunden zeigten sich nicht.

»Schau sie dir an«, sagte Judith, »sie haben Angst, so wie du.«

»Ich habe keine Angst«

Lunas Lächeln unterbrach ihren Streit, noch ehe er begonnen hatte. Sie brachte ihnen das, was sie jeden Morgen bekamen, Milchkaffee und süße Brötchen, heute mit einer Beilage, die Rebecca aufschreien ließ: zwei winzige gebratene Vögelchen.

Luna schlug die Hand vor den Mund und eilte zurück ins Café. Gleich darauf erschien Aldina mit einem Zettel in der Hand, das Menu fürs Wochenende, tippte auf eins der Gerichte und demonstrierte mit Gesten die Schmackhaftigkeit der Vögelchen. Den Zettel ließ sie liegen, für Rebecca zum Abschreiben.

»Das hier sind cordonizes«, Judith las das Wort vom Zettel ab, »so viel habe ich verstanden.«

Rebecca verzog das Gesicht: »Du kannst mein Brötchen haben.« Sie legte den Zettel zwischen die Seiten ihres Zeichenbuchs, bereit zu gehen, als die Holzschnitzer zu ihnen an den Tisch traten.

»Keine Touristen, das Wetter ist zu schlecht«, erklärte Sofia, stellte den Rucksack mit den Figuren ab, setzte sich neben Judith und nahm das Vögelchen, das diese ihr anbot. Tomás dagegen lehnte ab: »Mein Magen.«

»Wir waren beide krank«, sagte Sofia.

»Kann ich mir denken«, murmelte Rebecca auf Deutsch.

»Tut uns leid«, sagte Judith auf Englisch.

Sofia nahm das zweite Vögelchen und winkte nach Luna. Die schien sie nicht zu bemerken. Sofia seufzte: »Ich hole meinen Kaffee drinnen.«

Tomás blieb hinter ihrem verlassenen Stuhl stehen. Rebecca sah zu ihm auf: »Geht ihr nach Hause?«

»Sicher.«

»Vielleicht kommen wir mit. Baden gehen.«

Tomás antwortete nicht.

»Baden gehen«, fragte Judith, »und das Gewitter?«

»Ist mir egal.«

Als Sofia zurückkam, ohne Kaffee – den hatte sie wohl am Tresen getrunken – wiederholte Rebecca, was sie zu Tomás gesagt hatte.

Sofia hob abwehrend ihre leeren Hände: »Heute nicht.«

»Wir machen euch keine Arbeit«, beharrte Rebecca.

Sofia schulterte ihren Rucksack, nahm Tomás bei der Hand, wie Hänsel und Gretel sahen sie aus, und verabschiedete sich: »Bis morgen.«

»Ich sehe es nicht ein«, sagte Rebecca, kaum dass sie gegangen waren, »der Fluss gehört uns allen.«

»Der Fluss gehört niemandem«, verbesserte Judith.

»Jedenfalls will ich baden gehen.«

Zu Rebeccas Überraschung war Judith sofort bereit mitzukommen.

Die ersten Regentropfen fielen, als sie am verlassenen Schwimmbad vorbeikamen, den Kopf gesenkt: nur nicht hinsehen. Es war ein langsamer Regen, jeder Tropfen einzeln und schwer. Kein Grund umzukehren.

Sie schlichen an der Rückseite von Tomás' und Sofias Haus vorbei, deren Hund nicht bellte, sondern ihnen schwanzwedelnd folgte. Stetig und geräuschlos fiel der Regen, vom Fluss her roch es nach Minze, und nach etwas anderem: Asche.

Sie fanden das Wasser getrübt, tote Pflanzenteile schwammen darin. Trotzdem gingen sie hinein und erkannten, was das Grün am Ufer ihnen verborgen hatte: ein schwarzes Stück Erde nicht weit oberhalb der Badestelle. Dunkel umspielte der Fluss ihre Füße, während sie durch den Schlamm und über glitschige Steine wateten, bis sie vor dem verbrannten Weg standen, den das Feuer sich gebahnt hatte. In der Asche wuchs noch kein neues Grün.

»Ich möchte wissen, wo das herkommt«, sagte Judith.

In ihren Badeanzügen folgten sie der schwarzen Spur, die, vom Regen durchtränkt, ihre Füße dunkel färbte. Bis in die tieferen Schichten der Haut, bis unter die Nägel setzte sich der Aschenschlamm, eine weiche finstere Masse, in der hier und dort ein härteres Stück Pflanzenkohle schwamm. Schweigend erreichten sie den Ort, von wo das Feuer seinen Lauf genommen hatte, ehe der Fluss es aufhielt.

Da standen die Reste eines Hauses, alte graue Schiefermauern, von Ruß bedeckt und auf halber Höhe eingestürzt. Ein Dach gab es nicht mehr.

»Aha«, machte Judith.

Vor diesem Haus hatte sie gesessen und ihre Wahrsagekarten ausgelegt. Ihr »aha«, fand Rebecca, klang seltsam zufrieden; vermutlich bestätigte die Zerstörung des Hauses etwas, das die Karten ihr damals schon verraten hatten.

»Traust du dich hineinzugehen?«, fragte Rebecca.

»Auf keinen Fall.«

»Vielleicht liegt João dort drin.«

»Verschwinden wir lieber.«

Als sie sich umwandten, wurde der Regen, den sie in seiner Gleichmäßigkeit schon nicht mehr wahrgenommen hatten, dichter und härter. Das Wasser machte sie blind und den Boden glitschig, sie rutschten, fielen hin und fühlten eine Angst in sich aufsteigen, die vorher, auf dem Hinweg, nicht dagewesen war. Sie beeilten sich, zurück an die Badestelle zu kommen, stellten erleichtert fest, dass ihre Kleider noch dort waren, der Hund aber nicht mehr, wuschen sich den schwarzen Schlamm ab, so gut es sich machen ließ.

»Jeder wird sehen, wo wir waren«, sagte Rebecca mit einem Blick auf ihre Füße, die aussahen, als könnten sie niemals mehr sauber werden.

Hatte jeder außer ihnen von diesem Feuer gewusst? Hatten am Ende die Mitglieder der Mondscheinfront es gemeinsam gelegt, allen voran Jonas, als Flammenengel in seinem roten Mantel?

Nass in nasser Kleidung schlichen sie an dem Hof der Holzschnitzer vorbei und zitterten, dass keiner sie entdecken möge. Die Fenster waren undurchsichtig vom Regen. Wie ein Zerrbild ihres Lebens in Vila Luminosa erschienen ihnen die Orte, an denen sie vorbeikamen: das Schwimmbad, die Brücke, die Stadtmauer mit den alten Reklameaufschriften, dem bunten

Ortsnamen und ihrem eigenen Gemälde, darin die gespenstische Nummer 12, ein Hohn.

Aus uns allen hat er Gespenster gemacht, dachte Rebecca, und Judith legte den Finger an die Lippen, ehe sie nur daran gedacht hatte, ihren Gedanken auszusprechen.

Zu Hause tauschten sie ihre nassen Sachen gegen Schottenröcke und Blusen. Rebecca warf das unbrauchbare Engelsgewand zur Tür hinaus, auf die schwärzlich glänzende Straße.

Judith protestierte: »Das wollte ich zum Seelenschrein bringen«, machte aber keine Anstalten, es ins Haus zu holen. Stattdessen legte sie sich aufs Bett und begann zum fünften Mal dasselbe Buch zu lesen.

Rebecca setzte sich mit ihren Zeichensachen an den Tisch und kritzelte lustlos Blumen, Blätter, eine tote Schwalbe zusammen. Alles sah auf eine Art erbärmlich aus, dass sie es schnell mit schwarzen Strichen auslöschte, so lange, bis auf dem Blatt eine dunkle Materie lag, wie der schlammige, verbrannte Boden, über den sie gegangen waren.

»Ich hole mir auch ein Buch«, sagte sie, »bei Arthur«, und wünschte sich, Judith möge mitkommen. Die aber bewegte sich nicht, machte nur ein leise zustimmendes Geräusch.

Vor der Tür schlug es ihr nass entgegen. Ihr weißes Kleid lag da wie eine Leiche. Der Eckladen war erleuchtet von etlichen Kerzen, die Arthur auf die Steine im Fenster geklebt hatte. Er selbst stand dazwischen und blickte nach draußen, als wären da nicht der Regen und die andere Straßenseite, sondern mindestens ein Ozean. Rebecca winkte ihm zu, er schien sie nicht zu bemerken. Sie fühlte sich lächerlich, und sie dachte, dass er für sie ein anderer war als zuvor: Er hatte mitgemacht, an Vollmond. Er war dabei gewesen.

Sie drückte gegen die verschlossene Tür. Sollte sie anklopfen? *Kinder sollte man sehen und nicht hören*, das hatte ihr Vater oft gesagt, mit einem ironischen Lächeln, das andeutete, dass auch der Anblick seiner Töchter ihn nicht eben erfreute.

Obwohl sie nicht geklopft hatte, öffnete sich die Tür.

»Was machst du hier?«, fragte Arthur.

»Ich suche ein Buch«.

Das war die Wahrheit und klang doch wie eine schäbige Ausrede.

»Brot und Käse auch. Ytterblom bezahlt.«

Arthur blieb auf der Türschwelle stehen, er im Trockenen, sie im Regen.

»Ytterblom bezahlt? Ich glaube nicht, dass er mir jemals etwas bezahlt hat.«

»Dann eben nur das Buch.«

Er trat ein Stück zur Seite, um sie hereinzulassen.

»Ich werde diesen Laden schließen«, sagte er.

Rebecca stand schon vor dem Regal und suchte. Ein Buch mit vielen Seiten und auf Deutsch. Da gab es nur eines, das ihr langweilig erschien, oder unverständlich, eine Familiensaga, halb auf dem Mond, halb auf der Erde, versprach der Text auf der Rückseite, und drinnen lauter verdrehte Sätze.

»Trinken wir einen Schluck«, sagte Arthur, »ich habe Wein.«

Sie setzten sich ins erleuchtete Schaufenster. Rebecca musste lachen: Wir sind Puppen. Lazaro reichte ihr wortlos und ernsthaft die Flasche.

Es fühlte sich gut an, dort zu sitzen, beinahe wie am Strand. In die Ferne zu schauen, über die andere Straßenseite hinweg, sie verstand jetzt seinen Blick von vorhin.

»Morgen reise ich ab, für lange«, sagte Arthur.

»Ich komme mit.«

»Ich kann dich nicht mitnehmen.«

»Ich will gar nicht mitgenommen werden. Ich will selbst weg.«

Lazaro schüttelte den Kopf und holte sich die Flasche zurück. Rebecca starrte in die flackernden Kerzen und versuchte vergeblich, das gute Gefühl zurückzurufen. Der graue Himmel draußen verriet nichts über die Tageszeit. Vielleicht blieben sie einfach im Zwielicht stecken. Wie die Familie auf dem Mond.

»Gehst du zu Fuß?«

»Kann sein. Möchtest du die Steine hier anmalen, wenn ich fort bin?«

»Ich werde nicht einmal an diesem Fenster vorbeigehen.«

Der Schwarzweiße stand auf und stöhnte.

»Was ist?«

»Mein Bein.«

»Ein Grund zu bleiben«, sagte Rebecca.

Er zog ein kleines braunes Arzneifläschchen aus der Tasche.

»Im Gegenteil. Wenn ich gehe, wird es besser.«

»Was ist das?«

»Rhus toxicodendron. Das hat mir Aldina gegeben.«

»Aldina? Ich muss noch eine Speisekarte für sie malen.«

»Aldina kann nicht nur kochen. Sie hat alles Mögliche gelernt, als Luna klein war und keiner ihr helfen konnte. Ich zeige dir, wo ich den Schlüssel verstecke. Falls du doch kommen willst.«

Das Versteck war in einem verlassenen Schwalbennest unter dem Dach; ausgerechnet.

Erst als sie vor ihrer eigenen Tür stand, fiel Rebecca ein, dass sie das Buch in Arthurs Schaufenster liegen gelassen hatte.

»Ich muss immer an die toten Schwalben denken«, sagte Judith zur Begrüßung, »gib mir dein Engelskleid.«

Pitschnass und ergraut, so kehrte es zurück ins Haus.

»Du hättest es wenigstens auswringen können.«

Judith zerschnitt den Stoff in Quadrate und Streifen, während Rebecca nach dem Zettel mit dem Menu fürs Wochenende suchte.

»Ich dachte, ich hätte ihn in mein Zeichenbuch gelegt.«

»Hast du auch.«

Der Zettel blieb verschwunden.

»Erinnerst du dich, was draufstand?«

»Nur die Vögelchen. Cordonizes.«

Lieber mit leeren Händen kommen oder mit einem einzigen Wort? Rebecca entschied sich für das Wort, verzierte es mit einer Girlande aus Singvögeln, malte zuletzt in die Mitte etwas, das aussah wie ein winziges gebratenes Hähnchen auf einem übergroßen Teller.

Als sie damit fertig war, war es draußen längst dunkel.

»Das Abendessen haben wir verpasst«, meinte Judith.

Sie hatte währenddessen ihre eigene Girlande angefertigt, aus grauweißen Geistervögelchen, ein Trauerflor für die Schwalbenkolonie.

»Gehen wir trotzdem?«

»Ich bin so hungrig, dass ich sogar die Knochen von diesen Vögeln essen würde.«

Der Regen hatte aufgehört, als sie ihr Haus verließen, aber die Dunkelheit lag hinter einer dichten Wolkenmasse verborgen, der Mond nur ein weißlicher Fleck, und keine Sterne zu sehen.

Zu beschäftigt mit ihrem Hunger und der Anfertigung der Speisekarte, hatten sie nicht daran gedacht, wie es sein würde, den Genossen von der Mondscheinfront gegenüberzutreten, jetzt, nachdem sie Joãos verbrannten Hof entdeckt hatten. Es traf sie in dem Augenblick, als sie den Tisch unter der Markise sahen, mit Gypsy und Ytterblom, Argentino und Anoa daran.

Reglos und ratlos blieben sie stehen, bis die Tür des Cafés sich öffnete und Luna sie hineinwinkte. Rebecca hielt ihr wortlos ihre Zeichnung entgegen. Die wurde einstimmig gelobt, von Aldina, Luna und drei Alterchen, die sie als Verkäufer von Obst und Gemüse kannten, und die die Schwestern an ihren Tisch baten. Das befreite sie von der Verlegenheit, sich den Mondscheinern draußen zu stellen.

»Obwohl ich Anoa gern nach Uli gefragt hätte«, sagte Rebecca.

»Willst du immer noch auf seinen Hof ziehen?«

»Hm«, machte Rebecca.

»Der könnte eines Tages auch abbrennen.«

Aldina hängte die Vögelchen an die Wand, spitzte die Lippen, Küsschen, Küsschen: »Die bleiben. So ein schönes Bild.«

»Oh nein«, sagte Rebecca, »es ist gar nicht schön.«

Luna brachte ihnen zwei Teller grüne Suppe mit Kartoffeln und Wurstscheiben darin.

»Ich wünschte, ich hätte meine Girlande dabei«, sagte Judith, »vielleicht würden sie die auch aufhängen.«

Rebecca tippte sich mit dem Zeigefinger gegen die Stirn.

»Warts ab, ich hole sie.«

Doch die Girlande blieb, wo sie war, und als sie in die graue Nacht hinaustraten, saß keiner mehr an dem Tisch vor dem Café.

Blaubarts Kammer

Möwen flogen schreiend und jaulend über das Kap, sie klagten und stritten sich mit übereinander kippenden Stimmen, fast unsichtbar im Nebel, fast körperlos, nur Klang. Teils über den Gebäuden, teils unterhalb der Landzunge, strichen die Störche um die Klippen, auf der Suche nach ihren Nestern. Strandläufer und Schwalben umschwirrten den Sadhu, der im Erdrauch saß, in der Auflösung der Elemente, eine Decke um die Schultern gelegt. Das erste Morgenlicht, die lauteste Stunde des Tages.

Vor ihm auf dem Boden lag Judiths traurige Girlande, und unter dem Blick seiner geschlossenen Augen schüttelte ein toter Vogel nach dem anderen seine Fußfessel ab und gesellte sich zu den Schwärmen über dem Kap, Mauerschwalben zu Uferschwalben. Sie zogen in verlassene Höhlen im Sandstein, verteilten sich über die Felsen und unterschieden sich von denen, die schon da gewesen waren, allein dadurch, dass sie keine Stimme hatten.

Ein Wind kam auf, in Richtung Meer, er trieb den Schaum der Wellen vom Ufer wieder hinaus auf See, trug Mohn und Margueriten von der Landstraße mit sich, verteilte den Nebel, ermunterte die Möwen, noch lauter zu schimpfen.

Der Sadhu blieb unbewegt sitzen. Kleine Wolken zogen um ihn wie um einen Berg.

Als Rebecca aufwachte, hatte sie eine Stimme im Ohr, ihre eigene?

»Wir werden die Steine aus den Fenstern schlagen.«

Der Himmel draußen zeigte sein reinstes Blau; als könne sie darin untertauchen, als könne sie wegschwimmen.

Judith schlief. Über die Straße zog einer der Alten, mit denen sie gestern im Café gesessen hatten, ein Fahrrad schiebend, an dem Eimer voller Pfirsiche hingen. Einen reichte er ihr durchs Fenster, geschenkt, nahm ihren Dank ritterlich entgegen.

Heute werden wir malen, dachte Rebecca, und wenn wir fertig sind, wird Ytterblom uns bezahlen. Oder uns hereinlegen. Wie Uli.

Sie trat zum Bett, fasste Judith an der Schulter, erst sanft, dann fester, grausam beinahe.

»Ich habe vom Sadhu geträumt.«

»Na und?«

»Er hat deine toten Schwalben lebendig gemacht.«

»Meine?« Judith setzte sich auf, blinzelte, kratzte einen Arm, dann den anderen. Ihre Haut war bedeckt mit winzigen roten Stichen. »Ich hasse diese Mücken. Meine Beine sind ganz geschwollen.«

»Meine nicht«, sagte Rebecca zufrieden.

Die makellos weiße Schnecke des Objekts lag auf dem Acker wie ein Lebewesen. Ytterblom strahlte bei ihrem Anblick.

Jetzt, im Tageslicht, war es leichter, ihm entgegenzutreten als am Abend zuvor. Er war voller Unternehmungslust, gesprächig, redete über die Wechselwirkung der Elemente, die heilenden Stationen seines spiraligen Tempels, beim Gang hinein wie beim Gang hinaus, und Gypsy befand sich ganz auf derselben Schwingung, sie summte vor sich hin, wie um seiner Rede eine zweite Stimme zu geben.

Feuer, Asche, Schwefel. Ignis, flammae …

»Was sagst du da?«, fuhr Ytterblom Rebecca an.

»Gar nichts. Ich dachte an den Vesuv. Die verschüttete Stadt. Mit ihren verkohlten Menschen, wie Skulpturen.«

»Warum, du verrücktes Kind?«

»Um sie zu malen.«

»Warst du dort?«

»Meine Eltern hatten ein Buch.«

»Dann fahr hin, ehe du sie malst.«

»Ja«, sagte Rebecca, »das tue ich. Es ist nicht weit von Rom, und man spricht Latein.«

»Was redet ihr da?«, fragte Gypsy.

Sie hatte noch nie von der verschütteten Stadt gehört.

»Außerdem mag ich Italien nicht«, sagte sie, »die Polizei dort ist widerlich und per Anhalter fahren verboten.«

Das wieder kannten Rebecca und Judith nicht: »Per Anhalter?«

Gypsy hielt den Daumen in die Luft: »So.«

»Und dann?«

»Das Auto hält, und du sagst, wo du hinwillst.«

»Außer in Italien«, fügte sie hinzu und spuckte aus.

»Wir sind in Italien mit einem Zyklopen gefahren. Einem deutschen Zyklopen allerdings«, fing Judith an zu erzählen, aber Ytterblom und Gypsy stimmten gemeinsam ein Lied an, Rebecca dachte über die Sache mit dem Daumen nach, und keiner schenkte ihr Beachtung.

»Pfui, diese pisces …«

Sie öffneten die Farbeimer, rührten um, sortierten die Pinsel. Rebecca erinnerte sich an das Gedicht, das Arthur-Lazaro in den Putz gekratzt hatte, im Zentrum der Struktur. Er hatte den Vesuv bestimmt schon gesehen.

Der Umriss eines Engels mit Schwert wartete auf sie, umgeben von einem Dutzend Menschenvögeln. Keiner von ihnen abgestürzt, bisher. Der kaum ausgeführte Engel erschien ihr zu farblos. Sie beschloss, ihm bunte Flügel zu geben und ein rotes Gewand.

Als Ytterblom zur Mittagspause seinen Platz verließ und nachschaute, was sie und Judith taten, fing er an zu lachen: »Warum hast du deinem Racheengel einen Nikolausmantel gemalt?«

Rebecca schämte sich. Sie starrte Ytterblom an und dann ihr Bild, und plötzlich mochte sie es nicht mehr.

»Ich übermale den Mantel wieder.«

Das tat sie, gleich nach dem Essen, um die Sache aus den Augen zu haben, und ohne zu bedenken, dass die rote Farbe noch feucht war. Der Engel bekam ein grauenhaft fleischfarbenes Ansehen, als wäre er in einen Mantel aus Speck gehüllt. Rebecca warf den Pinsel auf den Boden.

»Lass das«, sagte Judith, »du machst alles dreckig.«

»Ich habe doch gesagt, wir sollen weggehen«, flüsterte Rebecca, sie spürte, wie ihr die Tränen kamen, und sah sie, ein unähnliches Spiegelbild, auch in Judiths Augen.

»Und jetzt mache ich ihn schwarz«, sagte sie dann laut, aber Judith hielt ihre Hand fest.

»Lass wenigstens die Farbe trocknen, was denkst du, was dabei herauskommt?«

Rebecca gab nach, aber sie malte an diesem Tag nicht mehr. Sie lehnte sich an ein Stück kühle weiße Wand und sah Judith zu, wie sie blauen Himmel und schwärzliches Gefieder tupfte.

»Dafür habe ich bei dir was gut«, sagte Judith zu Hause.

»Wofür? Ich gehe nicht zu diesem Seelenschrein.«

Denn Judith hielt die Tüllvögelchen in der Hand.

»Ich auch nicht. Die Girlande gehört an einen anderen Ort. Du hast mich darauf gebracht, mit deinem Traum.«

»Zum Sadhu etwa?«

Judith schüttelte ungeduldig den Kopf: »An die Wegkreuzung. Wo die Flasche und die Zigaretten liegen.«

Sie zupfte ihre kleinen weißen Vögelchen zurecht, streichelte zärtlich ihr Kunstfasergefieder.

Wenige Stunden später streichelten die gleichen Hände auf die gleiche Weise Ytterbloms hageren, gebräunten Oberkörper.

Rebecca zog sich an, ohne dabei wegsehen zu können. Sie fragte sich, wohin sie vor der nächtlichen Heimsuchung flüchten sollte. In Arthurs Laden?

Wohin sie sich geschworen hatte, keinen Fuß zu setzen.

Andererseits war es draußen kalt, besonders wenn der Tau kam.

»Bleib doch«, murmelte Ytterblom, wie jedes Mal.

Vor der Tür dachte Rebecca über Ulis Haus nach und den langen Weg dorthin, über eine Nacht auf dem Dorfplatz, ging zum Laden, tastete im Schwalbennest nach dem Schlüssel. Merkwürdig, wie hart so ein Nest von innen war, sie hatte erwartet, etwas Weiches zu fühlen, Daunen oder Moos oder wenigstens Heu.

Ehe sie die Tür aufschloss, klopfte sie an, vorsichtshalber, aber von drinnen kam keine Antwort. Der Laden war riesig und leer in der Dunkelheit. Hatte Arthur elektrisches Licht? Sie wusste es nicht, tastete an der Wand nach einem Schalter, da fielen ihr die Kerzen im Schaufenster ein. Sie kroch über die Steine wie eine Eidechse und zündete eine Kerze nach der anderen an.

Ihr Buch lag genau an der Stelle, wo sie es vergessen hatte. Sie sah sich um nach irgendeiner Überraschung, einer Botschaft von Lazaro, einer Flasche Wein, fand aber nichts.

Er hatte den Laden verlassen, als ob er nie dagewesen wäre.

Sie schlug das Buch auf, las ein wenig, doch die Geschichte blieb fremd und vertrackt.

Wo würde sie überhaupt schlafen? Doch nicht im Schaufenster?

Auch dieser Laden hatte ein Hinterzimmer. Ein Hinterzimmer, in dem sie auf den ersten Griff einen Lichtschalter fand. Einen altmodischen Drehschalter, der kurz erhellte, was sich in dem Raum befand: nichts. Nichts bis auf eine Matratze. Dann ging die Glühbirne mit einem leisen Knall wieder aus.

Rebecca holte sich eine der Kerzen aus dem Schaufenster, löschte die anderen. Im Kerzenlicht entdeckte sie ein Waschbecken auf dem Gang neben dem Schlafzimmer, dahinter eine zweite Tür, die Toilette. Sie spülte sich den Mund aus, wusch sich das Gesicht, versuchte noch einmal den Lichtschalter, aber nichts geschah.

Sie klebte ihre Kerze am Boden fest und legte sich auf die Matratze, die Arme um ihre Knie geschlungen. Jetzt schon wurde ihr kalt. Das Zimmer roch nach feuchter Erde und altem Stein, wie tief unten in einer Höhle, und das gefiel ihr sogar. Wäre es nur wärmer gewesen.

Das Klappern ihrer eigenen Zähne weckte sie aus einem traumlosen Schlaf. Sie zündete die Kerze an und ging nach vorn in den Laden, auf der Suche nach irgendetwas, das sie als Decke benutzen könnte.

Nichts, nicht einmal ein Handtuch oder ein Vorhang, nur Bücher und Steine, bunte Dosen, Elektrokleinteile.

Ihr fiel ein, dass sie auf dem Bahnhof, kurz bevor Jesus ihnen erschienen war, einen Mann gesehen hatte, der mit Zeitungen bedeckt auf einer Bank lag und schlief. Was mit Zeitungen funktionierte, ging wohl auch mit Büchern?

Sie dachte einen Augenblick darüber nach, während sie von einem Bein aufs andere sprang, um warm zu werden.

Man könnte auch die Steine im Fenster zu einer Feuerstelle umbauen.

»Nein, du bist wahnsinnig«, sagte sie laut zu sich selbst, »nachher brennt das Haus und du mit.«

Also riss sie in einer unbekannten Sprache bedruckte Blätter aus und stopfte sie unter ihr T-Shirt und in ihre Hose, ging mit dem Rest des Buches nach hinten, um Laken und Decke daraus zu machen.

Eine der Seiten geriet in die Kerze und flammte bläulich auf. Sie trat sie mit dem nackten Fuß aus; gut, dass der Boden so kalt war. Sie löschte die Kerze, machte im Dunkeln weiter. Die Blätter raschelten und verrutschten bei jeder Bewegung. Nur wenn sie vollkommen still auf dem Rücken lag, wurde ihr wärmer.

Im ersten Morgenlicht wachte sie auf, wütend und verfroren. An dem winzigen Fenster der Schlafkammer saß ein gelber Vogel und schaute herein wie ein Geist. Rebecca ließ die Buchseiten liegen, wo sie waren, legte den Ladenschlüssel zurück in sein Nest und machte sich auf den Heimweg.

Warm und rosig lag Judith zwischen ihren Decken und lächelte im Schlaf.

»Mach Platz, ich bin fast erfroren.«

Rebecca verpasste ihr einen unsanften Stoß in die Seite, Judith riss große erschreckte Augen auf.

»Das war das letzte Mal, hörst du. Ich mache das nicht mehr mit.«

Judith sagte nichts dazu.

»Du kannst bei ihm übernachten.«

»Da ist Gypsy.«

»Außerdem kannst du ihm sagen, dass ich heute nicht malen komme.«

Rebecca schlief ein, kaum, dass sie fertig gesprochen hatte, und als sie aufwachte, verschwitzt unter den beiden Decken, war Judith nicht mehr da.

Rebecca vermutete sie beim Objekt, fand sie aber auf dem Dorfplatz sitzend, neben den Holzschnitzern und ihrer immergleichen Ware.

»Ytterblom und Gypsy sind weggefahren«, erklärte sie.

»Wohin?«

»Seinen Auftrag abliefern. Sie übernachten im Hotel. Ich würde gerne mal in einem Hotel schlafen.«

»Hättest sie ja fragen können, ob sie dich mitnehmen.«

»Habe ich doch«, sagte Judith, und die Enttäuschung in ihrer Stimme war nicht zu überhören.

»Ich gehe Kaffee trinken. Und etwas essen.«

Judith nickte und blieb sitzen.

Die Hitze des Sommertages kam Rebecca unwirklich vor, als sie unter der Markise saß, die Finger um ihr Glas mit dem warmen Getränk gelegt, auf den Platz hinausschaute und mit den Augen nichts festhielt, so als blicke sie aufs Meer; und so wie Wasser wogte der graue Stein in der Sonne. Auf der grauen Fläche trieben die Holzschnitzer, Judith, die alte Frau mit den Häkelwaren und ein letzter Gemüsebauer. Dazwischen viel Leere, über die die Schwalben flogen, hin und her.

Wenn der selbstmörderische Sturzflug gegen Jonas' Schaufenster die Zahl der Schwalben im Ort dezimiert hatte, dann jedenfalls nicht merklich.

Rebecca hätte ewig so sitzen können, mit immer neuem Kaffee und neuen süßen Brötchen, während ihr warm wurde bis in die Knochen.

Judith riss sie aus ihrem Wohlbefinden: »Komm, wir gehen.«

Sie wies auf Sofia und Tomás, die in unerklärlicher Eile ihre Holzfiguren zusammenpackten. »Wir besuchen sie heute.«

Widerwillig stand Rebecca auf.

Die Holzschnitzer waren schon in die Straße hinunter zur Stadtmauer eingebogen.

»Wissen sie das überhaupt?«

»Oh ja.«

»Warum warten sie dann nicht?«

Darauf gab Judith keine Antwort, sie stapfte mit kindlicher Verbissenheit hinter Tomás und Sofia her, und zog Rebecca mit. Sie hefteten sich an die beiden wie bei einer Verfolgungsjagd. Doch statt davonzurennen blieben die Holzschnitzer vor dem Bild der Mondscheinfront stehen.

»Also gut«, sagte Sofia.

Tomás sagte nichts.

»Ihr wollt baden gehen.«

Judith und Rebecca nickten. Judith war aufgeregt, sie spielte mit ihrem sechsten Finger.

»Ich glaube nicht, dass ich heute etwas koche«, sagte Sofia.

Rebecca sah zu Tomás hinüber und erschrak über die Tränen in seinen Augen.

»Wollen wir nicht lieber umdrehen?«, fragte sie auf Deutsch.

Aber Judith schüttelte den Kopf.

Die Holzschnitzer baten sie nicht ins Haus. Tomás schlüpfte eilig durch die halb geöffnete Tür, während Sofia draußen blieb, um sie an den Fluss zu begleiten. Sie stieg sogar mit ihnen ins Wasser, nackt, denn Badesachen hatte sie nicht dabei. Rebecca sah ihren ruhigen, sicheren Schwimmzügen zu, die im Widerspruch standen zu der Unruhe, die ihr Gesicht verriet. Bei Judith war es genau andersherum. Während sie so stoisch guckte wie ein antiker Philosoph, hielt ihr Körper mit den zittrigen Bewegungen des Nichtschwimmers den Kontakt zum sicheren Boden. Was wohl die winzigen Fische dachten, die über diesen Boden huschten? Dachten Fische überhaupt?

Rebecca legte sich auf den Rücken, sah hinauf ins Grün und Blau.

Judith verdarb ihr die Stimmung, zum zweiten Mal an diesem Tag.

»Komm schon«, rief sie vom Ufer her, »vergiss nicht, warum wir hier sind.«

Sofia war noch vor Rebecca an Land, und sie folgte ihnen ohne ein Wort, als sie sich auf die Suche nach der Wegbiegung machten, wo das Opfer an die Engel lag.

Münzen, verwelkte Blumen, aufgeweichte Zigarettenleichen, die geöffnete und wieder verkorkte Flasche.

Aus der Tasche, neben den nassen Badeanzügen, zog Judith, einem Zauberkünstler gleich, die Girlande der weißen Tüllvögelchen. Sorgfältig legte sie sie rund um die Opfergaben. Rebecca nahm einen Stein vom Boden, um das Band damit zu beschweren. Judith schlug ihn ihr aus der Hand. Dann lächelte sie: »Wir können gehen.«

Vor dem Haus der Holzschnitzer angekommen, begrüßt von deren begeistertem Hund, Judith zufrieden, Rebecca voll Unbehagen, hielt Sofia inne, ließ die Arme sinken. Sie fror fest auf der Stelle, wo sie stand. Der Hund lief zur Eingangstür und kratzte am Holz. Drinnen regte sich nichts.

»Coffee?«, fragte Judith, »Tea?«

In einem Ton, als hätte sie Sofia ein freundliches Angebot zu machen.

Sofia sagte nichts. Ihre Haltung verriet, dass sie die Schwestern auf keinen Fall im Haus haben wollte.

Sie mag uns nicht, warum mag sie uns nicht?

Der Hund kratzte unermüdlich an der Tür.

Schließlich war es Tomás, der aufgab. Er ließ den Hund hinein und die Schwestern auch.

»Was wollt ihr?«, fragte er.

Drinnen stank es, das hatte es bei ihrem letzten Besuch nicht getan.

Rebecca hatte keine Ahnung, was sie wollte.

»Coffee«, sagte Judith.

Tomás nickte. Gemeinsam gingen sie in die Küche.

Der Kaffee mit den Holzschnitzern war eine freudlose Angelegenheit, trotz der hübschen roten Emaillekanne, trotz der Blumen auf ihrem Tisch.

»Vielleicht habt ihr ein totes Tier in der Scheune?«, fragte Rebecca vorsichtig.

Das englische Wort für Scheune wusste sie nicht, sie sagte es auf Deutsch, Sofia aber schien sie zu verstehen, denn sie nickte: »Gut möglich.«

Tomás nickte auch.

Kaum waren ihre Tassen leer, standen beide auf, begleiteten sie zum Ausgang, erleichtert, sie loszuwerden, das sah man ihnen an.

Judith blieb im Flur stehen und schnupperte wie ein Spürhund.

»Das tote Tier ist hier drin«, sagte sie, griff nach der Klinke der nächsten Tür und drückte sie herunter.

»Halt«, sagte Tomás.

Judith hörte nicht darauf.

Sternenschau

Sie erwachten im Dunkeln, rücklings auf harte Pflanzenstoppeln gebettet.

Ein abgeerntetes Feld, war Rebeccas erster Gedanke, noch ehe sie sich fragte, wie sie dorthin gekommen waren.

Judith murmelte etwas, das klang wie »den Hund vergiften.«

»Der arme Hund.«

Judith bewegte sich, hob den Kopf.

»Ich sehe den Mond nicht«, sagte sie.

»Ich sehe sogar zwei.«

Es brauchte ein wenig, bis sie so wach waren, dass sie anfingen, sich zu fürchten.

»Verschwinden wir von hier«, flüsterte Rebecca und dachte: diesen Satz habe ich in den letzten Tagen oft gesagt.

Hand in Hand tasteten sie sich über die Stoppeln, durch Schwindel und Kopfschmerzen und eine große Leere. Ganz leise hörten sie Frösche quaken.

»Wir können nicht weit vom Fluss sein.«

Rebecca rieb sich die Augen, in der Hoffnung, dann besser zu sehen.

»Das ist wie im Märchen von Blaubart, die verbotene Tür.«

»Warum flüsterst du schon wieder?«

»Vielleicht ist jemand in der Nähe.«

»Wenn die Sterne nicht wären, würde ich denken, ich bin

blind«, sagte Judith und stieß gleich darauf einen kleinen Schrei aus.

Rebecca packte ihre Hand fester, hielt den Atem an.

»Schon gut, ich habe mich nur gestoßen.«

»Du hast mir Angst gemacht.«

»Fühl mal.«

Rebecca streckte die freie Hand aus und ertastete eine Wand, glatt und kalt, mit regelmäßigen Fugen: Kacheln. »Was ist das für ein Haus?«

Ich wünschte, ich hätte noch meinen Dybbuk, dachte Rebecca, er kannte sich aus mit Alpträumen, er hätte diesen hier beim Namen genannt, hätte die Dunkelheit beim Namen genannt und sie beide gebannt.

Ich will aufwachen.

Sie blieben vor der gekachelten Wand stehen, Judith zog rückwärts, Rebecca zur Seite, sie fochten einen stummen und unentschiedenen Kampf aus, während es, beinahe unmerklich, heller wurde. Beginnendes Mondlicht, ihre Augen, die sich an die Finsternis gewöhnten. Beide erkannten gleichzeitig, wo sie waren.

»Ans Ufer«, entschied Rebecca, »wir verstecken uns im Gebüsch.«

»Es ist kalt da unten.«

»Schlag was Besseres vor.«

Sie tasteten sich aus dem Becken, an den Umkleiden vorbei, bis zur eisernen Pforte. Die Kette war doppelt um die Streben des Tors gewickelt und abgeschlossen, sie ließ keinen Freiraum, um hindurchzuschlüpfen. Sie rissen und zogen an der Pforte, erst einzeln, dann gemeinsam, doch das Schloss gab nicht nach. Judith ließ sich auf den Boden fallen, wie ein trotziges Kind. Rebecca hörte ihrer Stimme an, dass sie weinte: »Wir kommen hier nicht raus.«

Rebecca schüttelte den Kopf. Dann fasste sie sie an der Schulter. Wie warm die sich anfühlte, und wie kalt musste ihre eigene Hand sein.

»Wir klettern.«

»Ich kann nicht«, Judith schluchzte. »Du wirst rüber klettern und mich hierlassen.«

Rebecca im Baum, Rebecca auf dem Schuppendach, und Judith am Boden.

»Hör auf jetzt.« Judiths Verzweiflung gab Rebecca Mut. »Wir bauen eine Treppe. Dann musst du dich auf der anderen Seite einfach fallen lassen.«

Bei Tageslicht wäre das schnell gegangen. So mussten sie mühsam nach den Eimern in der Umkleide tasten, sie hatten die Idee, sie mit Erde zu füllen, um sie stabil zu machen, auch das brauchte Zeit, und wie viel Zeit hatten sie?

»Eigentlich«, sagte Rebecca ohne echte Überzeugung, »ist es unlogisch, dass sie wiederkommen. Warum sollten sie uns hierherbringen, weggehen und dann zurückkommen?«

»Glaubst du, es waren Sofia und Tomás?«

»Du nicht?«

»Vor den beiden hätte ich keine Angst.«

Schließlich hatten sie einen Turm aus drei Eimern errichtet, seitlich gestützt von den mit Wasser gefüllten Gießkannen, ein Bild, das sich Rebecca einprägte, und das sie zu zeichnen beschloss, sollten sie heil nach Hause kommen.

Oder anderswohin.

Judith stieg unsicher auf den Eimerhaufen, Rebecca schob von unten nach, Judith schwang ein Bein über das Torgitter, dann war sie drüben. Rebecca, die eilig hinterher wollte, blieb am Gitter hängen und zerriss sich die Hose.

Sie liefen zum Fluss hinunter, wateten ein Stück durch das Wasser Richtung Stadt und kauerten sich in ein dichtes Gebüsch.

Bis dahin hatten die Aufregung und die eilige Suche nach Gegenständen für ihre Treppe sie warmgehalten; nun fingen sie an zu frieren. Die Frösche waren verstummt, es musste mitten in der Nacht sein. Viele Stunden noch, ehe es wieder hell wurde.

»Warum gehen wir nicht einfach nach Hause?«, fragte Judith.
»Nicht jetzt. Am Tag vielleicht.«
»Oder zu Ulis Haus?«

Sie saßen reglos, jede für sich, obwohl sie sich der Kälte wegen eng umarmt hielten. Auch um sie her regte sich nichts, und Judiths Stimme fiel wie ein Stein in diese Stille, als sie fragte: »Woran erinnerst du dich?«

»Daran, wie du die Tür öffnen wolltest.«

»Habe ich sie aufgemacht?«

»Ja. Tomás hat *halt* gesagt, du hast sie geöffnet. Danach weiß ich nichts mehr.«

»Ich habe ein Bild von diesem Zimmer vor Augen, aber ich weiß nicht, ob es wirklich ist.

»Oder was?«

»Oder ein Traum.«

»Dann sag, was du geträumt hast.«

»Du kannst es dir denken.«

»Kann ich nicht.«

»Weißt du, was ich mir nicht denken kann? Dass Sofia und Tomás das getan haben. Uns einen Schlag auf den Kopf geben.«

»Ich erinnere mich an keinen Schlag.«

»Uns in dieses Schwimmbad bringen.«

»Die beiden haben nicht mal ein Auto.«

»Wer dann?«

»Erzähl mir erst, was du gesehen hast.«

»Es ist wie ein Foto in einem dunklen Raum, eine Sekunde oder zwei hat es mir entgegengeleuchtet. Ich sehe João auf einem Stuhl sitzen. Er ist nicht tot, aber er hängt zur Seite, festgebunden, sein Kopf liegt fast auf der Schulter. Und seine Augen sind blau. Wie Puppenaugen.«

»João hat keine blauen Augen.«

»Trotzdem hat er mich damit angeschaut.«

Sie schwiegen wieder, Minuten oder Stunden, wer hätte das unterscheiden mögen, es gab nichts, nur ein wenig weißes

Mondlicht. Gelegentlich verirrte sich Rebecca in den Grenzbezirk zwischen Schlaf und Wachen; die Kälte holte sie zurück.

Und wie Judith sah sie João vor sich, dem man die Augen vertauscht hatte.

»Was haben sie mit seinen echten Augen gemacht?«

Auch Judith schien nur halb wach zu sein: »Sie füttern ihre Hühner damit.«

Ob es im Wachen oder im Schlafen war, als sie aufstand und erklärte, sie ginge, egal wohin, im Wachen oder im Schlafen, als Rebecca mitkam – das Morgenlicht fand sie zwischen den Mauern des Objekts. Dreckig waren sie, verschrammt, Rebeccas Hose nicht mehr zu gebrauchen, nur Stoffstreifen, die an ihren Beinen hingen, und rote Augen hatte sie beide.

»Ich habe kein gutes Gefühl«, sagte Rebecca, und das brachte Judith zum Lachen.

»Wenn du jetzt ein gutes Gefühl hättest, wärst du wahnsinnig.«

Sie schlichen am Dorfplatz vorbei, wo Aldina eben die Stühle von den Tischen stellte, zu ihrem Haus.

Die Haustür stand offen. Böse offen, nicht wie eine Tür, die man nur zu schließen vergessen hat.

Rebecca biss sich vor Schreck auf die Finger.

Judith sagte: »Da gehe ich nicht rein.«

»Wohin jetzt? Ins Café?«

»Nein, wir gehen zu Ytterblom.«

Ein zweites Mal huschten sie über den Platz, im Schatten der Platanen mit ihren Alptraumnetzen, eine Straße hinunter, die so leer war wie die ihre, und klopften beim Bazar du Nouveau Siècle, aber nichts geschah.

»Er ist nicht da«, sagte Rebecca.

Trotzdem versuchten sie es weiter, mit Fäusten und Füßen. Schließlich erschien Ytterblom, unbekleidet und wütend, in der Tür. Er beschimpfte sie auf Schwedisch, so dass sie nichts verstanden. Rebecca fixierte das Schaufenster, um nicht auf seine Geschlechtsteile starren zu müssen. Judith versuchte, eine Lücke in seinem Redeschwall zu finden, der aber lief weiter wie automatisch.

»Lass uns rein«, schrie Judith.
Ytterblom unterbrach sich: »Was ist denn mit euch passiert?«

Er führte sie in den Laden und in die Räume dahinter, in sein Schlafzimmer, wo Gypsy mit dunklen Make-up-Ringen um die Augen lag und sie anschaute, als wären ihr zwei Geister erschienen.

»Wir wissen nicht, was passiert ist«, sagte Rebecca.

»Erzählt trotzdem«, sagte Gypsy.

Rebecca schüttelte den Kopf.

Judith dagegen setzte auf Offenheit, sie berichtete jedes Detail, bis hin zu Joãos vertauschten Augen. Ytterblom und Gypsy war anzusehen, dass sie Judith nicht glaubten.

»Ihr wacht also auf einmal in diesem Schwimmbad auf? Ohne zu wissen, wie ihr dorthin gekommen seid?«

Judith nickte, Rebecca auch.

»Warum in einem leeren Schwimmbad?«

»Egal«, sagte Gypsy, »wärmt euch auf.« Sie stieg aus dem Bett, nackt wie Ytterblom. »Ich suche euch was zum Anziehen.«

Ytterblom setzte sich neben sie auf die Bettkante. Weiß er denn nichts von Ulis Pflanzen, fragte sich Rebecca.

»Alles hat mit den weißen Vögeln angefangen«, sagte Judith verträumt, »mit den toten Schwalben.«

»Sei schon ruhig«, sagte Ytterblom und strich ihr über die Wange.

»Nicht einschlafen«, murmelte Rebecca. Aber dann tat sie es doch.

Sie wachte auf mit einem Durst, der ihren ganzen Körper verbrannte, und brauchte eine Weile, um sich zu erinnern, wo sie war. Judith lag nicht mehr neben ihr, dafür ein geblümtes Kleid. Sie taumelte durch Ytterbloms Werkstatt, nach vorn in den Laden, fand niemanden.

Wasser.

Vor ihren Augen liefen flimmernd die vertrauten schwarzen Punkte zusammen. Sie hielt sich am Tresen fest, rutschte auf den Fußboden. Alles wurde dunkel, dann wieder hell. Sie rief: »Judith?«

Keine Antwort.

»Gypsy?«

Auf allen Vieren kroch sie zurück in die Räume hinter dem Laden und suchte nach einem Wasserhahn. Sie fand eine Tür, die nach draußen führte, zog sich an der Klinke hoch, nicht abgeschlossen, zum Glück, und draußen ein Becken, wie bei ihnen zu Hause. Sie hielt den Kopf unter den Wasserstrahl, trank, bis ihr übel wurde, machte sich die Haare nass, das Gesicht, fand einen Eimer und begoss sich von oben bis unten. Zog ihr T-Shirt und die zerrissene Hose aus und trocknete sich ab, so gut es ging. Sah eine tote Katze unter dem Dach hängen und nahm das hin wie etwas Alltägliches, kehrte ins Schlafzimmer zurück, zog das Blümchenkleid an.

Wie konnte Judith sie allein hier zurücklassen, nach dem, was letzte Nacht geschehen war?

Sie suchte auf dem Bett und vorne im Laden nach einer Nachricht, fand aber nichts.

Innen an der Ladentür steckte der Schlüssel. Sie zog ihn ab, verschloss die Tür von außen und hielt ihn, da Gypsys Kleid keine Taschen hatte, fest in der zur Faust geballten Hand. Sie dachte an ihre eigene Tür, die ihr Haus nicht geschützt hatte. So wenig wie der Wächterfrosch, so wenig wie das Teknon.

Auf dem Dorfplatz saßen, vor sich die Decke mit ihren Schnitzereien, Tomás und Sofia.

Rebecca rannte an ihnen vorbei, hinein in Aldinas Café.

Also konnte man Leute nachts in Schwimmbäder einsperren und kleine stinkende Alte an Stühle fesseln und am nächsten Tag in der Sonne sitzen und Holzfiguren verkaufen?

Die anderen waren nicht im Café, überhaupt war niemand dort, außer Aldina selbst und Luna, die begeistert die Blumen auf Rebeccas Kleid zu zählen begann. Aldina dagegen sah besorgt aus, oder bildete Rebecca sich das ein? Statt dem gewohnten Milchkaffee gab sie ihr eine Tasse Kräutertee zu trinken.

»Ich will nicht bleiben«, sagte Rebecca.

Aldina hielt mit zwei Fingern ihr Handgelenk fest: »Iss eine Suppe.«

»Wie spät ist es?«

»Gleich drei Uhr.«

Rebecca schüttelte sich. »Ich wollte nicht schlafen.«

»Keine Angst«, sagte Aldina leise.

Trotz der sommerlichen Hitze draußen auf dem Platz war es Rebecca kalt. Die heiße Suppe, die Aldina vor ihr auf den Tresen stellte, löffelte sie mit zitternden Händen.

»Hübsches Kleid«, sagte Aldina, »nur ein bisschen weit für dich. Wer hat es dir gegeben?«

»Gypsy.«

»Eine Schönheit bist du nicht gerade.«

»Sag ruhig, dass ich hässlich bin.«

Aldina schüttelte den Kopf: »Ein wenig Haarshampoo würde schon helfen.«

Rebecca wischte ihren Teller mit einem Stück Weißbrot aus. Drei Uhr. Bestimmt waren die anderen beim Objekt.

Eilig lief sie hinaus aufs Feld. Schon hatte sie das weiße, strahlende Mauerwerk vor Augen, drinnen würden sie malen und auf sie warten. Sie dachte an ihr Vogelbild und an Judiths Girlande, an das Wegeopfer für die Engel. An den Engel im fleischfarbenen Gewand, den sie übermalen musste. Wie lange her kam es ihr vor, dass sie dort gestanden und zugesehen hatte, wie sich rot und weiß vermischten, wütend über ihre eigene Dummheit und Ungeduld.

Der Engel war noch da, genauso wie sie ihn zurückgelassen hatte. Auch sonst schien nichts verändert an den Wänden des Objekts; sie schritt sie langsam ab, von außen nach innen und von innen nach außen.

Von Judith, Ytterblom und Gypsy keine Spur.

Rebecca fand sich allein mit den Bildern, der Stille, einer fast vollendeten Stille. Nur ein leises Rauschen hörte sie, wie im Inneren einer Muschel. Sie hielt noch immer Ytterbloms Schlüssel in der Hand. So stand sie da, unschlüssig, was sie tun sollte, hinausgehoben aus der Welt: als hätten die Grenzen ihres Körpers keine Bedeutung mehr, und sie schwebte darüber. Wie die Vögel mit den Gesichtern, die sie gemalt hatte. Jede Handlung, jede Tat schien ganz und gar unmöglich. Sie war eine Farbe, ein Stück Licht. Weniger als Licht.

Zugleich beobachtete ein Teil von ihr diesen Zustand gleichsam unbeteiligt, wie in einem Traum, in dem sie trotz allem wusste, dass sie träumte, und genau wie in einem solchen Traum weckte dieses Bewusstsein sie schließlich auf.

Das Objekt hat mich verhext, dachte sie. Sie flüchtete auf das struppige Feld und weiter auf die Landstraße.

Das Rauschen der Mauern klang ihr in den Ohren. Die Worte des Gedichts, das Arthur ins Zentrum der Spirale geschrieben und das Uli für sie übersetzt hatte.

Die Welt ist verdorben, wundert dich das?

Keineswegs wollte sie allein nach Vila Luminosa zurückkehren.

Sie nahm die andere Richtung, die Richtung zu Ulis Haus, aber da musste sie nicht haltmachen, die Straße ging ja weiter, hinauf in die Berge, vorbei an ihrer Badestelle, vorbei an dem Pfad, der zu Anoas Hütte führte. Sie riss im Gehen die Stängel der Schafgarbe aus, zerrieb die Blüten zwischen ihren Fingern, trat jeden Stein, der ihr vor die Füße kam. Um die Einsamkeit zu verscheuchen, da sie Uli verloren hatte, Arthur, ihren Dybbuk und nun auch ihre Schwester.

Eine tote Schlange.

Ein toter Raubvogel.

Ulis Haus.

Die vertraute Gartentür, wucherndes Gestrüpp, wo sie zusammen im Gras gesessen hatten. Der Ort war verlassen, offensichtlich, Niemandsland, bis wieder einer kam, um ihn zu bewohnen.

Und wenn wir das wären?

Es blieb bei dem Gedanken, Rebecca ging weiter, betrat nicht einmal das Grundstück, kehrte erst recht nicht um, um Judith zu suchen.

Ein toter Frosch.

Nein, eine Unke, schlank und rot gepunktet. Seltsam menschlich sah sie aus mit ihren abgespreizten Ärmchen und den langen Fingern daran. Nicht überfahren, vertrocknet war sie, so nah an Ulis rettendem Wassertank.

Armes Tier, dachte Rebecca. Ames, armes Tier.

Ihr Mitleid mit der Unke bahnte einem sehr viel größeren Selbstmitleid den Weg, einem Gefühl der Verlassenheit, dass sie sich gleich neben dem toten Tier auf den Boden setzte, unfähig weiterzugehen.

Wenn jetzt ein Auto die Straße entlang käme, den Daumen in die Luft halten, wie Gypsy es erzählt hatte?

Sie übte ein bisschen ins Leere hinein, schluckte Rotz und Tränen und erschrak, als tatsächlich ein Auto erschien.

Wenige Meter vor ihr bremste es am Straßenrand, eine Hand winkte aus dem Fenster, eine weibliche Hand mit silberblau lackierten Fingernägeln und mehreren Ringen. Was machte es, dass sie in die falsche Richtung fuhr? Rebecca stieg schweigend ein. Die Frau auf dem Fahrersitz begrüßte sie auf Portugiesisch, dann auf Englisch. Sie trug eine bestickte Bluse und weiße Shorts, hatte langes graues Haar und eine braune Haut: »Wohin solls denn gehen?«

»Ans Meer.«

Rebecca flüsterte es beinahe. Die Antwort, die sie bekam, hatte sie fast schon erwartet.

»Ich fahre nur bis Vila Luminosa. Vielleicht findest du dort jemanden, der dich weiter mitnimmt.«

Als Rebecca dazu nichts sagte, fuhr die Frau fort: »Das sind nur ein paar Kilometer von hier.«

Rebecca nickte. Ihr Weg zog rückwärts an ihr vorbei, Ulis Haus, das Objekt. Die Frau parkte am Straßenrand.

»Ein schöner Ort«, sagte sie, »ein nettes Café. Komm mit, ich lade dich ein.«

Rebecca nickte wieder.

»Hast du kein Gepäck?«

»Nein.«

»Wenigstens einen Badeanzug solltest du haben.«

Die Frau lachte. Sie wirkte aufgeregt, das bemerkte Rebecca, und dass sie goldene Sandalen trug, mit vielen Riemen, wie ein Gladiator.

»Ich heiße Anasha.« Sie streckte ihr die Hand hin.

»Das habe ich schon mal gehört.«

»Es ist ein spiritueller Name.«

Anasha sang leise vor sich hin, als sie die Straße zum Dorfplatz entlanggingen, und ihre Stimme war fast so schleppend wie die von Ytterblom. Ytterblom, auf den sie zulief, als sie ihn draußen vor dem Café sitzen sah, ihn und die anderen beiden, die Rebecca gesucht hatte. Den sie so innig umarmte, dass Rebecca sich fragte, ob sie seine Schwester sei. Anasha setzte sich neben Ytterblom und sagte zu Rebecca: »Hol dir einen Stuhl.«

Ihre Hand mit den verschnörkelten Ringen, Gold, Silber und Steine, lag auf Ytterbloms Hand. Sie redete leise und beschwörend auf ihn ein, unterbrach sich nur kurz, als Luna mit Wein und Wasser erschien, um Essen für alle zu bestellen.

»Danke, für mich nicht«, sagte Gypsy.

Ytterblom wandte sich an Rebecca: »Hast du meinen Schlüssel?«

Wortlos schob Rebecca den Schlüssel über die Tischplatte, Luna ging wieder, und Anasha fragte Ytterblom: »Kennst du dieses Mädchen?«

»Allerdings«, sagte Ytterblom, »ein sehr begabtes Mädchen. Sie arbeitet mit mir am Objekt.«

»So.«

Anasha füllte ihr Glas mit Wein und trank es zur Hälfte aus, ehe sie weitersprach. Zwischen ihren Augen stand eine Falte.

»Wie kommt es dann, dass dieses Mädchen an der Landstraße steht und den Daumen raushält, um ans Meer zu fahren?«

Ytterblom zeigte keinerlei Überraschung.

»Vermutlich wollte sie schwimmen gehen. Ich bin kein Sklavenhalter, Anasha.«

Die beiden lächelten einander zu, um kurz darauf, jeder für sich, Rebecca einen bösen Blick zuzuwerfen.

Dann stand Ytterblom auf, hob feierlich sein Glas und die Stimme: »Meine Lieben, begrüßen wir Anasha in unserer Mitte. Sie ist meine Inspiration und Gönnerin, ihre Gäste werden meine Teknica tragen, sie ist es, die dafür sorgen wird, dass die Welt von unserem Objekt erfährt. Danke, Anasha, *precious*. Danke den guten Geistern, die uns zusammengeführt haben.«

»Danke Anasha«, wiederholte Gypsy, wiederholte Judith, und Rebecca auch, nachdem Judith sie unter dem Tisch getreten hatte.

»Was für ein wunderbarer, gesegneter Abend«, fügte Ytterblom hinzu, nahm einen Schluck Wein und setzte sich wieder.

»Wo wart ihr«, zischte Rebecca und gab den Tritt zurück, während Ytterblom und Anasha ihr Gespräch fortsetzten.

»Wer wollte denn alleine abhauen? Ich nicht.«

»Jetzt sag schon.«

»Nirgendwo. Hier.«

»Du lügst.«

Judith trat erneut zu, deutlich fester. Dann konzentrierte sie sich auf ihr Essen. Stockfisch mit Tausenden von Gräten darin. Als Anasha drinnen bezahlte, als sie mit Ytterblom und Gypsy zum Bazar du Nouveau Siècle ging, wo die bestellten Teknica auf sie warteten, saß Rebecca noch vor ihrem vollen Teller.

Judith blieb. »Kannst du nicht schneller essen?«

Rebecca schob ihr den restlichen Fisch hin.

»Jedenfalls hat Nummer 12 sie nicht umgebracht«, sagte Judith mit vollem Mund.

»Wen hat er umgebracht?«

»Nicht umgebracht. Anasha.«

»Ich wusste, dass ich den Namen kenne.«

Judith nickte, ohne den Blick vom Teller zu wenden: »Seine Freundin aus der Zeit mit den Engeln.«

»Vielleicht ist sie nicht dieselbe?«

»Ach Quatsch.«

»Aber warum?«

Warum hatte Ytterblom behauptet, Anasha sei verschwunden, wenn sie ihm in Wirklichkeit seine Teknica abkaufte?

Judith schob den Teller mit den Gräten zurück auf Rebeccas Platz: »Gehen wir.«

Die versuchte Fahrt ans Meer nahm sie ihrer Schwester übel, und sie ließ es sie spüren.

»Judith«, sagte Rebecca auf dem Heimweg, »ich habe euch überall gesucht. Ich dachte, ihr seid weg, wie Uli und Lazaro.«

Im gleichen Augenblick blieb sie stehen, festgehalten von der Erinnerung an den frühen Morgen.

»Wir können nicht nach Hause.«

Judith ging weiter. Ihre Beine sahen kurz und dick aus in Gypsys langem Rock.

»Warte!«, rief Rebecca.

Was, wenn der stinkende João jetzt in ihrem Zimmer saß, unschuldig festgebunden auf einem Stuhl?

»Bleib stehen!«

Was, wenn Jonas als roter Engel dort auf sie wartete?

Rebecca rannte hinter Judith her und hielt sie von hinten an der Schulter fest.

»Da ist nichts«, sagte Judith. »Wir haben nachgeschaut. Nichts und niemand ist da. Wahrscheinlich haben wir nur vergessen, die Tür abzuschließen.«

»Aber sie stand weit offen.«

»Drinnen war alles wie immer. Ytterblom hat das Teknon mitgenommen. Er war böse, dass ich es nicht trage.«

»Bestimmt verkauft er es an Anasha. Glaubst du, er wusste, dass sie heute kommt?«

Dazu hatte Judith keine Meinung, oder wollte sie nicht sagen, und dann standen sie vor ihrer Tür. Judith öffnete, als wäre nichts dabei.

»Ulis Haus steht leer«, sagte Rebecca, »alles ist verwildert.«

Sie zögerte auf der Türschwelle, vergewisserte sich mit Augen und Nase der Unberührtheit des Zimmers.

»Mach zu, sonst ist gleich alles voller Mücken.«

Widerstrebend schloss Rebecca die Tür hinter sich. Judith ließ sich rücklings aufs Bett fallen, riss den Mund zu einem Gähnen auf, seufzte.

»Hast du keine Angst?«, fragte Rebecca.

»Nein.«

»Was, wenn die Leute kommen, die uns letzte Nacht ins Schwimmbad gebracht haben?«

Judith gähnte ein zweites Mal: »Wir schließen die Tür ab.«

»Habe ich schon.«

Trotzdem prüfte sie noch einmal die Klinke.

»Ich weiß, was wir tun. Wir halten Nachtwache. Immer, wenn eine Kerze leergebrannt ist, lösen wir uns ab.«

»Nur wenn du anfängst. Und wenn du schwörst, nie wieder ohne mich zu verschwinden.«

Rebecca setzte sich an den Tisch, Auge in Auge mit dem ersten Wächterfrosch, bis sie ihn umdrehte, den Blick nach draußen. Sie nahm das Buch aus Arthurs Laden von der Fensterbank und versuchte, sich in die Geschichte der Mondbewohner einzufinden.

Die Kerze war nicht einmal halb heruntergebrannt, als sie es aufgab.

Rebecca griff nach der Tasche mit ihrem Zeichenbuch und den Stiften. Sie wollte Anasha zeichnen, deren Ankunft war immerhin ein Ereignis. Aber wenn sie versuchte, sich Anashas Gesicht vor Augen zu rufen, sah sie nichts, nur die Haare, lang und grau wie die von Ytterblom. Die raue Textur ihrer Haut, die beringten Finger. Die Hand, die aus dem Autofenster nach ihr winkte; die konnte sie zeichnen, und die tote Unke dazu.

Sie zündete eine zweite Kerze an, für besseres Licht und zum Wachbleiben, nahm den Bleistift in die Hand und öffnete ihr Buch. Da starrten die Vögel mit Menschenköpfen sie an. Vielmehr hatten sie nur den Anschein sie anzustarren, denn sämtliche Gesichter auf den Vogelkörpern waren zu einer hellgrauen

Masse zerrieben, mit Wasser oder mit einem schlechten Radiergummi, zu einem beinahe farblosen Grau, wie der Himmel über Deutschland im Winter. Wie die geisterhaften Köpfe der Mondscheiner an der Stadtmauer, nachdem Nummer 12 mit dem Pinsel darüber gegangen war.

Aber diesmal konnte João es nicht gewesen sein.

Mit angehaltenem Atem blätterte Rebecca zurück, Seite für Seite, bis zum Anfang ihres Buches. Ein ausgelöschtes Gesicht nach dem anderen sah ihr entgegen. Sogar die Gesichter der Blumen aus Ulis Garten waren zerstört.

Jemand war hier gewesen.

Hatte sich an den Tisch gesetzt, da, wo sie jetzt saß, um die gleiche Nachtzeit vielleicht, und ihr Zeichenbuch verschandelt.

Wir müssen handeln, schrieb Rebecca auf die nächste freie Seite, und da sie das ohnehin hatte tun wollen, zeichnete sie Anashas Hand daneben, ließ jeden ihrer Ringe eine Fratze tragen, eine winzige Maske.

»Wir müssen handeln«, sagte sie zu Judith, als ihre Kerze heruntergebrannt war.

Judith schüttelte im Halbschlaf den Kopf. Rebecca hielt ihr die Seite mit den gesichtslosen Vögeln direkt vor die Augen.

»Wer kann das gemacht haben?«

Judith antwortete nicht. Ihr war nicht anzusehen, ob sie nachdachte oder um ihren Schlaf trauerte.

In dieser Nacht hatte Rebecca einen Traum, der so intensiv und lebensecht war, dass sie seine gewittrige Luft spürte, das Holzschutzmittel und den heißen Schotter zwischen den Schienen roch, auf denen sie lief, so schnell sie konnte. So schnell, dass sie hoffte, vom Boden abzuheben, das aber gelang ihr nicht.

Hinter ihr war der Wolf, der sie so viele Male verschluckt hatte und doch nicht genug davon bekam ihr nachzujagen. Sie roch sein staubiges Fell und den Fleischatem, der Angst und Übelkeit weckte.

Sie wollte sich nicht fressen lassen. Diesmal nicht.

Sie blieb stehen, wandte sich um. Auch der Wolf blieb stehen, gestört in seinem Rhythmus der Verfolgung, verblüfft für einen Atemzug. Rebecca sah ihm in die Augen. Zum ersten Mal.

Der Wolf verwandelte sich unter ihrem Blick, er schien zu schrumpfen, war nur noch ein lästiger Hund. Statt Rebecca zu verschlingen, schnappte er nach ihrer Hand, hielt sie mit den Zähnen fest, während Rebecca seine Augen nicht losließ. Ein Gleichgewicht. Das Traumbild fror ein und blieb, unbewegt, bis Rebecca aufwachte.

Da war es hell.

Judith hatte sie nicht geweckt, sie lag mit dem Kopf auf dem Tisch und schlief, ihr Haar genau dort, wo die Kerze einen Brandfleck im Holz hinterlassen hatte, ehe sie ausging. Leicht hätte sie selbst brennen können. Leicht hätte jemand hereinkommen und sich an ihr vorbeischleichen können.

Rebecca riss Tür und Fenster auf; die Sonne schien, es roch nach Tau und der feuchten Erde vom Fluss.

Judith hob den Kopf vom Tisch, mit vorgerecktem Hals, wie eine Schildkröte, und ehe Rebecca ihr irgendwelche Vorhaltungen hätte machen können, fing sie selbst an, sich zu beklagen: »Mir tut alles weh von deiner Scheißnachtwache.«

Sie streckte langsam den Nacken.

»Jetzt werde ich den ganzen Tag Kopfschmerzen haben.«

»Ich habe das Gefühl, dieser Tag wird uns noch mehr bringen als Kopfschmerzen«, sagte Rebecca.

Sie packte ihre Zeichensachen zusammen, unschlüssig, was mit den leeren Gesichtern geschehen sollte. Sollte sie sie ausbessern? So, wie sie waren, herumzeigen? Würde jemand sich verraten?

Ytterblom, dachte sie. Ytterblom hat einen Schlüssel. Er kann die Tür öffnen, hineingehen, das Buch wegnehmen, wieder hinlegen.

»Vorgestern, als wir bei Sofia und Tomás waren«, sagte sie zu Judith, »wollten Ytterblom und Gypsy da nicht im Hotel übernachten?«

»Ja. Wollten sie.«

»Haben sie aber nicht. Sie waren zu Hause, sie haben uns aufgemacht. Ich finde das seltsam.«

Judith rieb sich den verspannten Hals: »Bestimmt hat Anasha angerufen und Bescheid gesagt, dass sie herkommt.«

Kaum hatte sie das gesagt, ging ein Leuchten über ihr Gesicht: »Weißt du was? Jetzt können wir sie selbst fragen.«

»Was fragen?«

»Ob wir in ihrem Hotel schlafen dürfen. Bestimmt sagt sie ja. Sie ist nett.«

»Immer diese netten Leute«, sagte Rebecca und zog Gypsys Kleid über den Kopf.

Judith hatte es eilig jetzt, die Kopfschmerzen waren vergessen, verdrängt vom magischen Gedanken an eine Übernachtung im Luxushotel.

Trotz der frühen Stunde war der Dorfplatz voller Menschen, Menschen, die nicht wie gewöhnlich bei Aldina im Café saßen, sondern vor der Kirche im Kreis standen. Wie eine Gruppe Touristen, die gemeinsam etwas besichtigen.

Eine Ortsführung für Anasha, vermutete Rebecca, ehe sie daran geht, das Objekt zu besichtigen, und beim Gedanken an das Objekt blieb sie stehen.

»Scheiße.«

»Was, Scheiße?« fragte Judith.

»Ich habe diesen widerlichen Engel nicht ausgebessert.«

»Ist doch nicht so schlimm.«

»Jetzt wird das erste Bild, das sie zu sehen bekommt, komplett missraten sein.«

»Wenn nicht jemand auch die Gesichter im Objekt übermalt hat.«

»Das sagst du so ruhig? Ich hasse dich.«

Statt zu antworten ging Judith weiter, auf die Menschengruppe zu. Alle waren sie da: die verbliebenen Mitglieder der Mondscheinfront, die Gemüseverkäufer, Luna und die Frau mit den Häkelmützen. Und Anasha.

Anasha stand Hand in Hand mit Ytterblom, feierlich sah das aus. Hielten sie eine Zeremonie ab?

»Würde mich nicht wundern«, murmelte Rebecca, »schließlich soll sie uns allen Reichtum bringen.«

Sie fragte sich, ob sie sich nicht lieber davonmachen sollte, um nachzusehen, ob ihre Wandbilder unbeschädigt waren. Um das Engelsgewand in Ordnung zu bringen, nachtblau würde sie es machen, das war schöner als schwarz. Judith könnte Ytterblom und Anasha so lange aufhalten, ihnen die Karten legen oder aus den Händen lesen, ihre Gabe einsetzen zu ihrer beider Nutzen.

Sie griff nach Judiths Hand: »Warte, ich habe eine Idee.«

Judith aber starrte geradeaus und sagte leise: »Wie schrecklich«, zog Rebecca nach vorn, auf etwas zu, das Rebecca in diesem Augenblick nicht interessierte.

»Wie schrecklich«, wiederholte Judith, und Rebecca fand, dass sie klang wie eine alte Frau.

Im Zentrum der Menschenansammlung stand ein rostiger kleiner Transporter. Rebecca hatte ihn schon gesehen, er gehörte Argentino, der seinen Wein damit ausfuhr. Was daran schrecklich war, erkannte Rebecca viel später als Judith, und was es zu bedeuten hatte, das begriff sie nicht. Auf der Ladefläche lag eine bleiche Gestalt, weiß bis auf ihr rotes Gewand, beide Fäuste geballt und die Augen weit geöffnet.

»Was ist mit ihm?«

»Er ist tot«, sagte Judith.

»Das glaube ich nicht, seine Augen sind doch offen.«

Rebecca wandte sich an Aldina, die vor ihr stand, den Arm schützend um Lunas Schultern gelegt.

»Was hat er?«

»Er ist ertrunken«, sagte Aldina.

»In seinem Laden?«

»Natürlich nicht. Im Fluss.«

»Aber er geht doch nie raus.«

Aldina legte ihren zweiten Arm um Rebeccas Schulter.

Rebecca erstarrte unter der Berührung.

»Er ist im Fluss ertrunken«, sagte Aldina leise, »an der gleichen Stelle wie sein Vorgänger, im flachen Wasser dazu.«

»Im flachen Wasser?«

»Sofia hat ihn gefunden.«

Wie konnte man im flachen Wasser ertrinken? Sie musterte Jonas, mit verstohlenen Blicken, als könnten seine Augen sie noch sehen.

Wie sein Vorgänger, hatte Aldina gesagt. Dann war der Engelsladen jetzt leer, die Schubladen mit den Waffen unbewacht, die Mondscheinfront hatte ihren Vorsitzenden verloren.

Rebecca, die sich in Aldinas mütterlichem Griff nicht zu regen wagte, die es ebenso wenig wagte, irgendeinem der Anwesenden ins Gesicht zu sehen, zum einen, weil sie nun alle in undurchschaubarer Weise mit etwas Unheimlichem verbunden waren, zum anderen, weil sie nicht im Geringsten wusste, welches Verhalten in dieser Situation angemessen sein könnte und fürchtete, durch unpassendes Benehmen aufzufallen, flüchtete innerlich an einen Strand mit totem Wasser. In Italien, am Tag, nachdem Judith ihre pisces in den Lastwagen gespuckt hatte. Da, wo der grauschwarze Schiefer des Dorfplatzes vor ihren Füßen lag, sah sie ein dunkles Hafenbecken. Sie hörte nicht, was die Leute um sie redeten, ohnehin redeten sie wenig und leise. Judiths Gegenwart hatte sie fast vergessen, war vollkommen überrascht, ihre Stimme zu hören, noch überraschter über die Tränen in ihrem Gesicht – Rebecca wäre gewiss nicht auf die Idee gekommen, um Jonas zu weinen.

»Bei der Stelle mit dem Wegeopfer. Da muss es passiert sein.«

»Warum heulst du?«

»Ertrunken an unserer Badestelle. Schrecklich ist das.«

Judith schluchzte, und im gleichen Moment ging eine leise Unruhe wie ein Windhauch durch die Versammlung. Husten, Stimmen, Füße, die sich bereit zum Gehen machten, unschlüssig wohin, und Ytterblom, der diese Zerstreuung nicht zulassen wollte vor den Augen seiner Gönnerin, an einem Tag, der für anderes bestimmt gewesen war, für Ruhm und Erfolg, nicht für ertrunkene Engel: »Freunde!«

Er ließ Anashas Hand los, um seine Arme auszubreiten.

»Freunde«, wiederholte er.

Er hielt eine zweisprachige Rede, die ihm so flüssig und glatt von den Lippen kam, dass Rebecca überzeugt war, er müsse sie vorbereitet haben.

»Einer unserer Gefährten hat seinen Körper verlassen.«

Vielleicht hat er für jeden von uns einen Nachruf verfasst, dachte sie.

Ansonsten hörte sie nicht zu, als Pastorentochter hatte sie Übung darin, feierliche Ansprachen auszublenden. Sie war vielmehr beschäftigt mit dem Gedanken an das Objekt. Er setzte ihr so dringlich zu, dass selbst der Anblick von Jonas' blasser Leiche und der Druck von Aldinas Arm auf ihrer Schulter dagegen zurücktraten. Sie könnte es jetzt ausbessern gehen, keiner würde sie vermissen.

Ihr war, als müsse alles andere gut werden, wenn sie nur dem Engel ein neues Gewand gab, das grauenvolle fleischfarbene verschwinden ließ, wenn sie sich nur vergewisserte, dass die Götter der vier Elemente auf den geschwungenen Wänden noch ihre Gesichter hatten.

Sie versuchte, sich unter Aldinas Arm wegzuducken wie unter einem Zaun.

Was nicht gelang.

»Wo willst du hin?« fragte Aldina und hielt ihre Schulter in dem energischen Griff einer Wirtin, der man die Zeche prellen will.

»Nirgendwohin.«

»Dann bleib hier.«

Währenddessen lief Ytterbloms Rede aus, leise und getragen, wie sie begonnen hatte, und andere Stimmen meldeten sich zu Wort. Es war wie ein Mondscheintreffen am helllichten Tag. Eine der ersten Fragen war die nach Nummer 12, gestellt von Anoa. Ihr abgehacktes, spanisch gefärbtes Portugiesisch klang fast wie Latein, gut zu verstehen für die Schwestern, und Judith murmelte: João, als wollte sie Anoa leise verbessern.

Rebecca dachte an die toten Vogelkörper vor dem Engelladen. Wie ein Orakel schien ihr das, eine düstere Warnung an Jonas.

Anoa beharrte: »Wir werden die Polizei hier haben. Werden die an einen Unfall glauben?«

»An Selbstmord«, sagte Gypsy, mit einer Stimme, die so heiser war, dass Rebecca bei ihrem Klang Halsschmerzen bekam.

»Was, wenn sich jemand von denen an die Geschichte mit Carlos erinnert? So lange ist das auch nicht her. Und wer war damals hier?«

João, flüsterte Judith.

Sofia hob die Hand, wie eine eingeschüchterte Schülerin: »Er ist bei uns.«

»Dann bringt ihn her.«

»Kommt nicht in Frage«, sagte Tomás.

»Und warum nicht?«

»Er kann nicht laufen.«

Argentino schlug mit der flachen Hand auf seine Kühlerhaube.

»Gut«, sagte er, »ich fahre. Aber vorher will ich was trinken.«

So ließen sie Jonas liegen, wo er war, schoben draußen vor dem Café die Tische zusammen, Aldina setzte sich, und Luna bediente.

Es gab Wein und Wasser, Oliven und Lupinenkerne, und Rebecca schauderte bei dem Gedanken, dass der Wein auf der Ladefläche neben dem Toten gelegen hatte. Aber sie trank ihn doch. Judith gab ihr ein warnendes Zeichen, worauf sie die Schultern zuckte, *ich weiß*. Judith beharrte: »Bleib nüchtern.«

»Ich fühle mich bemuttert«, sagte Rebecca, »erst Aldina, jetzt du.«

Judith, die blass und angespannt aussah, wiederholte: »Einfach nüchtern bleiben.«

Gesprächig war die Runde nicht, auch nicht, als die Flaschen sich leerten. Ein paar wenige, unvermeidbare Worte gingen vom einen zum anderen, keiner wollte reden, besonders über Jonas nicht.

»Ich fahre«, sagte Argentino schließlich.

Tomás stieg mit ihm in den Wagen, Sofia blieb im Café zurück. Die letzten Reste aus den Weinflaschen wurden in die Gläser gegossen, dann warteten sie, am Tisch, bei Wasser und bei Kaffee, und zuletzt wieder im Stehen, mit Blick auf den Ertrunkenen, der jetzt auf den grauschwarzen Steinen lag, ohne eine Decke oder ein Laken, ohne irgendetwas, ganz so, wie er im kalten Wasser des Flusses gelegen haben mochte.

Argentino kam zurück, auf der Ladefläche eine neue Last, João. Neben João saß Tomás. Man hörte Sofia seufzen, als er hinunter auf den Platz sprang. Seine Stimme klang laut in die stille Versammlung hinein: »Bringt einen Stuhl, keinen aus Plastik, einen von drinnen.«

»Ich mache das«, sagte Aldina.

Sie stellte einen hochlehnigen Holzstuhl direkt neben den toten Engel.

Was nun geschah, wirkte wie eine gespenstische Wiederholung dessen, was Rebecca mit halb geschlossenen Augen auf der letzten Versammlung der Mondscheinfront gesehen hatte. João wurde sorgfältig am Stuhl festgebunden, von Sofia, Tomás und Argentino gemeinsam. Er saß nun vollkommen aufrecht, dennoch kippte sein Kopf zur Seite, sank langsam immer weiter, bis er in einem grotesken Winkel fast auf seiner Schulter lag. Joãos Augen waren geschlossen, sein Mund stand offen.

»Lebt er noch?«, fragte Anasha entsetzt.

»Erkennst du ihn wieder?«

Ytterblom lächelte, als hätte er soeben ein Treffen unter alten Freunden arrangiert.

Rebecca fand Joãos Anblick entschieden gruseliger als den des Toten. Sie drückte sich an Judith und flüsterte: »Was wollen sie von ihm?«

»Ein Geständnis.«

Anasha starrte João an. Bestimmt steigt sie gleich in ihr Auto und kommt nie wieder, dachte Rebecca, aber dann wandte sie sich zu Ytterblom und sagte: »Mein Gott, wir werden alt.«

Ytterblom trat einen Schritt vor, streckte die Hand aus, wie zur Begrüßung.

»Hier ist er. Einige von euch werden sich an einen ähnlichen Tag erinnern, vor über zwanzig Jahren.«

Er machte eine Pause, doch von den Umstehenden kam keine Reaktion.

»Damals erschien ein schöner junger Engel, um den alten abzulösen. Ein schöner junger Engel, der zufällig der beste Freund unserer Nummer 12 hier wurde.«

Er trat zurück an Anashas Seite, nahm ihre Hand und fügte hinzu: »Auch die wunderbarsten Freundschaften gehen einmal zu Ende.«

Vielleicht war es diese Geste, die Judith aufbrachte. Jedenfalls sagte sie deutlich, und sie war gut zu hören, da alle anderen schwiegen: »Absurdum est.«

Rebecca dachte an ihr Zeichenbuch. Hier hatte sie tatsächlich zwei leere Gesichter vor sich, zerstört wie die auf dem Papier. Sie hätte sie gern den anderen hinzugefügt, aber gehörte sich das, Tote und Halbtote zu zeichnen?

Sicher nicht.

Ohne dass sie es recht bemerkte, liefen nun auch ihr die Tränen über das Gesicht, und es war an Judith sie anzustoßen.

Die alte Frau mit den Häkelsachen ging.

Aldina fragte: »Wer übernimmt den Laden?«

»Wir wählen bei Vollmond«, sagte Argentino, »bis dahin bleibt er zu.«

»Ich würde es tun«, sagte Gypsy, »ich habe keine Angst.«

Anasha flüsterte Ytterblom etwas zu. Der nickte: »Es tut mir so leid, precious.«

Dann erklärte er laut: »Wenn es euch recht ist, lösen wir diese Runde jetzt auf. Anasha ist angereist, um unser Objekt zu besichtigen. Ihr Hotel wartet auf sie, ihre Zeit ist begrenzt.«

Er wandte sich zum Gehen, doch Anoa rief: »Nein.«

»La Noia, was ist?«

»Was ist? Das hier.«

Sie machte eine aggressive Handbewegung in Richtung Jonas und João. Als wollte sie die beiden verhauen, dachte Rebecca. »Wer kümmert sich darum? Wir müssen die Polizei rufen, oder nicht?«

»Bei allen Engeln«, sagte Ytterblom ironisch.

»Natürlich müssen wir das, und gerade du solltest hier sein.«

»Gerade ich?«

»João muss in ein Heim. Sollen Sofia und Tomás ihn auf ewig versorgen?«

»Tu, was du nicht lassen kannst«, sagte Ytterblom, »aber mach schnell.«

»Schön. Was ist mit diesen beiden?«

Anoa zeigte mit einer ähnlich verächtlichen Geste auf Judith und Rebecca.

»Was soll mit ihnen sein?«

»Minderjährig sind sie, höchstens vierzehn.«

»Stimmt nicht«, sagte Rebecca.

Anoa überhörte das, sie verfolgte unbeirrt ihr Ziel: »Die beiden müssen weg.«

»Ach was, sie verstecken sich kurz in Ulis Haus, oder noch besser, sie schlüpfen bei dir unter. Vielleicht sind sie sogar unsere neuen Engel, wer weiß?«

»Nein«, sagte Anoa, »sie müssen gehen. Kinder bringen Unglück, das habe ich von Anfang an gesagt.«

»Aber das Objekt«, sagte Rebecca, »es ist auch unser Objekt.«

Anoa ignorierte sie.

»Mir ist schlecht«, sagte Judith.

»Sonst wohnen sie bei mir«, schlug Ytterblom vor, »sie könnten ohne weiteres meine Kinder sein. Ich rede Deutsch mit ihnen. Niemand wird denken, dass sie nicht meine Kinder sind.«

»Doch. Weil ich es ihnen sage. Und ich rufe sie jetzt an. Geht und packt eure Sachen.«

Keiner widersprach mehr, obwohl es Rebecca so vorkam, als hätte João sie angeblickt, mit einer winzigen Kopfbewegung.

»Ich bringe sie um, diese Hexe«, sagte sie zu Judith, als sie die Straße zu ihrem Haus hinaufgingen, allein und ein letztes Mal.

»Ach was«, sagte Judith, »wir tun nur so, als ob wir verschwinden. Am Fluss biegen wir ab und verstecken uns im Schwimmbad.«

Rebecca schauderte: »Da will ich nie wieder hin.«

»Sei nicht albern. Es ist der beste Platz. Niemand wird denken, dass wir dort sind.«

Sie zogen Gypsys Kleider aus und ihre Schottenröcke an. Viel Gepäck hatten sie nicht: die Wächterfrösche, das Zeichenbuch, Judiths Wahrsagekarten. Die rotweiße Dose, leer bis auf die Europakarte und das Feuerzeug. Ihre Taschenlampe. Judith packte alle Kerzen ein, die sie im Haus hatten.

»Wollen wir nicht auch die Decken mitnehmen?« fragte Rebecca.

Judith schüttelte entschieden den Kopf: »Wir machen ein Feuer.«

Rebecca ließ die Decken liegen.

Mit ihrem Kinderköfferchen fanden sie sich wieder auf dem Dorfplatz ein. Alle standen da wie zuvor. Sie stellten sich stumm daneben, warteten auf das Signal zum Starten.

Nichts geschah.

»Gut,« sagte Rebecca schließlich und versuchte, ruhig und erwachsen zu klingen, »wir gehen jetzt.«

Sie sah zu Ytterblom und Anasha, die gleich ohne sie das Objekt besichtigen würden.

Egal, morgen kommen wir wieder, spätestens übermorgen.

Anoa hob die Hand. Sollte sie noch winken, ehe sie ging, wie ein Kind?

Nein, Anoas Geste bedeutete etwas anderes: »Argentino fährt euch.«

»Fährt uns wo hin?«, fragte Judith.

»Weg von hier.«

Argentino machte eine einladende Bewegung nach seiner Ladefläche hin. Auf der schon Jonas gelegen hatte und danach João.

Judith erstarrte: »Die ist bestimmt voller Leichengift.«

Sie blieb stehen, Argentino schob sie in Richtung Auto. Sie schlug nach ihm, versuchte, ihn zu treten, traf ins Leere.

»Venenum«, protestierte sie, »vermes.«

Argentino erklärte auf Englisch, dass die Polizei bald hier und keine Zeit zu verlieren sei.

Sie fügten sich. Hätten sie weglaufen können?

Judith hielt sich beide Hände vors Gesicht, um das Eindringen des Giftes abzuwehren. Rebecca hielt sich mit einer Hand an der Seitenwand fest, mit der anderen umklammerte sie den Griff ihres Koffers. Ytterblom und Anasha hatten den Kopf abgewandt, Aldina war in ihr Café gegangen. Nur Luna sah zu ihnen hin, ihr Gesicht ein einziges Nichtbegreifen.

Die Fahrt aus dem Ort hinaus war kurz, die Straße für den Lieferwagen viel zu eng, sie hatten auf beiden Seiten nur wenige Zentimeter Abstand zu den Häusern, blieben aber nicht stecken, obwohl Rebecca es hoffte.

»Ich möchte wissen, wo er uns hinbringt«, sagte Judith zwischen ihren Fingern hindurch.

»Wir merken uns den Weg. Wie Hänsel und Gretel.«

Mit dem Rücken zum Fahrerhäuschen sitzend, blickten sie auf die Strecke, die sie hinter sich ließen, fest entschlossen, sich alles einzuprägen.

Die langsame, schaukelnde Fahrt unter dem sommerlichen Himmel hatte etwas Geruhsames und Friedliches, das überhaupt nicht dem entsprach, was an diesem Morgen geschehen war, auch nicht dem, was jetzt geschah, da sie Vila Luminosa hinter sich ließen.

Sie überquerten eben erst die Brücke, wo der Weg zum Schwimmbad abzweigte, da gab es einen leisen Knall. Wie eine Explosion klang er nicht, eher wie ein Korken, der aus einem Flaschenhals gezogen wird. Eine grünlich weiße Flamme schlug mitten aus einem Feld, hoch und schmal wie ein Baum, färbte sich gelb und wurde breiter.

Judith begriff als Erste, was sie da sahen.

»Das Objekt«, rief sie und trommelte gegen Argentinos Heckscheibe, »das Objekt brennt!«

Der Anarkos-Weinmacher reagierte nicht, langsam und unbeirrt fuhr er weiter.

Langsam genug, dass sie hätten abspringen können?

Sie wagten es nicht.

Nun klopfte auch Rebecca gegen die Scheibe, erst mit den Fingerknöcheln, dann mit der ganzen Faust. Argentino brachte das Auto mit einem Satz zum Halten. Ehe die Schwestern von der Ladefläche hätten klettern können, war er aus seinem Fahrerhäuschen gesprungen, sehr agil für einen alten Mann, und sehr zornig.

»Hört auf damit«, schrie er sie an, »was soll das?«

»Das Objekt«, sagte Rebecca und hörte selbst, wie dünn ihre Stimme klang.

Argentino schüttelte den Kopf. »Nichts zu machen. Wir fahren weiter.«

Er stieg ein, ließ den Wagen an.

»Das waren meine Bilder«, sagte Rebecca leise in die Motorengeräusche hinein, »wer zerstört meine Bilder?«

Wie zur Antwort erschien auf dem Feld, nicht weit entfernt von den Flammen, eine winzige schwarzweiße Gestalt, bewegte sich auf die Landstraße zu, in Richtung von Ulis Haus, hinauf in die Berge. Beinahe nur ein Schatten, und Rebecca freute sich, obwohl dort ihre Bilder brannten.

Sie stieß ihre Schwester an: »Guck mal, da ist Lazaro!«

»Ich sehe nichts«, sagte Judith, »wo denn?«

»Gleich neben dem Feuer.«

»Du siehst Gespenster.«

Vielleicht dachte Rebecca. Vielleicht ist es mein Dybbuk; vielleicht hat der Sadhu ihn freigelassen, um Ytterblom zu bestrafen.

In diesem Augenblick war sie überzeugt, dass niemand anders als Ytterblom sie geschlagen haben konnte, dass niemand anders als er ihr Zeichenbuch geschändet hatte, dass er Nummer 12 hatte foltern lassen und Jonas ins Wasser gestoßen hatte.

»Eine schwarze Schnecke wird übrigbleiben, sonst nichts«, sagte sie zu Judith, und freute sich unbändig.

Judith ließ die Hände von ihrem Mund in den Schoß sinken: »Du bist verrückt.«

Dann war das Feuer außer Sicht, und Judith begann, mit Rebeccas Bleistift auf einem Zettel den Weg zu notieren: links, rechts, Straßennummern, Landmarken und Ortsnamen. Rebecca war benommen, sie glaubte sich in einem Traum; es hätte sie kaum gewundert, wenn ihr vertrauter Verfolger, der Wolf auf der Straße hinter ihnen aufgetaucht wäre.

Ihre Schottenröcke waren nass von Schweiß, ihre Hände klebrig, als Argentino endlich hielt. Sie standen auf einem Dorfplatz, dem von Vila Luminosa nicht unähnlich, nur hingen keine Alptraumnetze in den Platanen, und das Café neben dem Brunnen schien geschlossen zu sein.

Argentino geleitete sie zu einem schattigen Fleck neben der Kirche, wo sieben Alterchen an einem großen Tisch aus Beton saßen und sie mit missbilligenden Blicken empfingen. Argentino nickte den Alten zu, ging wortlos zu seinem Auto und kam mit drei Flaschen Wein zurück. Zwei gab er den Männern, eine den Mädchen. Dazu einen kleinen, zerknitterten Schein, den Rebecca sorgfältig glattstrich, faltete und in die rotweiße Dose legte. Widerwillig rückten die Alten zusammen. Argentino wartete, bis Judith und Rebecca sich gesetzt hatten, dann gab er ihnen einen unerwarteten, kratzigen Kuss auf die Wange und verschwand.

In den Schatten über ihrem Tisch ließ ein Baum gelb duftende Blüten fallen.

Judith öffnete die Flasche, reichte sie an Rebecca weiter, bückte sich und suchte etwas im Koffer. Rebecca glaubte, sie habe etwas zu essen mitgebracht. Aber Judith zog zwischen ihren Kleidungsstücken, eins nach dem anderen, fünf Teknica hervor.

»Die hast du alle geklaut?«

Rebecca war beeindruckt.

»Ja«, sagte Judith, als wäre nichts dabei, »da kann ich das eine, was Ytterblom mir weggenommen hat, ganz gut entbehren.«

Sie tranken von dem Wein, und gleichzeitig begann Judith, den Drahtpüppchen Leben zu verleihen: Eins verwandelte sich in Ytterblom und eins in Gypsy. Zwei brachte sie zu Fall, ein kleines und ein großes, das waren João und Jonas.

»Und das fünfte?«, fragte Rebecca.

»Anasha.«

Je leerer die Flasche wurde, desto seltsamer agierten die Figuren. Ytterblom ließ Jonas und João als untote Diener tanzen, Gypsy stieß Ytterblom um: »Ich bin die Vorsitzende der Mondscheinfront.« Anasha hüpfte wie ein vergnügtes Kind.

Die Alterchen am anderen Ende des Tisches beobachteten das Schauspiel; sie schienen angewidert und fasziniert zugleich.

Am Ende beförderte Judith alle Teknica mit einer Handbewegung zurück in den Koffer. Sie machte die Runde um den Tisch, die nun leere Hand aufgehalten.

Drei Münzen lagen darin, als sie sich wieder setzte.

»Immerhin. Aber bleiben können wir hier nicht.«

Rebecca nickte: »Wir fahren ans Kap und holen unser Geld von Uli.«

»Wie willst du den Weg finden?«

Rebecca zog die winzige Europakarte aus ihrer Dose: »Der Sadhu hat es uns eingezeichnet. Hier steht der Name vom nächsten Ort. Wenn ich mal mit ihm sprechen will, hat er gesagt.«

Judith hob bedauernd die Flasche ins Licht: »Das war unser letzter Anarkos-Wein.«

»Wir halten den Daumen raus. Es geht richtig leicht. Danach fahren wir weiter nach Rom.«

Während die Schwestern sich an dem blütenbedeckten Betontisch über den Weg berieten, saßen etwa 3000 Kilometer nordöstlich von ihnen auch Ewald und Yvonne an ihrem Tisch.

Sie beteten: *Komm Herr Jesus, sei unser Gast*, und es war, als hätten sie niemals Kinder gehabt.

Eine magere Gestalt im Lendenschurz, die Haare zottig, die Schultern verbrannt, und in jeder Hand eine Tüte voller Bierdosen, war auf der Landstraße unterwegs, zu Fuß, seit Wochen schon. Er hatte ihr Haus beinahe erreicht.

Zum Abendessen würde er klingeln und die Einladung annehmen.

Inhalt

Gegenliebe

In Cleos Welt herrschen Ordnung und Sicherheit, die Straßen sind verwaist und Kinder verboten. Mit ihrem Geliebten Jacques träumt sie davon, der alles umfassenden Kontrolle zu entkommen. Als Jacques verschwindet und die Wohlfahrtsbehörde Cleo mit Verhaftung droht, wird das Spiel mit der Flucht zur unheimlichen Realität. Cleo irrt durch eine feindliche Gegenwart, nur mit einer Umhängetasche und ihren Erinnerungen.
So betritt sie die unsicheren Zonen, den abgesperrten und verwahrlosten Teil der Stadt.

978-3-96763-164-7 (kartoniert), 16 €
978-3-96763-165-4 (gebunden), 24 €

Abrechnung in Sagres

Im Südwesten Portugals, wo im Winter die Wellen an die steilen Klippen brechen, liegt das verschlafene Sagres. Im Herbst 1999 ist die deutsche Anwältin Gida vor Ort, um eine Erbschaftsangelegenheit zu regeln. Doch eines Morgens wird ein anderer Deutscher auf dem Kap gefunden – tot. Für die lokale Polizei ist es ein unlösbarer Mordfall, aber nicht für Gida. Ihre natürliche Neugier lässt ihr keine Ruhe. Sie stößt auf die Spuren einer mächtigen Familie und auf eine Mauer aus Schweigen. Gida erkennt, es geht um die Begleichung einer alten Rechnung, deren Wurzeln in der Zeit der Salazar-Diktatur liegen.

978-3-96763-259-0 (kartoniert), 14 €
978-3-96763-260-6 (gebunden), 21 €